北大史学博士揭秘明朝太监秘史

大明那些九千岁

贰 大太监斗法

胡丹 著

陕西新华出版传媒集团
太白文艺出版社

图书在版编目（CIP）数据

大明那些九千岁：北大史学博士揭秘明朝太监秘史．贰／胡丹著．—西安：太白文艺出版社，2016.10
ISBN 978-7-5513-1049-9

Ⅰ．①大… Ⅱ．①胡… Ⅲ．①宦官－列传－中国－明代 Ⅳ．①K827=48

中国版本图书馆CIP数据核字(2016)第237633号

大明那些九千岁：北大史学博士揭秘明朝太监秘史·贰
DAMING NAXIE JIUQIANSUI:BEIDA SHIXUE BOSHI JIEMI MINGCHAO TAIJIAN MISHI · ER

作　者	胡　丹
责任编辑	王婧姝
封面设计	张洪海
版式设计	新纪元文化传播
出版发行	陕西新华出版传媒集团 太白文艺出版社 （西安北大街147号 710003）
经　销	新华书店
印　刷	西安市建明工贸有限责任公司
开　本	880毫米×1230毫米 1/32
印　张	8.75
字　数	250千字
版　次	2016年10月第1版第1次印刷
书　号	ISBN 978-7-5513-1049-9
定　价	29.80元

前言

《大明那些九千岁》一共三部，是以“朝代”为序。《大明那些九千岁》每一卷写一朝，读者会发现，全书故事大体上是衔接的，没有出现断裂的情况。这不是因为我笔法高、转承自然，而是因为朝政的发展有其连续性，而大太监们在推动朝政发展上起着作用。故我只需转动历史的摇把儿，大太监们就一个挨一个上场了——他们本为明代历史上的重要角色。

虽然叫的是《大明那些九千岁》，写的是大太监的故事，但大太监的生成及衰荣，是附生在明代政治机体之上的，如果不对政治史、宦官史的变迁历程有所交代，则无法完全明白大太监们“力量”的源泉。所以本书在必要的节点上，会用一定的篇幅介绍明代宦官制度的新发展。可以说，《大明那些九千岁》是一部以大太监为中心，以太监故事相衔接的通俗明代宦官史。

第一部《大太监是怎样炼成的》，从开国写到英宗正统年间，读者于其中可知，明代之有“大太监”，即所谓“权阉”，并不是中晚期以后才有的。早在永乐年间，就“涌现”出不少著名的大太监。大太监太多了，恰恰是最有名的郑和我没怎么写，因为他的事迹读者大多比较了解，而我写的，全是读者朋友们不熟悉、然确乎可称大太监的人物。

本书是第二部，副标题是《大太监斗法》，从正统十四年(1449年)土木之变讲起，一直写到正德十六年三月武宗朱厚照驾崩，从湖广安陆远道来继位的世宗朱厚熜还没到北京，我们这一部的故事就讲完了，余下的，留到下一部讲。

过去总说明代是“太监帝国”，宦官“乱政”乱得厉害，可明朝到底有哪些大太监，除了郑和、王振、刘瑾、魏忠贤，大概再多也数不出几个吧。

我在每一卷的开头，都列出了“本卷关键人物”，都是在书中占有一定分量的大太监。读者朋友们可稍微留意，看有多少。全书都循此体例，三部写下来。我估摸，超过一百绝对没问题。

这些大太监并不都是坏的，比如这一部里写到的成化、弘治年间的大太监怀恩、覃昌、覃吉等，都是很有“名大臣”之风的好太监，就连素来瞧不起宦官的士大夫们，对他们都赞誉有加。还有一些很有个性的太监，比如“善谏”的何鼎、蒋琮等。对这些太监的书写，无疑将给“污糟”的明代宦官史增加两个侧面。

这一本的主题是“大太监斗法”，所谓斗法，是指大太监之间的对抗与斗争，比如成化初年牛玉与王纶、正德初年刘瑾与张永等，他们为了权势发生剧烈冲突。这是发生在明代中枢核心的战争。大太监们多是负有辅政之责的司礼太监，他们对于朝政具有举足轻重的影响力，所以大太监斗法，不是“一个人在战斗”，往往是两个政治集团间的冲突造成时局的动荡，其结果也将影响朝政的发展方向。也就是说，从太监的角度来写明代政治史，本书应该算是首创吧。

如果读者朋友读了通俗的历史故事意犹未尽，或学有余力，还可以看看我即将出版的《明代宦官制度：考证与研究》。这是一部学术专著，也是我的博士论文，是国内第一部研究明代宦官制度的专门论著。我写通俗的明代宦官故事，都是基于我对明代宦官的深入研究，材料多取自我所编写的《明代宦官史料长编》。

我说这些，是为了告诉大家，您所读的，是一部信史。

欢迎大家关注我的微信公众号（皇帝不称朕：hdshuoshi），交流历史问题。

胡丹

目录

第一卷
那些动乱的日子里

本卷关键人物： 范弘、金英、王瑾（陈芜）、钱安（僧保）、兴安、李永昌、喜宁、夏时、阮浪、曹吉祥、阮伯山

第一章　莫谓太监不殉国

上一部书说到，明英宗朱祁镇亲率六师北征，兵败土木堡（今河北怀来境内），二十万大军一时解体崩溃，随扈的百官大批死亡。事实上，横尸荒野、殉于国难、魂不得归者，除了文武将吏，还有众多的宦官，只是他们从未得到关注，更无名分可言。

就我所知，在“土木之变”（正统十四年，1449 年）的当日，乱军中被杀的大太监，除了被视为祸首的司礼监太监王振，其他有名有姓者，还有范弘、钱安等多人。

死于国难，即为殉国、为国捐躯，这是需要首先正名的！

范弘，原名安，弘是明宣宗替他改的。说起来，范弘还是一个“外国人”。哪一国呢？安南国。安南国位于今天越南北部，本为明朝藩属，永乐初年发生内乱，国王向宗主大明求救，永乐帝朱棣遂发大兵驰援。

可等“天兵”降临，发现国王满门被弑，王族绝嗣，已无人可承王位。朱棣想起一句话，叫“天予弗取，反受其咎”，便不客气了，在平乱后，顺手将安南纳入版图（史称“郡县之”），从此明朝又多了一个新的“省”——交阯布政司。

安南在明初时向朝廷贡纳一种特殊的“土产”——阉人，所进人数仅仅少于东北的朝鲜。吞并安南后，交阯成了内廷宦官的稳定供应地，大批交阯童受阉后被送进明宫，其人数没有统计，但据我估计，至少有好几千人。许多交阯籍的宦官在永乐及仁、宣、英之际非常活跃，不少人达到入选本书的标准，可跻身于“大太监”之列。

司礼监太监范弘，就是永乐中以交南阉童的身份入宫的。当然，他来时已不是“外人”，而是大明交阯布政司人氏了。

明宫宦官，以在东宫服侍皇储前程最好。范弘进宫后，就得到这样的机会，他被调拨到东宫侍奉皇太子朱高炽，也就是后来的仁宗皇帝。这块垫脚石相当高。之后范弘仕进顺达，在宣德中已升任司礼太监。

司礼监相当于“御前办公厅”，该监太监具有皇帝机要秘书的性质，是天子身边近臣。范弘和皇上走得近，十分得宠，宣宗朱瞻基不仅亲自替他改名，还在宣德七年赐予他和另一名司礼太监金英“免死诏”。

赐臣下免死诏是一件很奇怪的事：“朕爱你，爱慕之情太深，已无法用金钱表达，那……那就免卿一死吧！”——这爱意，也只有皇帝给得起！

爱卿领了免死诏，从此尽可翻江倒海、为非作恶，放心，朕保证，不杀你！

是这逻辑吗？

不然真没法解释赐免死诏的动机。

总之，皇帝做事太任性了。

范弘免死诏的内容，史书没有记载，他的墓志里收录了，但原文找不到了。幸亏明末掌故大家王世贞看到这份材料，并抄录下来，只见得宣宗深情地对范弘说：

（弘呵，你）克勤夙夜，靡一事之后期；致谨言行，惟一心之在国。退不忍于欺蔽，进必务于忠诚。免尔死罪于将来，著朕至意于久远。

说的是范太监日夜勤勉，从不误事，真的，一件都没误过（“靡一事之后期”）！你为人谨言慎行，一心扑在国事上（“惟一心之在国”），全忠不欺（退不欺，进必忠）。故此，朕决定提前免除你将来的死罪，好使朕的美意传诸久远——果如《明史》所言，“辞极褒美”！

免死诏不是宣宗的发明。太祖朱元璋就给帮他打天下的老哥们发了不少，有免死一次、二次，还有三次的，都刻在铁券上，文字还描着丹（红漆）呢！

说来好笑，人怎么能免死于将来呢？这东西不发还好，发了反而害人。想那勋戚大臣，自接奉恩诏，从此“左青龙，右白虎，免死诏在腰间”，乐滋滋做起了“打伞和尚”——和尚打伞，无法（发）无天——他不胡为，还对不起这份诏书呢！

我不小心便想到歪里去了：朱元璋颁发这样的“护身符”，是不是故意鼓励兄弟们犯事？这帮武人怀揣免死诏，胡闹起来，忘乎所以，得意忘形，皇上突然出其不意，杀其一枪，不撅他个四仰八叉才怪哩，而且杀之还有除害的名义，名正言顺、正大光明！看官，可别怪我做小人之想，事实就摆在那儿：免死诏并不能让它的主人免死，明初的功臣们，个个挟诏而亡。

尽管如此，免死诏仍作为皇帝表达“私爱”的一种特殊形式保留下来。永乐时，光禄寺（光禄寺管内府茶饭）卿井泉、张泌也得到免死诏。这两位是朱家的私房大厨，从朱元璋起就给皇上做饭，他们只要不往饭里下毒、吐口水，大概也犯不了啥死罪。皇帝给他们发免死诏，等于发个红包，主要起笼络作用。大概个别内臣也得到了，只是没有记载。

除了免死诏，范弘还与御用监太监王瑾、司礼监太监金英一起得到御赐银记。

银记是银制的小印章，可用它来封缄密奏。

向皇帝进密奏，是一种特权，也是一种政治待遇。有银记的人，可以避人耳目，直接向皇帝进言奏事。

明代，只有极少数人得到银记之赐，如仁宗时的内阁大学士杨士奇、杨荣、金幼孜，皆为亲贵大臣。银记上有刻字。文臣不说了，单说宦官。太监王瑾受赐的四枚银记，记文分别是：忠肝义胆、金貂贵客、忠诚自励、心迹双清。这些词应为宣宗亲拟，除了"金貂贵客"是对宦官的美称，其他三个均是有褒扬之意的评语。

王瑾原名陈芜，他的名字也是宣宗给改的，他也是一个来自交阯的宦官宠儿。

王瑾任太监的御用监，一般人可能不太熟悉，我稍微说几句——

御用御用，顾名思义，御用监当然是主管御用之物的机构。该监早在朱元璋称吴王的"吴元年"（明朝建国的前一年，公元 1367 年）就已设立，当时吴王宫里就两个监，一个内使监，一个就是御用监，首领称"监令"（后改称太监），品级皆为正三品，相当于外朝的六部侍郎。

此时的御用监，并不全用阉人，而是宦官与外臣兼用。所谓"外臣"，不都是士人，凡裆中挂"枪"的官儿，皆称外臣。外臣是相对内臣而言的。比如一个叫杜安道的"御用监令"，据宋濂介绍，此人自太祖起兵，即"持刀镊侍左右，未尝暂违"，其实就是个剃头匠。作为朱元璋的御用美发师，杜安道追随多年，甚为亲近，朱元璋一边拔毛揪须，一边听臣子奏事，"帷幄计议皆与知"，并不令杜师傅回避。杜安道为人亦好，"性缜密不泄"，所见所闻，绝不向外人泄一言，每每见大臣，只一揖而退，以此得到朱元璋的信任，从带刀宿卫一直做到御用监令和光禄寺卿。

御用监设立虽早，但后来颇多变化，如它一度改为供奉司，又改御用司，至宣德元年六月才升为监，至此内府"二十四衙门"（十二监、四司、八局）正式配齐，遂为一代宦官定制。

【宦官小词条】御用监是宣德时重组、升格的一个机构。该监职掌内府“造作”。它与内官监不同，内官监管造房子，御用监管房子里的家具陈设。明末太监刘若愚在《酌中志》卷十六“内府衙门职掌”中记：凡御前安设硬木床、桌、柜、阁及象牙、花梨、白檀、紫檀、乌木、鸂鶒木、双陆、棋子、骨牌、梳栊、螺钿、填漆、雕漆、盘匣、扇柄等件，皆御用监造办。该监还掌管“武英殿中书承旨所写书籍、画扇，奏进御前”。“武英殿中书”管写书、画扇。另外还有“文华殿中书”，由司礼监下中书房管理，专管“写书籍、封联、扇柄等件”。可见御用监与司礼监有一部分职掌相近，须相互配合（如一个制扇子，一个写画扇面），共同服务于皇帝的文艺雅趣。而宣宗正是一个文艺控，他身边有许多书画界名流，陪他进行艺术创作、交流创作心得，其中最得宠者，可以在锦衣卫挂职（称“系衔”），拿一份干薪，这些人都由御用监管理。

能陪万岁爷玩，便是在御用监做太监的好处，御用监在二十四衙门中，地位不低。王瑾以宣宗亲近内臣掌御用监，大概写字画画，他都有一手。此人在前一部里出现过（见《大明那些九千岁：大太监是怎样炼成的》），我曾大胆猜测，永乐朝司礼监大太监孟骥，可能就是被他倾轧倒台的，他应该是宣宗东宫出身的旧人。

另一个获得银记的，是司礼监太监金英。

金英在土木之变后较为活跃，是明朝著名的大太监。据王世贞《中官考》所记，金英在正统中任司礼太监，王振死后，接掌司礼监事。

金英在正统元年亲笔撰写的《（北京）圆觉禅寺新建记》里，谈到了自己的出身，说他“生自南交，长于中夏”，南交就是交阯，金英也是交阯人。

金英自称为永乐皇帝“抚养训诲，授以官职”，仁宗恩加深厚，宣宗信任委职，英宗益加重任，“四圣大恩，德同天地”。从其自述来看，金英出身仁宗东宫，与其父子关系密切，故能飞黄腾达，宠眷不衰。

在宣宗眼里，这几位三朝老太监，都是忠诚自励、言行皆清的忠臣，该给他们点赞！事实是否真的如此，不是重点，看官只需想，宣宗心中的宦官形象如此，如果一位大臣忽地跑出班列，拿着古书，回忆古事，指责“宦官误国”，他会咋想？他自然是难以认同的。

综上所述，从王振到范弘、王瑾、金英，这些大太监在仁、宣、英三朝获得极高的地位，与其出身密不可分：他们都是随侍皇帝于潜邸的旧臣，有着多年服劳的感情底子，太子、太孙一登基，立马发达起来。王振不必说了，单说金英吧，他在仁宗即位初，还只是司礼监右监丞，很快飙升做了太监，并得到大量田宅人口的赏赐（皆见圆觉寺碑文）。

我们也可以从这个角度来考察英宗与王振的关系。过去人们指责王振专擅，说他以天子为“门生”，天子呼王振为“先生”，似乎是蛮大一桩罪。可论者是否想过，英宗真拿王振当师父呢！没有人像王振一样陪伴英宗二十多年，始终不离左右，这份情感是很深厚的。

许多时候，朝臣只顾忘情地表达自己的血忠，而很少设身处地、试着从皇帝的角度来理解政治，故总是不敌宦官，一败再败。

在土木之变中，还有一位罹难的大太监，名叫钱安，时任内官监太监。

钱安是怎样“牺牲”的，没有记载，无话好说，那我就来说说他的经历与为人。

钱安是蓟州西华乡人，家住山海关。他爸爸名贵甫，死于洪武二十八年（1395 年）。老钱生了仨儿子，长子早夭，次子叫钱聚，第三子就是钱安——钱聚而安，等于存银行了，好名字！

老钱死时，年仅四十五岁，孩子们还小，母亲养不活（我看不是养不活，而是贪图活得滋润），就把小哥俩送进宫做了宦官。那时是建文三年（1401 年），燕王与朝廷两家打得正热闹，老钱家在燕王的地盘，钱安“选入内庭”，应该是到“反王”府里卖命，当终身的长工。

钱安生于洪武二十六年（1393 年），入宫时还不到九岁。他长得漂亮，“自幼秀爽，体貌魁梧”，又懂礼数，“周旋殿陛，仪度肃然”，是个做内官的好材料。

燕王朱棣尤其喜欢他三样——聪慧、敦厚笃实、慎重寡言。

在内庭行走供事，话多、事多，可不是好习惯。前面说的杜安道，服侍朱元璋三十几年，他人纷纷失宠殒命，唯独他圣眷不衰，这与其为人“缜密不泄”有莫大干系——奴才不乱说话，万岁爷才放心嘛！钱安也是“寡言”之人，但寡言不是因为内向，不爱说话，八棍子打不出一个屁，而是他“慎重”。该说话时，比如皇上下问，“凡应对之间”，他能把话说到点子上，“动称上意”，让万岁爷满意。有一次永乐帝高兴了，赏了他一个名——僧保。故钱安又称钱僧保。

与所有大太监一样，钱安也是从东宫发家，他是英宗东宫辅导班子的成员，与王振为同事。由于在潜邸时结恩深厚，英宗特别照顾他，为了方便他奉养寡居的老母，还专门让工部在崇文门北的繁华大街上，给他造了一座私宅（见《内官监钱太监（安）瘗衣冠圹志》）。

范弘、钱安、金英这几位，还有王振，在宣德爷时都是大红人，有做司礼太监的，也有做内官太监和御用太监的，说明那时司礼监尚未取得一监独霸的权势，王振同侪济济，大太监并立，他也没达到唯我独尊的地位。

但在小英宗即位后的正统朝，一切都不同了。大太监之战，已不可避免。王振与同列斗法，首先打击的是钱安与金英。

钱、金两位都有小尾巴让人揪，他们一个爱钱，一个好金，都是贪性很重的人。明朝制度，太监不许做生意、置办产业。可二人硬顶着“诏禁”谋利，在北京“恃势私创塌店（又称塌房、邸店，是租赁给商人寄屯货物的场所）十一处，各令无赖子弟霸集商货”。钱、金两家，利用权势，试图控制京城商货流通，“甚为时害”，民愤非常大。

过去没人敢追究，宣宗皇帝还当他们是德艺双馨的好公公呢！现在换了天，就有人要对他们的行为说不了。

正统二年四月的一天，内廷突然传旨，命锦衣卫会同监察御史彻查！

剧情的发展有些狗血。如何狗血，请看——

锦衣卫和都察院得旨后，分别委派千户李得和御史孙睿侦办此案。

二人经过调查，认为钱、金二监霸集商货的情况属实，建议将所占货物发还原主，赊负的，由锦衣卫代为征收究问。

朝廷同意了，这二人就拿着批文找到锦衣卫指挥马顺，请他落实。

马顺却不愿掺和这种事，还怪御史多事，当场将文书掷还，而且态度很不好。这下激怒了孙御史。他们做监察御史，是人间的独角兽（獬豸），从来都是威风八面，以顶人为乐，哪曾将锦衣卫武夫放在眼里。孙睿一恼，就在锦衣卫堂上破口大骂起来。一旁的指挥徐恭见了，心中大忿，也加进来和御史对吵。徐恭不敢拿御史怎么样，就在属下身上撒气，将李千户杖责了二十棍。

孙睿、李得不服，上奏叫屈。旨意下来，马顺和徐恭双双落狱。都察院说他们“坏乱朝政”（掷朝廷文书、不执行朝命，是对朝廷的大不敬），应判斩刑！

两位指挥吓坏了，忙上疏鸣冤。宫中再传旨，遂将御史孙睿一并下狱。孙睿告发马顺擅自杖死火者张谷，经审为不实之词。

经过反复鞫问，法司最后定谳：马顺仍处斩刑，徐恭从轻改流刑（流放），孙睿以妄告判徒刑（有期徒刑）——两家都没讨到好，一齐获罪！

这样的处分是很严厉的，可是法司奏请后，朝廷却迟迟不批准判决，只将他们监着。过了段时间，打发他们出狱复职，塌店的事也不了了之了。

这个事件的背后，肯定有外人看不见的内廷博弈。

正统五年三月，锦衣卫指挥王裕、马顺因事下狱，还是与钱安有关。

起因是一个叫张能的内使，因揭发钱安违法，被捕入狱，在锦衣卫狱里被人打死了。

内使官不大，到底也是宫里人。王裕见打死内使，不敢说是打死的，就以病死上报。英宗不信，派御史徐郁验尸，于是真相大白，王裕和马顺跟着就“进去”了。

这个案子与正统二年之事一样，都是因太监而发，但板子全打在下人屁股上，对王裕、马顺的处理也与上次如出一辙，吃了几天牢饭后，出狱继续干本职工作。

钱、金二监虽有惊无险，平安过关，但屡遭告讦，还是让他们承受了很大的压力。

这两个让人莫名其妙的狗血案件，透露出背后隐秘的宫廷角力，一方是太监王振，另一方则是钱安和金英。王振通过各种“琢磨”，向昔日同僚显露威权，他的剑风让老太监们枕席难安。

正统初年，王振要出头，司礼监要张权，前朝的太监红人们日子便不好过。对钱安、金英等人违法行为的打击，含有明显的政争意图，其目的只在给对手泻火，而不在建立一个清朗的乾坤世界——王振本人就很不清廉。

这是一场目的明确的低烈度战争，对手臣服，他们就安全了。很快我们看到一个其乐融融的和谐世界：正统十一年正月大祀礼成，这大概是二十岁的英宗第一次亲祭天地。在完成典礼后，他亲御奉天殿（即今故宫太和殿），大宴文武群臣及四夷朝使。司礼太监王振并各监太监钱安、高让、曹吉祥、蔡忠等都有特别奖励。他们不仅得到金楮彩币的赏赐，王振之侄王林还被授予锦衣卫世袭指挥佥事，钱安侄亮、高让侄玉、曹吉祥弟整、蔡忠侄英俱为锦衣卫世袭副千户，史称“中官世袭，实始于此”，这是宦官子弟第一次得到武官的恩荫世职，还都是锦衣卫的中高级职位。在内臣排名中，钱安仅次于王振。他在屡遭打击后，还能保住地位，说明他已经屈服于王振，向其输款投诚了。

白白吃了两回闷亏的锦衣卫指挥同知马顺，也学“聪明”了，看准了方向，从此投靠王振，成为他的忠实打手。于是在正统八年，发生了肢解翰林刘球的事件。

在上面两个大案中，都看不到王振的身影，但王振无疑是最后的赢家，他隐在幕后，利用司礼监对圣旨和圣意的强大影响力，压服了同列大佬，也加强了对朝廷爪牙锦衣卫的控制。

正统十四年（1449 年）七月，英宗亲征，范弘、钱安都在扈从名单里，遂一起命丧土木堡。

土木之战的遗址上，遗尸数万，一直无人收葬。直到景泰二年（1451 年），景帝朱祁钰才差专使前往祭扫，并掩埋沟壑间众多的枯骨。范弘、钱安二人之尸骨，已不知其葬地。他们在生前都为自己营建了坟墓，范弘墓在他捐资所建的北京香山永安寺，钱安的寿圹在顺天府昌平县清河东北之原，他们死后，家属“以其生前所服衣冠招魂而葬”，属于衣冠冢。

土木之败，皇帝做了俘虏，随扈官员将士死亡众多，而所知殉难太监，仅王振、范弘、钱安三人而已。

我在阅读《朝鲜王朝实录》时，发现《文宗大王实录》景泰元年九月有这样的记载：“文宗传旨兵曹（相当于明朝的兵部），云我朝入华宦官，砥平崔真力、公州刘得、定宁金奉、凤山张奉、永川李种等，皆死于土木之变，其父母皆当‘复其户’（即免除该户的徭役负担），如无父母，则以同产为首者一人复户。”

这条记载又为大明王朝这次天崩地坼的国难补充了几名死难宦官的姓名与籍贯。

第二章　公公一声叱，汝休莫想逃！

明朝的精锐武备——京师三大营，在土木之役中损失殆尽，京城防守十分空虚。此时北京内外，人心惶惶，生怕京城守不住。有个叫徐理的翰林官员是个兼职的算命先生，喜欢谈兵，擅长星卜。国难当头，他掐指一算，发觉不好，再半夜登上屋顶仰观天象，益发觉得时运不济，认定北京无法防守！

这世上，有两种算命先生，一种是学了点皮毛，专门唬人骗钱（街头卖艺级），一种术学高深，手段高明，连自己都深信不疑（周旋于公卿名流间的“大师”，古今一例)。徐珵属后者。他这么一算一看，心里便发毛，大起恐慌，赶紧将家属秘密送到南方避难。说句题外话，徐珵是南直隶苏州人，他有一个外孙，姓祝名允明号枝山……

好，还说回徐珵。他偷偷把家属送走了，可他本人是朝廷命官，走不了。大概他是真急了，所以当朝廷向廷臣咨问防守之计时，他竟公然鼓噪迁都，大言道：

验之星象，稽之历数，天命已去，惟南迁可以纾难。

他竟然胡说明朝大势（天命）已去，唯有逃跑，才是活路！他自己逃跑不说，还要携裹着朝廷一块儿逃。若朝廷真听信了他的邪，一旦开路，那从此就是“南明”了。

徐珵的危言，令舆论大哗。

在大敌当前、局势危如累卵的时刻，徐珵发表这样的言论，可比动摇军心。戏文里不是唱“动摇军心者斩”吗？徐珵就该斩！

当时就有两个人骂了徐珵，他们是一个太监和一位名臣。

这位名臣，是景泰年间朝廷的中流砥柱于谦（就是写《石灰吟》的那位)。据实录记载，京师戒严后，北京羸马疲卒不满十万，人心汹汹，群臣聚哭于朝。徐珵公然倡议南迁，礼部尚书胡濙道：“文皇（朱棣）定陵寝于此，示子孙以不拔之计。”他说先帝陵寝在此，不可迁。

兵部侍郎于谦的口气严厉得多，他道：“再言南迁者，可斩也!”

于谦说：“京师乃天下根本，一动则大事去矣，独不见宋南渡事乎?”他提出，“为今之计，应速召天下勤王兵马死守”。

阁臣陈循附议：“于侍郎言是。”

于是众人皆道：“是!”

多亏于谦疾言厉色，疾呼“言南迁者斩”，才将迁都的谬论坚决压制下来。不然，用词稍缓，逃跑主义者借着“天象”煽风点火，恐慌情绪会像流感一样迅速扩散，那真要大事不好了。

至于那位太监是谁，记载不一。

据《国朝献征录》所收《金英传》记载，当土木之变后，人心汹汹，徐珵“最有时名”，金英趋往问计，徐珵趁机托出南迁之计——之前他只是偷偷在私室与人密议，这回当作政见公开提出来。

金英可能是奉景帝之命，私下了解各方舆情，他还去拜访了成山侯王通。这位王侯爷也不是什么名将，宣德年间弃交阯时，他是总兵大将，后来成为替罪羊，坐了十几年的牢，正统四年获释后，一直在家闲住。这回国家又逢大难，金太监登门问计，可惜王侯爷的本领不见长，说来说去只有一计，那就是把京城的壕沟挖得深深的。

金英连问两位当世“名臣”，才兼文武，却都是这般“高见”，不由得大为鄙视，他慨然对众人道：“此时当竭力固守，召勤王之师于四方，足以捍虏。有以迁都为言者，上必诛之无赦！”金英以“上意”为言，不指名地骂了徐珵，众心乃定。

世人多知于谦说“再言南迁者可斩”，而不知金太监说“有以迁都为言者，上必诛之无赦”，其实金英这句话更重要，是真正的一锤定音。因为于谦只是兵部侍郎，还没得到景泰帝的宠信，而金英是皇帝身边近臣，又是代表皇上采择舆情，轻重自不一样。当时郕王刚刚被推上宝座，毫无政治经验，而这宝座又摇摇晃晃不稳当，他除了几个王府旧臣，更无大臣可以依靠，这时要他拿那么大的主意，委实作难。金英采回来的意见就非常关键了，将直接影响景帝的决策。也可以这么说，金英当众表态，吐露的是圣意，而于谦只是发表个人意见。

可见金英在那个飘摇动荡的时刻，为国家的稳定，还是做出了重要贡献的。

也有一种记载，说斥责徐珵的，是司礼太监兴安。如《明史·兴安传》载，“或曰叱徐珵者，金英也”。

据《明英宗实录》，土木之变后，正是用人之时，有人向朝廷推荐徐珵，说此人有大才，景帝便将其召入问计。徐珵一边哭一边拿星象、历数说话，称天命已去，无能为矣，请皇上急幸南京。尚书胡濙、阁臣陈循等力称不可，太监兴安厉声叱道：“祖宗陵寝宗庙在此，将谁与守？”徐珵乃大惭而出。不久传诏：凡妄议南迁者，必处以死！

兴安厉声否决了迁都之议，他觉得持迁都观点的人肯定不少，建议景帝下诏加以禁止，并向天下宣示朝廷坚守的决心。诏书还禁止京官送家属离开北京——可见偷逃者绝不止徐珵一人。

实录是明朝官修的国史，上述记载可信。其实，到底是谁严叱了徐珵，不必细究，只要是坚决反对逃跑，并且勇于明示坚守的态度，就等于“叱之”了。从这个角度来说，金英、兴安和于谦都叱责了徐珵。

【宦官小词条】 兴安，司礼监太监，交阯人，生于洪武二十二年（1389年），永乐五年入宫。兴安首次出现在明实录里，是宣德五年十一月，朝廷敕令他与都察院副都御史贾谅、锦衣卫指挥王裕、参议黄翰和内官张义，往江西“巡视军民利病”。这时兴安还只是一名奉御①。两年后的宣德八年四月，因四川郫、彭等县盗贼纵横，兴安受命与贾谅、王裕往会四川三司官调军剿捕。这两件事，皆为开设巡抚之先声。所派者的权力非常大。正统元年九月，兴安又会同刑部侍郎何文渊、户部侍郎王佐、右都御史朱与言提督两淮、长芦、两浙盐课（兴安墓志称“清盐选军”）。正统六年，兴安又同大理寺卿王文审录刑部、都察院重囚，实为明朝宦官主持京狱录囚、干预司法之始。正统十四年英宗北征，兴安奉命“守备京师，抚安中外”（见《大明故司礼监太监兴公之碑》）。可知兴安是正统年间地位很高的太监。

当时还有一位大太监，也为朝廷定策出了力。

郕王朱祁钰初即位时，英宗之母孙太后对朝政也有一定发言权。当阁部齐心表达了死守的态度后，禁中尚怀疑惧，孙太后便咨问司礼太监李永昌的意见。永昌道：“陵庙宫阙在此，仓廪府库、百官万姓在此，一旦朝廷播迁，大事去矣。南宋不正是前车之鉴吗？”他用靖康之耻切谏，孙太后听了，始断绝了南迁的念头。②

这样，由于外廷群臣和内廷大佬皆力主坚守，太后和景帝的意志也

---

① 奉御，内官之一种，高于长随，低于监丞，洪武二十八年定制，秩正八品。

② 李永昌谏言这件事，也许是史实，但须注意的是，这件事被记在《明英宗实录》里，与李永昌的嗣子李泰充任英宗朝实录的纂修官不无关系，此事或得自李永昌口述，或为饰美之词。

趋坚定——“由是中外始有固志”。

在兴安的大力举荐下，于谦得到重用，被擢升为兵部尚书。在他的主持下，选将练兵，婴城固守，瓦剌大军终不得逞，很快悻悻退去。而那位“徐大师”，因为荒谬的言论坏了名声。从此以后，他发现，每次有迁官的机会，他总升不了，机遇跟他打起了擦边球。好令人懊恼！打听之后才知道，原来不是吏部不推举他，而是他的名字被景帝记住了，每次见到他的名字都厌恶，将其一笔抹去。看来这辈子甭想升官了！徐珵没办法，只好改名“有贞”，仿佛向天子喊话：“俺是贞洁的！”

贞不贞，不是自己说了算，也不是名字里带贞就贞的。徐有贞后来成为夺门之变的主谋，真是一个不贞的小人！此节后文再讲。

第三章　拍马冲阵的报效内官们

且说瓦剌大败明军，万万没想到，竟连南朝皇帝也俘获了！原以为手里有了“王牌”，南朝的花花世界就是他们家的了，可以肆意勒索，大饱其欲壑（瓦剌人对中原土地倒没啥兴趣）。

英宗失陷之初，朝廷急于将他赎回，英宗妈妈孙太后和媳妇钱皇后，在宫里大刮地皮，辇送无数金银财宝到虏营，不惜代价，只求换回皇帝。可景帝继位后，遥尊英宗为太上皇，瓦剌人就急了。“太上”二字名头好听，可“太上皇”不能和“太上老君”比，皇加“太上”二字，差似过期作废。这个道理，瓦剌人不懂，他们营里有懂的，那是一个叫喜宁的太监。

喜宁原是英宗的亲信，他本是胡人，自从被俘后，便死心塌地投靠新主，替瓦剌太师也先出谋划策。英宗由皇上“升”为太上皇的利害，他讲得很清楚，简单说，就是手中肥鹅顿时变成鸡肋，使也先好不懊恼！在喜宁的撺掇下，瓦剌人三天两头押着英宗去大同等边关叫门，并且发了狠话：“今送太上皇回京，若不得正位，虽五年十年务要仇杀。”

"正位"之意，就是要扶保朱祁镇重登宝位。

自古以来，对人质这么"好"的，也先可拔头筹。

当然，也先的本意是不希望人质烂在手里，总望尽量变现。可如今南朝宝座上已换了一个屁股，太上皇要想回朝正位，就得先蹬掉那个屁股。景帝也不干呀！景帝以"北虏有诈"为由，向边关守臣发出诏令，要求固守城池，不许与瓦剌人私自接洽，就是太上皇亲自来，也不许开城门接待。

瓦剌人急了，遂于正统十四年十月（土木之变后两个多月），趁秋高马肥，向南进军，在喜宁的指引下，兵锋直指紫荆关。紫荆关与居庸关、倒马关合称"内三关"，是京师西面的最后一道防线。紫荆关正当敌冲，地理位置十分重要，明朝已增派副都御史孙祥在此镇守，以加强此地防御。然而雄关没能挡住瓦剌轻骑兵的攻击，一天不到就告失守，孙祥战死。

北京门户洞开，京畿警报再次拉响！

敌骑即将横行于国门，朝廷被迫诏令宣府、辽东等地总兵官，以及山东、河南、山西、陕西巡抚和各地募兵御史入援。除了调集附近的兵马，朝廷还十分不情愿地号召各地亲藩上京勤王，甚至向远在东方的朝鲜国征集救兵。这该是多么丢脸的事！若非深深的恐慌，明廷岂会行此下策？

此时正该打开府库，搬出金银缎匹来犒军，激励士气，可大败之后，损失惨重，朝廷正是穷愁潦倒之时，实在拿不出东西来劳军。兴安想出个主意，他建议造"功赏牌"，分奇功、头功、齐力三等，发给监军文臣收藏，临阵时，凡将士挺身突阵、斩将夺旗者，与奇功牌；生擒"达贼"或斩首一级者，与头功牌；其他虽然无功而对阵受伤的，与齐力牌。朝廷向官兵们保证，有功者先授牌，把牌子收好，乱平之日，凭着牌来领赏——这等于是打了白条！

就在勤王诏书发出的第二日，瓦剌军挟持着太上皇到了北京西南的卢沟桥。自元朝灭亡之后，蒙古骑兵第一次横行于北京（昔日元之大都）

城外，满城惊骇之状可想而知了。

据《明英宗实录》记载，太上皇朱祁镇到了城外，分别致信皇太后、弟皇帝及文武群臣，其内容是“通报虏情，俾固守社稷”。

此处我有两疑：

首先，据实录所记，上皇命随侍校尉袁彬“作书”。如此重要的信件，上皇自己不动笔，却令一名小小的校尉代书，朝廷不识其笔迹，如何判断其真假？

其次，俘虏写的书信，瓦剌人难道不审查，任由着他“通报虏情”？

这情节，大概是史官为了突出英宗身陷虏营时的不屈意志，发挥想象的创作吧。它反映的真相可能是，失去自由的英宗被迫按照瓦剌人的要求写了一封信，通报自己安全，并请朝廷派人出来谈判，而绝不可能有“通报虏情”、激励官民固守社稷的内容。英宗就不怕信落入瓦剌人手里，还未激励城中将士，先激怒了虏酋也先？就是他欺瓦剌人不识汉字，也应担心明军将士闻信后，奋勇突营杀贼，他本人的安全谁来保障？

明朝的史官还是太冬烘，这种事应以“杀人灭迹”为上，提都不要提，就像清朝实录一样，把不干净的事洗刷得干干净净，不留任何小尾巴让人揪。

不管英宗信里写了什么，这几封书信最后没有送达。

瓦剌人派了一名代表，带着被俘的通事（翻译）岳谦，一起去彰义门外“答话”。不料守城明军已奉严旨，瓦剌人也好，太上皇的亲信也好，均不许与之接触，见者必杀。岳谦与瓦剌代表才走近彰义门，猛地就见一彪明军杀出，他们措手不及，岳翻译官当场被砍翻在地，瓦剌代表拨转马头，仓皇逃回。

明朝拒绝对话，英宗这张牌明摆着失效，瓦剌人不得已，只好准备开仗。这本是也先极力想避免的，因为北京城四十里高墙，无边无沿，天狗便欲吞月，一时也找不到下口的地方。但如今不打不行了，也先就把英宗送到德胜门外土城（为元大都城墙的遗址），将大军摆在西直门外，准备攻城。

负责北京城防的，是武清伯石亨和兵部尚书于谦，他们选调精兵，在城外校场驻扎，景帝授予他们先斩后奏的权力：将领自都指挥以下不用命者，可就军中斩首。与这两位文武重臣一同“整理军务”的，还有司礼太监兴安和李永昌——王世贞说，“此内臣总京营兵之始也”。不久后，随着京营体制改革，宦官全面渗入京营军政事务。

双方磨刀磨枪，准备厮杀。

正统十四年（1449 年）十月十四日，战斗骤然于彰义门①外展开。

明军方面，统兵官是大将王敬、武兴。面对来袭之敌，他们背城布阵，列在最前面的是火器手，后面是弓箭手，再后是持短兵的步兵，最后压阵的，是报效内官数百骑。

所谓“报效内官”，可不是明朝的“无垢者兵团”或奥斯曼帝国禁卫军团“耶尼切里”。他们是宫廷里的“热血青年”，见国难当头，朝廷缺兵少马，遂主动请缨，自备战马兵器参战。上一部讲到，永乐中宦官多胡人，明初时虽没有专门由阉人组成的战斗兵团，但不乏勇武的阉将，正统以来，尚武之风渐息，但还有不少宦官精于骑射，也有报效朝廷的忠勇之心。

随着战鼓擂动，瓦剌骑兵首先发起攻击，烟尘如墙，当面袭来。明军立即以强大的火器予以反击，敌骑受挫，稍稍退却。

此时正当稳住阵脚，以防敌军反扑，不料阵后的报效内官急了，为了争功，他们不听号令，纷纷跃马而出，向敌军发动追击。

---

① 包括《明史》《读史方舆纪要》在内的许多史籍，都误以为彰义门是西直门的旧称。事实上，彰义门原为金中都西之北门，至土木之变时尚存，其地望约在今天北京市丰台区与西城区交界的广安门外大街湾子村附近（见王毓蔺、尹钧科：《〈明史〉若干地理记载正误》，《中国历史地理论丛》2012 年第 3 期）。彰义门与德胜门外的土城，都是金、元时期旧城的遗存。嘉靖年间展筑京师外城，外城西门称广宁门（清改称广安门），因在彰义街上，与其西之旧彰义门相通，遂以“彰义”呼之。

明军战阵一乱，给敌人造成了机会，瓦剌大军随如乌云般压来，明军抵挡不住，向北败退。

瓦剌骑兵一直追到北京西北的土城，这里有一个较大的聚居区，明军败退到这里后，依托民房和老城墙展开防御，许多百姓爬上房顶，向瓦剌骑兵抛掷砖瓦——这可真是瓦打瓦！

瓦剌骑兵离开原野，攻击效力大大减弱，再加上彰义门方向旗帜招展，明军一部来救，只好暂且退兵。

这是北京守卫战中一次较大的战役，由于报效内官争功，导致明军受挫，损失了一员大将。但瓦剌军也没有获得大胜，更没法达到迫使明廷屈服的目的。

其实也先并无灭明之志，对明朝也无领土要求，他的目的不外乎借助强大的军威，强迫明朝接受有利于他的通贡条件，捞取更大的经济利益，总之是志在财货。可是他的目的没有达到，数万劲骑困顿坚城之下，没有后勤保障，只能靠劫掠一些分散的村庄为生，时间稍久，即难以为继，而且明朝援军源源开来，如果再将身后的关隘塞口一堵，断了归路，反而成了瓮中之鳖。

也先无奈，只好于彰义门之战的次日撤兵，渐次退出关外。

第四章　太监里出了个大汉奸

瓦剌退兵后，明朝的防守形势全面趋稳，但也先不死心，时常派兵到各边骚扰，边警始终难以解除。

明朝综合分析各方面情报，认为瓦剌之所以亡我之心不死，一个根本原因，就在于汉奸太监喜宁从中挑拨诱引。

要说喜宁是“汉奸”，并不准确。史称“内侍喜宁，胡种也”，他是胡人。明代所称的胡人，主要是兀良哈三卫及女真人，分布在今天东北的广大地区，历史上这里是东胡部落的活动区域（蒙古分裂后，三卫以西诸部，分别叫鞑靼和瓦剌，称“达”不称“胡”）。

喜宁是土木之变后的一个重要人物。对他之前的经历我在此略做考证：

据我查考，喜宁的名字最早出现在正统二年（1437 年）由大学士杨溥撰写的《敕赐法华寺记》里，该寺由司设监太监吴亮所建，喜宁也捐了款，作为“助缘信官”刻入碑阴题名里。

喜宁之名再见，是正统四年的《敕赐金山宝藏禅寺记》。该寺为御马监太监鲁安（又名李贵，永乐、宣德间大太监）所建，礼部尚书胡濙撰写碑文。其中提到喜宁，他的身份是“主管御用近侍大夫”，这是御用监太监的雅称。在正统五年宝光寺、正统八年法海寺等碑记中，喜宁均列名“助缘内官”，且名次都比较靠前。

喜宁第一次出现在国史实录里，是正统九年，因镇守辽东太监王彦（即狗儿，其事迹详见上一部）病故，英宗派太监喜宁去“检阅其家财”。随后王彦妻吴氏向皇帝哭诉，说喜宁私取他家奴仆驼马、金银器皿及田园盐引等物。王彦并非犯法抄没，不知为何要派喜宁去“检阅”他的遗产，喜宁得了这份美差，趁机大饱私囊。遭到吴氏投诉后，英宗也没降罪，只是命他将田园盐引等物归还，其他东西上交国库。

喜宁是英宗的宠儿，据实录记载，正统十二年初，喜宁向英宗奏乞北直隶河间府青县地四百一十五顷。真是狮子大开口，一口就要吞掉近畿土地四万余亩！英宗让户部差官查勘，发现有许多是民田，但最后还是将其中的荒闲之地七千九百八十亩赐给了他。

已经是富翁的喜宁还不满足，竟纵容家奴侵占太师英国公张辅家的田宅。

张辅是什么人？四朝元老、铁帽子英国公！

张氏父子（父名张玉）都是靖难功臣，张辅原封新城侯，永乐初率师平定交阯，有开疆辟土的大勋劳，进封英国公。张辅不仅是当时排名第一位的勋臣，他的女儿嫁给了仁宗，还是大明的皇亲国戚。可就是这样一位“擎天白玉柱架海紫金梁”的老国公，喜宁也敢动手抢他家田屋。

喜宁的弟弟喜胜，领着自家阉奴，砸毁张辅家佃户的房子，殴打张府家人，致其怀孕妻子死亡——瞧瞧宦官的跋扈之态！

张辅挨了阉奴的气，却没法领着大军去征讨，只好诉之于朝，告了一个御状，请皇帝来主持公道。这要是依着我，一要尊国戚，二要尊大臣，三要尊朝廷纲纪，定将喜宁罢官，驱逐出宫，永不再用。可英宗怎么处分的呢？他只把喜胜与打人的家奴下法司问罪，而将喜宁轻轻放过。

法司判处喜胜等杖刑。那也好啊！俗话说打狗看主人，棍子打奴才屁股上，只当打太监的脸了。不料英宗连喜胜的杖刑也免了，让他交几个钱赎罪了事，只把喜家私自收用的几名自宫家奴发戍广西南丹卫。

当时朝廷正在追查权贵滥收自宫人的事，这几个自宫阉奴替主子出力，把自己暴露了。依着法制，自宫者应戍边。喜家阉奴被遣戍广西，不是因为他们作恶，得罪了老国公，而是因为他们违法自宫。喜宁见自家奴才戍边，心有不甘，指使喜胜揭发张辅也收用了自宫人为奴。英宗倒是“不偏不倚”，一边扁担三，一边三扁担，下令宥张辅之罪，而将张家所收自宫奴也发往广西南丹卫戍边。

正统十四年亲征，英宗自然要将喜宁这个宝贝疙瘩带在身边。不想走了背运，主奴一块儿做了俘虏。昔日同甘，今日正当共苦，可喜宁一入虏营，顿忘往日恩德，立刻背叛了沦为俘囚的万岁爷，转而替瓦剌酋长也先效力。这叫啥人呢！

喜宁舍家背主，可他家还在北京呢！喜宁背叛朝廷、给北虏当军师的事，被明朝侦查到了，就将他家抄没了。此后喜宁更是死心塌地地给瓦剌人卖命。

据同样“陷虏”的锦衣卫校尉袁彬回忆，喜宁多次挑动也先南侵，袁彬以天气已冷为由，劝也先不要动兵，喜宁便挑也先之怒，几乎杀了袁彬，只是因英宗求情，才免他一死。由于喜宁的背叛，英宗住在瓦剌老营里，处境十分艰险，生命安全时常受到威胁。

英宗又恨又怒，隐忍待发。

喜宁过去曾多次出使北地，熟知沿边道路情况，他的投敌，危害格外大。景帝给居庸关、宣府、大同等地守将传敕，说如果瓦剌再以送驾为名，挟持太上皇来边，只要喜宁随行，务必诱之入城，即时杀之，并且枭示。大同左卫一个叫夏回生的总旗上疏，表示要率壮士数十人出境烧荒①，潜劫虏营，擒杀喜宁，得到“赐冠带”的奖赏。可见当时军民同仇敌忾，誓擒奸阉喜宁。

英宗为了自保，更是急于除掉喜宁，便让袁彬去跟也先说，打算差喜宁及总旗高斌、达子纳哈出等回京传话。也先同意后，袁彬承密旨，写了一封密书给高斌，让他到了宣府，交给总兵官，令其擒拿喜宁，务必将此害除去。

景泰元年（1450 年）二月十四日，有五十多骑来到宣府万全右卫，其中一人独自驰至城下，望城上说：“我是总旗高斌，往北京奏事。”并要求进城。守将赶紧禀报宣府总兵官朱谦，朱谦即遣右参将杨俊于当日夜间四更赶到右卫城。杨俊怀疑五十余骑只是哨探，后面还有大队达贼，就预先做了部署，他令都指挥江福和内官阮华州、陈伦等，率一支部队，于次日凌晨前往右卫城外野狐岭埋伏。上午九十点钟，果然发现有虏骑千余人，近边南行。

明军以为瓦剌又要南侵，城内气氛十分紧张。那个叫高斌的总旗又一人来到城下，杨俊问他喜宁来没。高斌答，喜宁在后面，见左右无人，便把太上皇的意思对杨俊说了。杨俊让他去和喜宁说，宣府众官具酒礼迎接，请喜宁来吃酒。喜宁不敢来，托词拒绝。杨俊见喜宁不上钩，便对高斌说，不劳喜太监入关，只消在城墙下一晤即可。不久，喜宁果然领着几名达兵走过来。杨俊等开门出迎，言谈间拿一些好话哄诱他，谈着话，不知不觉已近城墙。喜宁忽然发现城下官军较多，不安起来，打算后退。正在此时，高斌从后跃出，一把将他抱住。喜宁大惊，急忙挣

① 烧荒是明军防边的一种策略，即在冬季派兵，将沿塞数十里内的荒草树木全部烧毁，使塞外部族失水草北迁，并且能防止虏骑偷袭。

扎，高斌哪里肯放，二人一起摔倒，滚入城壕中。明军官军奋勇突出，当即将喜宁并瓦剌人火洛火孙生擒，同来的纳哈出见势不妙，纵马逃走，回营报信去了。

英宗听说喜宁就擒，仰天大喜道："干戈久不息，人民被害，皆喜宁所为。今日彼既就擒，从此边方宁靖，我南归也有希望了！"

我觉得英宗的性格后来变得极易猜疑，与喜宁的背叛给他造成的精神伤害有莫大关系。

喜宁被捕后，立即被械送上京。因擒此贼，杨俊升右都督，与朱谦各赏黄金二十两、白银六十两；高斌升副千户，赏衣服一件。而"挟外寇而为内患"的喜宁则被拿送市曹，活剐了三日——喜太监就这样不喜地去了。正是自作孽，不可活！

确如英宗所言，喜宁一死，他回国的希望倍增。

土木之变的影响，对明朝来说，可用"天崩地坼"四字来形容。景帝朱祁钰是在毫无思想准备的情况下被推上皇帝宝座的，正所谓飞来之福。可自从他在宝座上坐定，就将宝座的前主人视作竞争者，打心里说，他是不希望英宗回来的——两龙相见难哪！

所以现在英宗回国的最大变数，来自他这位同父异母的弟弟。

在很长一段时间里，瓦剌人不断提出要送还英宗，甚至以武力相威胁。这正好给了景帝借口，他以瓦剌居心叵测为由，严令边将禁止与瓦剌接触。双方僵持了许久。

但是，不仅瓦剌人执着于送还英宗，朝廷百官对于迎回上皇，也颇为热心，纷纷献计献策，还有人主动请缨，要去沙漠游说也先。景帝无法公开压制这些言论，只得拖延。不久后，瓦剌与鞑靼开战，急于抛掉那块鸡肋，又派人到边关传话，表示要无条件送还英宗。景帝没办法了，只好派一个品级不高的小官去接。

也先果然守信，使臣景泰元年（1450 年）八月初五到，初八便大排筵宴，会齐大小头目，为英宗送行，还赠送了大量礼物。英宗辞行，从宣府入关，住了一日，打发了护送的达子，然后经怀来入居庸关，十五日已到达北京。

这一路都有京里派来的内官、内使，早早搭起帐殿、膳房办招待，所需饮食都由尚膳监、光禄寺官员供应。

有一个细节值得注意，英宗才从宣府进来，就见到“家里”差来的太监夏时在鸡鸣山已搭好帐殿相迎。

史书上没说夏时是什么人，但通过考察他的履历，可知他是孙太后宫里的近侍太监。

考夏时墓铭及北京《崇勋寺敕禁碑》①，夏太监永乐中入宫，成化十年（1474 年）病故，年七十二，他“历侍七朝六十余年”“凡朝廷有大典礼，如选王妃、册封之类，多命公掌行，宠遇尤厚”。夏时首次见诸国史，是天顺元年，这表明他在英宗复辟以后得到重用。

我不知道孙太后派夏时跑到宣府门口来接英宗，会不会有防备景帝加害的意图。在英宗回銮前，也先就对他说：“如今是你弟弟做皇帝，你回去之后，要对他说，这个位置是我的，你要让给我！”如此强势灌输。就连瓦剌酋长伯颜帖木儿有一次偷偷跑来，也表示：“我一定帮忙劝说太师，早日送你还朝，还做皇帝。你可要记得俺呀，俺将来在此若有难，会去投奔你的！”瞧瞧，连达子都打这样的主意，北京城里的新贵能不担心吗？大概太后也忧虑英宗路途安全，才派遣亲信太监夏时远出宣府去接，好随侍保障英宗安全。

当然啦，不管史实背后隐藏着多少不为人知的真相，事实是，英宗平安回京了。

当英宗一行抵达城北唐家岭时，停了下来，派人回京，以太上皇的名义诏告文武群臣，言“避位之由”。这些冠冕堂皇、异常重要的废话，不得不说。这是说给群臣听的，更是给景帝发信号，好让弟弟放心，哥

---

① 夏时墓碑名《司设监太监□□□□碑铭》，出土于北京怀柔定慧寺村。敕禁碑现存北京市东城区东四南大街椿树胡同成寿寺。

哥我顺天应人，安心避位，不会跟你争宝座的！

八月十六日，英宗在德胜门外土城校场接见了总兵官石亨、张軏、杨洪和兵部尚书于谦等人。早上，他已让人从达子所进马匹中挑出十二匹好马，分送太后老娘娘、皇上和太子（他的亲生子朱见深），并交代先行一步送东华门外摆列，好让皇帝弟弟看到他的心意。

进入安定门，在瓮城庙里换袍服时，英宗仍惦记此事，叮嘱随侍校尉哈铭："先去家里好生摆着马。"哈铭回奏："去不得，家里十分紧。"他非常失望，叹气道："既去不得，罢了！"

英宗升轿后，哈铭上马在后跟随，向南直走到东安门（皇城东门）。

景帝领着百官，在此等候，见到太上皇的轿子，景帝下辇拜迎，太上皇下轿回礼。然后两兄弟携手步入皇城，百官随至大内南朝殿，上皇升座，百官行礼。百官退后，老娘娘、娘娘们纷纷入见，叙家人之礼。一番唏嘘，自不必言。

以上迎接太上皇的仪礼，都是走程序，时间并不长，但英宗与景帝这两位前后皇帝，都觉得不太得劲，不知说啥好（这种心态，看官可自行揣摩），从"执子之手"到匆匆散讫，基本上没说几句话。而英宗一到南宫住下，实际上开始了近七年的软禁生涯，兄弟俩再没见过面。

相见既尴尬，不见也罢！然而，树欲静而风不止，英宗与景帝的关系，并不因两龙不相见便可相安无事。

第五章　金太监被贬，只因一句真话

景泰帝朱祁钰本是一位亲王，因为得到哥哥的宠爱，年长后一直没有就藩，留在京里，孰料形势飞转，硬生生将他推上皇位。在他的领导下，大明王朝度过了建国以来最大的一次危机，他的帝位也得到巩固。

景帝性格温和，勤于政事，善于任使，如果不是后来发生了一系列出人意料的事件，他本能成为一位中兴之主，而不是以"戾皇帝"或

“代宗”之名镌于史册。

景帝由一个凡事不管、整天锦衣玉食的年轻王子（他即位时二十二岁），忽然龙袍加身，尽管文武百官都是现成的，但他端坐宝座之上，却备感孤独，他毫无治国经验，唯有一双空拳，将如何治理这庞大的帝国？

他必须尽快起用自己信得过的亲信。

不必说，前郕王殿下信得过的私人，自然是那些王府官员了。

明代的“王官”系统也分内、外两部分，外官为长史司，内官为承奉司（首领为承奉正、副）。因为郕王未之国，所以王官配置较为简单，文官就是辅导王子学习的几位讲书先生，其他就都是宦官了。

如今王爷做了天子，旧王府成了“潜邸”，王府官员应溥“从龙之恩”，一体升赏！王府的辅导内臣如王诚、舒良、张永、王勤等，都进了司礼监，参预机务，成为景泰朝的新贵。

宣德以来，司礼监已成为内府最为重要的衙门，它不仅是宦官的首脑机关，全面管理内府事务，系“秉笔、随堂”衔的太监们，还有辅政之责，与内阁“对柄机要”，被称为“内相”。英宗北征时，带去了一半的司礼太监，全部死亡，剩下的只有兴安、金英、李永昌等几个人。司礼监职任繁重，而阙员严重，本来就需要充实。但新人进来后，原来的老人如何表达对新君的忠诚，如何适应与新同僚的关系，将成为他们地位能否稳固的关键。后来一系列太监间的派系争斗，将不断证明这一点。

有意思的是，为人性贪的金英没有做到，而清廉刚直的兴安做到了，真是耐人寻味。

景泰初年，金英继王振掌司礼监印，与兴安等在内辅政。李永昌则主要与国公石亨、尚书于谦等文武大臣合作，整顿北京防务及京营事务，是宦官参预军务的最高代表人物。

这三人在宣德中已任司礼太监，尤其是那位获得过免死诏的金英，更是宠冠一时。他早在永乐末年就已做到司礼监右监丞，据北京圆觉寺一方碑文记载，永乐二十二年十二月，仁宗将抄没充军钦犯张定名下的房屋庄田人口等，全部赐给金英。大概此事遭到非议，洪熙元年二月，仁宗重申金英得到的那些赏赐仍归他所有。金英将房产捐出来，建了一间寺庙，即圆觉禅寺（旧址在今北京市朝阳区十八里店老君堂无极寺）。

金英这个人非常溺佛，自称“佛弟子”。佛教最忌“贪嗔痴慢疑”，而以贪为首恶。照说金英非常虔诚，他生前捐建了好几座寺庙，死时立下遗嘱，要求按释门规矩，将遗骨舂成粉末。可是此人最大的毛病恰恰是贪！一边尽心诚意地奉佛，一边破坏佛祖禁戒，大肆敛财，这人格也太分裂了吧？可扫一眼现实世界，类似的“分裂型精神病患者”满街跑的都是，也不是啥稀罕事！

金英在正统中多次因经济问题遭到追究。前面我讲了正统二年他与太监钱安因“私创塌店、霸集商货”事下狱。才过几年，又因私自在皇家苑囿南海子放牧并强夺百姓草料，与清平伯吴英、太监吴亮、范弘、阮让一起下了诏狱。这都是王振当权时候的事，有这么一个厉害角色在上头压着，勋臣太监们时不时到牢里报个到，吃几顿牢饭，受点狱气的熏陶，谁还敢跟王振做对头？故《明史·金英传》说：“及王振擅权，英不敢与抗。”

但性贪二字不能抹杀一个人的生平。保唐僧取经的猴子和老猪，不也贪吃好玩，常犯贪嗔之戒吗？应该说，金英立朝，还是有些正气的。好比有一次他到南京出差，事完回京，南京公卿大臣全上赶着到江上为他饯行，唯有一人不到。此人便是理学名臣、时任南京大理寺卿的薛瑄。薛瑄曾因这股傲气得罪过王振，差点被杀，如今又来顶撞金英。金太监一怒，也不是好耍的。金英记住了薛瑄的名字，回到北京，却逢人便说：“南京好官，惟薛卿一人耳！”不光口头说说，装点门面，不久薛瑄奉召回北京任职，与金英的内助不无关系。

金、兴二人对景帝来说，都是前朝旧人，相互之间不熟悉，也无感情基础。然而兴安对新君取全力支持的姿态，好比对迎回英宗这件事，他就很不积极。也先遣使来议和，请明廷派人去接太上皇，朝臣都很兴奋，纷纷请遣使速往，景帝不怿，兴安从宫里走出来，对众人说：“先生们欲遣使往沙漠，哪一位足当此差？谁是文天祥？谁是富弼？”辞色俱厉，语含讥讽。后来虽迫于舆论，景帝不得已差官前往，却只派了一个七品都给事中，而且所携敕书里还没有“迎上皇”字样。此人大感惊讶，去内阁问，正好遇到兴安。兴安当面斥责他道：“你奉黄纸诏书行事就行了，其他的事何须你管！”兴安的态度鲜明，毫无掩饰，所以后来景帝动易储之议，许多人都怀疑兴安参与了预谋。

与兴安相比，金英明显保守，尤其是在储君问题上，很不愿意与景帝配合。

话说英宗被俘后，本可以立他儿子继位。年轻的英宗已经生了三个儿子（第二子早夭），可皇子们年纪都还小，国难当前，须有长君，朝臣自然乐于拥戴他们的叔叔郕王。

但这是有条件的！

历史上不乏哥哥让位给弟弟，弟再将皇位传给兄子的例子。孙太后提出，郕王继位可以，但须先答应一个条件，那就是将来他万年之后，皇位必须重回英宗这一系。孙太后生怕大位旁落，是因为郕王不是她的儿子，郕王之母是宣宗贤妃吴氏，她不单要替未知归期的儿子操心，也得为自己着想。她清楚得很，一旦郕王即位，将奉他亲妈吴太妃为太后，她这位太后立马过气，变成凉拌菜，想想都难以忍受。

孙太后的担心不是多余的，郕王此时已有一子，名见济，封郕王世子（世子是亲王之位的继承人）。精明的孙太后深知，郕王继位已不可避免，如果不提前把条件讲好，将来后悔晚矣。双方妥协的结果是，先由太后出懿旨，立英宗长子朱见深为皇太子，然后郕王再登基继位。太子是朝廷的储君（又称储贰、国本），立见深为嗣，等于景帝与太后签订了传位协定，将来皇位传侄不传子。

然而等景帝把皇位坐瓷实了，不单自己不肯挪窝，就是这皇位，也想传给自己的亲生子！这是人之常情，用现在的话说，就是干嘛拿那么大一份奖金去诱惑景帝呢？他虽是好人，也经不起那样的考验啊！

景帝已决心废除传位协定。可他知道，易储是大事，肯定会有人反对。如果反对声浪太高，即使动用武力将反对意见强摁下去，也不好看。为此，他想先探察一下司礼监的态度。一次，他装作漫不经心地对掌印太监金英提到："七月二日是东宫生日。"金英秒懂了，皇帝在试探他，然而兹事体大，不容他马虎敷衍，金英郑重其事地叩头，更正道："东宫生日是十一月二日。"景帝说的是见济的生日，金英说的则是见深的生日，两下说岔了。

金英做了这道"改错题"，表明了他反对易储的态度，也亲口毁掉了自己的政治前途。

景帝听了，甚为不悦，却不便挑明，只把眉头皱起，不再说话。金英失去了皇帝的信任，倒霉的日子可以数天天了——果然他不久就出事了，还是倒在了贪字上。

事情是这样的：金英派家人李庆拿着盐引，到淮上等地的官办盐场支盐。[①] 李庆倚仗太监的势力，违法多支官盐不说，在往回运时，他还想把运费省了，便贿赂淮安知府程宗，擅自征调民船六十余艘为他载运私盐。更甚者，他还打死了一个船夫。自古人命无小事，出了人命事情就闹大了。景帝接到告发状，马上下旨，将李庆等下都察院鞫问。

都察院是管百官风纪的衙门，李庆只是一个家奴，把他送都察院问罪，皇帝的用意是比较清楚的——直指李庆背后的官儿。

大概都察院对此也略有领会，将李庆判了绞刑，其余涉案人员皆施杖刑。但都察院对圣意领会还不深，或许对金英还有所忌惮，所以在做最后的"结案陈词"时，没有触及李庆背后的主子金英。

这时，刑科给事中林聪愤然上疏，对金英进行了严厉的弹劾，说他"怙宠欺君，怀奸稔恶"，同时指责都察院左都御史陈镒、王文及监察御史宋瑮、谢琚等"畏权避势，纵恶长奸"。像这样针对司礼太监，特别是掌印太监的严厉参劾，不同寻常，而时机恰恰在金英与景帝产生嫌隙之

---

① 盐虽然不贵，却是生活必需品。在古代，盐由国家专营专卖，支盐必须持官方发放的凭证（盐引）。至今盐这宗商品还是由国家专卖。

际，可能林聪从某种渠道得到暗示，才勇于上疏。王世贞《中官考》就说："景帝以其（金英）擅权，恶之，命言官论其家奴。"说林聪是奉密旨疏劾。

此疏一上，景帝即批示："金英，朕自处之。陈镒等，命锦衣卫逮治。"

林聪一炮就打准了。都察院没有参劾金英，或是畏其权势，但将李庆判处死刑，似乎也没有徇私的情节，而该院长官竟因此通通下狱。皇帝的反应让嗅觉敏感的人士产生进一步的联想，马上意识到，他们"打虎"的自觉性太差了，令皇帝失望了。但不要紧，亡羊补牢，未为晚矣。十三道御史马上因没有纠劾金英，上章伏罪——在皇帝降罪前，先提前谢罪，也是免祸之一法。景帝见目的达到，就以十三道主动认罪，下旨"皆宥之"，陈镒、王文也免罪复职。御史宋瑮和谢琚本来被论以"赎杖还职"①，但他俩被林聪揪住不放，再次参劾他们"阿佞权要，难居宪职"，结果双双调离监察岗位，一个到江西吉安府做推官，一个降安福县典史，仕途上栽了大跟头。

凡牵入这一事件的官员都遭到严厉处分，比如多给金家支放官盐的两浙运使吴方大，因"畏势受赂听嘱"，被抓到京里，追赃毕，发原籍为民，为此坏了官。淮安知府程宗因擅自召集民船为太监家运私盐，谪戍辽东。最倒霉的当然要数狗腿子李庆了，他向来横行四方，骄纵惯了的，这次淮南之行，不过是其故态。不想主子开罪了皇上，他掉脑袋！李庆被判绞刑，在牢里坐着，忽然碰上大赦，登时黑压压的天际出现一线生机。法司按照程序，将遇赦免死的囚犯名单报上去，然而李庆是景帝重点关照之人，见了他的名字，厌恶顿生，遂大笔一挥，下诏立诛之！遇赦而速死，李庆成了景帝泄愤的工具。

金英暂时无事，但他的违法行为遭到彻查。满朝慷慨之士秉持政治

① 就是罪人本该受杖刑，但他们缴纳一定数量的罚金后，可免于用刑，并且准许他们回原单位工作。这种以罚代刑的做法，叫作"赎刑"。

文化之精髓，纷纷上疏举报，推危墙，落井下石，打落水狗。那些在金家门前门后走动勤便之人，多受牵连下狱。对他们进行审理的规格非常高，好比一个叫刘信的锦衣卫校尉，就由刑部尚书俞士悦亲自审问，自然一审就审出“作弊”之事，且件件指向金英——说白了，抓苍蝇是为了打老虎。俞尚书就奏称，刘信“缔结司礼监太监金英”，冒升百户，常于午门外探各处事情，辄以报英，罪当斩，并请求将金英下狱。景帝命法司依律将刘信处斩，至于金英，景帝的态度仍然是“姑宥之”。

景帝还在等待更猛的爆料，好给他来个一举报销。

不久，锦衣卫指挥佥事吕贵被人揭发行贿。吕贵曾随军出征，升授职衔，署（代理）都指挥佥事。打完仗回来，依他现在的职衔，将调到外卫（锦衣卫最大的官只是指挥使，地方都司才有都指挥使这个官衔）。吕贵宁可不升官，也不愿意离开锦衣卫。于是通过金英的家人锦衣卫百户金善贿赂金英，辞去都指挥佥事的升衔，得以留任锦衣卫。

这在过去，也不是啥大不了的事，但如今形势不同了，事发后，吕贵、金善居然被判了斩刑。都察院这回学乖了，没忘记捎上金英，但皇帝既然说要“自处之”，都察院也没敢做主，只说“英宜究治”。景帝不客气，就把金善斩了，吕贵降调边方卫所，同时下令将金英执付都察院鞫问——经过前期的发酵，金太监这盘菜终于可以下锅了。

金英的罪状被整理出来，主要是两条：

其一，纵家人倚势多支官盐。这一块金家家奴均已伏法，涉案官员也处分了；

其二，多次接受贿赂，帮助内外官员升官。比如一个叫石璞的大臣交结王振，得以升任工部尚书，王振倒台后，他通过贿赂金英得以留任。这一块涉及多名大小官员，除了吕贵和刘信，其余人均宽宥不问。

都察院建议，金英“奸恶如此，宜不拘常律，处以极刑，籍没其家”。金英是大人物，他的事闹得很大，此刻只消景帝一点头，他的脑袋就保不住了。

金英结局如何？

《明英宗实录》只是说："英犯赃罪，下狱论死。帝令禁锢之，终景帝世废不用，独任（兴）安。"对金英的下场，《明史》纂修者因为不知，在做《宦官传》时，将金、兴二人合传，写着写着就窜到兴安身上去了，似乎把金英搞忘了。事实是他们不知道，故行此敷衍之笔。

这个迷，直到 1953 年才揭晓。

这年，在南京江宁发现一处太监墓，出土墓志一方，题为《明故司礼监太监金公墓志铭》，知为金英之墓。虽铭文剥蚀模糊，但"命往南京安处，以就悠闲"等语尚可辨识。这就明确了，金英在关押一段时间后，被贬谪南京，景泰七年（1457 年）六月初一日卒，得年六十三岁。

第六章　上皇被诬，忠宦殉主

易储之事，已如箭在弦，不得不发。但景帝初立，时机尚不成熟，为此他隐忍了很久，直到景泰三年才正式做起这件事。而其发动之机，竟是来自广西的一份上疏。

这年四月，广西土官黄玹，因私怨杀害其弟一家。他弟弟时任思明知府，此事的性质就不止兄弟阋墙，还是杀害朝廷命官。

黄玹想，自己的罪太大，为今之计，只有得到朝廷宽赦方能逃死。可是怎样才能让朝廷降恩呢？他揣摩景帝的心理，认为景帝急于易储，只是无人公开提出来，使这件大事没有由头——好吧，那就由我来做这根导线吧！他遣使到京上疏，劝景帝"早与亲信大臣密定大计，易建东宫，以一中外之心，绝觊觎之望"。

换太子的话题终于被人揭开盖子！只可惜，率先倡议的，却是一个杀害亲弟的凶徒。

景帝可管不了那么多，他大喜之下，立命礼部尚书胡濙、侍郎萨琦、邹幹召集文武群臣廷议。他的感激之情是如此迫不及待，几乎马上下旨，赦免了黄玹，还升他做了都督——如此报偿，皇帝的态度还不明显吗？

廷议，又称会议、集议，是明代“政治民主”的一种形式，朝廷凡遇疑难大事，常下廷臣公开讨论，根据事项的不同，分别由吏、礼、兵等部牵头，召集勋戚、九卿大臣及科道官，大伙一起议，集思广益，与会者最后须投票表达自己的态度。

当廷臣步入会场时，都知道此事的轻重，故多面面相觑，不敢轻易发言。只有都给事中李侃、林聪和御史朱英三人弱弱地表达了保留意见。作为百官之首的吏部尚书王直面露难色，支吾不语。监议的太监兴安见会议室里气氛压抑，众官扭捏，会议久无进展，他不耐烦了，厉声道：“此事已不可能停止，如果哪位认为不可行，就不要署名好了，勿得首鼠两端！”他这一喝，大臣们个个“唯唯署议”，均表示赞同。

“署议”就是在会议总结上签名，这是要进奏的。由于意见一致，别无争执，礼部尚书胡濙提笔就把廷议结果写出来，就一句话：“陛下膺天明命，中兴邦家，统绪之传宜归圣子，黄玹奏是。”然后诸臣排序，逐一签上自己的名字。

在座众官中，以魏国公徐承宗爵位最高，故以他领衔。徐承宗走过来，从胡濙手里接过笔，第一个签上名。随后，宁阳侯陈懋、安远侯柳溥、武清侯石亨、成安侯郭晟、定西侯蒋琬、驸马都尉薛桓、襄城伯李瑾、武进伯朱瑛、平乡伯陈辅、安乡伯张宁等勋戚大臣先后签名。

然后是——

五军都督孙镗、张軏、杨俊等十三人。

锦衣卫指挥毕旺等三人。

阁部大臣：吏部尚书王直，户部尚书兼文渊阁大学士陈循，工部尚书兼东阁大学士高谷，吏部尚书何文渊，户部尚书金濂，兵部尚书于谦，刑部尚书俞士悦，左都御史王文、王翱、杨善。以上尚书、都御史共十人。

下为六部侍郎十一人。

通政司堂上官四人。

大理寺、太仆寺等寺卿萧维祯等五人，另少卿八人，寺丞六人。

翰林院学士商辂。

再后面是六科都给事中六人，十三道御史十三人，即每科、每道均出一名代表。先时略有不同之见的李侃等三人，此刻也随在人后，默默地签上自己的官衔及名字。

参加这次廷议的，包括勋戚、都督、锦衣卫、阁部、通政司、诸寺、翰林院及科、道官员，一共九十四人，可见廷议规模之大，代表性之广泛。

群臣都说“好”，大事已定，景帝的答复就有些高冷，他对这个盼望已久的结果，只答了一个字：“可。”下面的事，如礼部具仪、吏部简选东宫官署等，就由臣子们去操办了。

景泰三年五月，废太子朱见深为沂王，立景帝子朱见济为皇太子。

成功易置太子，是景帝打的漂亮一仗，他为此动了不少脑筋。

事前，他因担心廷臣反对，与太监王诚、舒良等密议，决定射出糖衣炮弹，用钱封住众臣的口，于是平白无故分别赐阁臣白金一百两和五十两。事成后，又大肆封赏，凡亲王、公主、边镇将吏军士、文武内外群臣、太学诸生，无不受赏，又加赐阁臣黄金各五十两。

新的东宫，“公孤詹事僚属悉备”，派头十足。景帝为了笼络臣下，给官员们升官，或给他们加东宫衔。时有谣曰：

满朝升保傅，一部两尚书。侍郎都御史，多似柳穿鱼。

景泰中官爵猥滥之状如是：“公孤师少，在朝不下二三十员。尚书每部二员，侍郎每部三四员，都御史员数，又有甚焉。名爵之滥，未有甚于此时者矣！”

这说明，景帝主要靠恩惠以结下，而不是用严察、威权以震慑臣工。然恩惠可施于平时，一旦发生重大变故，投机分子们为了利益将不顾一切地铤而走险，无所畏惧。几年之后，景帝突然失去帝位，其根本即在于此。

黄玹在上疏中塞入一句非常恶毒的话，他说，改立太子，可“一中外之心，绝觊觎之望”。“一中外之心”很好理解，也有一定道理，毕竟时下“当阳”在位的是景泰皇帝，皇太子朱见深只是他侄子，景帝并非无子，岂忍宝位落入他人之手？况且太祖确定的继承制度，就是“传嫡传子”，朱见深无形中已变成一个让“中外”无法一心的“觊觎”者。他的被废只是迟早之事。人们大概已经忘记景帝与孙太后的传位协议了吧！

那么孙太后能够向景帝表示抗议吗？

也不能。

孙太后的处境也不太妙。英宗回京后，即居南宫（刘若愚《酌中志》说英宗所居名崇质殿，俗称“黑瓦殿”），说是奉养，其实就是软禁，身边除了几位妃子，就是一些随侍宦官。起初，孙太后还常去看望儿子，母子俩说些体己话，也是冷漠人世的一种安慰。可有小人对景帝说，太后时不时去瞧太上皇，“虑有他谋”，并且出歪点子，劝景帝趁太后再去南宫时，将宫门锁闭起来，别让老太婆再回宫讨人嫌了！这话传出来，太后吓得再不敢去看儿子了。

在这样的情势下，孙太后能找景帝吵架，替孙儿出头吗？

景泰七年间，深锁的南宫一点都不平静，是当时朝廷的风暴之眼。

太上皇帝朱祁镇是做过俘囚的人，常念起北宋徽、钦二帝的悲惨下场，他能安然归国，已是祷谢上苍不尽，岂敢还有复位的非分之想？可小人们不这么想。小人立功之心太切，不踩上几颗骷髅头，他们怎能爬得上去？不是说成功者必须要踩在巨人肩上吗？现成一个“巨人”在此，那些贪富慕贵之徒还不争相往他头上爬，不停地给他来个“佛头着粪”？

就在易立太子三个月后，景泰三年七月，忽有锦衣卫校尉李善上疏，奏发太上皇与少监阮浪、内使王瑶密谋复位。

这是异常骇人的告发，不啻揭发太上皇谋反！

如果没有对富贵近乎痴迷的欲望，是干不出这一票的！李善所告，不是别人，可是当今太上皇帝——前任皇帝兼现任皇帝之兄！

然而李善只是一杆火枪，扣动扳机的另有其人。

此事真正的主谋，是锦衣卫指挥佥事卢忠和尚衣监太监高平。

卢忠因供事尚衣监，平日就住在监署，与高平关系密切。二人都是利欲熏心的人，没事就在一起商量，如何摸奖，“中个五百万”。古代没有彩票，但一夜暴富的心理是无二致的。

显然上一个“大奖”得主黄竑启发了他们，他们想，皇上既已除掉前任太子，解除了皇位的一大威胁，那么他下一步将解除一个更大的威胁，即住在南宫、距离乾清宫仅仅数百步的太上皇。

黄某冲锋在前，卢、高接应在后，他们一起帮皇上了结一桩“心事”！二人一拍即合。

卢忠还是有“证据”的！

他与南城内使王瑶相识，一次王瑶给他看了两样东西：一件金绣带和一把镀金刀。那时，对官民之家使用金饰之物，还有着严格的等级限制，虽然破禁现象已经很普遍，但毕竟律文有禁，一旦有人追究起来，那就是僭越，许多人被指控造反，这些东西往往成为证据。

此时卢忠见了这两样东西，又见王瑶面露得意之色，不禁心中一动，便问，此物何来？

原来这刀与带都是“二手”的。此物原属英宗，英宗赐给少监阮浪，王瑶是阮浪名下官，阮浪又拿来赏给王瑶。王瑶想这是御用之物，如今在他手中把玩，哪能不得意？所以经常“发朋友圈”，秀给人看。

他是无心的，可观者有意，王瑶的炫耀成了他的致命毒药。

那阮浪是什么人？他是南宫的总管宦官。

阮浪留有一份墓表，是天顺中阁臣李贤奉敕撰写，名为《赠御用监太监阮公墓表》。单瞧他的姓，便知阮浪与他同时代的许多宦官名人一样，也是出身交南。据墓表记载，他是永乐征交阯时选入掖庭的，入宫后就读于内书馆，书馆毕业后，分配到尚衣监理事，宣德初，擢为奉御，掌宝钞司。阮浪升官速度并不快，历经整个宣德朝，才做到御用监右监丞，只升一秩而已。正统改元后，升左少监，遂以此官终身。死后才追赠御用监太监。

这要用外官的话来说，就叫仕途淹蹇不得志。

阮浪在内廷属于不得志的人，所以太上皇回京居南宫后，便让他去侍奉。对于宦官来说，南宫是最冷最冷的冷局，不是实在没法的人，不会去坐这样冰冷的板凳。

墓表称阮浪“以老成端谨入侍，左右事无大小悉咨委之”。意思是这个老实人在侍奉英宗时，端正谨慎，不因烧冷灶而颇多抱怨，还是老老实实做事，而英宗呢，对他也很看重，凡事必听取他的意见——不然怎会赐他金绣带和金饰刀？

然而这宠信适足以招祸！

卢忠看了王瑶发的“朋友圈”，暗记在心，截图为证，便拿赐刀与赐带作法，指使校尉李善上告，说太上皇深结其下，意图复位。

景帝大怒，立捕阮浪、王瑶下狱。

阮浪入狱后，承受了惨刑。墓表说：

（奸臣）构辞加害，言公（阮浪）欲纠众复立正统，又欲公旁引内外勋旧，罗织成状。百端拷掠，虽极其惨毒，未肯承服，遂忍恨而死，终不累人。闻者莫不酸辛。

文中的“奸臣”当然不止卢忠、高平，阮浪入狱后，众人如获至宝，不仅希望坐实他谋划“复立正统（英宗）”的逆图，更望“旁引内外勋旧”，将更多的人咬进来，罗织大狱——大家都想立功受赏嘛！

可贵的是，阮浪在酷刑之下，宁死也不诬枉一人。

由于“主犯”不肯交代，案件一时陷入停顿，就在此时，原告卢忠忽然疯了。

卢忠为人，就像一只疯狗，不过他这回发疯，却是装疯！

原来，卢忠在诬陷太上皇密谋复位后，总觉得心神不宁，就去找人算了一卦。那卖卦人对卢忠的行为十分厌憎，便拿卦事来行罚，掐指一算，乃得一凶兆，对他说：“此兆大凶，你将万死难赎！”

算命的吓死人从来不偿命的。

卢忠一听，已死了一半。但开弓哪有回头箭？富贵他是不敢想了，一心只想如何逃死。想着想着，忽然口吐白沫，胡言乱语，赤着身子满街乱爬，竟然疯了！众人嬉笑围观，其实都被他忽悠了，他心里亮堂得很，他是装疯。

不过他的疯症也管用，大学士商辂和司礼太监王诚趁机从中宽解，对景帝说："卢忠是疯癫之人，他的话不足信。皇上圣明，不宜听妄言以伤大伦。"

景帝盛怒之后，心情已渐平复，他对始乱而终疯的卢忠甚为恼怒，就刷一道旨下去，把他也下了诏狱，与阮浪、王瑶一并究问。

此案的两名被告，阮浪死在狱中，王瑶被处死，此外再无一人卷入其中。

卢忠、高平的举报，实际上是小人按照小人的思维，自作主张，替景帝画下的除掉政敌、巩固大位的路线图。历史上，无数的宫廷血案、兄弟相煎，都是被这些小人捣鼓操纵的。通过这件事也可看出，景帝并无算计英宗的心，他防归防，但要他杀害兄长，还是于心不忍的。不然，英宗在七年的时间里，就是一只笼中弱鸟，想要他死，只需一个暗示，那真是"阎王叫他三更死，不会留他到五更"。可英宗憋屈气受了不少，但阿弥陀佛，总归是平安无事，在那牢笼里，他还有"性趣"，生了好几个孩儿呢！

卢忠不久后由于别的罪被贬到广西柳州卫任千户。当他悻悻上道时，一定觉得郁闷，可他怎么也想不到，他已种下一枚苦果，五年后将绽开一朵残酷的花。

他若真信了那算命先生的话，就该自己死了先！

第七章　与弟与弟，还我土地

五年后是啥情况？五年后的景泰八年（1457 年）正月十七日，灯节后第三日，天寒。这日清晨，太上皇朱祁镇在忠国公石亨、太监曹吉祥、都督张軏、都御史徐有贞等人的扶持下，复登宝座，是为夺门之变。①

一夜之间，天下易主了！

英宗复辟，据说早有预兆。正统二年（1437 年），京师大旱，街巷孩童捏泥塑龙祈雨，时有童谣道：

雨帝雨帝，城隍土地。雨若再来，还我土地。

“雨帝”是“与弟”的谐音，指英宗要将皇位让与弟祁钰；“城隍”音谐“郕王”，是景帝的本封王号，当“雨”再来时，弟当归还土地，英宗将复为天下主。

英宗的人生简直太神奇了，他以一人一身，完成了前辈帝王们从未完成的任务：从来没有被异族俘获的皇帝能够平安归来，他归来了；从没有被迫退位并被监视居住的皇帝还能咸鱼大翻身，他满血复活了！他也是唯一一个被人告发谋反的皇帝。朱祁镇一再刷新历史，令人眼界大开，称奇不已，来俩预言助兴，也是必需的！

夺门之变是一次兵不血刃的宫廷政变。然而政变之后总要流血的，当奉天门上的皇帝，像变戏法一样，由清癯的景帝变为胖而多须的太上皇，文武群臣尚懵然不知所以，忽就一道旨下来，从朝班中拿下了内阁大学士王文与兵部尚书于谦，同时司礼太监王勤、王诚、张永、舒良也从内廷缚出，一并押送锦衣卫问罪。

这些人便是景帝朝的内外“奸臣”！

百官没一个敢反抗的，都乖乖地做了顺臣，六科给事中还马上调转枪口，对王文、于谦及内阁、司礼监予以严参。英宗表示，“朕初复位，首恶已就擒，余姑置之，以定人心”，同时命锦衣卫差官，往宁夏捉拿太监高平（时任宁夏镇管神铳内官），往广西捉拿柳州卫千户卢忠，并籍没其家。很快二人拿来，“磔于市三日”。还有首发易储之议的广西土官黄竑，也被抓到北京，凌迟处死。

英宗报私仇的事我就不多讲了，只说正月二十二日这一天，下了两

---

① 关于英宗南宫生活及复辟的详情，可参看《大明后宫有战事》。

道旨，一道为红事：以“迎驾功”，升太监曹吉祥嗣子锦衣卫带俸指挥佥事曹钦为都督同知，侄曹铉及太监刘永诚侄孙刘聚等为锦衣卫世袭指挥佥事，且赐敕褒谕之；另一道为白事，命斩于谦、王文、王诚、舒良、张永、王勤于市，抄没其家，内阁陈循、商辂等，或充军，或罢职为民。

朝臣就像麻雀。以前他们全聚在景帝的屋檐下，赞和易太子，现如今又倏地旋飞而起，齐落于英宗檐下，力主严治于谦等人，并给他们定了三条大罪：一是串同黄竑构成邪议，更立东宫，又逢迎景帝之意，退黜汪皇后；二是树立私党，举用私人；三是景帝重病时，文武群臣合词请立皇储（景帝子见济被立为太子后不久就死了，储位复虚），于谦等不欲复立沂王朱见深，而意欲别图，迟疑不决，因见群情皆欲迎复太上皇，乃图为不轨，纠合逆旅，欲擒杀总兵等官，迎立外藩。这群麻雀也够狠的，他们断案的结果是：王文、于谦、王诚等坐谋反，凌迟处死；陈循等坐谋反知情故纵，斩。本章留中两日，到二十二日宣诏，皆从宽一等，凌迟改处斩，处斩改为充军、罢职不等，处斩诸臣家属俱发口北充军。

看官还记得司礼太监兴安么？兴太监不愿迎回太上皇，又力赞废置东宫，正是所谓“景泰忠臣”，他到底死了没？

兴安那么大一尊“偶像”在那里，目标极大，急于立功洗白的官员自不会放过他。就在于谦等被处决的第二天，六科、十三道联合上疏，弹劾司礼监太监兴安，称其“窃弄威权，紊乱朝政，锁南内之门，易东宫之位，与王诚、舒良、王文、于谦等为党，明知逆谋，不能谏阻，而伺衅乘机，心持两端，观成败以为向背”。他们强烈要求，“枭其首以戒权奸”！

然而英宗批复道：“（兴）安罪本当死，姑从宽贷，令勿视事。”并没杀掉他，只是解除职务，令其闲住而已。

群臣称兴安与于谦等为一党，并非毫无道理。《明史·兴安传》说，“兴安有廉操（他在操行上要远胜同侪金英），且知于谦贤，力护之”。于谦在景泰中为名臣，与兴安的调护是分不开的。景泰七年春，于谦因病在家休养，景帝派兴安、舒良每日前往探视。于谦为人持身甚严，一毫不苟取，位至孤、卿（即少保兼兵部尚书），在京住房只是小屋数间。妻子董氏死了，于谦年未五十，也不再续娶。因为忙公事，他常年不归私第，住在朝房里，身边只有一名养子侍奉，饮食也很简单，除非参加公家宴会，从不饮酒。兴安与舒良更番来视，见于谦自奉过于简朴，皆叹息而去，如实奏闻。有人说，于谦柄用太重，兴安道："只说日夜与国分忧、不要钱、不爱官爵，不问家计者，更有何人？朝廷正要用人，像这样的，你们有本事再找一个来换于公！"众人听了，为之羞默。

从兴安"有廉操"、力护大臣来看，他颇有名大臣风范。英宗不戮之，仅置之闲散，可能因为他历侍四朝，资格非常老，为人威重有望，行事多从公允，深服人心，所以大难来时，内廷挤之者少，才免于一死。

兴安卒于天顺三年二月，享年七十一岁。据《大明故司礼监太监兴公之碑》，"讣闻，上（英宗）震悼久之，忧形于色"，特赐宝钞两万缗、白金百两，复命有司建塔纪年。临葬时，遣内官谕祭，内而各监之官，外而公侯伯，悉行祭礼。场面还是很大的。

英宗是被一帮"忠臣"从噩梦中扯出来得复大位的，他本人并无寸功。而所谓"夺门功臣"，并非真忠，他们是临时拼凑起来的造反小团伙，为了自家奇福，拿太上皇做赌注，冒死干的这一票，他们在本质上与黄竑、卢忠、高平等人并无不同。

夺门之变，就是宫廷政变。

其祸首名叫石亨，官居总兵官，爵封武清侯。

石亨本是大同的一员边将，生有异状。如何异法？他生得"方面伟躯，美髯及膝"。"方面"就是今天说的国字脸，伟躯大概相当于"小姚明"吧。石亨脸大个儿高，还算寻常，但"美髯及膝"就厉害了。《神雕侠侣》里有一位长须怪樊一翁，胡须极长，过了膝盖，可是他个子亦极矮小，石亨却是一副"伟躯"，他的胡子大概有两个樊一翁长吧，可以在下面藏一个长须怪。

在下研究相术有时，却是孤陋寡闻，第一次见人长了一把漂亮胡须，能垂到膝盖——都可以当肚兜蔽体了！看官应知，古书上一旦说某人生有“异状”，马上就要谈他的富贵了。好比永乐皇帝朱棣，也是一部美髯，飘逸如龙须，相术大师袁珙见了，马上说，等胡子长到肚脐眼那儿，大王您将为天子。后来果然应验。石亨的胡子可比朱棣长多了！

“伟躯”与“美髯”可能是老石家的基因，石亨的侄子石彪长得也是状貌魁梧，须长过腹。有一次叔侄俩到酒店饮酒，遇一个相士，此人奇怪地说：“今日天下太平，为何您两位都有封侯之相呢？”——可见胡子有了，就差机遇了。

土木之变后，石亨由于谦推荐，升右都督，掌京师五军营，又封武清侯。石彪在天顺三年也以军功封侯——这回胡子该得意了，它没白长！

其实，石亨的飞黄腾达，与胡子完全无关，除了乱世的机缘、过人的军事才能，主要还是景帝的栽培与重用。

石亨是如何报答君恩的呢？

景泰八年正月初，景帝因祭祀着了风寒，宿斋宫不起，让石亨代行祭礼——代天子行礼，该是多么高的荣誉！可石亨一回来，立马约了都督张軏（此为张辅弟，张辅已死于土木之役）一起去找太常寺卿许彬，对他说，皇上的身体非常虚弱，眼见过不去这道坎儿了，与其等圣驾升天，百官迎立沂王见深即位，不如咱们提前下手，迎太上皇复位，奇功一件，可享开国之勋！

许彬是个秀才，心有余而胆不足，他道：“好好，我祝公等建立不世之功。可惜我老了，出不了什么力。不过徐元玉善出奇策，何不找他商议？”他推荐了一个人。

石亨把大腿一拍，胡子撩飞，道：“我怎没想到他！”乘夜赶到徐家。这位徐元玉比许彬胆粗十倍，毫不犹豫地加入逆谋，他们还邀约司设监太监曹吉祥，一起闭门密议。

这位徐元玉不是陌生人，他就是土木之变后倡议南迁，为于谦、兴安叱责的那一位翰林。当年他叫徐珵，因为名声臭了，改名徐有贞，元玉是他的字。

徐有贞不愧是多谋之人，他首先提出："此事须令南城知此意。"南城指太上皇。

张軏随口道："已经差人密告上皇了。"

徐有贞点头，又道："还应该提前告知孙太后。"

曹吉祥应道："太后老娘娘那里，咱家去说。"

十六日夜，阴谋家们再次在徐家密会。

有谋有术的徐有贞已是众人的主心骨，为了给大伙打气，他装模作样地爬上屋顶，看了阵天象，很快下来，肯定地说："时机已到，立刻行动，勿要错过!"

说干就干。政变的勾当，不动武力是不行的，而石亨和张軏都手握兵权。最近边方告警，徐有贞就让张軏诡言"备非常"，勒兵入大内。皇城钥匙就掌握在石亨手里，于是约定次日四鼓时分，由他打开长安门，放张軏兵马入皇城。

张軏一进城，立刻关闭皇城四门。

此时皇城已在他们控制之中。但他们干的毕竟是谋反的勾当，搞不好就要灭族，到底还是心虚。抬头看天，只见天色晦暝，刚才还在的月亮忽然不见了。石亨和张軏心里就打起鼓来，还得请教军师！他们不安地问徐有贞："此事能成吗?"

徐有贞心里有些瞧不起这两位统兵大将，可事情紧急，不待细说，遂大言道："一定成功!"催促他们快些行动。

石、张二人领着兵马直奔南城，见宫门紧闭，就率众翻墙入内。英宗有早起的习惯，此时已经起身，在灯下独坐，忽听外间喧哗，忙掌灯出来查看，徐有贞等人已匍匐在丹墀之上，口中疾呼"请上皇复位"。英宗不明就里，简单询问了几句，遂果断登轿。

徐有贞忙催"请轿"，可轿子只管乱抖，怎么也抬不起来。

原来抬轿的士兵因为害怕，竟一时失力，还得秀才徐有贞帮忙来扶，轿子才动起来。

英宗非常激动，两旁保驾的"忠臣"，他都不认得，路上才逐一相识，一一记下姓名。

轿子很快到了东华门（紫禁城东门），守门禁军不开门。英宗大声呼道："我是太上皇！"门上自然是认得上皇的，他们不知何事，只好开门。英宗一行从东华门进来，直登奉天门，在门上先受了徐有贞等人的谒贺，然后出来朝见百官。他这就算重登大宝了！病榻上的景帝随被废为郕王，软禁在西宫，几天后就死了。英宗复位后，将这一年（景泰八年）改为天顺元年。

英宗复辟后，景泰朝的"用事"大臣斥逐殆尽，帮助英宗复辟的那一撮人，成了天顺朝的新贵。然而，大肆封赏之后，朝廷的扰攘未必平息，随后又是一连串的纷争与动荡，不久后还发生了明朝历史上唯一的一次宦官叛乱……

第八章　"宦权"如春江水涨

正统十四年的土木之变，在当时的舆论里，已被普遍视作大太监王振专权、宦官乱政的结果。大乱之后，按理说，宦官势力应该受到重挫，甚至是严厉的压制……然而，历史永远没有简单的逻辑，事实并非如此。

这一章，我们讨论一个严肃的话题——宦权。

景泰初年，确有一些人建言，希望以"王振乱政"为鉴，加强对宦官的控驭。如工部办事吏徐镇上疏，乞"监（鉴）前失"，不可令"刑余之人"侍于君侧，宦官有参预朝政及监军、镇守者，悉令撤回内府，各守原职，"如此则宦官无召衅之端，国祚有过历之兆矣"。又有陕西兰县举人段坚请"远阉寺"，征还各地监军内官。肃王府仪卫司余丁聊让借日食地震为言，指出"大臣阳也，宦寺阴也，君子阳也，小人阴也"，日食地震是"阴胜阳微之兆"，希望景帝"总揽乾纲，痛抑宦寺，使不得专国政，遏绝小人，使不得居庶位，则阴阳顺而天变弭矣"。

对于这些言论，朝廷均按惯例"下部议"，而讨论的结果，不是"以无实迹指陈”，就是“窒碍难行”，最后“皆寝不行”。

景帝只做过一次正式答复。

景泰元年正月，陕西临洮府同知田旸奏言，监军宦官只准令其随大将讨贼，不许擅专兵权。我在《大明那些九千岁》第一部里讲过，自永乐以来，宦官已通过监军、出镇、总兵（如郑和称“总兵太监”）广泛参与军政，宣德中，更多的宦官来到边腹两地，或监督或镇守，干预地方军民政务逐渐常态化、职务化。要想再改回去，确乎“难行”！景帝的态度也很明确，他批答道：

朝廷委任内臣各处镇守、备御、监军、行事，皆是祖宗旧制，不可更改。

田旸说的四点，确实是永、宣以来的“祖宗旧制”，景帝并不认为需要“监”前人之失，改辙易行。景帝的批示，等于公开表示，以后不再接受类似建言。

值得注意的是，上书建言的，都是边远小官，没有任何一位朝廷大臣发表如是言论。京朝官员对待“宦权”的态度，或许更值得玩味。

下面我分别从镇守备御、内官监军和宦官行事三个方面简述明初“宦权”之发展：

其一，镇守备御。

宦官出镇边方，始自永乐，东边之辽东、西边之甘肃，都有宦官领兵镇守。宣宗朝，宦官镇守制度逐渐定型，且成为定制，每当一位太监撤回，马上又会由司礼监再差出一位接替他，“镇守内官”成为在地方的固定职位。每当朝廷有大征伐，总会任命一位宦官监军，这位监军宦官到了地方，常常就地转任为镇守。镇守内官制度还从边关往“腹里”扩展，正统中，福建、山东、河南、湖广、浙江等地先后增设内官镇守，最后内地十三布政司（省）全都添设镇守内官（镇守太监是俗称，并不是所有镇守内官都是太监，也有部分少监，甚至监丞）。此时部分省份还没有差文臣巡抚，各省“巡抚都御史”的添设普遍晚于内官，在这些地方，内官便成为督领一省军政事务的最高长官。到宪宗成化年间，各边、省均设立镇守内官与巡抚文官，加上镇守总兵官，这内外文武的权力三角便构成了我称为“三堂体制”的地方管理体制。

宣德以来，还差出大批宦官到边方镇堡管理火器。因为火器（神机火炮、火铳、火箭等）是军中秘器和对付漠北骑兵的利器，出于技术保密的需要，地方上是不许私造的，全部由北京内府兵仗局（内监“二十四衙门”中的八局之一）制造，然后差宦官分送边镇使用。

起先，只有边镇大城才配备火器，随后一些重要的城堡也有配置，但这些先进武器的管理使用，包括火器手的训练，全部由宦官负责。这些宦官实际上成了边疆“特种部队”的司令官，正式名义是“监枪”。久之，遂加授（内）分守、（内）守备等衔，从而形成与武官系统相对应的内官镇守备御制度。比方说，在边镇一级（“九边”），有镇守内官与镇守总兵；边镇下为“方面”，有分守内官与分守副、参将领；方面之下为重要的关、堡，有守备内官与守备武臣。这种完备的边镇统御体系在正统年间基本形成，凡用兵处，必参用宦官一员或数员任镇守、分守或守备。工部吏徐镇说，祖宗朝“不令宦官预政，不令典兵，但使之守门、传命而已”，是很久很久以前的老皇历了。

其二，宦官监军。

宦官最早介入军务，正是通过“监督军务”。朱元璋曾多次派遣宦官到军中“观兵阅胜”，就是监军的一种形式。“观兵”这个词很容易让人想到唐代的“观军容使”，其全称是“观军容宣慰处置使”，是由宦官预军发展出的一种使职。由朝廷派来“观兵”的宦官，其权力显然不止于代表皇帝检阅军容，必然含有宣慰将士、处置军情的职责。宦官监军，永乐以后形成定制，凡朝廷调京军出征，必差内官监督军务。

景泰年间，宦官监军制度又有了新的发展。

大明最精锐的武力，是京军。明朝的都城北京，抵近燕山，自辽代在此建都（辽之南京），历金（中都）、元（大都）三代，皆为漠北草原部族南下征服、控驭中原的基地，与明代建都形势截然不同。从战略态势上来说，明朝定都北京，是“天子守边”，在京城驻扎一支强大的武装便十分重要。这支武装，便是京师“三大营”，包括五军营、三千营、神机营，各设总兵官统领。每当需要调动京军征剿时，临时任命一位勋臣担任大将，挂印出征，他所统帅的兵马从各营凑拨。

京军在土木之变中损失惨重，精锐尽失。景泰三年十二月，经于谦、石亨奏准，从三大营选出精锐马步官军十五万，分为十营操练，称为“团营”，每营一万五千人。

除了挑选“廉能骁勇”的将领坐营管领操练，各营皆设监枪内臣，命太监阮让、陈瑄、卢永等会同都督等武臣提督，称“坐营内官”，十营官军俱听太监刘永诚、曹吉祥及尚书于谦、武清侯石亨等约束调遣。自此，宦官全面渗入京营军政事务。

新选出来的十营兵马，不再参与京城的土木工程建设，专一训练，是明朝最新编练的精锐，而原三大营选剩官军则从此沦为工程兵部队，专门替皇家盖房子、建陵寝。以后凡遇地方或边方发生紧急事态，则依据军情，调拨一营、二营或三营人马，前往剿杀，其余的仍于本营训练，守备京师。但凡动兵，必差内官一员监军，同时调拨之营的坐营内臣随军监枪（或充监军）。也就是说，平日无事，宦官在营提督操练（坐营），有事则转任监军、监枪出征，遂为定例。

其三，宦官行事。

行事，又称缉事，今天称为侦缉。

侦缉本是中性词，但许多中性词却能刺激人的感官，具有催吐效果，比如“一坨屎”，伪军侦缉队，提起来也令人憎恶。明代的“特务”亦是如此，让人念起就想啐一口。过去有人写了一部明代宦官的书，名字就叫《明代特务政治》。将宦官定性为特务，观点偏颇，在今天看来已经过时了，然而其发论并非全然为空穴来风。众所周知，明代有两个特别有名的侦缉机构，一个是卫，一个是厂，合称“厂卫”，它们都与宦官具有重要关联。

“厂”主要指东厂（另外还一度设有西厂、内行厂），因其衙署在皇城东安门外而得名。如此重要一个秘密机构，却只低调地称为“厂”，正可见其性质神秘。

东厂属保密单位，它开设的时间没有记载，诸书所记，皆出推测。[①]在成化以前，明朝国史、实录中，没有东厂的任何记录。然而“内官行事”却并非全无消息，前引景帝称朝廷委任内臣行事，为祖宗旧制，就是一条证据，表明在正统以前，内官“领行事”已为定制。

景泰中，宦官行事的记载骤然多起来。比如一个叫阮伯山的少监，就以“掌行事”的名义首见于实录。我钩稽史料，大致勾画出此人的经历：

正统三年，礼部尚书胡濙撰《敕赐净明禅寺记》，言“中贵阮公伯山，夙慕宗乘”，于宣德八年罄资建寺，该年讫工，具闻于朝，赐额“净明”。这是阮伯山首次出现在史料中，伯山或作柏山、白山，还见于正统五年《敕赐宝光禅寺助缘记》、正统八年《敕赐法海禅寺碑记》、正统十二年《敕赐真武庙碑》等碑的“助缘信官”名单里，他在内廷身份应不低。

《明英宗实录》记其事迹数例：

最早是正统九年，驸马沐昕杖死阍者（家用的阉人）及家奴，被时为奉御的阮伯山告发。

景泰元年，阮伯山已任内织染局副使，奏发都督刘安等或老疾不才，或废边务。

景泰二年正月，乃称“掌行事者右少监阮伯山”，这是正史第一次出现内官“掌行事”的文字。当年七月，以擒反贼功，升左少监，锦衣卫官旗刘祥等十九人俱升一级。八月升太监。又奏发公侯伯等违反朝廷禁令，擅自收用自宫阉人——可见阮伯山在景泰初年较为活跃。

由大学士商辂所撰，刻于景泰四年九月的《西山净明禅寺兴造记》云：“净明禅寺者，前中贵阮公伯山所创建。”碑文既称“前”，阮伯山

---

① 关于东厂沿革的考证，可参见作者的论文《东厂“新证”三说》（发表于《西南大学学报（社科版）》2010年第5期）。

此时应该去世了。

通过梳理以上材料，可知阮伯山自正统以来即“善讦”，所发皆为不法之事，被他告发的都是勋贵大臣，这显然不是他的个人行为，而是在履行“行事”的职责。

值得注意的是，阮伯山到正统九年才任奉御（内官，比监丞低一级，正六品），职位并不高，却有实力在宣德末、正统初捐资建庙，且屡屡与众太监大佬比肩助缘，说明他官位低，职任重。我推测阮伯山在宣德末年即已领校尉行事，正统中较为安静，而在景泰初忽然活跃起来，是其权力得到加强的结果。

景泰年间东厂的活动，是有确凿证据的。

明代笔记《双槐岁钞》的作者黄瑜，景泰中为国子监生，他在该书第六卷“王忠肃公”条记道：“景泰时，优人张甚通同东厂逻者，害及举子。”说一个叫张甚的优伶，经常给东厂探子提供情报，诬害平人，就连来京参加科举考试的举子都不能避害。就我所见，这是明人记东厂行事的最早记载。东厂由默默无闻开始进入时人笔记，这不是偶然的。

我还查到一份《安千户墓铭》，作者是明中期著名学者罗玘，传主是一个叫安顺的东厂官校。墓铭提供了关于东厂的重要材料，摘录如下：

景泰初，也先未即悔祸，南土弄兵之戎，所在蜂起，一二奔命之臣，乘时观望，多其身图。由是奸伏于肘腋间，莫可擿拔。景皇帝赫然震怒，恐有以戚我上皇，遂严侦探之柄，拔锦衣群校，置之东厂，使之入微捣深，不以时达。

说的是景泰初年，政治形势不稳，于是从锦衣卫选出大批官校，置于东厂，令他们秘察奸宄，所得情报随时进奏。结合前面的材料，基本上可判定，领“锦衣群校”行事的，就是阮伯山（只是实录没有指称东厂）。他最后的官衔应是“掌东厂官校行事太监”。可以说，阮伯山是目前可知的第一位东厂太监。

自景帝“严侦探之柄”，内官缉事权大大加强，这从阮伯山在景泰初的两年间由副使骤升至太监可见一斑。显然，由于时局的关系，内官掌握的缉事权在景泰中大为加强，表现在东厂所领锦衣官校人数有了不小的增长，缉事权也开始出现滥用的情况（如黄瑜说的“害及举子”）。

但以“发奸”为责的东厂却有严重失职，一些投机家密谋“夺门”，它竟毫无觉察，致使景泰时代在一场闹剧一样的政变中黯然收场。

第九章　曹、石骄逐徐有贞

颇具滑稽意味的是，发动夺门之变的，都是景泰朝的亲贵大臣，其中武清侯石亨、都督张軏握有兵权，是政变的支柱，他们找到副都御史徐有贞，一拍即合，徐氏乃成为政变的主心骨和军师，而在宫廷内外穿针引线、传递消息的，是司设监太监曹吉祥。所谓“夺门功臣”，主要就是这几位。

英宗复登大宝，改年号为天顺（1457 年—1464 年）。

天顺这八年，政局动荡，可用“夺门功臣盛极而衰”来勾勒出一条抛物线：夺门之变后的半年，他们的势力达到顶峰，随即徐有贞与曹吉祥、石亨不合，为其排挤遣戍。曹、石二人恃功倨傲，久之为英宗所憎，遂通过扶持锦衣卫（门达、逯杲），逐步压迫他们。石亨叔侄败亡后，曹吉祥密谋叛乱，然而阙门一把火，却将其一族焚灭，下场可悲。这段历史，被称为“曹石之乱”。

“吉祥”本是佛教徒的常用名，如郑和的法名就叫福吉祥。我在北京寺庙正统年间碑刻的“助缘信官”名单里，发现多位以吉祥为名的内官，但就叫“吉祥”的，唯有一人，他就是太监曹吉祥。吉祥可能是他微时的小名或赐名，在正统早期史料中，均只写作吉祥。

吉祥最早的记事见于正统元年（1436 年）十一月，他因率兵剿杀入寇庄浪的达贼，受到朝廷的奖谕，称其“忠勇可嘉”。

庄浪是“九边”甘肃镇下一处重要据点，曹吉祥此时应任“庄浪（内）守备”一职。作为“军功宦官”，庄浪也许是他发迹的起点。

正统四年，朝廷起大兵讨西南麓川宣慰司，时任司设监右监丞的吉祥与太监吴诚共任监军。王世贞《中官考一》称之为“内臣总兵之始”，是不对的，早在永乐时，郑和不已经以“总兵太监”的身份出使海外了吗？但也说明了这次军事行动中宦官的重要性。

“三征麓川”是正统年间的大事件，战事持续多年，然而初次用兵，朝廷有些轻敌，只调动了云南地方部队参战，用兵并不顺利。朝廷随于正统六年二月改吉祥镇守云南，同时调集重兵，以定西侯蒋贵为总兵官，兵部尚书王骥提督军务，大兴挞伐。大军到时，吉祥就改监督军务。明代著名儒臣陈敬宗所撰《赠大司马王公（骥）总督南征奏凯序》里，称吉祥、蒋贵、王骥及参将、督粮、纪功等官为“六君子，皆智谋勇略之士也”。

吉祥在云南颇树战功，正统七年正月，以麓川平，奉召回京。他的镇守之职由都知监少监萧保接替，从此“镇守云南内官”成为固定的职位。大概因吉祥在云南立功，经朝廷同意，他恢复了本姓——在这以后，无论是私家碑刻，还是国史实录，他都叫曹吉祥了。

曹吉祥的主要经历，均与用兵有关，他是典型的“军功内官”。正统中，他还参加了正统九年正月出境扫荡兀良哈三卫的军事行动，此时他已官居太监。正统十三年征福建邓茂七，他与太监王瑾一同提督神机铳炮（监军）。

曹吉祥在宫廷的地位直线上升，前文曾提到正统十一年初，英宗在“大祀”礼成后封赏太监，一共五人（王振、钱安、高让、曹吉祥、蔡忠），他名列第四。这是个很有说服力的名次。

由于曹吉祥知兵，景帝即位后，他与太监刘永诚作为内官和武清侯石亨（武官）、兵部尚书于谦（文官）一起，总督京营军务。景泰中，内官排名，曹吉祥常常居首，甚至在司礼众太监之上。应该说，景帝对他是有知遇之恩的。然而富贵如此的他，当“景泰皇帝疾不能起”时，立刻背主求荣，与同样受恩深重的石亨等人一起，发动夺门之变。

从景泰帝的教训来看，作为领袖，驭下用恩，不如用威。景帝对石亨、曹吉祥那么好，他们不照样背叛他？友谊的小船，说翻就翻！

论“夺门迎驾功”，以石亨为首，进爵忠国公。曹吉祥是宦官，做到太监就到头了，太监本人是不能封爵的，但太监立功，也不白立，奖赏可以转让给他的子侄家人。“夺门”后的数月间，曹吉祥的嗣子曹钦就由锦衣卫指挥佥事升任都督同知，又升左都督（武臣极品，正一品）；侄子曹铉、曹铎也都升一品武职，于锦衣卫带俸。什么是带俸呢？好比曹钦，他做的是左军都督府左都督，但他不必到左府管事，每月到锦衣卫支领俸禄就可以了。这差使，真是棒棒哒！曹钦大概就是正统十一年世袭锦衣卫副千户的曹整的儿子，因为吉祥无子，就把侄子曹钦过继过来。很快宦官公子曹钦又进一步，封昭武伯——可笑的是，此人一生只打过一次仗，那就是天顺三年举兵焚阙造反，结果当天就被干掉了。如此“昭武”！

除了石亨的忠国公、曹钦的昭武伯，徐有贞也封伯了。

大军师徐有贞向来是不甘人后的。他在英宗复位当日，就奉特旨入阁，第二天又加兵部尚书衔。可他还觉不尽兴，找到刚刚进封国公的石亨，对他说：“愿得冠侧注从兄后。”这话很文，翻译成白话就是“我也想封个爵陪您玩玩”。那时他和石亨还是患难兄弟，情感尚浓，石亨马上答应了，就去和英宗说，英宗重做皇帝，正在兴头上，二话不说，立刻封徐有贞为武功伯，兼华盖殿大学士，掌文渊阁事，赐号“奉天翊卫推诚宣力守正文臣”，禄一千一百石，并世袭锦衣指挥使，给诰券——这一长条文字，代表了极高的荣宠与实惠。

明代文臣封爵的极少，除了开国时的刘伯温（诚意伯）和汪广洋（忠勤伯），其他如王骥（靖远伯）、王越（威宁伯）、王阳明（新建伯），都是因军功封伯，而徐有贞之得“武功”伯，却与武功没有半枚铜钱的关系。

夺门之变，实为犯上作乱，居然造出一公、三伯（还有一个兴济伯杨善）；曹钦封伯，更是明代历史上宦官近属第一次得授爵位。

曹、石两家算是贵富盈门了。可投机客永远不会餍足，这二位也真是臭不要脸，三天两头跑去见英宗，见面之后，说得最多的话，就是替人要官，而理由无非是此人“与谋迎驾”，彼人“有夺门保驾功”。弄得英宗一见他俩来，心里就发毛，颇有些厌烦，但他的大位毕竟是曹石两兄弟帮忙抢回来的，毛归毛，还得尽量满足他们。为此石亨弟侄家人冒功锦衣者五十余人，部曲亲故窜名“夺门”得官者四千余人；曹吉祥门下厮养冒官者也多达千人。当然啦，他二位积极性高，并不是甘心为人做牛马，他们批发官帽子，为的是中饱私囊，培植党羽，引进私人——不白干！

夺门功臣们一边贪嘴，还一边斗嘴，很快起了内讧。

尤其是曹、石二人与徐有贞的关系迅速恶化，达到不可调和的地步。

我讲过了，徐大师不是善茬儿，他不仅要做大官，还要揽权肆威。由于他的诬陷，少保于谦、大学士王文被杀。原首辅陈循过去于他有德，杖一百、充军铁岭卫，他也不救。复辟后，内阁诸臣斥逐略尽，事权乃尽归徐有贞。

徐有贞得志后与曹、石不合的情形，他的外孙祝枝山在《野记》中有所记述：

（徐有贞）权宠倾朝。始凡批答制旨皆出阁臣，后入宦寺手。至是，徐复请归阁，宦人浸失权，嫌徐。迨曹、石私谒徐以事，辄不从。去，自陈情于上，徐复谏止。每节缩恩典，益衔之。

指出徐与曹、石的矛盾，首在于争权。过去内廷出旨批答，皆出阁臣，其后渐落宦官之手。徐有贞掌阁后，请复旧制，宦官因失权而嫉恨于他。曹、石常因私事来请谒，徐有贞一概不从，他们自己找皇上去说，徐有贞又从中阻止，并故意节缩朝廷赐给二人的恩典。

祝枝山的记载，可能根据徐有贞本人的自述，大体可信，与《明史·徐有贞传》中“（有贞）窥帝于（曹、石）二人不能无厌色，乃稍稍裁之，且微言其贪横状”的记载可相互印证。英宗对曹、石二人的贪得无厌已相当厌烦，徐有贞窥知圣意，故对其多加裁抑，他这么做，虽有争权的成分，本质上还是承上意行事——这些，徐有贞自然不会对他外孙讲的。

曹、石权重而贪横，还是有大胆御史敢于揭发。

天顺元年五月，御史杨瑄奏言：直隶（今河北）府县连年水涝，民饥至于相食。河间全县只有一个乡的田地位于高阜，可免水淹，小民种植小麦，日望收获，石亨全部将其占为己有。真定府饶阳县田可耕者仅千余顷，曹吉祥家人抑逼有司，欲俱占耕。杨瑄请求朝廷将两家侵占民田的事下巡按御史覆勘，全部归还百姓。

英宗拿着这一本，询问徐有贞与另一位阁臣李贤的意见。徐有贞当然不会维护老伙计，两位阁臣都表示，杨瑄不避权幸，所言公正，宜从其请。英宗正有此意，马上命巡按直隶御史核实，并让吏部给杨瑄记功一次（“吏部记名”）——含有鼓励的意思。

为此，曹、石恨极了徐有贞。

英宗的态度给了臣下某种暗示，御史张鹏等见杨瑄一告即准，遂踊跃起来，准备来个“宜将剩勇追穷寇”，约集十三道御史，合章写了一本，集中火力，轰击石亨。

看官请留意，过去的言官上纠皇帝，下察百官，后来就不行了，上只能纠宰相。到了明代，言路愈加不堪，往往要“希旨”或“承旨”劾奏，为皇帝做虎狼，皇帝指哪儿，他们咬哪儿。当然啦，劾人虽为表演，也有它的套路，得照着剧本，一步一步来。

好比御史劾人，明明是奉旨纠劾，或揣摩上意所为，“深获上心”，可皇帝呢，偏要假意优容，做出宽大的样子。这时，则需御史穷追猛打，切勿放松，勿要以为皇帝不忍。直到三番五次，最后皇帝才装出无可奈何的样子，说公议如此，朕也不好违众啊，只好请您进去了！

皇帝如此进二退一，扭捏作态，主要有三方面的考虑：

首先，对“罪人”，昨日还是满满的爱，今天就只剩下汪洋之恨，爱恨转移太骤，人们会说朕无情，面儿上不好看，缓一点，方好掩人耳目。

其次，在攻打敌方主城前，应先解决外围堡垒，待只剩下一座孤城，一举克之为便。

再次，先不动本主，像剥洋葱一样，将其左右附丽之人逐一剥去，逼勒口供，搞到更多的材料，等到事件不断发酵，罪行不断暴露，再将本主一鼓荡灭，此时他已为死人矣！

历史上“请君入瓮”的戏剧，大抵如此，读史须看门道的！

且说张鹏等上疏，本是揣摩圣意，一心立功，可惜他太性急，没有选择“倒石”的最佳时机，打乱了英宗的部署，英宗便没法跟他们配合。最不该张鹏行事还不密，他联合诸道御史弹劾石亨，为都给事中王铉探知，泄露给了石亨。石亨先下手为强，邀了曹吉祥，一同找到英宗，跪地大哭，说张鹏是已诛司礼太监张永的侄子，他诬陷自己，是为了替叔报仇。

张鹏确为张永之侄，这一下就被扣住命门了，英宗无话好说，只好将张鹏连同杨瑄等下狱，并亲临文华殿，把十三道御史全召来，加以责问。他这么做完全是违心的，觉得憋闷，故对御史疾言厉色。

御史辩解说，我们所劾之事皆有实据，不敢欺君，石亨跋扈之态，自景泰以来即如此。英宗没好气道：“石亨之罪如实，汝等为何不即劾之，到今天才说？来呀——”命锦衣卫将御史全部收监，让他们交代主使之人——这是石亨要求的，英宗为了敷衍面子，不得不答应。

究问的结果，牵出了都察院右都御史耿九畴和右副都御史罗琦（十三道属都察院，这两位是都察院副长官），他们也一起下了狱。

但曹、石仍是不依不饶，他们认准了，御史敢于参劾他们，是受了内阁指使。

曹吉祥心里有数，徐有贞已经失去皇帝的信任，此时是推倒他的最佳时机。

可是，复辟这才几天，怎么徐有贞忽然就已失去英宗信任了呢？

其实正是曹吉祥在背后搞鬼。原来，徐有贞有谋，很得英宗倚信，他们经常屏开旁人密谈。曹吉祥和徐有贞疏远后，觉得徐有贞是心腹大患，决心除掉他。他是宫廷政治的老手，深悉“亲则难间，疏则易构”

的道理，他要害徐有贞，必须先让他与皇帝之间产生隔阂。

曹吉祥是会用兵的人，大概也很懂谋略吧，很快让他想出一计：他秘密安排小宦官偷听英宗与徐阁老的谈话，然后他在奏对时，不经意地将他们密谈的内容说出来。英宗听了大惊，这些话他只对徐有贞一人讲过，外人如何得知？纳罕地问："你从哪里听来这些话？"曹吉祥趁机下药，道："都是听徐先生讲的。"更将徐有贞某日讲某事，一一学给英宗听，并且说，这些事不仅奴婢，就是外廷，也是无人不知。

俗话说，君不密则失国，臣不密则失身。君臣密议，最忌外泄。英宗想到，他与徐有贞密谈时，论及时弊，辞气慷慨，一副忠臣模样，不想转身就将谈话内容外透，这不是沽誉卖直吗？打这以后，英宗对徐有贞就渐渐疏远了。

皇帝对徐有贞的信任动摇，再陷害他就不难了。此刻时机已到，更待何时，曹、石二人联袂大哭不已，指定内阁是幕后黑手，一定要追究。英宗窘迫间，也不免心疑，便将徐有贞、李贤一并下狱究问——堪堪是要兴大狱的节奏啊！

这天夜里，雷雹交作，大风折木，一阵可怕的疾风暴雨让英宗心生警悟，意识到他处置过当了，便将众人开释，各自回任办事，但他不愿拂曹、石之意（他现在需要羁縻他们），加上对徐有贞早已不耐，便不准他再入阁，将他降为广东参政，令其离京。

可曹、石是睚眦必报的小人，他们不容徐有贞平安脱身，一定要除掉他。

为此又设一计，找人按照"徐大师"惯常的口吻，伪造了一封匿名信，都是"指斥乘舆"，表示对朝廷不满、危言耸听的话，很切合徐有贞算命先生的身份和他此时失意怨望的心情。

信写好了，怎么投进宫让皇上知道呢？居然又让他们想到一个歪招。

明朝的章疏，分两类投进：外地本章（京外本），由通政司进呈；在京本章则直接送到宫内左顺门，交门上的接本内官收进。当时有一个叫李秉彝的给事中刚刚丁忧归乡，曹、石便找了一个和他长相颇似的人，到左顺门进本——还别说，坏人做坏事，真有点想象力！

接本内官把本章接过来一看，见奏牍很长，随口问："大人说何事，这多文字?"那假冒的不敢答话，只将头低低垂下，内官瞧了一眼他腰上挂的牙牌，刻着"吏科给事中"的官衔，也就笑着将本章收了。

本章递进去，次日早朝便急索李秉彝入见。李秉彝早已离京了，一查才发现，原来递本的是个冒牌货。英宗大怒，命锦衣卫满城搜捕。

还真让他们逮住一个，送来让接本内官认，可内官上下打量，不对啊，昨天那位，长得肥而多髯（满嘴胡子的大胖子），这个瘦而无须，不是不是！于是锦衣卫按照内官的描述，按图索骥，很快又抓来一人。此人是江苏常熟人，名叫张廷端，"以写竹游都下"，用今天的话说，就是一个很会画竹子的北漂画家。他长得正好肥而多髯，可惜那假冒的没有开口说话，没法对口音，张廷端自己又不承认，只好按老规矩办——"加掠无状"，一个字：打！

曹、石又诬称匿名信出自徐有贞的门客马士权，派人南下捕拿徐有贞。徐有贞刚走到山东德州，就被朝廷派来的缇骑抓了回来，与马士权一起下了诏狱。张画家和马门客，都属于权臣争斗造成的间接伤害。亏得马士权是个义士，挨了重刑，硬是挺住不招，不承认受徐有贞指使写了那封匿名信，不然徐有贞死定了。

徐有贞是一个术士，经常通灵、察天象，似乎与老天拉上了关系，前回大风折木已帮过他一回，这回他入狱，又来帮忙，突降一场大火，把承天门（皇城正门，今天安门）烧了。按照惯例，逢到重大灾异会赦免囚徒。都到这一步了，曹、石岂容徐有贞再生？他们对英宗进谗说："徐有贞封伯的诰券是他自己撰写的，自称'缵禹成功'，封邑武功县也是他自己选的。大禹受禅为帝，武功是曹操的始封之地，可见徐有贞为人其志不小，有非望之心。"他们竟然说，徐有贞想学大禹、曹操，受禅称帝！

英宗是个精明的人，不会轻易为曹、石糊弄，以为文臣徐有贞竟能狂妄到想谋反称帝。而且当时他对曹、石已然不满，准备对他们动手了，所以明知徐有贞无辜，也不便维护他，以免打草惊蛇。他二人既这么说，就将徐有贞交刑部议罪。刑部屈从权臣，居然依照污蔑之词，将徐有贞拟了“弃市”。英宗当然不会同意处死徐有贞，从轻将其发云南金齿为民。只要人活着，便有平反的一日。果然，石亨死后，一日英宗对李贤和吏部尚书王翱提起旧事，说徐有贞哪有什么大罪，他不过被石亨辈陷害罢了，现在可以把他放回来了。徐有贞才从遥远的金齿回到苏州老家。

第十章　宦官公子要学曹操！

过去评价明英宗朱祁镇，多说他是昏君。因为在他在位的前一段，有王振专权和土木之变，后一段，又有曹石之变。有这几座大山压着，不“昏”能行吗？

正统时的情形，因为英宗年纪还轻，加之明代中枢制度的特点，决策的过程较为隐秘，也搞不清是英宗本人的独断，还是太监王振从中操纵。好比正统十四年八月，内廷突然传旨，决定御驾亲征，外廷感到很突然，而内旨严急，马上就要动身。大家都不晓得是怎么回事，就猜测是王振出的主意，甚至说英宗被王振挟持了。

天顺年间的情形就比较清楚了。从诸多事实来看，英宗在历经磨难后，已成长为一位沉毅、精明，并且较有政治手腕的英主。对天顺这段历史，我们不能只看到八年间的乱象，如果换个角度，这八年，也是英宗通过他的忍耐和精心谋划，将乱臣贼子逐一分解、消灭的过程。大明王朝这艘航船，虽在激流中剧烈摇晃，但毕竟顺利渡过了一个又一个的险滩。

英宗是仓促之际复位的，之前他被关在南城七年，复辟时基本上就是一个光棍汉，除了那几位“夺门英雄”，还能依靠谁？内阁、司礼监作为皇帝的左膀右臂，尤其重要，原来的内阁已经解散，他决心亲自选拔可用之人。

很快他就发现一个“三好”大臣。此人姓岳名正。他有哪“三好”？首先是长身美髯，长得好；近京漷县（今北京通州）人氏，地方好；他还是正统十三年的会元[1]，出身好。英宗认为岳正正当年富力强，又是“我北方人”，还是“我亲取之士”，有这三好，立马相中此人，将他擢拔入阁，并经常向人夸耀，说岳正是朕自择的阁臣。

岳正为人“素豪迈，负气敢言”，骤然为英宗赏识重用，自是“感激思自效”，在奏对时，滔滔不绝，经常把口水喷到英宗衣服上。岳正知道曹、石恣甚，英宗对他俩已经很厌烦了，他大大咧咧的，当这是小事，向英宗拍胸脯：“二人权太重，臣请以计间之。”

英宗满以为他有什么好手段，就同意了。岂料岳正走出来，直接去见曹吉祥，问他：“忠国公常令杜清来此何为者？”杜清是石亨门下武将，经常在曹、石两家跑。曹吉祥不知岳正来意，答道：“辱石公爱，致诚款耳。”岳正当即驳道：“不然，此人为忠国公所遣，来窥伺曹公所为的。”岳正并不晓得曹、石利益相关、休戚一体的底细，以为凭两句话就能离间他们。他还劝曹吉祥辞去兵柄，以戒“盛盈”。

从曹家出来，他一径又走到忠国公府，谕令石亨自戢，行事当收敛些。

岳正本不是战国时代的纵横家，没有辩士的机智和口才，还书生气十足，以为凭他一番正能量的肺腑之言，就能令曹、石醒悟，自觉交出兵权。他肯定觉得这是权贵能够善终的最好出路，兴许他二人还感激他呢！可惜，这全是他自说自话，曹、石可不这么想。他们被岳正弄得一头雾水，然后相互一对，才明白他的用意，顿时大怒。

曹吉祥马上跑进宫，见到英宗，把帽子一除，伏地大哭请死，并且暗讽岳正说的那些话，是英宗教他说的。英宗窘愧不已，连忙否认，且拿好言来宽慰他。待曹吉祥走了，英宗气得不行，把岳正召来，好一顿

---

① 会元，即会试第一名。会元不是状元，会试之后还得殿试，殿试合格方为进士，其第一名才称状元。

埋怨。他很后悔信了这酸子，将心事泄露了。过了不久，就将他撵出内阁，让他去给小宦官们教书——此时距岳正入阁，不过二十八日。

内阁徐有贞、岳正先后去位，还有一位吕原，此人有志节，但也是个书生。英宗真正能够倚靠的，是与徐有贞一同入阁的李贤。英宗厌曹、石骄横，曾对李贤说："此辈干政，四方奏事者先至其门，为之奈何?"李贤说："陛下惟独断，则趋附自息。"英宗忧虑："也曾不用其言，乃怫然见于辞色。"说只要不听他俩的，他们竟敢给皇上甩脸子！李贤劝英宗不用心急，"愿制之以渐"，急则生变。

李贤进言，多缓缓开导，比如"夺门"之事，他对英宗说："称'迎驾'则可，'夺门'二字岂可示后？天位乃陛下固有，'夺'即非顺。且尔时幸而成功，万一事机先露，石亨等不足惜，不审置陛下于何地！"英宗才恍然大悟，意识到曹、石并非真心拥戴他，不过拿他做了蹈危取贵的垫脚石。

李贤又说："若郕王果不起，群臣表请陛下复位，还用这些扰攘做什么？此辈又安得邀功升赏？如果平稳过渡，则老成耆旧依然在职，何至有杀戮、降黜之事，致干天象？《易》曰'开国承家，小人勿用'，就是说的这件事啊！"他说一切弊政的根儿，都在"夺门"上。英宗大以为是，于是下诏，命自今章奏勿用"夺门"字样，并议革冒功者四千余人。对曹、石也逐渐疏远。

天顺年间，英宗真正可以倚为左右手的，是两个人，在内阁为李贤，在司礼监为牛玉（太监牛玉事详下卷），而他制衡权臣的主要工具，是锦衣卫。

锦衣卫是朝廷的鹰犬，天顺中锦衣卫势力最大的，是两个人，一个叫门达，一个叫逯杲，都是怪姓，容易记。

门达，直隶丰润县人，为人"性机警沉鸷"。他本是锦衣卫籍，袭父职为百户，正统末年在镇抚司理刑，景泰七年佐理锦衣卫事兼镇抚司理刑，是锦衣卫的二号人物。天顺初，进锦衣卫指挥使，专任理刑。

门达掌诏狱，本来较为仁恕，有一些重狱，还要靠他来平反，以至于有罪者以下诏狱为幸事，门达也有了“贤”的声誉。然而英宗复辟后，“欲知外事，倚锦衣官校为耳目”，要把锦衣卫这根鞭子舞起来，“以为慑服雄奸之具”，像过去那种“仁恕”的做法，就不时兴了。

皇帝这时需要的是能帮他震慑“乱臣贼子”的酷吏，于是逯杲趁时而起。

夺门之变后，大治“奸党”，逯杲意识到立功的时候到了，他先把本卫百户杨瑛捆了，说他是司礼太监张永的亲属，又一次上朝时，突然从朝班中拿住千户刘勤，称其讪谤。二人皆因此被诛，逯杲因功升百户——典型的血染顶子！

英宗以逯杲“强鸷”，大加委任。逯杲也明白皇帝的心思，遂“摭群臣细故以称帝旨”，很快就升到锦衣卫指挥。逯杲本来是门达的手下，要靠讨好门达混饭吃，他得幸之后，其势反出门达之上。史云：“锦衣卫指挥同知逯杲每遣校尉廉德事情，送指挥使门达锻炼成狱。”就是说，逯杲率领校尉，在外侦缉密访，访得奸人奸情，即拿送锦衣卫，由门达审讯。门达受了逯杲的刺激和威胁，再不敢以“贤”自得，也学会了刑讯逼供，以锻炼冤狱为能。

英宗在经历人生的大变故后，对人丧失了基本的信任，为了了解臣下的忠诚，他甚至会亲自交办侦伺任务。比如李贤曾进言，说锦衣卫官校在外为害，就让他起了疑心，怀疑李贤言过其实，他不是去了解锦衣卫是否有播虐的事实，却密令逯杲对李贤进行调查。“得君”之如李贤，在天顺中尚且两次下狱，我想假若王振复生，也不可能再像正统时那样擅权了。

逯杲就是英宗豢养来咬人的狗，不管对方是谁，只要皇上一指，上去就开咬，绝不迟疑。而凡为逯杲劾奏者，多得重罪。天顺中，锦衣卫派出的校尉，侦事四方，文武大吏、富家高门多进伎乐货贿以祈免，就是亲藩宗室亦不能免。

而英宗最大的心事，就是恃宠不法且其叔侄在内外掌握兵权的石亨。

英宗对夺门功臣的心态，已发生微妙的变化，由最初的感激，变为厌恶和猜忌了。

逯杲本是曹、石进用之人，但所谓“跖犬吠尧”，猎犬是不讲恩德情义的，逯杲在得到英宗授意后，立即加强了对石亨的伺察。国公府整日被一群特务监视着，什么事都逃不过英宗的眼睛。详情我就不细表了，总之，石亨侄子石彪最先事发，被人告发密谋镇守大同，以与在内握兵的石亨表里夺权，石彪下狱后，逯杲即亲赴大同，抓捕其党七十六人，连坐者甚多。不久又奏石亨“怨望”，心怀不轨，石亨下狱瘐死——随即下诏，尽夺“夺门”功。

曹吉祥瞧在眼里，急在心里，他知道自己不可能做旁观者。

在石氏叔侄倒台后，逯杲不解盔、不卸甲，马上奏发太监曹吉祥和其嗣子昭武伯曹钦的“阴事”。曹氏父子又恨又怕，有石亨的先例在，浑是一个死，不如放手干一场，或许还能死中求活呢！他们不甘毁灭，决定先下手为强，对英宗发动反击。

曹吉祥要造反，是有一定本钱的。他长年在军中，提拔了一批军官，他尤其注意笼络达官（即蒙古族的军官），经常宴请犒赏他们，推荐他们升官，依靠私人纽带将这些人与他捆绑在一起，形成一荣俱荣一衰俱衰的关系，曹太监一旦坏事，达官们的富贵也保不住。这些人都是刀口下滚出来的莽夫，轻义重利，不怕死，头脑也简单，一听说曹老太监受朝廷的欺负，都表示不平，愿意为太监效死力。

曹钦还有些担心，他问自家门客冯益：“自古有宦官子弟为天子者乎？”冯益道：“魏武帝曹操不就是吗？他还是爵爷您家家门儿呢！”

冯益这典引得好，曹操的父亲正是宦官养子。曹钦大喜，天子之位，曹家尽坐得！他把自己当作明朝的曹操，以为是天意，立志要反了。

造反的战船就此鼓帆远航。曹钦每日在府与达官宴饮，金钱、谷帛恣其所取，随时准备召集人马干起来。

曹家在这边调整造反的状态，朝廷对曹家的压迫也逐渐收紧。

天顺五年七月的一天，曹钦因事责打了家人曹福来，这本是宅中小事，居然也为言官所劾。有了这个由头，英宗马上下令逯杲严查，并且降敕遍谕群臣，对曹钦予以指责。曹钦大惊，他知道英宗终于要向他家动手了，他道："上次降敕，就拿了石将军。今日复如此，完蛋了！"于是决定动手。

造反是大事，须择良辰吉日，曹吉祥让他的亲信掌钦天监事太常少卿汤序选个好日子，汤序选定七月二日庚子这一天的拂晓，由曹钦拥兵直入皇城，曹吉祥率禁军在内接应。

谋划已定，曹钦就把亲信达官召集起来一起饮酒，把自己的谋反计划和盘托出。过去这帮家伙聚在一起胡吃海喝，说些对朝廷不满的话，那是给老曹家捧场，图个嘴巴快活。可是等曹钦正式招呼大家扯旗反起来，他们心中还是恐惧害怕。但既已上了贼船，也只好借酒壮胆，豁出去干了再说。其中有一个叫马亮的，众人喊口号他也喊，众人表忠心他也表，却趁人一个不留神，鞋底抹油——溜了！出得门来，便望长安街急走。

马亮要找的人，是怀宁侯孙镗与恭顺侯吴瑾。这一段时间，西边甘、凉告警，孙镗奉命挂印西征，在京整军，还没出发，就住在朝房里。马亮找到他们，急慌慌地道：曹家反了！

恭顺侯吴瑾也是一个达官，他一听，知事不宜迟，马上催促孙镗草疏，由长安西门的门缝投进，向英宗做了紧急汇报。

这封十万火急的信立刻送到英宗寝宫。英宗大惊，立刻下旨，先将在内的曹吉祥拘起来，同时敕令皇城与京师九门不得开启。与此同时，曹钦已发现马亮逃走，知道他一定报信去了，遂当机立断，决定行动。此时正当半夜，他率领人马不奔皇城，却先扑到逯杲家，将仇人杀死，报了平生之仇，然后才向皇城杀来。

皇城以南的朝房里，灯光点点，人影摇曳，一些在朝房值宿的大臣已在准备上朝，忽然乱兵杀到，当即在西朝房杀死都御史寇深。学士李贤在东朝房小坐，不及逃走，背上挨了一刀。待乱兵要杀他时，被曹钦制止，曹钦将逯杲的头举起来给他看，道："曹某今日所为，都是被此人所激。”他请李贤替他写一份奏章，解释他被迫起事之故。要说曹钦也是一只呆鸟，你反也反了，还说恁多废话，不白白耽误时间吗？

曹钦心神已乱，他勒逼李贤代写奏疏，自己却领兵攻打长安门去了。此刻门内已有准备，曹钦见门不开，便命纵火。守门士卒急忙拆除玉带河护栏的砖石，将门洞堵塞起来。曹兵在外狂呼，哪里攻得进去！这时，孙镗的两个儿子率领急调来的西征部队，由东向西攻来，曹军在东长安门外稍微接战，便不敌溃退。曹钦眼见朝廷援兵到了，气急败坏，想如今唯有攻入皇城，才能转败为胜。他立即领兵北避，转攻没有城墙的东安门。巧的是，他在路上遇见恭顺侯吴瑾，一刀将其砍死。

曹钦又在东安门放火，三座落地的门楼一下烧起来。曹钦大喜，直待火势稍弱，即麾兵突入。不想守门的禁军见大门起火，知不可守，干脆往火楼子里添柴，火越烧越旺，炽热难近，叛兵反而没法进入了。

曹家兵马少，贵在突袭，最怕延误时机。时间一久，人心就乱了。当东方渐白时，叛兵纷纷散去。而孙镗率大势兵马杀到，孙镗公子名孙軏的，一刀砍来，正中曹钦右臂。曹钦见事不可成，几乎发狂，又走安定等门，试图逸出京城。可所到之处，城门紧闭，他已为瓮中之鳖，无可奈何，只好逃回家，关上府门，做最后的挣扎。

随着天亮，下起雨来，而且越下越大。想来老天爷也不帮忙，这场大雨要是早下一会儿，将东安门的火淋灭，说不定曹钦就打进皇城了！此时孙镗督兵过来，将曹府团团围住，乘雨猛攻。曹钦满眼只是慌乱，耳朵里嘶鸣着惨叫，简直如天崩地裂一般。曹钦绝望，投井而死。官兵杀进来，不分老幼，尽屠其家，曹氏一门皆灭。

过了三天，从内廷发出曹吉祥，送到市上，处以磔刑。汤序、冯益及其姻党皆伏诛。

曹钦举兵焚阙，变起仓促，幸而先得马亮告变，又得孙镗领兵未行，否则流血庙堂，后果实不敢想象。曹钦要地下有知，一定恨死了择日子的汤序。还说良辰吉日呢！如果再等数日，待孙镗西征大兵离京，也是好的嘛。这故事再一次告诉我们，“大师”不可信！

事后，马亮被授予都督之职，孙镗怀宁伯进侯；死难者，逯杲赠指挥使，吴瑾赠凉国公。对事变当日的情态，京师有谣曰：

曹奴此日发癫狂，寇（深）逯（杲）诸公死亦当。学士（李贤）叩头如犬吠，尚书（王翱）锁项似牵羊。万安叩首称三叔，恭顺（吴瑾）当凶战一场。寄语满朝当道者，将何面目见吾皇。

如果曹奴得志，局势将如何发展，还真不好说。

逯杲一死，也替门达除去了绊脚石。乱平后，门达以守卫功，进都指挥佥事。他学着逯杲的做法，派出更多的旗校到四方探事，虽曹、石已灭，而告讦之风日盛，中外重足而立，英宗就是这样强化他的统治的。

第二卷
“一朝天子一朝臣”

本卷关键人物：牛玉、王纶、梁芳、怀恩、覃昌、汪直、黄赐、陈祖生、尚铭、阿丑、陈准、李荣、萧敬、张敏兄弟

第一章　大渐托付，牛玉承遗诏

天顺八年（1464年）正月十七日，也就是那年上元灯节后的第三天，大明英宗睿皇帝朱祁镇因病去世，时年三十八岁，此时离他复位不过八年。巧的是，七年前，也是在正月十七这一天，他重登大位。

英宗之死，事起突然。正月初一，英宗还亲自去奉先殿给祖宗拜了年，然后出临奉天殿，接受百官和四夷朝使的庆贺。在热烈的气氛里，英宗没说什么话，群臣也没看出异常。但第二天他身体就不好了，以至于不能上朝，让司礼监传旨，暂免朝参。官员们想，年节里宫中事务繁多，皇上身体劳累，停天把朝，略做调养也是好的。可朝会一停就是三天，大伙就有些不安了。正月初四，英宗的舅舅、太保会昌侯孙继宗与太子少保、吏部尚书兼翰林院学士李贤领衔，代表公侯驸马伯及文武群臣，具本问安。英宗派太监出来传话，说连日进药，病已减轻，卿等可

安心理事。

皇帝生病，不是小事。看官应记得，当年景泰皇帝也是在年头里，连着好些天没上朝，并且传出病危的消息，就丢了宝位。皇帝的病症，是机密，外臣也不便打听。孙继宗与李贤，一个是外戚兼勋臣之首，一个是内阁首辅学士，对此竟毫无所知。他们与一般廷臣一样，自元旦那天过后就再没见过皇帝。而司礼太监传旨后，也不搭话，即匆匆返身入内，没有透露任何关于英宗病势的消息。

到了正月初五这一天，内廷传旨，令皇太子朱见深代为视朝，并于文华殿处理日常政事。看来御体越发不妙了。然而孙继宗和李贤连续两次具本请安，英宗都只答复："朕已知之。"

就在群僚焦急不安时，阒然紧闭的宫门内突然"砉如寒隼惊暮禽"，爆出一个令人震惊的消息：万岁爷大渐了！

大渐，是皇上病危不治的委婉说法。

原来，挨过几天之后，英宗深知这回病来如山崩，半条腿已迈入鬼门关，挺是挺不过去了，决定趁着还没迷糊，对放心不下的心事做出交代，于是将嗣君皇太子朱见深及太监牛玉、傅恭、裴当、黄顺、周善等召至病榻前，口授遗嘱。

英宗还未开口，众人已哭成一片。英宗像一本皱巴发黄的书，无力地躺在床榻上，双眼赤灼如近火，被厚厚一团眵目糊糊住，虽不停有内侍用湿毛巾轻轻拭去，直是瞠目不开。英宗也没有力气睁眼，耳听那聒噪，愈是不胜心烦，胸口慌闷。

"自古人生必有死——"

英宗说道，气若游丝，微弱的声音仿佛能被风吹去。跪在太子下首担任录旨任务的司礼太监牛玉忙"嘘"一声，大家都知道万岁爷遗言要紧，忙止住悲声，暖阁内顿时静下来，就像面向集市的窗户忽然关闭，喧闹被拦在外面，堕入一个寂寥的空间。

牛玉唯恐有所遗漏或误听，向内膝行，近榻一些，几乎与太子面对面跪着。太子敦厚的脸上挂满了泪，手腕搭在榻沿上，握住父皇的一只手。他还是个单纯的孩子，似乎还没法理解这一幕的本质，垂着眼帘，怔怔地呆望着牛玉手中的一沓白纸在簌簌抖动。

“今朕病已深，倘言有不讳……”英宗缓缓说出这几个字时，嗓音哽咽，悲情宛如一群寒鸦从身前掠过。他还年轻，只有三十八岁，如有“不讳”，心不甘哪！

“不讳”二字引发的抽噎，像海潮一样漫起来，要将临终人淹没。英宗焦躁地摇头，手中一紧，虚握住太子的手渗出汗来，他能感到太子的微颤。

英宗接着往下说，牛玉记录。

“倘朕言有不讳，东宫速择吉日，即皇帝位，过百日，成婚！”

皇上的语音黏稠、沉闷、破碎，牛玉却听得真切。过去八年里，他作为司礼监掌印太监，是皇帝身边最为亲近的内臣，没有谁比他更熟悉皇帝的声音。

牛玉在纸上点画着，录下圣谕的扼要，然后念给太子听。太子默然无言，只是垂泪。牛玉见他无异议，便望英宗道：“奴才记下了。”

英宗挤了挤眼，歇了口气，又道：“皇后钱氏名位素定，当尽孝养，以终天年。”

牛玉一边记一边想，太子即位，朝廷自有定制，后妃人选都是现成的，百日之内大婚，也不必着慌，唯独这一件行孝，该着太子爷，须他当面应承。

可太子听了牛玉的复述，依旧闷不吭声，牛玉促问道：“小爷，你回奏一句。”太子才醒悟过来，慌忙答“是”，又垂下头。

这位太子爷有口吃的毛病，打小就不爱说话，但他到底是嗣君，一个字一个押，一口唾沫一颗钉，金口玉言，说出来的话，必要作数的。

“小爷纯孝，万岁爷放心吧！”牛玉向榻上垂死之人回道。

英宗紧闭的眼里淌出一汪热泪。牛玉深知英宗久为太子母周贵妃与钱皇后不和的事闹心，太子即位后，母以子贵，必然崇封生母，并尊周、钱为太后。周为人性傲，钱性拗，皇上走了，没人居中调剂，他害怕钱皇后孤立吃亏，是以拳拳以孝养为嘱。

牛玉心里想，太子柔嫩，不善言辞，又属晚辈，将来两位母后打起来，还得咱家一力担当维持，总之不使钱娘娘太吃亏罢。

英宗又交代了德王等几位皇子的分封事，想想差不多了，在歇了长长一口气后，将一件酝酿已久的心事说了出来。他道：

“殉葬非古礼，仁者所不忍，我死之后，众妃子，都不要殉葬……”

此言一出，阁中之人，无不唏嘘。

牛玉对皇上的心思，比任何人都更清楚。

他记得，英宗自受“北狩”之辱，在漠北为俘一年，几无生望，原以为自己便是大明的宋徽宗与宋钦宗，不想诚感上天，居然还有归国的一日。回到北京，日子也不好过，以上皇之尊，囚禁于南城，兄弟猜忌，众叛亲离，原以为便当如此聊以终身了，殊未料还有翻转天地、重登宝位的一天。人间奇迹，仿佛萃于他一身！是以复位之后，常感念上苍无量之恩，一心想顺天德意，做盛世太平之主（所以改元“天顺”）。故他明知曹、石作孽恣狂，亦只一味隐忍，可不想君臣之恩到底还是一拍两散。种种没想到、想不到，经历了太多的无常和无奈，英宗别有了一副大慈大悲的心肠，对于弱者，他格外怜悯。

在复位的第二个月，他就传诏凤阳守备太监，将在凤阳高墙中关押了近六十年的建文子孙全部释放宁家，并且让牛玉亲自前往，将其好生安置，不使有缺。

牛玉回朝后，对英宗说起“建庶人”（建文帝次子朱文圭）已经五十多岁了，初从高墙里出来，见到田野上吃草的牛马，竟然不识为何物！牛玉本来是当笑谈来说的，岂料英宗听了，竟喟然长叹，泫然为之垂泪。

去年，惠妃去世，英宗久思不置，忽然提起，在他万岁之后，不当再令妃嫔从殉。殉葬之事，自祖宗朝以来，无不如此，亦太惨矣！英宗叹息道，妃子亦我家人，岂忍令其不得善终？想列祖列宗非无慈仁之心，唯临终前不及交代，而嗣君哀戚，不忍减其礼，以故相沿至今……此话原是这么说的，牛玉只当皇上思念惠妃，一时随感而发，不想到今日大渐了，他还记挂此事。他感动得伏地大呼道：“万岁爷千古仁德！”

说了许多话，英宗已感吃力，牛玉抹着泪探问是否休息一下。英宗偏过头，让近侍擦拭双目，努力睁了睁眼。他继续往下说的，都是些安排后事的话了。

英宗心思缜密，讲得也细。他道，我一生持俭，不事奢华，我死之后，入殓时须沐浴洁净，棺内装用袍服不须多，多亦无用，皇后、东宫挑几件旧衣裳给我穿上，腰间系上绦环即可。只是山陵未建，一定要择一好地，他日皇后寿终，宜与我合葬，惠妃亦须迁来，以后众妃百年后，也须次第迁来祔葬……英宗一边说，一边叮嘱尔等俱要遵行毋违，似有悬心不下之意。

牛玉此时端端地像一名顾命大臣，记着，并保证着。他是司礼监掌印，皇上交代的这些事，还不得靠他来落实吗？太子继位，不也得靠他赞翊辅佐么？他心中道，万岁临终托付，老奴定当奋勇担当，万死不辞，无愧于皇上多年倚毗栽培之德。

在英宗诀别易箦的床前，忽然有那么一刻，一股强烈的抱负之志从他胸中腾然升起……

在明代大太监中，牛玉的名气并不大，但他却是英宗复辟八年间权势最大的太监。

明实录中关于牛玉的记载不多，亏得他的墓志已经找到（在牛玉的老家河北涿州东鹿头村老公坟出土。老公坟者，牛玉之墓也！），补充了许多有用的材料。结合这些公私史料，我先介绍一下牛玉的生平：

牛玉，字廷圭，号退思居士。从太监有别号，且号“退思”来看，牛玉是一位文化素养较高的宦官，只惜腹下少一物，否则可称文士了！但反过来想，牛玉纵然才学过人，他若不受阉进宫，近接宸居，恐怕也没有那么好的机遇让他坐上辅政之位。天下读书人那么多，都挤一座高考（科举）的独木桥，即使打破头挤上去了，还有好多不幸被挤落水的，真正攀上龙庭之柱的，已是凤毛麟角。牛玉不到五十岁就掌司礼监，跻身朝廷中枢决策的核心，最关键的，还不在他学问有多高，主要还是要感谢那牺牲的“宝贝”！

言归正传，据《明故两京司礼监太监牛公墓志铭》，牛玉于永乐十一年（1413 年），以“俊秀”选入内庭，按其生年（永乐七年，1409 年）计算，他入宫时还不到五岁。

牛玉入宫后，隶名司礼监。工作单位安排得好，这是他未来一路上行的基础。此后牛玉一直在司礼监供职，直到坐到掌印之位。司礼监在宣德年间开始“参机务”，牛玉作为重点培养的后备骨干，宣德二年（1427 年）十四岁上已升长随，“主管内外章奏”，并且跟从大学士杨溥学习经学。

杨溥，人称“南杨”，与“西杨”杨士奇、“东杨”杨荣，合称“三杨”，是明代前期最为著名的宰辅大臣。牛玉这老师牛气！

作为阁臣，杨溥政务繁忙，为何百忙中还要抽出工夫来教牛玉读书？

其实宣德中的阁臣，都有“内府教书”的兼职，如杨溥之后的陈山、张瑛、吕原、岳正等，都有过“教小内使书”的经历。

阁臣教书，不是在大家熟悉的内书堂，学生也不是普通的阉童。内阁师傅们开席的所在，离禁密之地更近，就在文华殿东庑，称为“文华殿绩学”。

位于紫禁城外朝东路、左顺门（今故宫协和门）里的文华殿，在宣德年间成为皇帝处理政务、接见臣僚的便殿和日常讲读之所，内阁就在文华门南的斜对过。这块地方，是明代中枢的核心区域，相当于今天的中南海，神秘吧！

文华殿东边廊庑的读书声，皇帝开窗便能入耳。在这种地方学习，自然不是一般学生，他们都是司礼监管章疏的小内官。据明代人黄瑜《双槐岁钞》记载：“景泰时，选小内侍黄赐、覃昌等七人，俾中允倪谦、吕原教之，亦于文华殿东庑。”覃昌与他弟弟覃旺一同选入内廷，又一同入内书堂读书，后来覃昌更进一步，“复被拨进学于文华殿之东庑，特命故学士文懿吕公（吕原）、少保文僖倪公（倪谦）教之”（见《司礼监太监葵庵覃公（昌）墓志铭》)。从覃氏兄弟的情况来看，他俩因资质较好，进宫后选送内书馆加以培养，覃昌尤为出类拔萃，经再次遴选，进入文华殿东庑深造。黄赐、覃昌等人，应该和牛玉一样，都是为了在御前管理笔札章奏，专门送到文华殿东庑接受“高等教育”的。我认为，所谓“文华殿绩学”，是专门为培养司礼太监而设立的，这座精英学堂的毕业生，如牛玉、黄赐、覃昌等，后来都做到了司礼监掌印太监。[1]

宣德七年（1432 年），二十岁的牛玉迎来了人生的第二次机遇。这年他升任奉御，“充东宫伴读”，从此分身，一头在司礼监管章奏，一头陪六岁的皇太子读书。[2]

当时东宫的主人，便是未来的英宗朱祁镇。

在现代汉语里，“陪太子读书”是贬义，读书是“太子”的，没陪客什么事。可是在有太子的时代，能够陪太子读书，意味着仕途一片光明。明代的阁臣与司礼太监，多数都是皇帝的潜邸出身，或有东宫任职的经历，这层关系马上还有深度分析。

牛玉在英宗正统年间的情况，实录和墓志都没有记载，墓志仅仅提到，正统十四年（1449 年）秋，英宗亲征，命牛玉“提督宫壶事宜，兼典机务”。可以肯定，牛玉此时已任太监，地位与王振接近（王振也曾兼任东宫典玺局郎）。

同年八月，景帝接过大位，牛玉作为英宗的旧人，自然得不到信任，很快被驱离内廷，到刚被立为太子的朱见深宫里，服侍这位孤独的太子，官职也降为监丞。

---

① 参见作者的《明代司礼监文书房考》(《历史档案》2013 年第 4 期)。文华殿东庑的小学堂，天顺以后罢撤，宦官读书只在内书堂，教书先生也只用翰林院官员了。

② 洪武时，朱元璋鉴于历史上朝廷与东宫各设一套班底、容易发生矛盾之旧事，命东宫官员都由朝臣兼任，宦官也是这样。“东宫伴读”只是牛玉的兼职，他本人仍以奉御的官职在司礼监管事，属于“两头跑”。

不到三年，太子被废，景泰这八年里，英宗父子日子不好过，牛玉过得也潦倒。

英宗复位后，牛玉时来运转，以“翊戴功”，“加赐蟒衣玉带貂裘，岁加禄米，掌理中外章奏”，复为司礼监太监，参与机务。

有件事值得一提：在曹钦谋反事件中，牛玉“主画于中，随机应变，罪人既得，京师肃清”。此节出自牛玉墓志，可惜交代太少，难以详知牛玉在平乱中到底起了多大的作用。但事变时，太监曹吉祥是在皇城内被抓的，莫非“主画于中”，就是抓捕曹吉祥，并指挥皇城的防御？如是，确实是极大的功劳。事后，英宗给予牛玉大量的赏赐，除了金币诸物，还有河西务（今属天津市武清区）马房、羊房庄田二千余顷。

牛玉从英宗六岁即随侍在侧，一直到天顺八年正月为他送终，君臣知遇三十余年。英宗在临死前说了许多话，有许多未了的心愿，与其说是托付给太子朱见深的，还不如说是托付给牛玉的。对英宗来说，办事放心的，是牛玉。

但令牛玉没想到的是，英宗刚刚咽气，他的地位就遭受挑战。

第二章　急入司礼夺权

听完父皇的遗言，太子朱见深昏头糊脑，心迷智乱。

父皇病得太急太骤，正应了一句古话：病来如山倒。本是绿意葱葱的一盆花，突然就开始落叶，不几天叶子已落大半，再怎么挽救也救不转来了。

英宗对生命终结的预感很准，在他大渐的第二日，拂晓未开，忽然后宫滚雷般响起一片哭声——

圣驾升天啦！

接下来这一天，整个皇城都在打乱仗，所有人都忙得脚踢后脑勺。哭！忙！乱！朱见深作为嗣君和孝子，必须亲自主持“大行皇帝”的丧礼，可这些事他哪里懂啊，活似一个牵线木偶，被人引来拉去，到处站台，事事听他处分，却全如一个没用的闲人，他很想伸手帮忙，却不知手往哪儿伸，似乎哪里都离不开他，又哪里他都多余。

就是这样，大半天下来，也是又困又乏。坐在乾清宫大殿里，勉强支应着，却时不时走神发愣。东暖阁里挤满了人，忽然轰地一下，就像泉眼喷水般，全退出来了。朱见深不知何事，忙起身张望。司礼太监牛玉走过来，启奏道："马上要给万岁爷洗身子、换衣服，奴才叫闲杂人等都出去。"

朱见深应了一声，心中一片茫然，他不知在父皇"大殓"时，他这个"孝子"是否该守在一旁。可是他真的很怕，怕走进那间停着他父亲遗体的屋子。牛玉瞧出来了，叹着气道："小爷您别进去了，瞅着怪教人心酸的。"

自英宗害病以来，宫中大事小情，全是牛玉跑前跑后、忙里忙外张罗。没了他，还真不行！宫中规矩严，而最大的规矩，就是不管多大的事儿，都必须请旨，不准擅行。这两天，各监局的内官、各宫的宫人，事事来奏，每天都有好几十起。太子哪见过这个呀！他在东宫散淡惯了的，从没操过心，如今要他做主了，那才是两眼一抹黑呢！多亏牛玉时时在侧，闲时给他讲解，忙时就直接代为处分了，他毕竟是老臣子，做起事来有条不紊。

在这纷乱的局面里，牛玉的维持之功，太子还是心存感激的。

"君逸臣劳，这不应该的嘛！"

对太子的慰劳，牛玉一副理所当然的神情。他还不忘给即将登基的太子讲一些"理政"的法门，他说，本朝最重祖制，管他们拿千件百件事来奏，您只消答四个字就可以了。太子好奇："哪四个字？"牛玉扳指数道："依例而行！就这四个字。不管宫里的事，还是朝廷上的事，从祖宗那儿下来，一百多年了，件件都有成法，只管依例行事，准没错儿！"

做皇帝的窍门就这么简单？！

太子半信半疑。他对马上要接手的皇帝这项工作还是心有畏惧的，生怕做不好。或者说，他根本不知道如何去做！听宫里讲书的先生说，前朝储君，如皇曾祖仁宗皇帝、皇祖宣宗皇帝，在即位前，都有过很长时间的政事历练，特别是仁宗，长期监国执政，经验非常丰富，很得臣工爱戴。就是他父皇登基时，年纪虽小，但在内有皇曾祖母张太后主持，在外有“三杨”等一班老臣扶持，父皇又聪明，上手也快。太子自忖，自己没有父皇的明敏，也做不到父皇的勤勉刻苦。这些年，他一个大臣没见过，一件政事没批处过，突然把偌大一个国家交到他手里，全然是懵懂的，随便拿一件小事来问他，他都不知如何作答，勉强答了也不知对不对，这是多苦的一件事啊！难道真像牛玉说的，凡事只用四字来搪就够了？

牛玉看出太子的疑惑，微笑道：“不请自决，便是无君。无君无父，是为大逆不道。圣明在上，臣下不敢自专，威柄不倒持，内外百官知尊君不擅权，爷便是好皇帝。天下庶务繁多，天子纵然三头六臂，日理万机，也是支应不过来的，故须分政于臣工。君臣宛如一身，天子是元首，臣子是臂膀和股肱。天子督百官，百官各守其政，天下就大治了。小爷将来批本章，您再瞧，批的红本，也不过四个字‘该部知道’，也是将本章下部让臣子依例处分的意思。”

牛玉瞅着空，吧啦吧啦讲了许多，太子朱见深才对朝政有了一些初步的了解。这位天子对于如何行政的第一课，竟是在他父亲的灵堂里进行的。

当他临时抱佛脚，恶补做皇上的功课时，他明白了，从今天开始，一个时代结束了，一个属于他的新时代开始了。

英宗的大殓有条不紊地进行，大家各自忙着手头的事。这时，一个宦官提着裙边，侧身走进来。他问候了太子一句，便径直走到暖阁前，挑起门帘，兀自往内张望。

这家伙往那儿一堵，宫人进出不便，他直是不理，只顾往里张望。乾清宫是何去处！要搁过去，对如此无礼之人，乾清宫近侍早一通棍棒打过去了。可如今天变了，主子去了，奴才也没了脾气，对这个“添堵”之人，竟无一人开口训斥。这家伙的威风还呼呼地长，放下帘儿，把肩一抖，竟做张做势地训起话来，好像他是乾清宫的主人。

要说起来，等英宗灵一出去，太子爷再一搬进来，他还真是这间宫殿的半个主人，乾清宫近侍们都得看他脸色吃饭。

今天，他是东宫典玺局丞王纶，太子登基后，他就是司礼监太监王纶！

要说王纶也不是今儿才抖起来的，他一直是这副死德性。过去太子见了，也不像今天这般心生憎恶。王纶说话爱抖肩，此时一抖，就从他外罩的白布孝服里露出内穿的一件名贵的轻裘，那黑亮的皮毛，像针尖一样扎了太子的眼！

但太子不是个长于言辞的人，更不善于说一些需要宣泄情感的话，情感愈浓，愈容易堵住，难以言表。他默默地吞了口唾沫，拌着恼怒吞下，一个字都没有说。

这一天，王纶在京城名人热搜榜上的排名迅速飙升，比起嗣君皇太子他也只差一位了。

沉潜多年的王纶，在即将到来的“成化”朝——这是内阁所拟改元年号——将是呼风唤雨的风流人物。大家都这么说，更有机智官员率先行动，提前向王纶示好，趁物价还没飞涨，把“友情”这货先囤下，坐等升值。这是普遍的心理，更是现实的考虑。好比缇帅门达，这位曾几何时把脚一跺半拉北京城都要抖三抖的厉害角儿，如今也倒了架，主动过门向王公公致以亲切的问候。门达深知，他这几年害人无数，得罪人太多，虽说是效忠皇上必须做的，可皇上蹬腿去了，没人保他了，大概他的大限也不远了。他希望能重新攀上一棵大树——这是门达趋福避祸的心理。

当所有人的嘴里挂着“王公公”，对他交口称赞时，这颗未来之星也引起一些人的深深反感和警惕。

在内阁，大行皇帝的灵幡由学士李贤亲笔题好，交给司礼监文书官。

李贤顺便问了先帝梓宫造作及大殓安排等情况。文书官道，大行丧仪有牛掌印在内主持，先生放心，只是先帝遗诏和新君继位大赦诏，还须抓紧些。李贤点头称是。

每逢改朝换代，都是朝廷“更化”的重要契机，遗、赦二诏，尤其是新君登基当日发布的大赦天下诏，是新朝继往开来的重要文件，哪些政事应革，哪些政事应兴，都要靠它体现出来。一年之计在于春，成化朝的“春天”，就要从这份诏书开始。这几日，内阁向各府部院寺衙门广询舆情，力求将重要的政事都写入赦诏，阁臣们为此已议了好几次。

送走文书官，李贤向阁僚强调了拟诏刻不容缓，是当下工作的重中之重，不仅大事不能漏、要妥当，还要跟上朝廷大丧、嗣君继位的节奏。

说着，他铺开纸笔，拟写诏稿。大家讨论热烈时，吏部右侍郎兼翰林学士陈文①一直没怎么说话，这时他忽然站起来，做了一个惊人的动作，他走到李贤身边，一把将毛笔从首辅手里夺过，道：“这诏，不写也罢!”将笔掼在桌上，气咻咻的，弄得墨汁一路淋漓。

他冲着满脸惊讶的李贤说：“诏书早有人拟好啦，我们还写个鬼!”

他随即讲出一件事，让在座之人震惊不已。

事情的起因，还要从陈文家的邻居说起。

陈阁老的高邻，姓钱名溥，现任翰林院侍读学士。

翰林院与内阁是“内外府”的关系，陈文与钱溥也兼有同僚之谊。前文我说到，在内书堂给小宦官们教书，自天顺以来成为翰林官的专责。钱学士在内书堂教书很长时间了，可谓“桃李满内府”，许多门生贵幸发达，做了内官，还不忘师恩，时常提了礼物来拜老师。钱府常常高朋满座，不是年节，胜似年节。陈文也跟着沾光，钱学士是好客的，家里来了客，总要盛情邀陈阁老过府会饮，彼此情熟。

陈家与钱家只隔一堵墙，其实陈文内心也有一堵墙，他对钱某怀有

---

① 陈文是阁臣，但他的官职是吏部侍郎兼学士，而不是大学士。凡大臣入阁均兼殿阁大学士，是从成化朝开始的。

极大的防忌与反感。他认为钱溥刻意接纳内臣，有很大的政治图谋。

“内府教书”一度被儒臣视作“贱者之事”，没人愿意干。但渐渐的，这项差使的好处显出来了。原来，“内书堂读书”对宦官是最好的出身。读过书的小宦官，毕业后都会有好的分配，也只有“读书官人”才有资格升入司礼监等“大衙门”，做到司礼太监那样的高位。读书的人都重名分，小宦官们做了太监，多不忘本，对昔日的老师多有照拂。这对老师来说，是有力的奥援。一些“热衷”之士，便刻意经营与内官学生的关系，将其作为仕进的一条捷径。钱溥便是其中的一个。

钱溥有个学生，名叫朱奎，现任尚宝司丞，曾以幼童的身份在内书堂陪读。此人常在内府行走，宦官朋友多得很，与王纶更是交昵亲厚，钱溥便通过他向在东宫厮混得不赖、“大有前途”的王纶示好。

王纶眼见要大发了，正愁“朋友圈”人物太 Low，找不到合适的人做事业合伙人。如今翰林钱老先生主动来亲近，他大为高兴，马上拉了小朱，跑钱溥家去拜老师。他把尊师重教的戏码做得挺足，给老师、师母各置备了一份礼，见到钱溥，硬把老师按到太师椅上坐下，再将礼物顶戴在头上奉献，给足了钱溥面子。待王纶端端正正行完弟子礼，遂开席，师生把酒言欢，一直吃到夜深方休。

这些事，人们或多或少都有耳闻，而此时陈文要说的，却是二人私拟诏书！

陈文说，最近二人来往密切，先帝大渐那天，王纶还曾专门来访，二人议了很久。因为时机特殊，陈文觉得王纶此来不同寻常，派家人到钱府打探，得悉二人所议，皆为朝廷大事。

比如，王纶问东宫纳妃之事当如何。

先帝有令嗣君百日内成婚的遗言，王纶已经开始操心了。“这是他该操的心吗?”陈文愤愤然道，“朝廷之事，不问大臣，不问于庙堂，而问私人于私室之中!”

王纶自以为出身东宫，早有司礼之志。钱溥奸邪疏狂，以为有内官援引，他入阁辅政，已在彀中。

陈文更爆料说，王纶对钱溥打了包票，等他一入司礼柄政，就力荐钱溥入阁直机务。

“那王纶器小易盈，骄横惯了的，在东宫便有专擅之名，如今还未做司礼呢，已经私拟诏书，他眼中还有我等乎？若等他师徒进来把了权，此处便非我等立身之地！”

陈文挟愤极论，他这一大通话，虽然夹杂着猜测和夸大之辞，但于情势甚合，令人不得不信。

皇太子即位，东宫内外臣僚必然纷纷登用，王纶作为东宫典玺局丞，入司礼监并无意外。但没想到，此人如此狂妄，还未辅政，已然目空一切，背着司礼监、内阁，于私室之内和私人妄议大政，等他将来得了志，岂不人人自危？

众人听了，无不咿呀怪叹，李贤呵呵冷笑：“那也得等他们进来再说！”

李贤意识到这是一次政治阴谋，他道：“内臣与外臣交通，是国朝大忌，私拟诏书，更属罪在不赦，此事若不发，我等皆有罪耳！”

尽管这件事没有证据，全凭陈文一面之词，但王、钱相结之势已成，在当前国丧、皇位空虚的特殊时刻，对朝局的稳定已构成巨大威胁，成化新政，岂容听其伤害？

李贤表示，此事须急告牛老太监，内外一起使劲，破奸人之计，不难！

完啦，钱溥算是被陈文这位“中国好邻居”害苦了！

第三章　“奸党”未兴而速败

这两天，牛玉昏天黑地地忙大丧的事，直待内阁通气，才晓得他原以为稳稳当当的时局下面竟暗伏着如此逆流！他坐不住了。

俗话说，一朝天子一朝臣。每逢新天子登基，改朝换代之际，总要换一班人马，你方唱罢我登场，后人躁进，前人不甘退出舞台，朝堂便如厮杀的战场，难免风雨骤变。

为了更好地说明政局攻防变幻之局，不是出于个人恩怨，而完全是特殊的制度造成的，我需要首先介绍一下明朝官员的铨选（又称“选举”，是对官员的考察与任用）与迁转（迁官、转官，是官员的升转调动）制度。

明朝立国一百年后，其庞大的官僚体制已形成一套完整、严密、规范、运行有序的运转机制，官员该什么时候迁转、怎么迁、迁到什么地方、各有相应的成例。这些规则有明有暗，“明”的都记在《诸司职掌》《大明会典》等制度之书上，“暗”的就是通行的惯例（所谓“潜规则”，只是其中一部分），虽不记在官书里，却在实际生活中如是施行着。好比“重科甲”，没有哪部法律规定了朝廷用人只能用科举出身之人，但在现实中，官员是进士出身，就有好的前途，若只是举人、监生、捐纳、荫袭等，往往沉沦下僚，很难擢升高位，更别说进入翰林院这等清要衙门了，而如果没有在翰林院“养望”的经历，又几乎不可能入阁为相。类似通行的非明文“规则”，是形势造成的，也为大众所认可，故不为“潜（规则）”。缙绅出仕做官，必须对这些异常庞杂的规则熟谙于心，就像牛玉对嗣君说的，朝廷制度由祖制与历年奏准事例构成，大家都看得见，在万目注视之下，很难作弊。这套制度虽然僵化，但好处是较为公平，只要按制度来，不破例，皇帝便是好皇帝，官人便是好官人。

陈文指钱溥以王纶为内援，意图进入内阁，实刺中了首辅李贤的隐痛。李贤是部属出身（他做官是从吏部开始的），没有翰林院的工作经历，更没有在东宫做讲读的资格（东宫文臣皆从詹事府与翰林院选拔），不属于“东宫旧臣”。这两方面的不足，是他在政治上的软肋。而当一个具有全面优势的竞争者钱溥出现时，他自然尤为忌嫉。

说了外廷官员，再说内廷，其实内府用人，也讲出身、讲资格，也形成了一套“内官”选拔任用的规制。就说司礼监吧：

司礼监是一个职权很大的内府衙门，相当于外朝内阁（参机务）、吏部（掌铨选）、礼部（典礼）、都察院（主纠劾）的集合体。能进司礼监任职，有一个基本的前提条件，就是必须在内书堂读过书，这是内官出身的“正途”，如同外官的进士出身。

明代几乎所有的司礼太监，都有“内书堂读书”这个资格。只是在正德、天启年间，大太监刘瑾是钟鼓司出身，魏忠贤干脆是个文盲，他们能够入司礼监柄政，是极为特殊的例外。

从黄俨开始，司礼太监都是皇帝最为亲信的私人。① 一般来说，只有两类人才能进司礼监任职：一是内书堂的优秀学生，在完成学制毕业后，被选拔分配到司礼监，从基层做起，逐步擢升。二是曾在东宫或天子“潜邸”效劳的内臣，主上登基后，以“从龙之恩”入司礼监，如东宫典玺局郎、丞、伴读等官，一般直接转任司礼太监，反过来，东宫内官也多由司礼监官兼任。

比如司礼太监王振，他在英宗做太子时，就是东宫师傅，长期兼任东宫典玺局郎。英宗做皇帝后，他顺理成章地接过监印，仍为“辅导首臣”。王振与英宗交知最深，有着二十多年的感情积淀，英宗对他十分信任，如对亲人，外人是很难疏间的。

即使像景泰帝朱祁钰，以亲王入继，也照样提拔他潜邸郕王府宦官进入司礼监。夺门之变后被杀的王诚、张永、舒良、王勤等司礼太监，都是他潜邸的私人。

由于司礼监用人已形成如上惯例，而在司礼监“参机务”就等于“参柄大政”，是新朝的大贵人，所以英宗大渐之际，东宫内官们自然蠢蠢欲动，以为出头之日到了。

可王纶到底是器小，以为入柄司礼，进而挤掉牛玉，再援引钱溥入阁，内外合作，把持朝政，是煮熟的鸭子飞不了，竟忘了韬光养晦的前人教训，引起内阁与司礼监的共同恶感。司礼太监牛玉更是被他逼到了墙角，这新旧两班人马就不得不较量一下了。

---

① 黄俨是明代第一个大太监，详见《大明那些九千岁·大太监是怎样炼成的》。

英宗留下的辅政班底，在攻防激烈的时刻，成为守的一方，他们必须维护自己的利益。

司礼监与内阁，一属内臣，一属外官，虽然分属不同的官员系统（内外官），但一个是内府衙门，一个是内廷办事机构（内阁不是衙门），性质接近，都是御前辅导班子，是皇帝的机要秘书。明朝的行政，主要靠章疏运转来推动，所谓“章疏即政事”也——官僚主义“公文旅行”的毛病，大概就是那时候落下的吧！内阁掌票拟，司礼监代圣批红，分别为章疏流水线上的两个重要转轴（票拟提出处理意见，批红用朱批的形式予以确认），故司礼监与内阁必须“内外相继，可否共济”，共同承担政治责任，只要一个轱辘转不动，整部机器就要停摆。

司礼监与内阁紧密的关系以及太监、阁臣的产生机制，确保了他们具有较深的历史关系，经过长期磨合，能本着协商、沟通，乃至妥协的精神，共同维护大局，较好地开展合作。

作为内阁“外府”的翰林院则提供了重要的交流场域。这主要是两点：

一是阁臣多数为翰林词臣出身，他们在入阁前多有经筵、日讲或东宫讲读的经历，与司礼监有着直接或间接的工作联系。

二是翰林词臣多入东宫任职，与东宫内臣形成同僚关系（“宫僚”），将来一起柄政，已有良好的合作基础。

司礼监要行使权力，离不开内阁的支持，在明代历史上，居强势的司礼太监，总要与阁臣（尤其是首辅、阁揆）建立某种战略同盟，内外同气相应，甚至是荣辱与共（最典型的便是张居正与冯保）。监、阁之间不能合作，乃至互斗的情形是很少见的。

在天顺年间，以上态势还只是一种明显的趋势，比如内阁首辅李贤就不是翰林出身，他与司礼监掌印太监牛玉的关系，是在入阁后形成的，他们在历史上没有老关系。但经过近八年的合作，他们的关系已非常良好，此番面临的挑战也是共同的。钱溥与王纶联骑而来，向他们的阵地发动攻击，王纶在内势孤，需要内阁的接应，他入司礼后，再援引同盟者钱溥入阁，内外相应，实同一身，必将对李贤和牛玉的地位造成威胁。特别是王纶，还没发达，就已露出专断之相，他一旦真进来，再加上他有东宫旧臣的优势，久之必不能敌。

对此，牛玉看得十分清楚。

牛玉为人，与王振不同。他喜欢权力，权力游戏也能让他娱情，产生快感，但他不饥渴，他也不是权力野兽，没有坚决捍卫领地不容他人染指的本能，他为官谨慎，不像王振那样胆大包天，搞烦了不惮把天捅出个大窟窿。

对王振这位前辈，牛玉是佩服而自叹不及的。

明英宗的前半生，倚赖王振，后半生，用的是牛玉。

“倚赖”之与“用”，词意大不同。倚赖不仅有信任，更有依靠与托付之意，而“用”，只是把被用之人当工具，意义是完全不同的。

英宗正统朝，可以有王振，而同样是英宗的天顺朝，则只能有牛玉。

牛玉深明此理。

正统时，英宗还年轻，乏历练，与王振感情深，倚毗重，对他言听计从。但经过了土木之变、南宫幽囚、夺门之变、曹石之乱等一系列的变故，步入中年的英宗成熟了，老练了，性格也变得格外猜疑。不然，李贤怎么会因为门达的诬告而落狱？即使是亲信如牛玉，也不是百分百的信任。有一回，英宗当着所有司礼太监的面，从御案上拿起一本奏章，对着灯光，察看良久，忽然指某处道：“此处显系有洗改！”窘得众太监面红耳赤，倒像他们擅改了奏章一样。英宗放下本章，沉下脸问：“这一本，六科为何没有发现，没有纠劾？”牛玉忙请奏，是否下谕责问六科失职。英宗却摇头，不再追问。有了几次之后，牛玉渐渐明白了，英宗这么做，只是为了显示他的明察，让身边人有所畏惧，不敢作弊。自此，他也晓得自己在万岁爷心中的分量，做事更加小心了。

牛玉常想，英宗严察如此，设若王振复生，怕也不能“得君”如昔了。只有像他这样，能体察圣心，办事用心，善于在君臣间弥缝，又没有野心，才能得到英宗的信任。

牛玉的思路悠悠地转回来，想到当下这件急迫事，忽然生出一个念头：如果王振在他现在的位置，将怎么做？牛玉叹了口气，这还用问，王振定然是毫不犹豫地将对手毁灭！

在正统十四年间，王太监的地位稳如磐石，不管是外朝勋戚大臣，还是内府大小官员，无不畏惧他、逢迎他。也曾有两次，有内官对王振不满，又不敢公开骂，就写了匿名信，扔在内廷。结果被他揪出来，施以凌迟之刑——骂太监而用此极刑，王振并不怕人说他自拟天子。这还不够，他还强迫内府管事官员们排了队去刑场观刑，实际上是教内官们看看，中伤他的人是何下场！在受刑者凄惨的叫声里，众官肝胆俱裂，谁还敢“反王”啊？至今想来，牛玉还是佩服万分，这一点，他无论如何都做不到，也不可能做到。

反观自己，魄力差太多了。为王纶这件事，他一直犯愁，百思穷结，始终想不出好法儿。他甚至想，不慌，等大丧忙过了，再来处置不迟。

“如此，老太监将悔之不及！”

想到李贤的提醒，牛玉忙将此念抹去。玩政治的，可容不得拖延症，一拖就是个死！

兵法上讲，趁敌立足未稳，一鼓击灭之，正是此理。如由着王纶，坐视滋蔓，等他真进了司礼监，可就没那么容易制他了。间不容发，当速出手！可用什么招数制敌，却一时想不好。

此事也唯有心腹可托，他还有一侄，名叫牛纶，是可以商量秘事的人，忙把他找来商议。

牛纶是景泰五年（1454 年）进士，初授翰林院编修，升左春坊左赞善，仗着他老叔的势力，入仕才十年出头，就已经做到了太常寺少卿兼翰林院侍读。

话说大明朝宦官势力不小，可宦官家子弟通过科举考试出仕做官的，还真是凤毛麟角。

【宦官小词条】因宦官出身微末，子弟读书者少，其家暴贵之后，或入赀为监生、中书舍人，或荫武职，通过读书入仕的动力不足。宦官子弟通过科举入仕者极少，只有正统、景泰间太监李永昌的嗣子李泰、成敬子成凯、牛玉侄牛纶，弘治中张敏侄张定，万历中陈矩弟陈万策等少数几例。

牛纶做过“春坊赞善”，也是东宫文学之臣。《明宪宗实录》对他的评价是“为人滑稽，又以太监（牛）玉之侄，善张权要，为士论所鄙”。喜弄权，爱开玩笑，说明此人聪明，脑子转得快。果然，听了老叔的话，他马上道：“王、钱二人的罪名是现成的，就拿‘内外交通’之罪来治他便好。”

“可是，私拟诏书，只是风传，没有确证。”牛玉道。

对此，牛纶表示同意：“阁臣不是御史，不可将听来的消息写入奏章。”可他话锋一转：“阁臣不言，不还有那么多御史吗？他们都等着在新朝立功呢！请一位朋友代笔上奏，不很简单吗？”

一句话点醒了梦中人，牛玉连声称好，在这件事上他竟想迂回了。只要有人说话，劾疏奏进来，到司礼监就好办了。

“此事也不尽为风言，”牛纶忽然想起什么，高兴地搓手，“我的好朋友刘中允告诉我一件事，此刻正好用上！”

刘中允姓刘，名珝，现任詹事府左中允，也属东宫官。东宫官都有入阁之志，钱溥一心入阁，刘珝也想入阁，可阁门路窄，阁中也容不下太多人，大家在门口撞见，就堵上了，疏通之法，唯有推开一人，自己才好别进去。这位刘中允急于功名，同样是“门口的人”，他与钱溥就很不对付。竞争者之间是互相盯死的，这两天，刘珝探知，晋州知州邹和派人进京来，托尚宝司丞朱奎，送给王纶一封书子，还有几件礼物。说起来，邹知州也只是千百附膻的苍蝇中的一只，刘珝听说了，他是有名的“刘大炮”，不免要痛骂几声世道败坏（世道属于躺枪）。牛纶听了，也没在意，此时猛地想起来，顿时计上心头，连呼“有了”。

“钱溥私撰遗诏，就是通过朱奎递进内府，交到王纶手里的！”牛纶拍案道。

牛玉不解，邹和私书与钱撰遗诏是什么关系，他一下没想明白。

“这不很简单吗?”牛纶笑道，“老叔欲发王纶之事，就差一样证据，朱奎通书，就是咱们抓在手里的实据。小侄找御史将此事写进弹章，管它那么多，先把王、钱二人挂上弹章，监、阁再合力给他一参，他们不倒才怪哩！钱溥有没有私撰遗诏，王纶有没有接进遗诏，都不要紧，它只是一个药引子，老叔借它来和一剂猛药罢了！”

他这一说，牛玉全明白了，连赞小子有才。牛纶出来活动，揭发钱溥、王纶私拟遗诏的弹章很快找御史写好，一本参上去。大明体制，最忌内臣与外臣“交通”，依祖制和大明律都要论为“奸臣”，是要杀头的。本章递进去，先送内阁票拟，再送御前裁断。嗣君朱见深刚刚即位，嘛事不懂，还不得听内阁、司礼监的，便咨问牛玉。牛玉早等着这一问，他马上拿起一根签子，可劲地往王纶指尖上扎，“数其过恶”。也是王纶点儿背，他在英宗大殓那日的一番举动，令孝子朱见深“深恶之”，本就没了好感，再被御史本章一臭，牛玉再从后猛地一推，“扑通”一声，倒头掉进了粪坑里。

很快，嗣君传旨，严纠王纶、钱溥“奸党”。

第四章　一个月，牛太监也完蛋啦

明宪宗朱见深继位之始，朝廷即发生一番人事大变，似乎预示了成化一朝的政局注定是不平静的。

宪宗对此并未太在意，他身边的人变来变去，或是高升飞去，或是降黜贬出，都不是出自他的指示。内臣由司礼监，外臣由吏部，都给他安排得好好的，用不着太子爷操心。如今做皇帝了，也是如此。依牛玉所传心法，朝廷内内外外的事体，皆有规矩和家法，一切“依例”行事，他老人家只消端拱无为，便天下大治。他已经习惯了，没觉得有什么不对。于是呢，在他当政之初发生的这一场政潮和风波，在他看来，竟与大河向东的一朵浪花无异，仅惹他瞥了一眼而已。况且，那些被处分、被撵走的人（“奸党”），除了王纶，其他人他一概不识，也是无动于衷、无关痛痒的。

看官！容我在此插一言，嗣君如此浑浑噩噩，不明政事，不了政情，满朝百官，不识一人，这是英宗的失误。

英宗复辟后，复立朱见深为太子，到他继位，其间有八年时间，太子也十八岁了。太子是朝廷储君、国家之本，怎么着也要让他出来见些世面，制造机会让他熟悉一下朝廷人事，在各方面多历练一下！可英宗全未念及至此。当年轻的太子突然被推到君临天下的宝位上，举目四顾，啥也不知，嘛也不晓，他能做好君主吗？过去仁、宣二祖在正式继位前，都曾有过长期的锻炼，宣宗还随太宗皇帝出塞北征，积累了丰富的经验，他们登临大位后，大臣都是熟悉的，政事该怎么办，心中也有定见。宪宗却是两眼一抹黑，毫无端绪与条目。更糟的是，自宪宗以后，太子的历政实习基本上就废了，即使在东宫做皇帝备胎十余年，也根本不与朝政沾边，都是等到登基后再重新学习。

人无教，无以立，皇帝这个职业也是如此。

好，这个话题先搁下，我们所强调的只是一点：正因为宪宗是突然上位，毫无准备，做臣子的也不大把他放眼里，成化之初，政争激烈，时局接连发生重大变故，与宪宗作为皇帝的弱势，大有关系。

天顺八年的夏天，还没改元呢，京师又一次发生“地震”。这回被震垮的，是太监牛玉。

牛玉到底没能打破“一朝天子一朝臣”的魔咒。这一劫，早在天顺六年就种下了。那年五月，英宗觉得太子长大了，是时候为他选亲了，就按照惯例，分派多位太监到各地选择“民间良家女子”为妃（所谓“良家女子”，就是家庭成员没有犯罪记录或恶疾之类），在京的，是裴当、牛玉；到直隶、山东的，是颜义；赴南京、河南的，是孙太后的亲信夏时。

这次选妃，不同寻常，因为选的是皇太子妃，将来的国母皇后。太监不敢大意，各自尽心。选妃是件大美差，今日选进宫的，来日不是后就是妃，太监们都在后宫里混，谁不想有一位女主撑腰做靠山？如果我选的美女将来被立为后，这排场多大、后台多硬呀！皇后娘娘是我选出来的，等于她的富贵是我给的，那还不得死心塌地罩着我？——还有一点，他们的利益也是紧紧捆绑在一起的……此节马上讲到。

再说奴才们奉命选妃，他们心中打的铁算盘，就是我选的人（我的人），必须上。有了这一层心思，太监们暗地里都较着劲呢！

天顺六年夏天的开选，一共选来十二名女子。进宫后，由英宗亲自选出三人，为王氏、吴氏、柏氏（请注意，这排名是“分先后”的），将其养在宫中，学习礼仪，待择日与东宫成亲，便是将来的皇太子正妃与次妃了。

大明的国史实录，一般是不记后宫之事的，但这件事因为后来引发震惊朝野的“废后”案，故在《明宪宗实录》里留下几笔，也很简略：

……中官往采，得十二人皆至。英宗亲选王氏、吴氏、柏氏三人留于宫中，初意在今皇太后，会章太后崩，既而英宗崩，左右窃有不利之疑。

我抄录原文，是因为实录的记载较为含糊，疑窦颇多，咱们讲故事时，可以借此分析一下，史文当如何读？

《明宪宗实录》是宪宗之子孝宗时修的，所称“今皇太后”，指的是宪宗的王皇后，就是那三人中的王氏。实录说“英宗亲选”，诚然，儿子娶媳妇，公公“亲自”过问一下是需要的，但真正主持选妃事务的，是英宗母孙太后，也就是实录所称的“章太后”（她的谥号是孝恭章皇后）和钱皇后、周贵妃这些女人们。家事差不多都是如此吧！

孙太后做主，她听谁的？自然听她亲信之人的，就是她的掌宫太监夏时。当年英宗从漠北归来，太后就是派他去宣府接驾。夏时的“选区”在南京，而王氏恰恰是南京上元县人，说明王氏是夏太监选回来的。自己人选来的孙媳妇，将来不也是自己人吗？孙太后喜道："就是她了！"懿旨一宣，谁敢有异？

不料这三名女子还没册立，孙太后忽于当年九月去世，立妃的事，只好顺延。

过了一年多，天顺八年正月，英宗也去世了。二"圣"旋踵而亡，皆在三女入宫之后，于是就有"左右窃有不利之疑"的舆论出来，说这三名女子——当然首先是排名第一的王氏——都是不祥之人！

那怎么办？

再选呗！

于是如实录所记，"上（宪宗）即位，皇太后（钱皇后）复命礼部榜谕京师采择"。采择地点，只在北京城。

这么做，明显有人在背后操作。这个人，就是太监牛玉。

刚才说了，确定王氏为一号选手（太子妃）的，是孙太后。太后一死，王氏没人照应了，排名之高就有点高处不胜寒，颤巍巍往下掉。因为有势力的人要加塞，把"自己人"送到前面去。英宗死后，牛玉就在制造一种舆论，说王氏为不祥之人，她克了老奶奶，又克了老公公，搞不好将来还要克夫。这样的人，怎能做一国之母呢？他这么一说，英宗的未亡人钱皇后就信了。因为关系亲生儿子的性命，宪宗生母周贵妃也不得不信。于是两位太后一致同意——再选！

牛玉又说，大行皇帝要求嗣君百日内成婚，大选怕来不及，不如就在京采择好了。而他前年选妃，"选区"就在京城。娘娘们也同意了。

仓促之际，又选来几位，连同原先三位，混同重选。搞笑的是，说是重选，可最后入围的"三元"，仍是原先那三位，只是名次略有变化：吴进，王退，柏不变。牛玉选来并力推的吴氏果然上位——这简直是掩天下之耳目。

司礼太监牛玉胜利了，他选来的吴氏被立为皇后，在英宗遗言规定的百日之内，与宪宗大婚。牛玉非常自得，以为他的天平上又加了一块重重的砝码，在宫廷的地位将更为稳固。

可人算不如天算，福兮祸所伏，牛玉怎么也没想到，今日播下的种子，可能生出有毒的植株，牛玉选的这位作弊皇后，很快闯出大祸，不仅自己被废，还把牛玉拖下水。

吴皇后是北京顺天府人，出自武将之家。吴氏在天顺八年七月被立为皇后，按照惯例，后家亦当加封，吴氏的父亲吴俊，被封为从一品的都督同知。大概是家庭出身的缘故，吴小姐与一般闺秀不同，她更像东吴的孙尚香，性情较为刚烈，如今十六七岁上得意，做了皇后娘娘，一时意气风发，就有点捺不住性儿。

吴皇后在入正中宫之前，在宫里生活了两年，听到不少东宫的风声，有一件事让她心结已久。原来宫中传得沸沸扬扬的，都说太子身边有一侍婢，唤作万氏，与太子关系暧昧。

太子与宫女暧昧，在别人看来，不过是茶余饭后的谈资。而对这位新皇后，却如眼中之刺。不断有传言送到她耳朵里，说万氏原是孙太后宫中婢女，因为眼里会观风色、手上会做事，被选到东宫照顾年幼太子的起居。她原比太子年长十七岁，年龄差距宛如母子，不想这贱妇竟以其风骚之姿诱引初通人事的太子，遂登了小爷的龙床。万婢恃宠，在东宫倒成了主子，无事不由她主张，太子也事事顺着她。

闲话听多了，吴皇后愈发浑身不得劲，觉得万婢是眼中刺、肉中钉，不拔不快。她容不得狐狸精在她眼皮底下浪骚，也是她刚做皇后，有意在后宫立威，一时心急，也不打听行情就急于拔刺。八月的一天，她命人将万氏招来，“贱人”“奸妇”地一通臭骂，然后喝令左右，棍棒伺候，将“小三儿”万氏打了一顿。

万氏挨了打，自有她诉苦的地方。别看皇后看她不顺眼，她是骄宠惯了的，还瞅皇后不顺眼呢！在她看来，皇后都该是她的。这口气她忍了许久，早想闹一闹了，只是一直没找到机会，如今皇后自己把机会送来，可莫怪万贞儿不客气！万氏嗷嗷叫着，跑到宪宗跟前，一头扎进小心肝怀中，扭曲，委屈，叫天屈！

宪宗听说万氏挨揍，顿时肝火爆升。一个男人，如果连自己心爱的女人都保护不了，不如直接做太监好啦！本来木讷敦厚的宪宗，被万氏一激一闹，竟然对新婚妻子下了狠手。

皇帝下狠手，不是说跑到坤宁宫实施家暴，替小三做主，再把老婆打一顿。那倒便宜了皇后。万氏的心愿亦不在此。万氏是一个心机很深的女人——今日俗称“心机婊”，她不是街上混的小阿妹，被谁欺负了，立马打电话搬人，把仇人臭揍一顿解气。她的心更高，欲以此事为契机，将打她的棍子化作一根杠杆，撬动更大的目标。

万氏知道自己出身微贱，虽在东宫得宠，却始终没有一个名分，若她自己再不争，恐怕永难有出头之日。这次所受的羞辱，她要足足地挣回来，不挣回一顶凤冠，绝不罢休！所以，她把着皇帝的手，一巴掌打回去，竟是要将吴皇后从凤辇上拍下去。

之后，就发生了明朝历史上第二次废后事件。我在《大明后宫有战事》里详细讲过，这里就不再赘言了。

但有一个问题还要指出来：宪宗是一个腼腆内向的年轻人，我们不妨设想一下，在他新婚不久的一天，刚过门的妻子打了与他偷情的丫鬟，这位新郎官会如何处理？我想，最大的可能就是赌气，或大闹一场，一个月不上新娘的床，等等，与现在的小年轻没有二样。然而走到休掉新娘这一步，怕是很不容易。不说那是礼教甚严的社会，就是风气大开的今天，才扯结婚证就打闹要离婚的，也属罕闻之事。再从宪宗一生的作风来看，他是那种比较黏糊、性情平和、缺乏决断力的人，他欣赏的，是“一团和气”的世界（他有一幅很有名的画作，就叫《一团和气图》），要让这样一个人起意休他新婚的妻子，兴那么大一场风波，着实难以想象。

还有一个难点，他要废的不是一般人，而是有“国母”之称的皇后，不是说皇后不该打一只媚主的狐狸，就能拿出去当借口向天下臣民交代的。况且在那个时代，主母打侍婢，稀松平常，该着她打！

这便需要有一个合适的休妻理由，而传统的“五出之条”显然不够，必须放一个大招。

最后他怎么做到的呢?

宪宗通过打击“牛玉之党”达到了废后的目的。

吴皇后是牛玉选来的，先废牛玉，再废皇后，便如釜底抽薪、上游断水，实为高明的政治手腕，恐怕不是宪宗想得出来的。

可能宪宗和万氏有东宫的内臣智囊做支持，他们替主子出谋划策，既为他们的“万侍长”出了气，也替被贬逐的同伙王纶报了一箭之仇，待宫里最大的太监头子牛玉一倒，万侍长再一上位，东宫的旧人们都有福了!

我判断，宪宗初意可能并不想废后，但他被万氏及东宫集团的旧人们撺掇着，对吴皇后下手就重了。说到底，废后表面看是宫斗，其本质还是新旧两套势力的争夺。如《明宪宗实录》所言:“又谓有恶牛玉之专者，欲夺其权，有所承望而然，故罪独归于（牛）玉云。”

万氏挨打的当天，宫内风平浪静，吴皇后原还有些担心，生怕皇上跑来与她理论。可担心了一天，皇帝也没来，便以为这件事过去了。可是第二天，忽有惊人的消息传来，说皇上传旨，将司礼太监牛玉下了都察院狱，同时下狱的，还有太监吴熹。

听到牛玉下狱的罪名是“坏朝廷大婚”，吴皇后惊呆了，感到事态严峻。

牛玉下狱后，很快交代了他选婚受贿的罪行。随后老国丈都督吴俊、皇后兄吴雄，也被捕入狱。

宪宗断然将老丈人和内兄投入狱中，丝毫不给皇后留面子，其意图再明显不过了:他就是冲着皇后去的。吴皇后惊慌失措，悔之晚矣!

震惊朝野的选婚受贿案很快审结，狱词送呈御案。宪宗这才知道更多的内幕，原来，吴俊父子为了让自家女儿选上皇后，通过太监吴熹向牛玉行贿。牛玉则以王氏非其所选，寻机游说太后，令王氏退处“副宫”，而进吴氏为正宫。牛玉做成了这件事，洋洋得意，到处对人说，立吴氏为后是自己的功劳。宪宗深深震怒了，废后意志趋于坚决。

愤怒之余，他将狱词向外廷公开，并且下了一道专敕，罗列了吴氏入宫以来的诸多过失，“命多官集议”，让大臣们都看看，这样的皇后，该怎么办？

“多官集议”又称廷议，是朝廷遇到大事——如大狱、大兴革、大征伐时，集思广益的一种方式，也是政治民主的一种形式。参加者人数众多，包括公侯伯、都督、尚书、侍郎、都御史、通政使、大理寺卿、给事中、御史等官员百余人，前文记景帝易太子，也是采取廷议的形式决定的。

这两天，牛玉受贿选婚案闹得沸沸扬扬，但朝臣多不悉详情，此时奉旨集议，唯一能参考的就是牛玉等人的供词和写满皇后过失的敕书，众官已经明白宪宗的心意，对废后这样的大事，竟无一人表示异议，没有一个人为皇后争一句。最后以勋臣中地位最高的会昌侯孙继宗（孙太后兄）领衔复奏，说吴氏系先帝所退，且有过，决不可与皇上共承宗祀——也就是说，群臣都同意废后。

宪宗在请示两宫太后后，立即传出两份敕谕，一份是给皇后的，文辞刻薄，含有羞辱之意，说：

朕惟皇后所以共承宗祀，表正六宫，非德性淳淑、礼度闲习者不足以当之。尔言动轻浮，礼度粗率，留心曲调，习为邪荡，将何以共承宗祀、表正六宫？

就是说，做皇后的，必须是淑女，似你这等轻浮之人，岂可为后？命令吴氏交出皇后册宝，退处别宫——俗称“打入冷宫”是也！

另外一份敕谕是给文武群臣的，说：

太监牛玉偏徇己私，朦胧将先帝在时选退吴氏于母后前奏请，立为皇后。朕观吴氏轻浮粗率，诗云“靡不有初”，初尚不谨，何以尧终？朕负天下之重，处礼之变，册立中宫，为风化之原，不幸所遇如此，岂得已哉？

遂将牛玉、吴熹谪南京孝陵卫种菜，国丈吴俊戍登州卫，吴雄随住。

吴氏旋立旋废，前后不过一月。

牛玉倒台后，他的姻亲、京营总兵官怀远侯孙镗罢职闲住，侄牛纶、外甥吏部员外郎杨琮“除名”，罢官为民。

最后说一下牛太监的结局。

牛玉被贬后，就从国史上消失了。牛玉墓志说，“初政之行，仪度备举，率公（牛玉）总挈纲维，内外井井。寻罢归南京，未几复命掌南京司礼监印”，对他被贬这件事毫无交代和评价。

根据其墓志记载，牛玉到南京种菜没多久，就“复命掌南京司礼监印”，做了南京宦官的老大，此后一直住在南京。弘治六年（1493 年），乞休养老。孝宗念其旧劳，“优诏许之，俾佚老于京，兼赐人夫供役”。八年后，“恭侍七朝”的牛玉卒于私邸，春秋九十有二。

牛玉只是废后案的牺牲品，故宪宗对其较为优容，不久就让他复职了，但终生未许他回京。

第五章　成化三宗弊

牛玉到南京种菜，可南京的“东道主”很不给他面子，当即有给事中王徽等人上言，请求诛杀“谋立皇后、欺辱陛下”的牛玉，并治内阁李贤等“坐视成败、不出一言”之罪。

这几位科道官员对选婚贿案这件“宫禁秘事”了解得并不多，此疏实借牛玉作题，是专门针对宦官而发的。他们将牛玉视作王振、曹吉祥之后的第三个专权宦官，希望宪宗以牛玉等人为鉴，从三个方面预防宦官为祸：一不许内官与国政，二不许外官与内官私相交结，三不许内官弟侄在外任事并置立产业。

明清两代，“科（六科）道（十三道监察御史）”连称，均负有言事之责，合称“言路”“言官”，向朝廷进言是他们的责任。王徽等人进谏，并非“出位言事”，是正常履行职责的行为。然而他们所议是宦官！

大约王徽等人因一时之愤，又见新政之初，就把太监大佬牛玉废了，还当“朝廷”刚毅果断，是一次难得的拨乱反正的机会（士大夫从本性来说，对宦官是看不惯的），便轻率进言了。他们还是太年轻，以为靠一篇激扬的文字，就“敢叫天地换新颜”。他们也不想想，这一本奏上去，那些读本章的人（首先就是被指责为“党牛玉”的李贤），没一个快活的，还不得对他们大加惩戒？旨意下来，口气宛如寒冰，道：“牛玉坏大婚礼，众人无预，朝廷已有处分。（王）徽等不知情，实妄言要誉，希求进用，令吏部俱调官远方。”此疏列名的五名给事中，全部降为边远地方的州判官。

热血汉子，一言坏了官，心也凉了。

宦官势力已然积成，若非主上有断臂的决心、不挠的意志，是绝难撼动的了（当看嘉靖皇帝如何来做？请留意下一部）。

“成化”这一家店，还没开张（改元），已有两名大太监接踵垮台！

在讲述成化年间大太监斗法的故事前，有必要概述一下，这一朝的二十三年间，政治上都有哪些大弊政？大致说来，弊有三宗：

第一弊，是传奉之官太多。

传奉官，就是不经过“有关部门”（具体说就是吏部）履行相应的考（察）选（举）程序，由皇帝直接传旨（内批）升授官职。这在唐代已有一个专门词汇，叫“斜封墨敕”，明代则称之为“传奉”或“传升”。

明朝对官员的考察与铨选有着严密的法例，皇帝虽然是最高权威，但他凭一己喜恶，绕过吏部授予某人官职，仍被视作是下侵部臣之职，是对既定规则与制度的破坏——尽管传旨是到吏部，执行“墨敕”的，也是吏部——传升被认为是不合法的，事后在某个适当的时机（如新君即位），传奉官员总是遭到清算和汰斥。

据《明宪宗实录》记载，天顺八年二月庚子，即宪宗即位的第二十六天，牛玉传奉圣旨，升司礼监人匠姚旺为工部文思院副使。《明史·宪宗本纪一》说，这是“内批授官”之始。

明朝拥有庞大的文武官僚体系，皇帝怎么可能认识那么多官员，并了解他们的贤否呢？所以官员的选拔、迁转，必须由专门的机构来做。皇帝却巴巴地亲手发官帽子，他不是和吏部抢活儿干，而是将官位当作他家私有之物，拿官爵这种公器做人情。传奉官的产生，是皇权的滥用。

第二弊，是佞幸多。

佞幸与传奉官是紧密相关的。皇家的“帽子”不是随便乱发的，他只发给自己喜爱的人——佞幸，或称嬖幸、近习。这些人来路很杂，但有一个共同特点，就是陪皇帝“各种嗨”，大家都很嗨皮。皇帝对这些人，爱之深，情之切，金银绸缎已无法表达其爱意，就直接发官帽子。

佞幸之多，往往是皇帝多欲的结果。

在明代，唯两朝佞幸最多，一个是成化，一个是正德。而宪宗与武宗，恰恰是明朝皇帝中较有才气的两位，一位窝在皇城圈圈里玩，一位耐不住寂寞，满世界晃荡着玩。

宪宗的才气主要体现在文艺上，他喜欢书画（有多幅作品传世），喜欢瓷器（有著名的成化五彩鸡缸杯为证，此杯在2015年被拍出了2.8亿元人民币的天价）。我没法判断宪宗创作水平的高下，但有一样我知道：喜欢文艺，费钱！

宪宗还喜欢烧炼符水、道术养生那一套玩意儿。宪宗后半截儿子生得多，不知道是否有纵欲之弊，但下半身压力太大，经常动能不足，确实需要借助一些外力来催，那就要服食壮阳的丹药。当时进秘戏之药的人很多，就连内阁大学士万安都弄了个小盒子，装了好些房中术秘籍，偷偷献进宫，以为邀恩固宠之术。朱见深在位二十三年，看起来不短，可他阳寿只有四十一岁，与许多明朝皇帝一样，没能逃过壮年遽崩的魔咒，想是不良的生活习惯戕其生而促其寿了。

修行当一人独为，而玩乐则必与众共之。

皇帝找乐，又要学做神仙，自然需要“术有所攻”的专家来陪侍。陪皇帝玩乐并因此得宠的那些人，就是佞幸。宪宗身边的佞幸，主要有释、道、妖三类，而其实又可以全归入“妖”类。比如释教中人僧继晓，道教中人赵玉芝、邓常恩等，都不是正宗的佛教徒和道教徒，他们主要靠斋醮、扶乩、烧炼、厌胜等邪术混世，属方士、妖人之流。佛教之中呢，宪宗更偏爱来自神秘西番的藏传佛教，什么法王、国师、活佛封了一大堆。除了这些“宗教界”人士，还有众多“北漂”的丹青名手，专门陪皇帝“玩艺术”。在内府各监局以及在外诸寺观，都有书办人员负责传录道书、佛经及词曲小说。这些书画界人士统一由御用监或近幸内官管理，在宫里有专门的活动空间（主要是武英殿和文华殿），其中尤得宠者，得以在锦衣卫落籍，挂一个千百户的官职，吃一份铁杆的庄稼。

最初陪宪宗玩乐的，都是宫中近侍太监如梁芳、韦兴、陈喜、钱义等人，后来他们又招引四方道流方生术士入宫，队伍越来越大。比如成化朝最著名的佞幸李孜省，本是江西布政司的一名小吏，因为犯罪逃到京师，他听说皇帝喜欢邪术，就专门学了一门看家的手艺，叫“五雷法”，托梁芳引见，在御前露了一手“祈祷术”的绝活。宪宗大喜，立刻传升太常寺丞，以后不断传旨升官，一直让他做到正三品的礼部左侍郎，俨然为朝廷大臣。

成化年间，“传奉盛行，名器愈滥，左右近习各立门户，恃宠斗胜，而太监梁芳尤甚，每一传奉，除拜满纸，谢恩私第者相踵前后，无虑千人”。

【宦官小词条】梁芳，《明宪宗实录》俱书作梁方，《明孝宗实录》则作芳。考成化九年其自撰《敕赐胜泉寺佛殿碑铭》，当以“芳”为是。梁芳，岭南人，官御用监太监，《明史》有传。

据说明初时，宫中有内帑十窖，每窖积金数万两，这是累朝的积蓄，就防哪天动兵打仗而预先备下的储蓄，属于战略储备金，历朝都不敢轻动。景泰末年，颇事奢侈，英宗那时还在南宫，叹道：“累世之积，其尽乎？”他一复位，马上前去查看，见金子都还在，就是多阙角，他立即节省其他费用，将其补足。成化中，梁芳、韦兴等作奇技淫巧，大建祷祠宫观，且大肆购求宝石，很快十窖罄尽。有一天，宪宗指着梁芳等人说：“帑藏之空，皆尔二人为之！”韦兴口拙，惧不敢言。梁芳却大言道：“臣为陛下造齐天之福，何谓虚费？”因历指在京所建三官庙、显灵宫等宫观建筑，道：“此皆为陛下后世齐天之福也!”他倒没瞎说，宪宗不怿归不怿，却说不过他，只好起身道：“我不与尔等计较，后之人必有与尔等计较!”

他这叫说不起就跑，却差点害了那位“后之人”。

宪宗的意思是，你们都说是为我而“造”，我跟你们掰扯不清，不说了行吧，自有我的后人跟你们算总账。他说的“后之人”，就是皇太子朱祐樘。

梁芳回去越想越怕，心想，将来皇帝一蹬腿，他倒好了，嗣君拿我等来顶锅，这可咋办，为此忧急攻心，寝食俱废。宪宗有不少儿子，他最喜欢的是邵妃所生的兴王朱祐杬，就有人给梁芳出主意，说不如请没有子嗣的万贵妃劝皇上改立兴王，这么做的好处是“贵妃无子而有子，兴王无国而有国”，唯其如此，能保富贵于无穷，岂止免祸哉！成化朝的佞幸们，不单要讨好皇帝，更要讨好万贵妃，他们是一根绳上的蚂蚱。梁芳大以为然，立即跑去对万贵妃说了。此事正击中贵妃的心事，万贵妃这一生，福禄双全，什么都好，就是没有子嗣，是她最大的缺憾（万贵妃生过一子，不幸夭折了）。她寻思，如果改立兴王成功，就是她的功劳，将来兴王登基了，还不得拿她当亲娘一般供养？就拿此事来游说宪宗。宪宗是个软耳根子，贵妃一说，他的心就动了。

不料此事在司礼监碰了钉子。

当时的司礼监掌印太监是怀恩，易储之事，是绕不开司礼监的。宪宗把怀恩找来，在谈话时微微露出易储的意向，想试探一下怀太监的态度。看官可还记得当年景泰帝要废太子时，也曾试探司礼太监的态度么？金英故意装糊涂，不接茬，遭到贬谪。怀恩将如何表态呢？他非常坚决，立刻摘下帽子，叩头道：“奴婢死不敢从，宁陛下杀我，无使天下人杀我也!”伏地哭泣不起。

宪宗只好暂时作罢。

怀恩知道事出贵妃，必不会轻易停止，他回去后，就闭门不出。不久果然有诏，命他去凤阳守陵。他临走之前，仍不忘交代司礼太监覃昌，此事一定要顶住。

覃昌在怀恩贬逐后继任司礼监掌印，他自忖资历威望皆不如怀恩，不敢像怀恩那样硬顶，“以怀太监之力尚不能及，我辈何能为”，为此忧惧不已。

有人给他出主意，说兹事体大，必须与内阁商议，让阁老们一起出主意，也好分卸一部分责任。于是覃昌去内阁找阁臣商量。首辅万安默然不对，次辅刘吉也是如此。这两位精得很，岂肯得罪万贵妃？覃昌见阁臣都不争气，没法子，跺脚而出。而宪宗督责甚急，他实在顶不住了，走投无路，几次想上吊自杀。恰好这时山东泰山发生地震。大慈大悲！阿弥陀佛！总算救了覃昌一命，也挽救了太子朱祐樘的储位。因为泰山地震后，内灵台奏报，说：“泰山东岱，应在东朝得喜。”泰山号为东岳，太子称东宫、东朝、东驾，泰山之事，正是太子的预兆。泰山崩，必须通过东宫有喜来冲。宪宗疑惑：“太子亦应天象吗？”覃昌忙道：“陛下即上帝，东朝，是上帝之子，怎么能不应天象！”宪宗想想也是，于是下诏为太子选妃，太子的地位从此巩固。

这个故事表明，佞幸的影响力有多么大，甚至足以动摇国本。

以上是成化朝的第二弊。

第三弊，就是朝堂之上政争激烈。

下面，我们将看到一连串几乎无丝毫停歇的争斗。

第六章　狐妖牵出来个西厂

考察成化年间的宫廷史、京城风尚史，以及政情政风政潮，都撇不开万贵妃这个人。

想宪宗初立时，她还只是一名宫婢，被新立的吴皇后拉去打了屁股（真的打哪里不详）。她真是老虎屁股摸不得，吴皇后竟因此被废，换了王皇后上位。王皇后见了前任的覆辙，岂敢再居大婆，抖她中宫娘娘的威风？成化二十余年间，万贵妃才是不居皇后之名的真皇后，她所居的昭德宫——而非皇后所居的坤宁宫，才是紫禁城里真正的“中宫”。

我查阅成化年间的宦官墓志，发现不少大太监的履历上，都标注着志主曾在昭德宫或安喜宫“答应”的经历。万贵妃先就住在昭德宫，后来移居安喜宫。在这两个宫里当过差的，都是贵妃的私人，有贵妃罩着，自然容易调拨好衙门，捞到好差事。贵妃为人又爽朗重义，凡她宫里出来的人，她从来都是关爱有加。

成化十四年正月，宪宗决定组建一个新的缉事衙门，专命一名亲信督领，刺察内外之事。

万贵妃道：“小汪不正好么？就让他来做。”

宪宗颔首道：“就让他来做，我也是此意。”

小汪名叫汪直，自小就在昭德宫当差，因为头脑灵活，很得贵妃喜爱，才二十来岁就已做到太监。宪宗刺察外事的心思也有一段时间了，就先由贵妃的推荐，让汪直来做这件事。

汪直接差后，不事声张，每天青衣小帽，骑一头不叫的驴，出入里巷，侧身市井，打听各种消息，回宫后学给皇上和贵妃听。他就是两位主子投放到宫墙外的耳朵和眼睛。他讲得又生动，听者宛如亲见，一会儿啧啧有声，一会儿惊叹称奇，就跟听戏一般。

宪宗派汪直出去包打听，并非为了找乐子。他因为“深居九重”久了，感觉耳目闭塞，需要了解更多的外情。而且这样的需求日益迫切，光靠汪直一个人单干就不够了，经过几个月的试验，宪宗有了专设一个运作模式与东厂类似、但独立于东厂之外的缉事机构的想法，于是汪直顺理成章地“脱单”，从十四年正月起，他领着一批从锦衣卫抽调来的干探，将刺察的触角伸向京师内外，并很快声威大震，一朝成名。

汪直其人，记载并不多，《明宪宗实录》仅称其为“昭德宫内使，年幼最得宠，升御马监太监”。《明史·宦官传》补充了一点信息：“汪直者，大藤峡瑶种也。”征大藤峡是正统年间的大事件，汪直为大藤峡瑶种，说明他是征西南夷时俘获入宫的瑶童。

许多记载都提到汪直“年幼”，如称汪直“年少好操兵”等。在成化十三年前，汪直默默无闻，自设立西厂，才一夜“爆红”。在他势力最大的那几年，他的大名甚至被记入朝鲜实录中。朝鲜来华使者向国王报告说，“汪直，本在南方一万里之地，其父能举千斤，故名曰千斤。尝叛焉，中朝讨平，而宫汪直”（见朝鲜王朝《成宗实录》），印证了汪直为“大藤峡瑶种”的说法，并称汪直之父名叫千斤（不知是否为汪姓），因叛乱而为明军剿灭，他的儿子汪直也被阉割入宫。

成化十三年后，昔日的“瑶童”不得了了！朝鲜使臣说：“皇帝甚宠待（汪直），使之总兵。然能进退人物，号曰小皇帝。”“小皇帝”的称谓，应为坊间戏言，以形容汪直权势之煊赫，这与称正德初年的刘瑾为“立皇帝”，有异曲同工之妙。

《明史·汪直传》说汪直“为人便黠”，即机敏而灵巧。其实“便黠”二字是形容佞幸、小人的常用词，未必真切。朝鲜使臣却有很生动的记载，说“人称（汪）直之为人，不轻言，体弱而善射”。既说是“人称”，则使臣所记当来自传闻，而非亲眼目击。然而这些传言来自当时之京人，可信度极高。如此说来，来自广西的汪直，身材瘦弱，长于射箭，他“言不轻发”（此词后面接的是“言必有中”），说明汪直是一个心思缜密、性格谨慎的人，不是狂妄无知之辈。

这个由汪直领头的缉事机构，叫西厂。“西”是相对于皇城东安门外的东厂而言的，也因其衙署开设在皇城西南灵济宫旁的旧灰厂，方位在西。

明朝已经有东厂，为何还要增设一个西厂呢？

这是因为宪宗不满意信息闭塞的状态，“急欲知外事”。他的这种急迫心态，是由两件事直接触发的，这两件也算得上明代史上的奇事。

第一件，是成化十二年七月，京师闹起的黑眚。

眚，是灾异的一种，五行（金木水火土）之中，黑眚属“水”。根据《明史·五行志》的记载，雨水如墨汁、黑气如烟亘天，皆称黑眚。但成化十二年七月庚戌日这天京师所见黑眚，较为奇异。这天半夜，黑眚忽然发作，只见“有物金睛修尾”，长着红眼睛、长尾巴，状如犬狸，负一团黑气，从人家窗户出入，直侵密室，所遇者皆昏迷。有许多人声称亲眼看到，并做了绘声绘色的描述。谣言就像阴沟里的老鼠一样四处乱窜，很快满城都恐慌起来，百姓都不敢待在家里，男男女女露天坐着，操刀张灯，鸣金击鼓，以震慑驱赶黑眚。

闹了大半宿，一无所得。到五更天，精神疲倦的官员们怀着惴惴不安的心情，进入皇城，准备上朝。大家在排班时还在议论此事，忽听几声静鞭响过，方安静下来，宪宗从奉天门走出，在御座上落座，早朝开始了。

大臣正在奏事，站立在朝门两侧的禁卫官军中，忽有一人大喊：“黑眚！”此时众心未宁，尚还扰攘，就像刚刚看完一部恐怖片，还未从那可怕的气氛中还过魂来，不知谁这一嗓子，登时让众人浑身爹毛，脖颈起阴风，两旁禁军乱作一团，几乎要扔了仪仗逃跑。

这边惊慌，那边还有一位，吓得从座中立起，扭身要逃。别人都可逃得，唯独此人不可逃，他要是真逃了，那可要落下千古笑柄。明朝的宪宗皇帝上朝时，被妖精吓得弃了百官逃命去也！岂不要笑死人？

幸亏立在御座左侧的太监怀恩眼疾手快，一把牵住宪宗的衣袖，小声道：“万岁爷勿惊！”怀恩先安抚了圣上，请他坐定，然后喝令两厢侍卫：“镇定！”

怀老太监素有威重之势，此时由他出来压场子，门上门下的数百名将军、侍卫才慢慢将吐出的心肺重新放回腔子里。再仔细查问，哪里有黑眚的影子，不过是一场虚惊。

成化十二年夏天大闹京城的黑眚，与一般黑气、黑烟不同，也与发生在天空或荒郊野外者有异，它具动物之形，分明已炼成精怪，已经不怕人了，否则怎么会发生在人群密集、阳气旺盛的京城，乃至惊扰了朝会？

闹得这么厉害的黑眚，明朝历史上一共发生了三次。

除了成化年中这一次，另一次发生在正德七年六月壬戌，黑眚见于直隶顺德、河间至涿州一带，大者如犬，小者如猫，夜出伤人，有至死者。不久，眚怪北移，进京了。此物形体赤黑，风行有声，居民在夜里持刁斗击打，一直闹到天明，足足有一个月时间。

第三次，发生于崇祯十一年，京师黑眚状如黑狸，在百姓家作祟，这回持续时间更长，长达半年之久。

《西游记》里的“黑风怪”自然是不存在的，那这长着动物之形的黑眚到底是什么怪物？正德七年，正当“刘瑾乱政”及河北之乱后，崇祯十一年，大明的天下已近崩溃。两次皆在乱中。成化十二年，虽号曰“承平”，可是在“群小”闹京华的背景下，人们的内心，实际上是怀有深深的隐忧的。正因为人心本就不静，怀有强烈的焦虑感，所以稍有风吹草动，便草木皆兵了。故实非眚乱，而是人心之乱，这才是乱源。

就在黑眚之变的间月，京城又发生侯得权之乱。

侯得权的案子，我在《大明王朝家里事儿》里详细讲过，这里只略作复述：

侯某本为一游僧，因为得了一本妖书，顶了一个叫“李子龙”的名字，就自称大师，要做“大事业”。他先在直隶一带活动，然后转场到京城发展。京里场面大，新入门的弟子们顿时“高大上”，多是手面阔的内府宦官，还有一些京卫的中下级军官。这些弟子对侯得权极为崇拜，对他顶礼膜拜，见面必叩头称“上师”，不敢对坐。

宦官都是皇帝身边的人，如今被吸纳加入侯得权的小团伙，用今天的话来说，就是邪教组织打入统治阶层的内部，这是很可怕的。

宪宗事后确实非常后怕。因为宪宗听说，侯得权曾在他宦官弟子的安排下，混进皇宫，趁人不注意，在偏殿的宝座上“试驾”了一把，听说宪宗在不远处蹴鞠，他还扒在一棵树后瞧了会儿热闹呢！这都是侯得权事发后交代的情节。宪宗越想越怕，侯得权是有异心、要谋反做皇帝的人，他若蛊惑那些痴迷的阉人弟子，忽然围攻上来，杀自己一个措手不及，那我岂不成了史上留名的在游戏时被弑的荒淫天子？

这些事就在身边发生，危险如此迫近，宪宗却毫无所知，厂卫缉事衙门更无一个字的报告，每天“打”上来的事件，尽是些柴米油盐的例行琐事，他急切想了解的信息，少之又少。宪宗不满于厂卫，甚至怀疑他们有所“遮蔽”，就想到起用私人出去探察事体。西厂的设立，可能还有刺激东厂，在其屁股上挂一挂鞭、烧一把火的用意。从史料上来看，在国史中首先出现的，是西厂，然后再由西厂引出东厂，随即东厂也开始活跃起来，甚至东、西二厂争功，形成缠斗的局面。

这是汪直机遇降临的原因。

小汪很懂皇上的心，待衙门一开，上手做事，立马威震朝野。

第七章　西厂开张，烧起几把火

汪直到任后的第一把火，就烧向了内廷太监。

那是一个叫覃力朋的南京守备太监上京进贡，事完南返时，调发了百余艘快船，说是为公家运东西，其实载运的都是私盐。他假公济私还不低调一些，一路骚扰州县，到了山东武城县，县典史稍稍过问了一下，覃力朋就怒了，一锤子敲掉典史的牙，还射死了一个人。

死了人，事情就大了。

此事官府还未奏报，先被西厂的人探听到了，汪直马上向皇上奏发。覃力朋就被逮捕问罪，还被判了死刑（后得幸免，没有执行）。经过这一件事，宪宗认为汪直能够“摘奸”，没有“朋欺”（指下人合起伙来欺骗）的习气，对他更信任了。

就此西厂一炮打响，随即又做成一件更大的案子。西厂彪悍而无顾忌的行事作风，在这件案子中彰显无遗。

此案牵涉到曾在永、洪、宣、正四朝担任大学士、赠官太师的杨荣的家族。

杨荣去世后，得到世袭指挥同知的恩荫，他的孙子杨泰、曾孙杨晔都官任福建建宁卫指挥同知。

要说地方卫所的指挥，官品也不低，但在当时重文轻武的社会氛围下，武人是没什么社会地位的，耍刀弄枪也没有舞文弄墨吃香。但杨家到底是太师阁老的底子，家富多金，族里做官的人也多。比如杨泰的弟弟杨仕伟，时任兵部主事①，堂弟杨仕儆任中书舍人，女婿董序（《明史》作董玙）任礼部主事，都是京官。杨泰还有一个堂侄，名叫杨旦，是弘治进士，嘉靖初年仕至吏部尚书。

可见杨氏在建安是大族，可惜杨泰父子不顾祖上名相的声誉，仗着家里趁钱，衙门里有人，“暴横乡里，戕害人命”，正是多行不义之人。

“多行不义”后面还有仨字——“必自毙”！杨泰、杨晔父子正应了这句古话。

杨氏在地方势大，他的仇家见地上斗不过他，就想天上总有说理的地方吧，干脆跑步进京，一个京状告上了天。

由于事涉人命，被告的又是著名的杨阁老的家族，朝廷很重视，马上派刑部主事王应奎、锦衣卫百户高崇前往福建调查。

杨晔已先一步得到消息。杨家不是钱多人脉广吗？他才不老实待在家里等钦差来勘问呢，二话不说，带了银子，直接上京疏通关系，希望“营解”此事。

到京后，他就住在妹夫董序家里，提出找几个得力的人，把这件麻烦官司了结了。董序道：“这不现成有一位吗？找他，准没错！”就给内兄介绍了锦衣卫百户韦瑛，并说，韦瑛在内府认识不少宦官，而且他本人正随西厂太监汪直办事，此人说话，绝对有分量！

董序哪里知道，他这一荐，等于将老婆娘家人推进了虎口。

那韦瑛本是市井无赖，因为投一韦姓太监为家人，又随韦太监出征西北的延绥，冒功升百户之职。

光看这履历，便知韦瑛非良善之辈。可他如今是红人哪！找人办事，

① 主事，相当于今天中央部委的处长。还有郎中、员外郎，相当于今天的司长和副司长。

不就求能把事办成吗？求人办事与交友不同，还是奸人更“靠谱”些！

杨晔便置了一份厚礼，去拜访韦百户。

韦瑛对他十分客气，对他所托之事非常关心，反复询问，详尽了解他家告讦之事的来龙去脉，还问他来京后找了哪些人，这些人怎么答复他的，然后拍胸脯保证，杨大哥只管放心，此事须包在兄弟身上！他甚至让杨晔搬到他家去住，说这样办事方便些，省得来回跑耽误事儿。

杨晔也不是好人，他与韦瑛臭味相投，谈话间十分相得，又见韦瑛很愿意帮忙，满心欢喜，以为自己交好运了，不仅把烂账了了，还能结交一位豪侠仗义、又有势力的好朋友。他哪晓得，俗话说“恶人自有恶鬼磨”，那韦瑛便是来磨他的恶鬼！

再说韦瑛，他把杨家的案子摸了个底儿掉，心中有了账，便将杨晔稳在家里，自己赶去西厂，他要将杨晔作为一份“牺牲”奉献于汪公公。

他对汪直讲了三点：

第一，西厂侦办南京守备太监覃力朋案，已令皇上对西厂和公公刮目相看、托付愈重，但尚不足以震慑百官群僚。

第二，如今文重武轻，满朝握权者皆是文官，必借一案，收拾一批秀才，百官方能知我畏我。杨晔此贼来投，便是天赐予公公的，天予不取，反受其咎。

汪直不解，杨某只是一远方卫所军官，办了他，岂能令百官知我畏我？

韦瑛诡黠地笑道：“那便是小的要讲的第三条。公公不知，那姓杨的非寻常军官，他乃名臣之后，如今亲旧遍布于朝。他这回被人告，辇银上京，四处求告，正是一个官官相护的典型。咱们只消抓住他，把这根绳子一收，就能拉一网鱼上来。”

汪直是聪明人，不消多说，一点就通，他笑着连拍几下巴掌，就把此案交给韦瑛去办。

昔日笑脸相迎的“东道主”立马翻脸，他将家中的客人执送西厂考讯，要他交代行贿买嘱之事。韦瑛也不客气，一进来，就给他用上名为

“琶”的重刑——“琶者，锦衣酷刑也，（用刑之下）骨节皆寸解，绝而复苏”。杨晔受刑不过，嗷嗷乱叫，就妄称将贿金都寄存在他叔父兵部主事杨仕伟家。

厂卫逼供，只要口词，而且有词便信。韦瑛立刻布置人手，乘夜将杨主事家围起来，一声唿哨，火把四举，翻墙而入。

明朝制度，凡职官犯罪被厂卫缉访出来是不允许擅自捕拿的，必须“请旨拿送”，皇帝同意了，传旨了，才能拿人。待“问招”明白，确实有罪，奏请发落；无罪枉屈的，则再次请旨后，仍回原单位供职。可西厂行事，全不把朝廷定制放在眼里，好比朝廷派往广西勘事的郎中武清和来京听选的地方大员刘福，一个回京才走到通州，一个住在旅社里，都被西厂拿了，送到狱里，关了好几天，又将其释放。武清是五品京官，刘福是三品方面大员，西厂都敢擅拿擅放。西厂行事泼辣，还不止此。西厂官校经常随意查封官员之家。对此朝廷也有定规，官员必须是犯了大逆不道的罪，请旨后方可封门。可西厂不管那些，官员有赃罪嫌疑，还未问招，先将其门户封闭，或夤夜越墙而入，肆意搜检财物，甚至将命妇剥去衣服，用刑辱打，这对被害官员来说，无异于抄札（籍没、抄家）。更有甚者，西厂竟敢擅自封禁兵部武选司的大门！

杨仕伟一家正睡得迷迷瞪瞪，骤见火光冲天，一群凶恶的汉子破门而入，恍惚之间，还以为家里进了强贼，吓得魂飞魄散。

西厂校尉在杨家扒门倒户，惊扰得四邻八舍鸡犬不宁。众邻皆知好歹，西厂拿人，谁敢过问，全都吹灯灭火，佯装不觉。只有杨主事隔壁的一位，还在读书，忽听杨家动静甚大，披衣出来，扶梯上墙，觑着近视眼，往杨家院中张望，见杨家鸡飞狗跳，男女家眷都觳觫地跪在地上，校尉们像虎狼一样横行。他心中一愤，出语喝道：“尔等擅辱朝臣，不畏国法耶?”韦瑛听了，厉声喝问：“尔何人，不畏西厂!”此公把眼一瞪，大声报名：“我乃翰林陈音也!”

这位陈翰林，《明史》有传，他是词臣出身，本人并无事功，但只此一喝，便青史留名了!

重刑是冤狱最可靠的保证。杨晔在狱中，哪抵得住锦衣卫惨刑，没几天就死在西厂。但老杨家倚势横暴、杀伤人命、行贿朝官的案子还是坐实了。西厂把狱词奏上去，朝廷立刻传旨，命太监钱喜及百户韦瑛前往福建籍没杨家，并械系杨晔之父杨泰及同居男女百余人上京——杨家这回被一锅端，宛如犯了谋逆大罪。

巧的是，韦瑛奉旨去查抄杨家，走到半路，遇到原差勘问官王应奎和高崇。韦瑛马上对二人进行搜查，从他们的行李中搜出不少金银财货，这就是捉贼拿赃了，当即将二人执送厂狱。

成化十三年四月，震惊朝野的杨氏大案终于定谳：杨泰依律处斩（未决，后以审录开恩，宥为民），财产全部没收入官，只有祠堂与祠田三十顷给还家属。杨泰弟杨仕伟，降调台州府通判，女婿董序调河间府通判，从弟杨仕儆调惠州卫经历。原勘官下狱，百户高崇瘐死，主事王应奎发边卫充军。

西厂在侦办杨氏大案的过程中，有许多违法情节，比如未奉旨即擅拿五品职官、擅自抄札官员之家，还未“狱具”已将犯人刑讯致死（杨晔、高崇）。法司慑于西厂之威，在拟罪时有加重情节，量刑明显过重，即使杨泰父子的罪行全部属实，也没到抄家的地步，更加罪不至死，然而他父子二人，一瘐死，一判斩刑。

宪宗全盘接受西厂的调查结果和法司的处理意见，并非为了澄清吏治，不过欲借此案威慑群僚，并树立西厂的权威。故此，只好对不起杨阁老，拿他家后人的头，来做献祭与牺牲了！

不管怎样，果如韦瑛所预言的，西厂从此威震四方，无人不惧。

第八章　革西厂，司礼监再生变故

西厂设立的本源，在于成化十二年的黑眚与侯得权妖案。在古代，凡利用谶纬、星象、符箓等神秘手段组织秘密结社传播政治预言的，都被称为妖术、妖人和妖氛。西厂开设后，在下者投上所好，纷纷告讦“妖言”，造成这样一种现象：“无籍者多为赝书，诱愚民，而后以情告行事者捕之，加以法外之刑，冤死相属，无敢言者。”这种风气很快播散到京外，甚至连边方都不能免。当时分守京北怀来镇的奉御廖礼，得到部下军余的妄告，如获至宝，就在其部内大肆捕拿“妖人”，抓了许多人，有军人，也有平民。廖礼的上级巡抚殷谦、参将周贤、巡按何鉴及镇守太监弓胜、总兵官刘清等不敢有违，于是“扶同奏报”。案子送到都察院，方才辨明冤狱。都察院将妄报者问了死罪，并请治廖礼之罪。宪宗也意识到问题的严重性，如果不加以制止，“妄告妖言”可能将在更大范围内蔓延，这才下诏，“命慎妖言之罪”。

其实这类“妖案”，多属捕风捉影，甚至是诬告陷害，从士族之家到普通平民，受害者非常多。

西厂在这样的背景下遽然而兴，为所欲为，无所顾忌，造成极大的震恐，人人不安。为此内阁紧急进谏，请停废西厂。

成化十三年五月初十日，内阁大学士商辂与学士万安、刘珝、刘吉联名上疏，指出“近日伺察太繁，法令太急，刑网太密，官校拘执职官，事皆出于风闻，暮夜搜捡家财，不见有无驾帖①，人心汹汹，各怀疑畏”，造成内外文武重臣不安于位，百司庶府之官不安于职，商贾不安于市，行旅不安于途，士卒不安于伍，庶民不安于业的状况。

这哪里还像承平之世！

西厂对祖制及成规的破坏，内阁一共列出十条，如：

“旧设行事人员，专一缉访谋反、妖言、强盗、人命及盗仓库钱粮等大事”，今西厂却搜寻细故，就连街市斗殴、争鸡纵犬这些小事，也烦渎圣听，置于重法，以致京城军民惊惶不安。

又如：京营管军头目，各处镇守、总兵等官，都是朝廷托以重寄之人，西厂一概令人跟缉钤制，或采听事情，以致官员们危疑不安，畏缩

---

① 驾帖，是厂卫执行公务的文件，就像警察的执法证、逮捕证等。

自保，谁敢任事？西厂还派校尉去各布政司（省）行事，不但官司惊疑，各王府亦自危，恐生不测。运河系南北两京钱粮货物的必经之路，要在通行无滞，可西厂官校分布沿河一带，遇有船到，即加盘问，间有公差官员被其搜检，以致往来客商军民人等闻风惊疑，等等。

可见西厂差人“采听事情”的对象及范围非常广泛，汪直正是倚仗着骤然爆发的权势，成了京城的“小皇帝”。

年轻的汪直，的确很有些“小皇帝”的派头。如阁臣说：“自立西厂之后，汪直每日出外，随从之人数多，但遇官员人等，无不喝令下马，虽大臣亦谨回避。”兵部尚书项忠一次路遇汪直，没有主动给他让路，被汪直记恨在心，第二天早朝鼓响，当百官在午门外排列时，汪直让校尉在左掖门下大声呼叫项忠的名字，朝罢还命众校尉将其拥逼而去，“其欺凌大臣如此”。

阁臣将去年发生的黑眚事件与西厂播虐联系在一起，说“去岁七月以后，有妖物伤人，当时人言必有应验。及立西厂，惊动人心，一如妖物伤人之时”，称黑眚之应，就是西厂。

阁臣指出，这都是因为“陛下委听断于汪直一人，而汪直者转寄耳目于群小”，“群小”乃自言承密旨，得专刑杀，擅作威福，伤害善良，亏损国体。那些“拿人放人、擅封门户、搜捡家财、凌辱妇女、惊动人心、紊乱朝政”的事，尽是韦瑛等人所为。而汪直年幼，未谙世事，只凭韦瑛等主使呈报，中间虽有一两件事看似禁革奸弊，奈何非祖宗旧制，所革未多，而其失人心则已甚矣。

阁臣建议宸衷速断，革去西厂，将汪直罢黜闲住，以全其身，将韦瑛等拿送法司，治以重罪，如此则人心可安，天意可回。

内阁所言，条条在理，而且在进谏时注意了策略，将西厂之弊全归诸韦瑛等“群小”，称汪直“年幼，未谙世事”，他是被人蒙蔽，过失“未为甚”。这是给宪宗留面子，也为了减少革罢西厂的阻力。

其实，不但内阁此疏有斟酌、有讲究，此疏的出台，背后也大有文章，是内廷大太监内争的结果。对此前人均未留意，本书首发其绪，且看——

据《明宪宗实录》记载，阁疏递进去后，“上震怒”，立命司礼监太监怀恩、覃昌、黄高三人赴内阁，厉色传旨：“朝廷用汪直缉访奸弊，有何坏事？尔等遽如此说，是谁先主意？”

这是要究问主使之人。

商辂道：“汪直违祖宗法，坏朝廷事，失天下人心，辂等同心一意，为朝廷除害，无有先后。”

怀恩道：“不然，圣意疑此奏未必四人同，就是下笔，也有先后！”

万安道：“汪直挟势害人，人人要说，但不敢耳。我等同受朝廷厚恩，同一主意，谁独为先？”

刘珝奋然泣道：“我等奉侍皇上于青宫（东宫的别称），迨今几二十年，幸而朝廷清明，四方无事。今忽汪直为害，使远近不安，何忍坐视？我等誓不与彼共戴天。”

刘吉道：“汪直之罪，纵使我等不言，不日必有言之者。今既奏入，贬谪黜罚，亦惟命耳，所不避也。”

在阁臣慷慨表态后，怀恩的脸色与词气都缓和了许多，徐言道：“皇上命我等问具奏之由，先生们既执论如此，我当具实回话。倘若皇上亲自召问，先生们可别变了口！”

商辂等道：“那是自然！”

待太监走后，商辂举手加额，感叹道：“众先生肯为朝廷任事如此，辂复何忧！”

他手心捏着一把汗，还担心同僚不能与他同心呢！

原来，内阁四臣中，万安与二刘都曾随侍东宫，是宪宗的“青宫旧臣”，唯独作为首辅的商辂与宪宗没有这层私人关系。商辂是第二次入阁，他本是景泰的阁臣，英宗复辟后罢职为民，成化三年以原官复入内阁，至今整整十年。虽然他侍宪宗已久，仍觉自己是“先朝旧臣”，论关系还是不如东宫出身的万安三人与皇帝亲，因而他在谏西厂这件事上承担的风险更大。

不久，怀恩等太监去而复来。阁臣们心里都有些紧张，听怀恩宣旨道："卿等所言良是，汪直坏事，朕实不知。今便革去西厂，散遣官校，卿等各安心办事。"这才安心，顿首谢恩。

怀恩传完旨，与阁臣闲叙，忽然话锋一转，道："先生们不知，吾辈数人者已箝其二。"

他所说的"吾辈"，是司礼监众太监。

阁臣对内廷发生的事，并不知情，今见怀恩主动提起来，忙问"为谁"。

怀恩道："黄赐、陈祖生也，如今皆拦在东华门外，不容进见矣。"

怀恩就讲了这么多，没有透露更多的内情，而内廷之事，商辂等也不便多加打听。次日，兵部尚书项忠约同各部院大臣，一齐上疏，请革西厂。由于此事早已定下来，大臣的劾疏遂留中不发，宪宗命怀恩面责汪直之罪，令其回御马监供职，随传旨，调韦瑛于边卫差操，西厂诸旗校皆还锦衣卫。西厂就这样革了。

西厂之革，大快人心，但宪宗"意犹未释然也"。皇帝的态度很快从一系列政治异动中显露出来。

五月十二日，也就是废西厂的第二天，内廷传旨，谪司礼监太监黄赐、陈祖生于南京。

前文提到，为了培养文书官，在文华殿东庑开设小学堂，由内阁学士亲自教读经书。景泰年间在文华殿东庑学习的，有黄赐、覃昌等七人。现在黄赐和覃昌都出来了，覃昌随怀恩至内阁传旨，而黄赐则被拦于东华门外，不容进见，随遭贬谪。

作为文华殿东庑学堂的同学，黄赐与覃昌都已升做司礼监太监。黄赐的地位还要高一点，任司礼监掌印太监。黄赐被逐后，怀恩接掌司礼监，覃昌遂居怀恩之次，并在怀恩被贬后继掌司礼监。他们都是司礼监的大太监，但相互之间的亲密程度或派系有所区别，怀、覃走得更近些，而黄赐则与另一位司礼太监陈祖生关系亲密。

黄赐从小读书，亦为饱学之士，而且颇有才干。明末焦竑所编《国朝献徵录》有黄赐传，说是传记，其实就记了黄赐一件事：朝廷凡命三法司审录（即对京狱罪囚进行复核），必命司礼太监一人主之，自正统以来已为惯例。成化中，黄赐以司礼首珰荣膺此命。当时的刑部尚书是陆瑜，都御史是王概，这两位都是名臣，在审录时，遇到疑难，皆持论侃侃，并不因黄太监在旁而有所低昂。黄赐居中而坐，亦不多言。这时，陆尚书与王都宪为一个案子发生争持。案情是，有兄与人争斗，其弟帮忙，将人殴打致死。法司要杀弟抵命。黄赐欲从末减（从轻），陆、王持不可。黄赐大言道："同室之人有斗者，尚披发缨冠而往救之，况其兄乎？正在矜疑之列！"二位大臣无以为对，最后弟得免死戍边。传记就此论道："乃知宦官揽权，必其才术有足动人者，非特左右承顺而已。"——此言有理，一个宦官能做到司礼太监的高位，就不是平常人，必然有其特殊的才能。

作为司礼监首珰（掌印太监），黄赐何以忽然失宠，并遭贬逐呢？

这里面有着复杂的人事关系，由于事涉宫闱，记载很少，已经很难详悉。只知道此事与汪直有关。据实录记载，汪直不甘心被废，向宪宗诽谤说：黄赐是福建人，与杨晔通，内阁之奏，就是出自黄赐的指使，而且内阁也受贿了。所以宪宗派怀恩等去内阁，直接就质问主使者为谁。

汪直一告即准，除了他深得宪宗信任，还可能因为宪宗对黄赐等人早有猜疑。宪宗放着现成的东厂、锦衣卫不用，却要另起炉灶，新设一个西厂，这本身就表明他对司礼监及厂卫的不信任态度。而西厂甫开，即舆论哗然，阁部大臣强烈反对，他必然怀疑是黄赐等人在背后捣鬼，其目的就是继续"蒙蔽圣聪"。

宪宗有了这样一个心理，西厂便是革而不革。

五月十五日，掌太医院事左通政方贤谪戍辽东。方贤是西厂参问之人。之前，汪直从方家搜出大量的片脑、沉香等名贵药材，认为这是他盗取的官库之物，而且他家里还私藏御墨及龙凤瓷器等违制器物，俱属违法，方贤以此获刑入狱。西厂革罢后，方贤上疏奏辩，说是因为百户韦瑛曾向他索药不成，以此加害他，是公报私仇。方贤以为西厂革了，韦瑛也降调了，我总该平反了吧。谁知他的奏辩引起宪宗的厌恶，不仅不平反，还加重惩罚，竟将他流放辽东。

同一天，又谪尚宝司卿朱奎为四川保宁府同知。看官可还记得此人？宪宗之初，在东宫太监王纶和侍讲钱溥之间穿针引线的，就是这位。他本是常年在宫廷行走之人，父子皆属佞幸之流，此时正在文华门书办，与黄赐关系很好，结果黄赐谪南京，连带着他也降谪了。

领衔上疏请革西厂的兵部尚书项忠，也被革职为民。

革厂疏是项忠拟的稿，然后命本部郎中姚璧拿了，到各衙门联署。所以革厂之议，首发于内阁，然后由受过汪直侮辱的项忠约集部院大臣，联名上疏，形成强大的舆论压力，迫使宪宗屈服。因此，项忠是汪直最恨之人。

西厂虽然革了，但种种迹象表明，汪直只是暂时退避，西厂有随时再起之势。为此项忠内心很不安，决定离开是非之地，于是请假回家养病。

但汪直岂容其轻离？他嗾使东厂官校揭发江西都指挥使刘江与指挥黄宾“奸私”事，此案一兴，项忠就走不了了。

指挥黄宾，是太监黄赐的弟弟。据东厂查明，刘江原在京卫带俸，是个闲官，他通过黄宾夤缘其兄黄赐，嘱托兵部尚书项忠并武选司郎中姚璧（武选司负责武官的选用），得以选任江西都司，得到了相当于江西省军区司令这样的实职。

东厂讦奏后，事下都察院。都察院还没回奏，给事中郭镗和监察御史冯贯先跳出来，交论项忠违法事，牵连到项忠之子锦衣卫千户项绶及兴宁伯李震等十余人。明眼人都看得出来，这些人都是“与忠平日交通”者——看来朝廷又要兴党案了！

宪宗即命三法司（刑部、都察院、大理寺）与锦衣卫会问于廷。项忠在廷问时，抗辩不服。法官们心里跟明镜似的，此案背后的主使，不是别人，正是太监汪直，谁敢抗违汪公公之意？项忠自辩时，任他雄论滔滔，也是白搭。人家就是拿这案子治他呢！

此案涉及兵部尚书与司礼首珰两位巨头，都是汪直的仇人，明摆着是要一网收了。

果不其然，大狱一炼便成，项忠竟因此被黜为民，姚璧调外任，黄宾为民，刘江发边卫充军，太监黄赐降长随，兴宁伯李震降左都督，其他人均降任有差。

像这样在选官时“买嘱”（用今天的话说，就是打招呼、递条子）的案子，实在太多了，往往因为证据不好掌握，多不了了之，久之还成了官场习气。刘江通过嘱托得官，固然是兵部的失职，但如此严厉的处分，其用意显然在打击异己，而非维持法纪。

黄赐成为牛玉之后第二个垮台的司礼监掌印太监。

黄太监离开中枢，从此不见于国史。直到成化二十一年，《明宪宗实录》载，本年十月，升南京锦衣卫指挥佥事黄琳为指挥同知，与世袭，另有百户黄灏等八人各升一级，俱在卫管事，又有黄玉等六人充御马监勇士——这是“以故太监黄赐家属乞恩”的缘故。说明黄赐卒于成化二十一年，八年来，他虽然没能回归京城，但与牛玉一样，没多久就官复原职，在南京司礼监做太监，并兼任南京守备，死后照样享受福利，竟荫其子弟、家人十五人升官！

与黄赐同时贬到南京的陈祖生，也以南京司礼监太监兼南京守备，一直任至弘治初年。

从牛玉、黄赐、陈祖生的例子来看，北京官场失意的宦官，多将南京作为暂憩避祸之地。这些司礼大佬在内廷根基深厚，虽然失败了，总能找到办法，营求复职。只是京城势热之地，一旦离开，很少能再次北返，只能在南都安享尊富了。

第九章　西厂回归

总而言之，西厂设立后，由于汪直年轻急躁，行事操切无忌，引起舆论的强烈反弹，在阁部大臣的抗议下，宪宗被迫屈服，将西厂裁革。

但此举并非宪宗听纳忠言，在意识到自己的错误后勇于纠错，他是被迫的！就像当年的选妃，他是完全被动地接受一个皇后，那不是他爱的，是内臣挟着私心勾结外臣作弊强加给他的！

革西厂，让宪宗憋了一肚皮的气。

太监黄赐与兵部尚书项忠作弊选官案的暴露，让他笃信，内外臣僚奸弊多端，不可不严察，西厂不可不复。所以，明地里西厂是革了，但汪直并未真的“退处本监”赋闲，而是继续承受密令，默察外间动静。

汪直就像一只猫，悄然蹲在角落阴影里，随时准备跃出。

但宪宗也有他的担心，汪直虽然机灵能干，毕竟年少，没读过什么书，一旦再次赋权给他，难免受小人蒙蔽摆布，如果没有一个老成之人在他幕中帮忙，怕又要激出什么事端来。为此，宪宗让汪直寻访一位“能文”的人，替他帮办厂务。

汪直哪认得什么“能文者”呀！只好托朋友介绍朋友。有一老军向他推荐了一个人，说锦衣卫副千户吴绶，能写本章，精通行移格式，是个人才。汪直将此人找来，像考秀才一样，拿出一份本章，令他代拟三道批答（考察他对公文的熟悉程度及文案功夫），然后拿给皇上看。宪宗见此人文采可取，颇有见识，就同意了，让他去锦衣卫镇抚司问刑①，实际上是为复西厂预先储备了一个人才。

吴绶知道出头之日到了，为表感谢，特地打了一只银壶送给荐他的老军。

话说这位吴副千户是贵州总兵官吴经的弟弟，他是世家出身，所以虽为武职，却“颇通文移，善词翰”。实录说他“貌陋而心险”，长得砢不砢碜，今已无法考证，但从吴绶入西厂之后的施为来看，“心险”二字的恶评，稍微有些过。

总之，种种迹象表明，复西厂，是只争早晚的事了。

---

① 锦衣卫镇抚司专掌问刑，是锦衣卫最为重要的机构之一。

一些人还在傻不愣登地嗅气味，察风向，早有一聪明之士挺身而出，发了一通大议论，他的中心思想就是为西厂鸣不平。

此人姓戴名缙，是一名御史。之前革西厂时，大臣们都拿灾异说事，这位戴御史做文章，也不例外，他也拿“近年以来，灾变荐臻”开题，但文义却全然不同。

他是这么说的：“近年来，灾变接连不断，皇上多次谕令群臣反思己过，可就是没啥实效，我从未听说哪位大臣进用贤才、退斥不肖，也未听说群臣革何弊、进何猷，整个就是不作为！汪太监就不一样了，他缉捕奸恶赃贪，禁革宿弊，允合公论，足以服人而警众。奈何他部下官校韦瑛等不体圣心，张狂行事。大臣奏请，西厂即革，皇上此心即古帝王从谏如流之盛心也。”这是文章的帽儿，然后正文讲了四件事，都与西厂无关。

无良文人用心之机巧，尽在此奏！

西厂革罢未久，戴缙尚不敢公然倡议恢复，故此奏为尝试之文。

戴缙在进奏前，已将奏稿拿给吴绶看过。经吴绶指授机宜，润色修改后，再由吴绶拿给汪直看。汪直马上把奏稿进呈皇帝：万岁爷瞧瞧，到底还是有好人说了句公道话！

也就是说，在戴缙正式缮写本章奏进之前，内廷早知有此一本，并且就等着它呢。

此疏一上，明眼人马上看出来，此本的要害在“颂（汪）直功德”。果不其然，此本大得圣心，其结果就是复开西厂。

戴缙在这本“条陈时政疏”里，有“乞令两京大臣自陈，断自圣衷，可否惟命”的内容。明白人也看得出来，他“奏内自陈一事，尤迎合（汪）直意”。

朝廷在因灾修省期间，令官员“自陈”，相当于写检查，就工作中的过失提出自我批评，能不能过关，由皇帝说了算（“断自圣衷”）。

戴缙提议，让南北两京的大臣写检查。“大臣”，相当于今天说的高级领导干部。什么人才算得上“高干”？据说今天地级市的一把手（厅局级）就可以算高干。现在的市委书记和市长，相当于古代的知府，明清知府四品，因为“重内轻外”，地方上的知府还算不上大臣，但四品以上京官，差不多就算大臣了。这样算起来，两京大臣总有好几百人，涉及众多的部门，皇帝岂能皆识？其检讨书是否货真价实，“圣衷”岂能辨别？说是“断自圣衷”，到底还是断自左右。

戴缙此议还有更深的目的，因为汪直在做杨晔案时，曾经妄讦大学士商辂、都御史李宾、尚书董方等人受贿，为杨晔缓罪，但没有证据，戴缙之言刚好切中机会，商辂等人在自陈时必须就此做出澄清，能不能过关，就要看圣衷了。圣衷听谁的？还不是听汪直的。此举实为授汪直以报复之具，所以汪直格外高兴。

戴缙此疏，既开西厂复立之门，也为随后的政治风波打开了窗户。

那么戴缙为何敢冒天下之大不韪？

原来戴御史最近仕途不顺，九年考满，没有得到升用，他认为自己仕进淹蹇，皆因朝中无人，没有后台老板。不是说“机会是自己创造的”吗？他也是认准了，西厂虽革，但汪直宠幸不衰，西厂迟早要复，只欠一阵东风，他便嘴巴一张，从他那张臭嘴里吹出一口“东风”。戴缙的肺腑，旁人是看得清清白白的，故此说他是“借灾异建言，为汪直颂德，希冀幸进”。

自古小人奔竞，无所不用其极，皆为此态！

本来首辅商辂就因为被汪直无端告讦，说他受了杨晔的贿，替他开脱，内心不安，戴缙这一本得到优诏嘉奖，便知西厂必复，若不早去，迟早会被汪直报复，所以立即上疏求去。商辂反对西厂，已经失去宪宗信任，里面正等着他的辞休疏呢。接到商阁老的辞职报告，皇上大笔一挥：允准！商辂毕竟是两朝阁臣，去得仓促，礼貌上还是要周到，所以给他加了少保衔，并特准他“驰传归”（即免费使用官办驿站的车马和接待）。

商辂一去，“士大夫益俯首事（汪）直，无敢与抗者矣”。

西厂复开之后，“诇察益苛，人不堪命，至有破家毁族者，势焰熏灼，天下闻而畏之”。西厂播虐的细节，人讲得太多，我就不随俗再讲了，本书只讲围绕西厂废立及汪直的荣衰所发生的种种人事纠葛。

想当初项忠具奏请革西厂时，派本部武选司郎中姚璧拿着奏稿，去找各部院堂上官签名联署。六部以吏部为首，明代废宰相，吏部尚书便是“百官之首”（阁臣虽尊，只算是皇帝的机要秘书，但成化以后，内阁首辅多兼吏部尚书）。姚璧首先来到吏部，客客气气地请尚书尹旻签名，并且说要以尹尚书领衔。

尹旻看过奏稿，傲慢地道：“此疏为兵部所撰，当以兵部为首。”

姚璧道：“先生是六卿之长，以先后之次，当以吏部为首。”①

尹旻不听则已，一听此言，将疏稿一拍，怒道：“今日才认得六卿之长！”

言下之意是，你们平日不把我当六卿之长，尊我奉我，今天碰到这样的事，却来拿我顶缸。尹旻并非为此事发于兵部不发于己而有怨怼之气，他只是借题发挥，那得罪人的事，他才不做呢！

姚璧只得婉言相劝：“正因吏部为六卿之长，所以才请老先生领个衔呀，这正是尊吏部的意思。”

尹旻发了通脾气，最后还是提笔在疏稿上写了名字。

因为革西厂是大众舆论，他不好违逆，所以才抑着火签了名，嘴里还说一些“大局”的大话。但这并非他的本心，他更不愿意因此得罪汪直，签名后，就派人去找韦瑛，透露此事，并且说：“此疏为兵部所写，本人列名居首，不过是循六部之次罢了。”

这人，也挺恶心的。

过了几天，复西厂风声愈急，风向也愈来愈转向西厂方向。

这日早朝，都御史王越在朝会上遇见大学士刘珝与刘吉，当着众人的面，王越公然为汪直打抱不平。他道：“汪直行事尽公道，如黄赐专权纳赂，如果不是汪直，试问谁能去之？”此言实有指责内阁之意。他又

---

① 六卿即六部尚书。六部和六卿的次序是吏、户、礼、兵、刑、工。

道："要说商、万两位先生，他们在任久，是非多故，有所忌惮。你两位入阁才几天？何况汪太监对二位又多扶持，你们为何也要参论他？"王越辞气慷慨，完全是一副汪公公代言人的口吻。

王越兜头一瓢冷水，刘珝默然无语。刘吉道："不对。我等言事，为朝廷，非为身谋也。设使汪直行事皆公道，朝廷置公卿大夫欲何为？朝廷信用宦官，而不信群臣百官，天下后世谓此为何等时邪？"刘吉虽然没有反驳他关于汪直"行事尽公道"的话，但指出用宦官非美事，实际上对复西厂持反对态度。

二人意见不合，从此就疏远了。

王越后来以军功加封威宁伯，是明朝少数几位晋封伯爵的文臣之一。但王越的名声也有污点，其中最大一块污迹，便是他与汪直的亲密关系。王越本以左都御史与都御史李宾同掌都察院，兼督十二团营。项忠罢官后，他想坐这个位置，可朝命给了陕西巡抚余子俊，为此他大为不平，悻悻然之意与戴缙类似。他通过韦瑛结识了汪直，也是看准了西厂必复，故不恤人言，公然为汪直背书。

这一次早朝对话，含着清晨裂裳的激越气味，但"原汁原味"的对话可能不是这样的，或许里面兑了不少的白开水。好比刘珝为人粗疏敢言，本就是个"大炮"，如何听王越一言，就默然垂下了他的炮筒子了呢？

读者从王越与内阁二刘的对话，看到了王越的投机心理，看到了曾经激烈反对西厂的刘珝的无能与内愧，也看到了刘吉始终如一的反西厂态度。但别忘了，王越后来被汪直连累贬为民，刘珝也遭贬谪，唯独外号"刘棉花"的刘吉（棉花谓其耐弹，科道怎么骂都不怕）在弘治初年仍任阁臣，并且担任《明宪宗实录》的总裁。这段对话，或许真有，但里面肯定兑了水，是兑水猪肉。

商辂之后的内阁，可谓无人，他们对于时局的应对，可用"团团转"三个字来形容。

第十章　内阁“团团转”

商辂去位后，万安升任首辅。王越说万安在阁久，二刘学士为新进，这是事实。万安是成化五年以礼部侍郎兼翰林学士入阁直机务的。二刘则晚了六年，他们是成化十一年同时受命，以本官兼翰林学士入阁的。依资格，二刘不及万安远甚，但他们三人同为正统十三年进士，是同年关系，而且入仕之后皆居翰林，都任过东宫讲官，他们的履历十分近似。这也显示了，成化以来入阁者，多徇循资历（进士、翰林、东宫），而很少以其才干而选拔阁臣的。

万安入阁早，有其特定的机缘，他学术不行，但攀天梯、钻墙打洞的本事，实在是高明无双。

他初入仕时，在众多同年好友中与詹事李泰最熟。这位李泰来头不小，他是司礼监太监李永昌的养子。李永昌在前文介绍过，是正统、景泰年间的大太监，在内廷势力深厚，人脉广泛。万安处处讨好李泰，李泰年纪小，他却以兄事之，令这位“小哥哥”大为开心。他们同一科中举，又为同官，都在翰林院任职。他们资格相近，每次遇到升迁的机会，李泰讲义气，总是推让给万安。大概他的想法是，万弟弟比我大，却令我居长，那么我只好请他先行，让他官做得大一点，才好报答他。成化五年，大学士彭时去世，阁臣出缺，要从詹翰里推举一位阁臣。李泰照样把机会让给万安，并大度地说：“万先生先请，我不怕不入阁。”作为太监之子，他很有点政治上的自信。这样，万安在他那一科同年里第一个入阁，可李泰还没等到第二次机会，忽然得暴病死了——好似他的人生就是为万安做升迁之梯，亦是可怜。

《明史》说，万安“既柄用，惟日事请托，结诸阉为内援”。内援，包括两路人马，一是内廷妃嫔，一是宦官。万安真是个福人，一般人也就够巴结宦官，他竟好运，通过宦官还和“宠冠后宫”的万贵妃攀上了亲。先前他以万姓自称万贵妃的“子侄行”，亲是个虚的，后来竟坐实了，发现他的小妾居然是贵妃弟媳的亲妹子。真乃奇事！此事可见《大明后宫有战事》，此从略。

自万安与万贵妃攀上亲，他的官位等于上了独家保险，在成化朝始终安然无忧。

《明史》对万安形象的刻画非常生动，说他“长身魁颜，眉目如刻画，外宽而深中”。他的容貌颇似钟馗，人却不是打鬼英雄，而且他本身就是一只鬼，与人交往看起来宽和有容，实际上却是一个忌刻之人，很像唐相李林甫，口蜜腹剑，嘴上说着好话，被他算计了、卖了，还替他数钱。好比侍郎刑让与国子监祭酒陈鉴，与万安皆为同年而不相能，都被这位好同年构陷入狱，最终除名为民。

像万安这样软骨嗜利之人，也没啥真本事，更不会在政事上做出成绩来。

自成化初年以来，一个不好的现象日趋明显：宪宗除了上朝片刻，越来越不喜欢出来见大臣。廷臣动不动以“君臣否隔”为言，就是大学士彭时、商辂，也要隔三岔五地力请，动员宪宗出来，召见一下大臣，议几句政事（称“召对”）。可宪宗就爱窝在后宫，轻易不肯出来。

成化七年冬天，忽有彗星现于天田，长尾直扫太微垣。

彗星本是正常的天文现象，可在民间被视作不祥之兆，有“扫把星”之称，从国家的层面来理解，天现彗星属于灾异，而且是比较严重的灾异。

彭时、商辂借着天变，趁机力促皇帝出来，这回来头可大了，他们是挟着一把大扫帚来的，宪宗不敢轻拒，便派司礼太监出来与阁臣商量，约好某日召对。定好了日子，太监特地交代：“初次见圣，君臣之情未甚熟洽，切勿多言。有啥话，待他日情热时再讲。”——想想，皇上跟阁臣都不“熟洽”，还能跟谁熟洽呢？

到了约定的日子，阁臣们穿戴整齐，准备见驾了。可笑，阁臣是皇帝的机要秘书和辅导重臣，却好几年没和皇帝单独谈过话，请了好几年，终于恩准了，还觉得有几分紧张。

司礼太监一边安慰阁老别紧张，一边再次拿前言告诫，提醒阁老见圣后一定要少说话。彭时、商辂、万安等人忐忐忑忑地应了。

等到进殿见过驾，首辅彭时便说起最近的灾异，称“天变可畏”。宪宗答道：“已知，卿等宜尽心。”便无话了。

彭时怕冷场，忙扯过一事来说：“昨御史有疏，请减京官俸薪，然而武臣不免觖望，乞如旧便。”这是一件很具体的公事，宪宗想，那也不定非要面谈啊，当下表示同意。

又没话了。

彭时等人不是讷言之人，第一次召对，气氛尴尬，谈话大有荒腔走板之感。这是多种原因决定的，主要还是君威凛凛，君臣之间又不熟悉，宪宗言语又短，双方简直无法交流。过去的君臣，如仁宗与大臣，欢洽如家人，这是基于他们君臣之间长期的友好关系。这在成化朝简直行不通。

还有一个原因，也很重要：司礼太监们在旁边立着呢！

太监们一再叮嘱，让阁老们少说话，召对时他们又挺立一旁，仿佛监军似的，阁臣就是想多说一些，也颇为忌讳，害怕得罪太监们。

太监当然是乐于君臣隔绝的。皇帝不见大臣，耳目不广，对政事无反复的辩难与讨论，他们的话才有分量。君臣不见面，就要靠他们做中介，“中介勿扰”是不行的，他们两头传话，而这两头又见不着面，他们舞弊弄权的空间就大。这是他们告诫阁老少言的根本原因。

明朝的中枢体制，说起来是“监—阁”共同辅政，但司礼监不愿内阁与他们居于平齐对等的地位，更愿意内阁扮演他们的配合者、起伴舞的作用。如果皇帝时常见阁臣，阁的地位就要上升，他们的目的就达不到。

眼见阁老语塞舌拙，猾计得售，太监们忍不住掩口嗤笑。这时，万安忽顿首疾呼道：“万岁、万万岁！”这是要辞出的信号。彭、商二老本就有些心慌，忽听万安这一嗓子，就身不由己了，只好随着叩头，然后退出。

好几年就见了这么一面，却是如此狼狈滑稽，彭时、商辂都羞于向人提及。司礼太监们却得意，四处向人说，阁老们常抱怨万岁爷不召见，咱还以为他们有何治国安邦的妙策呢，原来见了面，就知道喊万岁。太监的嘲讽也真刻毒，这话传出来，彭时内阁被人笑称为“万岁阁老”。自此之后，宪宗不见大臣就更坦然了。

这事说起来，都怪万安胡喊的那一嗓子，他也很为此事懊恼，后来尹直入阁，重提召对这件事，说不行啊，皇上还是得经常出来见见咱们呀。万安连忙制止，说：“记得以前彭先生请求皇上召对，一语不合，就只顾叩头呼万岁，被人耻笑至今。如今也好，我们有事尽言，太监们择而上闻，皇上无不允准，这不比当面奏对好得多吗?”

自己裤裆里的屎，硬说是别人拉的，万安为人之“善归过于人”和他的“容悦不识大体”，于此毕见。内阁与皇帝之间，凡事凭太监中介，内阁还能有何作为?

然而，成化十八年，朝廷发生了一件大事，这一次万安的表现，很有点出人意料。

什么事呢?

复开了五六年的西厂，再次被革。

成化十八年初，舆情大反转，六科十三道交章奏劾西厂苛察纷扰，大伤国体，请仍罢西厂。而内廷的反应十分含糊，只是说：“朝廷自有处置。”

“朝廷自有处置”六个字，就是不予采纳的婉转之词。那不行啊！这么大的事儿，朝廷必须给个明确的态度，不能说“我知道了，等我考虑一下”就完事了。

这回还得内阁打先锋，起到先锋带头作用。官居太子太保的首辅万安，对次辅、太子少保刘珝说：“西厂为害久矣，今科道欲革之，朝廷不从，吾辈岂可坐视！我们当劝说皇上，听从众人之言。”

不料刘珝反问道：“西厂行事，有何不公道？”

万安也不勉强他，道：“先生不愿意，那我自为之。”

于是在三月初三日，万安以自己的名义上疏，请革西厂。

他是这么说的：太宗皇帝（朱棣）防微杜渐，无所不用其极，初令锦衣卫官校暗行缉访谋逆妖言、大奸大恶等事，犹恐外官徇情，随设东厂，令内臣提督控制之。厂卫并行，内外相制，行之五六十年，事有定规，人易遵守。往年因京城妖狐夜出，人心惊惶，乃添设西厂官校，特命太监汪直提督缉访，用戒不虞，此为一时权宜之计。但自此之后，事情纷扰，臣不必赘言。自汪直出京镇守大同以来，京城大小官员以及军民人等众口一词，都说以革去西厂为便。伏望皇上洞察事机，俯顺下情，将西厂革罢，官校悉回本卫，庶旧制以复，人心以安。西厂存革关系人心治体，臣不敢缄默。

万安这一疏实在了不得，宪宗一听，马上诏革西厂——“于是中外欣然，刘珝面有惭色”。

实录就是这么写的。

此疏从效果来看，可称有明一代的著名奏议，可是为何不大为人推崇呢？也没有收入明末时编的《明经世文编》（明朝的著名经世奏议多收入此书）。难道是疏以人废？因为讨厌万安，就连带他的奏疏也一并嫌弃了？

事实是，此疏背后还有文章。好比，当时内阁三人，万安要联名，干嘛不找刘吉？在这么重大的事件里，刘阁老哪去了呢？他可是《明宪宗实录》的总裁官，不会连自己都忘了吧！

实录的疑窦，最早为史学大家王世贞所注意，他在《弇山堂别集》卷二十五“史乘考误六”中指出：“中外欣然，（刘）珝有惭色。刘文和（即刘珝，文和是其谥）之识何前后自相矛盾如此？”

是啊，看官可还记得商辂请革西厂时，刘珝表态之坚决吧？他当时还哭了呢（“奋然泣”）！与王越对话时，他沉默不语，已不如昔，没想到这回又退步了，竟然说西厂行事没有不公道，简直比“汪直之党”王越还王越。

没有道理呀？一个人的见解变化如此之快！

实录的这段记载，正显示了实录不实的一些缺点。

前面我说了，党争激烈，是成化三宗弊之一。对此《明史·万安传》有非常精辟的总结，它说：“（万）安为首辅，与南人相党附；（刘）珝与尚书尹旻、王越又以北人为党，互相倾轧。然珝疏浅而安深鸷，故珝卒不能胜安。”指出了成化中后期外廷党争的大势。

万安是四川眉山人，巴蜀地区在传统上一般被归入南方。而其同僚刘珝是山东寿光人，他与吏部尚书尹旻、兵部尚书王越等以北人结党，与万安、彭华、尹直等为代表的南人（他们与佞幸李孜省结成同盟）互相倾轧，形成两大派系。在斗争中，北派明显落于下风，王越、刘珝、尹旻先后被逐。有意思的是，北派都与太监汪直关系较好。

在专制时代，君主最忌臣下结党，朱元璋一生杀伐，就是为了破臣子结党之胆。在成化之前，还没有明显的朋党。但成化一朝，党争，政潮，一浪接一浪，内外官员相互倾轧，毫无顾忌。激烈的党争中，党同伐异，是非不明。从本质上说，这是君权衰落的表现。

在阁臣中，万安与刘珝尤不相能。刘珝瞧不起软骨头的万安，多次公开指责万安“负国无耻”。万安大恨，遂“日夜思中珝”。

刘珝素有敢言之名，他在担任经筵、日讲的讲官时，每次进讲，都词气侃侃，反复开导，“闻者为悚”，人称“讲官第一”，给宪宗留下良好的印象。宪宗对他比较尊重，每次都喊他“东刘先生”，从来不叫他的名字，并且赐给印章一方，印文是“嘉猷赞翊”，特准他进密疏，这是只有亲近之臣才能享有的权利。刘珝得了这些恩宠，更以东宫旧臣自诩，“遇事无所回护”，比如员外郎林俊因参劾佞幸梁芳、继晓下狱，李孜省等左道乱政，乃欲动摇东宫（事详太监怀恩事迹）等，他都用密疏加以劝谏。可见“纸糊三阁老”中，至少刘珝还不全是纸糊的，但他放大炮的作风，被人视作“狂躁”，也得罪了不少人，这些人都在等机会把他搞下去。

成化十八年万安上疏，请革西厂，约刘珝一起进疏。刘珝一反常态，不愿署名，万安也不多劝，就独自上奏了。阁本进去，宪宗看了，还奇怪怎么没有“刘大炮”的名字。万安当面不言，背后指使人攻讦刘珝与汪直同党。刘珝性格粗疏，万安等人不断在背后下签子，他竟毫无察觉。

巧的是，刘珝的公子刘镃喜欢邀妓狎饮，在酒间作乐时，一个叫赵宾的客人戏作了一首《刘公子曲》。本是游戏之作，万安却教人加进许多污言秽语，然后混杂在进呈的教坊司院本中，朦胧奏入。宪宗皇帝日日在后宫淫戏，却不会引刘公子为同好，他突然读到这首为刘公子做的淫词，勃然大怒。想刘镃过去多么可爱啊，在他八岁时，宪宗就听说这孩子聪敏知礼，还亲自接见过他，当面就封他做了中书舍人。那时他还小，连殿门槛都迈不过去，常要同僚杨一清帮忙提一把。中书舍人每天要进宫，需要挂牙牌，宪宗担心牙牌易损，特地给他制了一块银制牙牌。想不到没几年，刘镃已变成淫邪之徒！由此可见刘氏家风之不正。家尚不能齐，又何以治国？过去是因其父而爱其子，现在是因其子而恨其父，宪宗遂决定撵走刘珝。

成化二十一年九月，一天下午三点多钟（申刻），司礼太监覃昌传旨，召阁臣见于西角门。刘珝听说召见阁臣，也要换衣服一同去，被来传话的文书官拦住，说只请了万安、刘吉两位学士。刘珝大吃一惊，但也不敢申辩。

万安与刘吉来到西角门，覃昌早已候着，他拿出一封书函递给阁老。万安见信皮上用红笔写了一个“封”字，认得是御笔，忙恭谨开视。函内并无手诏，只是一张纸，无题头，无结语，写的都是刘珝的“阴事”，原来是一封告讦的匿名书。

万安细看，见书中说了刘珝四件事，包括：

1. 嗜酒，贪财好色。
2. 与某太监认亲。
3. 纵子奸宿乐妇。
4. 纳王越之银，为其谋复爵。

书末说：“朝廷若不去刘珝，必坏大事！”

万安明知其故，却装作毫无所知的样子，露出讶异的表情，对覃昌道：“匿名文书告言人罪，大明律有明禁，朝廷何不速将此信焚之，还召我等来看什么？”

写匿名信是常见的攻击政敌的行为，对此律有禁条。以匿名文书告讦人过，本身就是违法的，怎么能够听从呢？

万安又道：“且刘珝在内阁，与我等同出入，此暧昧之事，何由而明？其子之过，他做父亲的或许有所不知，还望老太监扶持为幸！”

覃昌道：“咱家扶持久矣。”他向阁老透露了一个重要消息，说科道官参劾汪直本进呈时，皇上已讶异无刘珝之名，如今圣意已坚不可回。

他指着万安手中的书子暗示道：

“二位先生若不作计处，明早行事本一旦发出，就来不及啦！”

万安这才知道，他手里拿的匿名书原来就是东厂密奏（“行事本”）。他作为阁臣，是没有机会看到的，不由得多看了几眼，然后递给刘吉。

覃昌之意，是叫万、刘两位阁老想办法，在东厂行事本发出前，令刘珝自退，好给阁臣留些体面。

万安想了想，道：“若必不得已，刘珝双亲已老，俟其亲终守制而回，如何？”

这是曲解之言，说刘珝的父母年纪都很大了，过几年去世，刘珝自当解职回乡守制，那时他不去了吗？

万安当然不希望如此，他说得这般没谱（谁知道刘家老人啥时候去世），知道皇上准不会答应。他故意装出维护刘珝的样子，是为了显示他的同僚之义，他也知道，刘珝侍宪宗久，君臣之间还是有感情的，宪宗的本意应该对刘珝有所优容——这就是他揣摩上意的看家本领。

果然，覃昌当即否定了他的“提议”，道：“太久，等不得！”

万安便道：“如果不行的话，那么可令刘珝自陈乞休，请皇上厚加恩典，以为儒臣遭际之荣，以全君臣始终之义。”

“万岁爷正是此意。”不出所料，覃昌点了头，“先生们可转致刘先生，以亲老为辞，速进本章来。”这是要让刘珝以养亲为由，自动请辞，大家互相留面子。

说罢，各自退去。

万安、刘吉跟刘珝不对付，回去之后，见刘珝还在焦急等待，他们却故意把话说一半留一半，但皇上令他自个辞职的意思还是讲清楚了。

刘珝还不明其故呢！他怀着一股怨愤之气，虽然立即遵旨拟稿请辞，却故意不写钦定的辞职理由。他在闹情绪！

第二天辞疏呈进，宪宗打开一看，见东刘先生居然没按他的吩咐来写，火气也来了，马上教覃昌去问。刘珝已经不在阁值班了，万安偷着乐，代他婉解道：“四月间，刘先生听说有人奏其过失于上，乃预先撰就此本，昨日因仓促不暇改写，遂只填写了日月奏进。”

覃昌据此回奏，宪宗的火才消了些，遂按照事先约定的剧本，特允刘珝辞休，且加恩从厚，照例准他驰驿去，并赐给月米、岁隶及金银等。

刘珝黯然归去，却不知是被二位同僚排挤的。内阁三人中，万安贪狡，刘吉阴刻，唯刘珝稍优，他仓促引退后，朝中格局大变，北人党全军溃败，南人党大胜。万安又极力引进私人，如彭华（前首辅彭时之族弟）、尹直入阁，他们都是江西人，通过攀缘同乡佞幸李孜省固位，皆非正人君子，与其不合者，多遭驱逐，一时著名大臣如王恕、马文升、秦纮、耿裕等相继被逐——“朝臣无敢与（万）安牴牾者”。

第十一章　再革西厂，汪直也被人暗算了

上一章，我概述了成化中期以来的政局及主要人事变动，已知成化十三年正月立西厂，五月革，六月复。至十八年三月，西厂再次被革。

自西厂复开，汪直声威大震，宠灵赫奕。时谚云，见到汪公公，“都宪叩头如捣蒜，侍郎扯腿似烧葱”。汪直甚至成为人们心目中的“小皇帝”。怎么才短短五年时间，他就失宠了呢？

这是因为，汪直犯了一个极大的错误：他离开了北京和宫廷，离开了赋予他能量的源泉，自然他的“光芒”将逐渐消退，最后为政敌所间，一败涂地。

汪直“年少喜兵”，很喜欢做大将军的感觉——这一点与后来的武宗正德皇帝很相似。西厂复开后没多久，他就把注意力转到边关军务上去了。

成化十五年秋，汪直奉诏巡边，来到京师东北的辽东。

年轻的汪太监首次来到边地，秋高气爽马蹄急，飞骑日驰数百里，所到之处，官员皆迎拜于马前，有的为了献殷勤，甚至迎出二三百里之外。辽东巡抚陈钺，竟身着戎装，匍匐于道旁，接待规格更是超高，上马有金，下马有银，左右下人都有好处！陈钺靠这一手巴结上汪直，不几年便升做兵部尚书。

当时辽东官员不合，特别是抚谕辽东的兵部侍郎马文升，与陈钺关系很僵。马文升这人比较正直，汪太监来了，他没有特别加礼，就被汪直的白眼给盯上了，再加上陈钺趁机倾陷，最后竟落到谪戍的地步。陈钺还和巡按辽东御史强珍不合，强珍向朝廷揭发陈钺的“奸状”，但陈钺得到汪直的袒护，安然无恙，反而是告人者遭到谪戍的下场。陈钺自投靠汪太监，便无往而不利了。

这是汪直第一次巡视边关，他从此便迷恋上了金戈铁马的生活。

当时“北虏”伏当加屡次寇边，为边患甚厉。陈钺给汪直出主意，劝他请旨征虏，说有军功傍身，上宠就更巩固了。汪直听信了他的话，回来跟宪宗一说，马上起大兵，以抚宁侯朱永总兵，汪直监军，出辽东关外征伏当加。这一仗打得不错——关键是汪公公领着兵打的，待班师回朝，朝廷大优赏格，进朱永为保国公，陈钺右都御史，汪直是太监，得到“加岁米”的奖赏（宦官加禄米，以十二石为一级）。

说实话，汪直最后倒霉，就是被陈钺这个坏主意给害的。

陈钺向汪直提这样的建议，一是投汪直所好，而更主要的是为自己升官晋爵。汪直是太监，年纪轻轻就“威势倾天下”，靠的正是皇帝的宠信和他掌握的缉事大权，他要固宠，应不离皇帝左右才是，如果跟皇帝疏远了，再大的军功也只顶个屁——汪直打的那些仗，在朝臣们看来，就是玩“真人 CS”，是“开边启衅”，没人说他保家卫国。

陈钺这个建议，算是害惨了汪直，他从此流连边地而忘返，先有陈钺帮忙，后来又与一个挺能打仗的王越搭班子，可劲地在边疆“驱除鞑虏”。他功劳大，不断加禄米，一直加到四百八十石，创下明代宦官加禄米的第二纪录（最高纪录是嘉靖中司礼太监黄锦的五百余石）。王越更了不得，还封了威宁伯。可又怎么样呢？他俩最后连北京都回不去了。这是后话。

成化十六年后，汪直长期在外地，西厂事务由针工局副使宗秀代理，西厂的影响力大为衰落，这就给了它竞争对手东厂机会，暗伏了西厂再次被革的种子。

【宦官小词条】 王世贞《弇山堂别集·中贵岁米》载：“中贵人虽尊重用事，而太监品不过正四，计日止廪米升半及衣帽靴料而已。……其后有以军功加者，如吉祥、刘永诚之类，盖以十二石为一级也，然多不过三十六石而止。惟成化中御马监太监汪直初以缉事功加岁米二十四石，以建州功加三十六石，以威宁海功加四十八石，以黑石崖功加三百石，后累至四百八十石。”以上亦可见汪直所立功次。

此时的东厂太监，叫尚铭。

尚铭不晓得是什么来路，只知道他掌理东厂，出自汪直的推荐。西厂太监荐东厂太监，足以说明西厂之势，远在东厂之上。

尚铭虽是汪直所荐，但在两厂并立的条件下，两厂不和争功是必然之势。尚铭与汪直的关系很不好处。有一次，有盗贼乘夜越入皇城偷窃衣服粮食。这还了得，小偷竟然偷到皇帝家里去了！宪宗大怒，严令东西二厂追查。这是皇帝亲自督办的案件，两厂就此展开侦查比赛，结果东厂领先一步，率先缉获盗贼，尚铭忙不迭地去向皇帝报喜领功。宪宗见东厂办事得力，很是开心，当即厚厚赏了尚铭。平常汪直都不在北京，可巧的是，他刚刚打完威宁海子之役，班师回朝。不想这个案子由他亲自坐镇，居然比输了，这不是被东厂打脸了吗？汪直恼羞成怒，咒骂道："姓尚的还是我引用的人，竟敢背着我独擅其功！"可能还说了一些威胁的话。尚铭就怕了，他表面上去叩头认错，心里却在寻思计策，欲"倾"汪直。

东厂要害人，太简单了，但这回要害的是汪直，就不能像对付一般官民那样妄告。尚铭能想出什么妙计呢？其实一点都不稀奇。看官试想，自古害人者，有没有开拓创新思维的？还不就是那么几条害人之计，用了一遍又一遍，而回回都管用！

看官还记得太监曹吉祥是怎样谋害阁臣徐有贞的吧？尚铭抄的还是那一计。

话说汪直与王越关系亲密，二人经常一起出去打仗，"相处久，交最密"，汪直常因一时忘情，将禁中的秘密说给王越听。王越是个有心人，他把汪直泄露的这些秘语记在心里，偶然也会对身边亲近人讲，大家都没太在意。

现在尚铭要害汪直，就派人四处寻访汪直的小辫子，恰好有一人过去与王越交好，现在和王越反目了，就偷偷将从王越那里听来的一些话，学给尚铭听。尚铭如获至宝，马上又学给宪宗听，同时又借着这些事，揭发汪直与王越的"交构"之状。

做皇帝的，最忌禁中之事为人所知，没想到汪直竟然透露给外人。宪宗听了，又羞又愤，对汪直便很不满。

当时还有许多人对汪直不满，时时想办法倾陷他。

有一个著名的例子，说一次宫内举行戏剧表演，一个叫阿丑的宦官，善诙谐，每于上前打院本。他见汪直专恣，势倾中外，思有以折之。一日在宪宗前做醉人骂酒状，一人道："某官来。"骂如故。又道："驾来。"仍骂如故。又道："汪太监来矣。"醉骂者立马惊怖帖帖。旁边有人问："天子驾至不惧，而惧汪太监，何耶？"他道："今但知有汪太监，不知有天子也。"

“今只知有谁，而不知天子为谁”，这是告人“专擅”的标准格式。这位阿丑也不是闹着玩儿的！

当时嫉汪直者，都说汪直有“二钺”，二钺就是两把斧头。一次阿丑又在御前表演，他装作是汪直的样子，手提两把斧子，跌跌撞撞在台急行。一人问他提斧子干什么？“汪直”大言道：“我将兵惟仗此两钺耳。”问钺何名？“汪直”道：“王越、陈钺也。”宪宗听了，颔首而笑，而阿丑之意已入其心了。

这些对汪直不满，挖苦揶揄带讽刺的舆论，渐渐让宪宗心动，对汪直的眷宠，渐不如前。史书一针见血指出：“（汪）直既久镇不得还，宠日衰。”汪直失宠的根本，就是他总不在皇帝身边。

成化十七年秋，汪直偕王越前往宣府御敌，敌兵退走后，汪直请求班师，其他随征将吏都获准回京了，唯独不许汪直和王越回来。

汪直手提一把“钺”，还是教人不放心。大学士万安深知王越有智计，生怕他给汪直出主意翻盘，于是将王越调到延绥，把二人分开。从此汪直就是空手空拳，而“两人势益衰”。

次年二月，又命汪直专镇大同。他由“总督大同、宣府太监”降为“镇守大同太监”，失宠的信号太强烈了！

成化十七年下半年，西厂之罢，条件已经形成。明眼人都看在眼里，所以到成化十八年三月，六科十三道交章论劾汪直，大学士万安又“奋然”上疏请革西厂，西厂遂一鼓而罢——西厂早已为危墙，科道、内阁的劾疏只是推倒它的最后一把力罢了。

这么明显的政治变动轨迹，作为大学士的刘珝居然毫无觉察，“粗疏”二字，他果然当得！

王世贞对刘珝在两次革西厂时态度的变化，做了精辟的分析，他说：

成化十三年首革西厂，商辂上疏时，汪直方起，孺子暴贵用事，刘珝亦恶之，故其辞特恳切。刘珝的好友王越、尹旻都与汪直交好，汪直之用兵决胜，也使刘珝心服，更何况与汪直交好，还有势力可倚，所以他的态度就发生了变化，由反对变为支持。到成化十八年，汪直留镇大同不得回，复移王越于延绥，汪直之事可知矣。万安素交结内臣，他对于尚铭之谗间、梁芳辈之忌嫉、怀恩之公恶，皆能做到心中有数。而刘珝是北方人，没有万安那样精微的心思，他还以为汪直没事呢！所以颟顸地继续为汪直说话。

王世贞总结说，汪直之两罢西厂，“商公尚矣（商辂第一功），项公次之，余俱不足道也”。此为的论！

西厂一撤，汪直捣鼓的那些事，追随他的那些人，也都跟着废了。比如汪直曾奏取保安等卫达官五百余员赴京操练，达官过去从没“轮班京操”之例，此举虽然颇致嗟怨，但碍着汪太监，谁也不敢非议。可就在革西厂的第二天，兵部上议，就把京操达官全部解散了。这是典型的“人存政举，人亡政息”。

又过了一天，一个叫马仪的都督忽然疏劾兵部尚书陈钺，说陈钺联合汪直诬陷御史强珍、侍郎马文升，致其二人谪戍。武臣敢于参劾兵部尚书，此为非常之事！这件旧案，要搁过去，就是借马仪十个胆子他也不敢妄议。如今他吃了豹子胆，果于上疏，要翻旧案，明显是看准了行情，想做第一个参劾汪直的人，以此投机，掇取富贵。这也是许多人“打落水狗”的共同心态。

都察院请派官勘察强、马之事，内廷传旨免勘，却又说陈钺、马仪皆难任大臣，勒令陈钺退休，马仪发南京闲住——看来马都督动作急了点，肉没吃着，先吃了瘪。

汪直、王越还在边关继续杀敌立功呢！

成化十八年六月，蒙古铁骑寇延绥等地，二人调兵分击之，斩首数百级，这是明代中叶军事上少有的大胜。依照当时的规定，斩首百级，就是大捷。这一仗还不像某些“捷报”，虚大于实，这一仗确实重创入侵之敌，北虏受此一挫，很久都不敢再次犯边——“延绥军民颇得息肩”。为此汪直加岁米二十四石，王越加岁禄五十石。

王越是公认的明代军事家，看来汪直打仗也非玩乐，他也有较高的军事才能，只可惜，他是个宦官！

王越与汪直搭班子，合作默契，两人被拆散后，王越调延绥，与总兵官徐宁互换。可是徐宁到大同后，与汪直不合，双方矛盾很深。大同都御史郭镗见调解不开，担心影响边务，干脆将此事上报，请朝廷处置。

由于事涉汪直，兵部不知深浅，未敢妄言，只是说："边务方殷，必将官协和，乃克有济。（汪）直、（徐）宁屡被戒谕而执迷尚尔，若不早为处分，恐贻后患。"至于怎么处理，没有一个字的建议。而宪宗遂下令将汪直调南京御马监，并且对宣府、大同两处的镇守太监做了调整。

御马监太监汪直调任南京御马监，可不能理解为平调，这对汪直来说，就是贬逐。

汪直功劳大，他又是万贵妃宫里出来的私人，如今处分他，宪宗毕竟还有些内疚，为让汪直心服，他让司礼太监李荣亲自去大同跑一趟，"谕（汪）直而遣之"。

汪直下台，规格还挺高，甚至要麻烦司礼太监亲自去做说服安慰工作。时为成化十九年六月，距离西厂第二次革废已经一年多时间了。汪直早已失去缉事权，只是一名普通的镇守太监。

官场消息灵通的人都知道，汪直调南京，事没有完，这只是处理他的前奏。所以不管熟的生的，避之唯恐不及。可偏有一些傻的，反应就是比别人慢半拍。

这个人叫裴泰，时任定州知州。过去汪直得势时，每次出使都不骑乘健马，而是驾着一辆骡车日夜驰逐。地方官府往往迎候不及，遭到捶挞。裴泰拍马有术而且心细，他总是提前准备好饮馔之物，汪直率领仆从来了，不管早晚，总能醉饱。汪直便记住了这个人。

这回汪直南调，往南京去的路上，沿途有司皆闻风畏避，让汪直喝够了冷风，吃饱了人情冷暖。这一晚，他来到定州下属的曲阳县，一个人寂寥地躺在公馆的床上，抚着咕咕乱叫的肚子，望着荧然的孤灯，伤感不已。忽然望见裴泰走进来，不禁大喜过望，忙向裴知州求食，他还饿着肚皮呢。裴泰跟以前一样，随身带着酒食，马上呈上，供汪直大啖。汪直寒中得被，遂将裴泰认作知己，便将目下的窘境对裴泰说了，还叮嘱道："我已今非昔比，此番南行，上意不可测。明天你也不要准备太多，只要备下够我起程的车马就行了。"他一边说一边叹，就没发现裴泰脸色都变了。裴泰应了，当夜各自睡下无话。次日天亮，汪直起身再找裴泰，才发现他已经逃走了。

裴知州的举动虽然有些小人志态，但他逃走还算及时，否则真要被汪直牵连了。

汪直到南京，席不暇暖，处分就到了。

八月，因科道劾奏，降南京御马监太监汪直为奉御；威宁伯王越除名，安置安陆州；南京工部尚书戴缙（此人奏复西厂时还只是御史，不数年已升作尚书）、锦衣卫带俸指挥吴绶革职，皆发原籍为民。陈钺已致仕，不问。韦瑛后以他事坐诛。

汪直是北人党一线的主心骨，他一败，王越跟着就垮台了，又逾年，刘珝罢，再逾年，尹旻罢，北人党遂溃不成军，从此为"南人"之天下。

有一件事值得提一提：明代有一部主要记载成化年间朝廷逸闻的著名笔记，名叫《謇斋琐缀录》，作者是阁臣尹直。尹直在孝宗即位后与万安一起罢官，居乡二十余年，因为他名声太坏，多次谋起复而不得，他就借写"小说"抒发积郁，对政敌进行肆意攻击。

比如说，太监汪直宠幸，王越为了抱粗腿，每天跑去找汪直联络感情。不久王越加太子太保、兵部尚书兼左都御史，增正一品俸，仍掌都察院事，这都是汪直帮他出的力。

尹直说，汪直势焰逼人，王越每次见他都要下跪。吏部尚书尹旻也想攀附汪直，就托王越代为引见。在见汪直前，尹旻私下问王越："见到汪太监，跪是不跪？"王越大言道："安有六卿跪人的道理！"遂一起去见汪直。见面时，王越先进屋，尹旻偷偷在外窥伺，见王越下跪，叩头而出。等他再进时，就带头跪下了，其他人也都跟着下跪，汪直大喜。待尹旻辞出，王越责怪他："不是说了六卿应自尊，不可下跪吗？"尹旻呵呵笑道："我也是见人跪，才学着跪的。"臊得王越耳根子都红了。

上面这件事出自尹直之笔，不可信，是他随意掉笔，抹黑政敌。但对王越来说，“结交汪直”的确使他承受了巨大的道德损失，他多次自辩，说“汪直行事之时，我们并不相识，管军之后，系在同营，如何谓之结交”，又称“汪直又差人接连访察臣事，因无违犯，仅得脱免，后管征操，系是奉命同事官员，岂是结交”。王越始终坚决否认与汪直“结交”，说他们只是同事关系。

但此事很难辩白，要之王越急于功名，对于当朝煊赫的大太监，他不能不虚与委蛇，甚至借之为梯，登上仕途的新高峰。然而梯子一撤，亦难免从空中坠落。

第十二章　东厂太监谋入司礼柄政

自从东西两厂争功，尚铭从背后使劲扳倒汪直后，东厂连同“东厂行事太监”尚铭的威风就大起来，尚铭“独擅权势”，成为人人畏惧的大太监。

小人得志便猖狂，说的正是尚铭这种人。小人不可用，一旦小人手里握了权，他便要滥用，先祸害人，把人祸害够了，再把自己带进去，一并完蛋。

史云尚铭“甘言悦色以钓取名誉，而内肆阴狡”，他大概就是口蜜腹剑那一类人吧。俗话说，“刀子嘴豆腐心”，反过来看，可能嘴特别甜的人，心肠就特别地狠。尚铭专东厂后，便将这柄“秘密武器”当成自家的掘金机器，开始变现。据说他“闻京师有富室，辄以事罗织，得重贿乃已”。——这种事，汪直可没干过！

他还“卖官鬻爵，无所不至”。这种事，汪直也没干过！

这还不够，尚铭的野心还大，他的目标是进军司礼监，把持大权。

此时他正行顺风船，一说要“进”，马上就进，司礼监大佬们对他都颇为畏惧，争相扶持他，谁也不敢拦他的路，坏他的事。

尚铭进司礼监后仍兼东厂行事，这是违反常规的。司礼监是“朝廷机密重地”，司礼太监参与机务，相当于“内宰相”，而东厂是缉事机构，东厂太监相当于特务头子，这两种职务怎么能兼领于一人呢？况且东厂设立的根本，就在于“缉访奸恶”，手握大权的司礼太监本在东厂刺察之列，尚铭将这两个职务兼起来，他的权力就太大了。

臣下权大，则遭忌，当尚铭达到他声势的顶峰时，也是他全盘崩塌之日。

成化二十年正月，春节刚过，尚铭忽然失宠，也被黜往南京。此时距汪直被贬南京才一年多时间。

此事详情如何，实录没有交代，史书只是在指尚铭罗织索贿、卖官鬻爵后，记道：“帝寻觉之。”至于宪宗是怎样察觉的，谁揭发的，无一字的交代。

宪宗应该相当愤怒，尚铭前脚刚走，内廷又传出旨意，命锦衣卫差遣官校，将尚铭追拿回京，说是要“穷治之”。

但二旨甫出，又传第三旨，道：“尚铭管理东厂不公，欺心罔上，大肆奸贪，赃滥显著，有坏成法，当置之死刑。”这口风很可怕，似乎尚铭将有来无回。但随即话锋一转，又道：“姑从轻处治，不必来京，仍令押赴南京守备太监，杖之百，充净军①，孝陵种菜。”

处理个尚铭，真是一波三折。

尚铭最后被打了一百下屁股，充军南京种菜去了。成化初司礼太监牛玉也是发孝陵种菜，只是牛玉不充净军。尚铭受到的处罚比汪直要重得多，汪直只是降南京御马监奉御，到底还是个官儿，尚铭却是“发配抄家”。

抄家非寻常之举，被抄之人往往是大奸巨恶。尚家被抄，“得赀数万”，印证了他的奸恶。尚家这些财产全好使了皇帝，据说“辇送内府者累日不绝”。

蚀了这么大一份家业，尚铭肯定郁闷极了，但蚀财保命，也属幸运。为了他，先后三道旨意，尚铭应该花了不少银子。

---

① 净军是阉人、宦官所充之军，主要在上林苑海子及南京等地。

实录载，尚铭得志后，狂态大露，他过去还装一装，“甘言悦色以钓取名誉”，现在就毫不顾惜名誉，大肆奸贪，“又谋入司礼监，与当道者相埒”，故“人知其必败”。可见尚铭之败，还是大太监内斗的结果。

尚铭垮台后，继之督领东厂的，是太监陈准。

陈准“素善怀恩”，和司礼太监怀恩是好朋友。俗话说，近朱者赤，近墨者黑，与好公公做朋友的，也不会是赖人儿。陈准领东厂后，深知东厂作弊的危害，首先告诫众校尉：“有大逆，告我。非是，若勿预也。”也就是说，东厂只缉访大逆，一般琐屑之事或民间争斗，都不是东厂该理会的。此令一出，“都人安之”。

尚铭被贬到南京后，吏科都给事中王瑞上疏，称皇上将尚铭置之于法，人心大悦，但若不去其党，将来之患未可知也！

他要去追究尚铭之党。

此疏并不含糊，将“尚铭之党”指出来：“盖尚铭旧为太监汪直所引，得入东厂，近为太监李荣、萧敬所引，得入司礼监。”说尚铭的党徒，就是司礼监太监李荣和萧敬。

通过王瑞此疏，我们知道了，尚铭是李、萧二人援引进司礼监的。

王瑞又揭发：李荣是汪直之党，他在出使大同时，曾帮助汪直隐蔽边情，以致胡虏大举入寇。萧敬出使湖广，所过贪残无厌，贻数千里之患。二人其他隐恶之事还很多，“未易悉数也”。京城的人都说，汪直开西厂之前，有黑眚之异，尚铭入司礼之后，有地震之异，这都是上天的警告。

王瑞此疏的诉求是：“并去（李）荣等，以绝其党。”

宪宗批复：“李荣、萧敬朝廷自有处置。”

“朝廷自有处置”是常见的批文格式，对臣下的要求不给出明确的处理结论，这或许是因为时机还未成熟，或许是被劾者的罪行还未充分暴露，有鼓励臣下继续揭发之意。

果然，六科给事中和十三道御史随后联合上疏，称“尚铭既以赃败，宜追究其通赂之人”。疏文说：“盖内臣犯法，既不能免，若外臣之趋附者置之不问，则内外之事不均；小臣有过，尚不可容，若大臣之通赂者舍之不究，则轻重之伦全失。”要求对交结内臣的外臣“痛加追究”。

该疏词气纵横，看起来理直气壮，其实是在耍滑头，被宪宗一眼识破。因为这份弹疏没有“指名”，说了那么多外臣与内臣勾结不好的话，还说要痛加追究，可他们到底说的是谁，却让人“傻傻分不清”。宪宗大怒，将疏上署名的官员全部召进宫，欲行廷杖。

这是宪宗盛怒之下做出的决定，司礼太监怀恩并不立即传旨施行，而是等宪宗的情绪冷静下来，再从容进言。经怀恩提醒，宪宗也意识到失态了。但科道官们已经召来，诚惶诚恐地跪在宫门外呢，总不能挥挥手，命他们怎么来怎么回去吧。于是让怀恩出去，把科道官们好生教训一番，让他们以后言事须实，不要敷衍塞责。

科道批评人，却不点名，又或许是为了避祸，或许是为了试探上意。而宪宗指责科道空言，有两个可能，要么他需要科道指出一个实名来，他好批本处分，要么他对科道进言非常反感，故抓住他们的小辫子说事。

我觉得后一种可能更大，因为对李荣和萧敬的处分决定迟迟未下。

在明代宦官中，李、萧二人的名气不算大，但他们是明代中期非常重要的大太监。

他们的政治生命非常长，李荣活到正德七年，萧敬更是一直活到嘉靖初年，他们对于政治的参与及发挥的作用，下文还将续有介绍，这里只简述一下他们的生平。

李荣，字茂春，河南洛阳人。据大学士李东阳撰《大明故司礼监太监李公（荣）墓志铭》，他生于宣德五年（1430 年），十余岁时入内廷，初侍乾清宫。“终天顺之世，未显世也。”成化中，累官至太监。成化十四年，李荣奉命往平凉勘问汉阴王冒报宗籍事，回京后，入司礼监。

作为司礼太监，李荣身上的佞幸气非常重，成化朝的许多佞幸（如匠役、僧道、方士等）传奉得官，多由李荣传旨，其中就包括以符箓进用的李孜省和以邪术进用的僧继晓。想来，李荣与他们是打成一片的。

与李荣相比，太监萧敬的材料多一些。他是福建南平人，字克恭，别号梅东，生于正统三年（1438 年），卒于嘉靖七年（1528 年），享年九十一岁。

【宦官小词条】王世贞《弇山堂别集》卷四“中官寿考久任”载：“中珰之久贵，无过于萧敬者，年二十余，则已侍英宗为太监。成化中入司礼，自是数废数起，凡四秉笔，四掌印，几五十年而退休，礼数视大臣。凡为太监近七十年，九十一而后死。”

萧敬二十几岁就已经做到太监，成化中入司礼监，一生四次任秉笔（司礼太监秉笔者方可参预机务），四次掌监印，任职司礼监垂五十年，而官居太监近七十载。像萧敬这样高寿、久居高位的宦官，可谓福禄双全。

根据杨一清撰《司礼监太监梅东萧敬墓表》，萧敬少年给侍内廷，选入司礼监书馆读书，天顺初年授长随。我检阅史料，发现萧敬在天顺七年有一条记事，那时他已经是司礼太监。萧敬在天顺初年还只是长随，五六年间已任太监，这样的迁升速度，简直就是坐直升机。

萧敬应为英宗亲近内臣，所以在英宗去世后，改任神宫监太监，到裕陵（英宗陵寝）司香，坐了几年冷板凳，直到成化三年才改内官监，回内府供事，不久复入司礼监佥书。

王世贞说他“数废数起”，英宗去世时是一次，成化末年又为一次。

成化二十年，尚铭败后，李荣、萧敬被参劾“党”尚铭，宪宗说要自己处置，但直到次年闰四月，才将李荣改官内官监太监，派往山东镇守，原镇守太监韦焕还京。以司礼监太监改官出镇地方，不是内官迁转的常例，以司礼监之清贵出镇地方，也非常少见。这是李荣所受的较大挫折。可能是他在内廷使力了，没过多久，复改南京司礼监太监，任南京守备。

萧敬则没有受到处分。

成化二十三年，宪宗去世后，萧敬发遣裕陵司香。三年后，以司礼监缺员，众人都称萧敬老成练事，没有人能比得上他，遂“复起视事”。

第十三章　群奸之中担道义

成化年间的政治形势是内外“群小恣肆”。在朝野拥有巨大影响力的，都是佞幸，司礼监权威大挫。吏科都给事中王瑞说司礼监大佬李荣、萧敬等“既党汪直，坏事于前，又党尚铭，坏事于后”，正好说明司礼监在佞幸横行时，与内阁一样失职，他们甚至需要依附于佞幸。

在这样艰险的环境中，却有一位太监在勉力维持，为保持朝廷的稳定做出了极大贡献，他不仅在内外官员中拥有较高的威望，就连宪宗皇帝都要让他三分。

他就是司礼监太监怀恩。

依着怀恩的事迹或其生前身后的声名，绝对可称明朝太监第一人（如果不算下西洋的郑和的话），但明朝最著名的太监都是坏人，这位好公公反而不大为人熟悉。

这大概就是子贡说的“君子恶居下流”吧，做了太监，就像一具浮尸，自动漂到河的下游——“天下之恶皆归焉”。只是怀恩声誉太好了，好事者欲为其开脱，首先就从他的出身想办法，将他受阉入宫说成一件很悲惨的事。

《明史·怀恩传》载：“怀恩，高密人，兵部侍郎戴纶族弟也。宣宗杀纶，并籍恩父太仆卿希文家。恩方幼，被宫为小黄门，赐名怀恩。”说怀恩是宣德朝兵部侍郎戴纶的族弟，戴纶为宣宗所杀，怀恩之父太仆寺卿戴希文也受到牵连，家被抄没，那时怀恩还在幼年，被阉为宦官，入宫后得到怀恩的赐名。

这个记载无疑很有利于怀恩的形象建设。该故事的隐秘动机是，像怀恩这样的好太监肯定不会是自宫之人。好人也不会主动去做宦官。怀恩出身士族，他是一个无辜的受害者。这就为怀恩为何成为宦官做出了解释。

然而这段记载有着明显的瑕疵：戴纶被杀，只是因为他善谏，得罪了宣宗，而不是犯了什么大逆不道的死罪，怎么会牵累到戴希文，甚至连希文的幼子都不能幸免呢？

此事不必细驳，因为它是毫无根据的。怀恩的出身，实录有明确的记载：“（南）直隶苏州府人，本姓马，宣德间入禁中，赐姓怀。”

怀恩卒于孝宗弘治初年，《明孝宗实录》里有怀恩的小传。有明一代近三百年，太监无数，能在实录里存有一篇传记的，唯怀恩一人。这已经是实录破例了。因为实录纂修之例，只有正三品名臣去世，才在其“卒”后为其书写小传（称“卒传”）。

怀恩为什么能得到名臣一般的待遇呢？我们来看几个事例——

大学士商辂去后，万安升为首辅，他又援引彭华、尹直等人入阁，再加上一个阴刻的刘吉，成化后期的内阁，就是这四个人。宪宗颇多失德，内阁不仅不能有所规谏，相反常常刻意逢迎，最典型的就是作为“首相”的万安也进献房中术。对此怀恩深感无能为力，只能惋叹：“内阁用此四人，可谓无人矣！”

他力求在力所能及的范围内，努力尽到辅导之责，为此得罪皇帝亦无所畏惧。前文我讲过怀恩坚决抵制改易太子之事，其实他还有多次顶撞皇帝的行为。

成化朝佞幸横行，真正敢谏的人不多，员外郎林俊就是其中一个。他上疏参劾太监梁芳、奸僧继晓等人，言辞激烈，“直声震都下”，且他的疏文中颇多涉及宫闱隐秘之事。宪宗大怒，认为林俊是故意公开羞辱他，将林俊下诏狱，甚至动念要杀他，外臣屡谏皆不听。怀恩叩首诤谏，说不可杀进谏之人。他道：“不可！自古没听说过杀谏官的。我太祖、太宗之时，大开言路，故底盛治。今欲杀谏官，将失百官心，奈何？臣不敢奉诏！”宪宗怒道：“你与林俊合谋诽谤我！不然他怎知宫中之事？”因为怀恩力谏，宪宗甚至怀疑林俊所知宫中秘事就是怀恩泄露的，说到气头上，顺手抄起御案上一方砚台向怀恩砸去。

怀恩见皇帝举砚砸他，不仅不躲，反而将头仰起，迎了上去——幸亏没砸到他的头！宪宗盛怒之下，当场将御案推翻。怀恩知道这回大大得罪了皇帝，便脱帽解带，伏在宪宗脚下，号哭不起，道："奴婢不能复事陛下矣！"宪宗命左右将老怀恩扶出去。

怀恩走到东华门，仍挂念林俊之事，他忽然想起，奸佞可能授意锦衣卫将林俊在狱中打死，便派人去给锦衣卫镇抚司传话："尔等谄媚梁芳，合谋倾陷林俊，林俊若死，尔等不得独生！"然后才回私第，合上家门，对外称中风，不再出来视事。

宪宗也知怀恩赤胆忠心，因为他抗旨也不是一回两回了。

前不久宪宗命章瑾入锦衣卫镇抚司任职，让怀恩去传旨，他居然说："章瑾以贡宝石而得恩，镇抚司掌天子之狱，极武臣之美选，奈何以货得之？"不肯去传。宪宗道："你敢违抗我的命令？"怀恩道："非敢违命，恐违法也。"宪宗没得法，只好让覃昌去传旨。就这样，怀恩还不罢手，他想，"倘若外廷有谏，吾言尚可行也"，就暗示兵部尚书余子俊执奏不从，他当从中赞助之。余子俊却不敢。怀恩叹道："吾固知外廷之无人也！"而外廷若有极言敢谏者，他总是力加扶持，好比都御史王恕经常上疏切直，每次看到王恕的疏文到了，怀恩都会感叹："天下忠义，斯人而已！"

这些宪宗都看在眼里，是又恼火又无奈。怀恩德高望重，他既然推称有病，明明知道他是赌气装病，也只得派御医到他家，去给他调治。而林俊最终在怀恩及众大臣的保护下没有被处死，只是被降级外调。

当时有星变之灾，作为对灾异的应对措施，朝廷下旨黜免一部分传奉官。可旨意刚下，就有御马监太监张敏跑去找宪宗求情，宪宗答应他，御马监马坊的传奉官可不动。

这位张敏是非常有名的大太监。

张敏对少时的孝宗有保护之功。我在《大明后宫有战事》中讲过，孝宗朱佑樘是宪宗一次小型后宫"猎色"行动的产物，他的母亲姓纪，原为宫中女官，偶沾恩泽，怀上龙种，并躲过贵妃耳目，顺利诞下一位皇子。但最终还是被万贵妃知道了。贵妃不能容忍宫中女子怀孕，便派门监张敏去把纪氏子溺死。张敏心想：“上未有子，奈何弃之！”就把孩子藏起来，不令贵妃知道。成化十一年，张敏在给宪宗梳头时，宪宗忽然感慨“老将至而无子”，张敏感觉时机到了，就把真相说出来。宪宗大喜，即日迎皇子相见，不久立为太子。人家父子团聚，张敏却因惧怕贵妃报复，吞金而亡。这是《明史·孝穆纪太后传》的记载。然而据新近发现的《张氏族谱》，张敏并没有死，他一直活到成化二十一年，并且仕至司礼太监。张敏不仅本人一生荣宠，他两个弟弟也都是大太监。

也就是说，张敏是太子的大恩人，大家都要给他面子。

【宦官小词条】兄弟为宦官，且仕至太监者，《大明那些九千岁》第一部讲过永乐中刘通、刘顺兄弟，这一部前面讲过钱聚、钱安兄弟，及覃昌、覃旺兄弟。成化年间，还有著名的钱氏和张氏兄弟，都是兄弟三人为太监。钱氏兄弟为钱能、钱义、钱福；张氏兄弟为张敏、张庆、张本，皆为权珰。

可张敏得到宪宗的允准，拿着疏文来找怀恩，怀恩的态度非常冷漠，见张敏跪在庭中，徐徐道：“起，起，我病足不能为礼。”怀恩问他所为何来。张敏道：“已得旨，马坊传奉不必动。”他想皇帝那里都打招呼了，你怀太监能怎样。不料怀恩闻言大怒，斥责他道：“星之示变，专为我辈内臣坏朝廷之法也。外官何能为？今甫欲正法，汝又来坏之。他日天雷将击汝首矣！”且指其坐道：“吾不能居此，汝来居之。汝兄弟一家遍居权要，又欲居我位乎？”张敏素来骄贵，又是老辈，被怀恩一番怒责，连长气都不敢出，回到家，遂中气而死。

张敏不是因惧万贵妃而自杀，他是被怀太监骂死的！

成化末年，怀恩遭谗谮，被贬到凤阳守陵。孝宗即位后，又把他请回来，复掌司礼监。弘治初年，言路大开，进言者往往过为激切，经常指责内臣为“刀锯之余”。太监覃昌见到这样的文字，总是生气，可怀恩却处之淡然，他道：“彼言是也，吾侪本刑余之人，又何怒焉？”

怀恩于弘治新政多所裨益，只可惜他在弘治元年闰正月就去世了。明实录对他的评价是：“其为人公廉直谅，识义理，通典故，在宪宗朝左右承弼，动必以祖宗为准，直言正色，无所避忌，宪宗雅重之。至于谋断大事，扶植国本，不惑群议，人不敢干以私。”对于一个宦官来说，能得到这样的评语，可谓最高荣誉。

怀恩哀典隆重，朝廷赐祭葬，他的祠堂建成后，赐额曰“显忠”。内臣建祠赐额，自王振、刘永诚后，怀恩为第三人，此后还有覃吉、覃昌、韦泰等人，这本来是“朝廷希阔殊特之典”，但弘治以后内臣多得之，“祠额寖广，祭尤众，不能悉记矣”。

第三卷
“弘治致治”的光环下

本卷关键人物：覃吉、蒋琮、李广、何鼎、陈宽、戴义

第一章 “但天下得贤主足矣”

皇太子朱祐樘在宪宗去世的次月（成化二十三年九月）即位，改元为弘治元年（1488 年），他就是明代中期声誉最佳的明孝宗，弘治一朝也有弘治“致治”或“中兴”的美称。

弘治一朝重祖宗成法，亲近信用大臣，无宦官专权乱政，就是所谓的大太监也很少，国家各方面都处于稳定发展的时期。

孝宗之治，是从拨正前朝弊政开始的。孝宗登基的当日，按照惯例，发布大赦天下诏。赦诏的条款非常多，总之是除成化之旧，布弘治之新，但没有涉及前朝人物。

然而，这只是暂时的安静。到孝宗即位的第六天，礼科等科给事中韩重等上疏，对以李孜省为代表的“奸邪小人”进行了严厉的参劾。

李孜省以江西布政司一“逋逃赃吏”，经多次传奉授官，已升任掌通政司事的礼部左侍郎。孝宗以正在“宅忧”为由，对被劾对象均从宽处

理，李孜省等发甘州卫充军，太监梁芳等降官，发南京闲住。梁芳、陈喜等都自觉退还了在畿内的赐地与庄宅。

我在阅读宦官墓志时，发现许多经历过成、弘之际的宦官，其生平有一个共同现象，即在这一阶段都有降官记录，如太监降为监丞等。有的墓志指出，这是“例降”。所谓例降，就是循新例降官，不是他们犯了什么错，而是因为成化中升官太滥，现在重新加以甄别，不符合升职条件的，就要降为原官。

新政之初，还对大量冗官进行了清汰。兵部列出的传升武官，就有七百一十四员，名色分为十四款，分别为皇亲、保母（照顾过皇帝的女子）、女户（前朝殉葬妃嫔家属）、恩荫（太监子弟多在这一款内，一共有九十三人）、录用、通事、勋卫、散骑及匠人、舍人、旗校、勇士、军民人等，分别给予降调等处分。总的原则是，凡传升职事，一律革除，只保留其旧职。

英宗以来，增设了大量内外官员。如京、通二仓及淮安、徐州、临清三处仓场，有监督内官七员，都是天顺元年以后增设的。有人建议按照正统旧额清理，续添者一律革除，但阻力较大，最后妥协的结果是，遵照天顺年间的职数，这样京、通等处仓场，就只革去总督太监两员，监督内官皆保留。

这是一个有意思的现象，明代的冗官现象非常突出，且呈不断增长的趋势，每一朝开始时，都要做一番清理。但清理之后，辄开始新一轮增长。而后世再清理时，标准就不得不放松。比如弘治初年已无法恢复正统旧额，而嘉靖初年就只能依照弘治旧额了。

在弘治新政中，内阁首辅万安成为第一个被驱逐的大臣。

万安预知舆论将对其不利，他在拟写登极诏书时，特地塞进一条：禁止言官假风闻挟私论政。这是要钳制朝官说话啊，果然引起“中外大哗”。御史汤鼐跑到内阁去问是怎么回事。万安竟从容答道：“这是里面的意思。”汤鼐自是不信，他回去就写参疏，将万安的原话都写进去，批评万安抑塞言路，归过于君，无人臣礼。

万安的内阁生涯是被孝宗亲自终结的。

原来孝宗在清理宪宗遗物时，发现一只小盒子，里面全都是房中术秘籍，每一本都抄写整齐，末尾署名："臣（万）安进"。孝宗非常生气，派怀恩拿着这只盒子去责问万安："此大臣所为耶？"万安愧汗伏地，不能出声。等到群臣纷纷进章弹射，孝宗又让怀恩拿着这些本章，当万安的面读给他听。万安一边诡辞辩解，一边哀呼求恕，就是不主动提出辞职。怀恩没耐心听他碎嘴了，直接上前将他腰上挂的牙牌（牙牌是进宫的身份证明，无牙牌不可进宫）摘去，道："万先生可以出去了！"已经是七十老翁的万安这才踉跄出阁，找马回家，然后上疏乞休。他回乡一年后就死了。

大太监李荣、萧敬在尚铭败后遭到言路的纠劾，李荣改南京，后夤缘回京，复入司礼监，"同典机务"（李荣墓志）。孝宗继位后，李、萧二人再次成为朝官轰击的目标，特别是御史汤鼐，连上二疏，对他们进行弹劾。孝宗批复："萧敬已别用，李荣亦调孝陵神宫监去矣。"考萧敬墓志，他的"别用"，是发英宗的裕陵司香。李荣则再贬南京，司香于孝陵。

经大力振刷，弘治新政，面貌一新。

弘治一朝的政治面貌，虽然在中年经历过一段低迷期，但总体上是好的，这与孝宗本人的修养有关。而谈到君临大位者的培养，有一个人不可不提。

此人姓覃名吉，是东宫侍读太监。

《明史·覃吉传》说覃吉"不知所由进"，《国朝献徵录》所收覃吉小传也说他"不详其出"，均不清楚他的仕官履历。其实覃吉在《明英宗实录》里是有事迹的。

那是英宗复辟的次月，即天顺元年二月，覃吉被执送锦衣卫关了起来。原因是他在景泰年间掌内库金帛奇货，景帝曾赐给妃子白银三万余两、宝石万余，英宗复辟后他没有及时报告，因此得罪新朝。复辟之初，人们为了避祸或求福，纷纷对景帝倒戈一击，若覃吉也是贪利忘义之徒，他也该大力揭发批判的，可是他没有。不反噬旧主，光这一点，就知他良心是好的！

宪宗册立太子后，覃吉受命为东宫典玺局郎。这个职务我多次讲到，是一个非常重要的内官岗位，许多大太监，比如王振，都曾做过这个官。典玺局郎是东宫辅导首臣，皇太子即位后，一般都是直接入司礼监参柄大政，而且都能做到司礼掌印，这是最有前途的内官职务。

覃吉入侍东宫时，年纪已老，当时太子才九岁，还未开蒙，由覃吉口授《四书》章句及国朝典章。覃吉“温雅诚笃，识大体，通书史，讲论执方，辅导东宫，动作举止悉规以正”，俨然一位有德的师傅。

他闲暇时也不闲着，向太子开说诸司要务及民情土俗、农桑军旅。最了不起的是，他本人是宦官，却不避嫌、不遮饰、不隐恶，主动给太子讲历史上“宦竖专权蠹政之由”，且“尽悉其态”，把宦官作弊的种种情态讲得很清楚，以使将来太子做皇帝后具有辨析奸伪的能力。

他经常说：“我老了，何心富贵，但得天下有贤主足矣！”

覃吉很尊重讲官，每次太子出阁听讲，都要派人去迎接老师。课上完了，还要客客气气地说：“先生吃茶。”他的副手、东宫典玺局丞张端认为礼貌有点过了。覃吉道：“尊师重道，本当如此。”

覃吉清楚，他所教的不是一般孩子，而是未来的天子。现在在他心田播撒什么种子，将来就会开出什么样的花。他希望太子明白什么是储君之道，把太子做好了，将来自然能够成为一位合格的君主。

一次宪宗赐给太子大量庄田。要是一般人，早欢喜地跳起来了，白得恁多田地，可以改善东宫收入，还可以增加宫人的福利，多么好的事！孰不受之？可覃吉却劝太子不要接受，他道：“天下山河皆主上所有，何必拥有私有庄田？只是劳民伤财，为左右之利而已。”最后太子将所赐庄田全部辞还。

这就是覃吉的随事开导，他希望通过这一件件具体事务的处理与讲解，潜移默化地树立储君的天下家国观念，莫要将来成为逐利的天子。

后来之君，多与民争利，如武宗开皇店，神宗派矿监税使骚扰天下，都是反面典型，人的好利贪婪之心就像野草，必须趁其年少彻底拔除，一旦滋蔓，则不可制。

我由此想到另一位东宫典玺局郎，就是万历朝在东宫主事的太监王安（他为魏忠贤所害）。当时神宗很不喜欢太子朱常洛（未来的光宗），对东宫非常苛刻，使得东宫的财政状况一直不好。王安颇善经营，做了许多买卖，从各方面增加东宫的收入，维持了太子起码的体面。对这事怎么看？我想，无论是为父的神宗，还是为师的王安，都应认真反思他们是否为太子创造了一个合适的环境。神宗从不给太子赐钱赐物，自然王安也不可能像覃吉一样劝太子拒利，相反还可能经常给太子讲一些生意经，二人还常在一起对账，为东宫的开支发愁。朱常洛为储君二十余年，饱受憋屈，常为囊中羞涩苦恼，困窘支绌，闻利则喜，他继位后将是一个什么样的皇帝，是不言而喻的。

不以天下为心，则必失天下，人们都说明亡亡于神宗，其有以也。

接着说覃吉。俗话说严师出高徒，覃吉虽然是臣，但同时也是师傅，他对太子的要求很严，鼓励他多读圣贤之书，少读邪淫溺志的杂书，包括释、道等经书。可太子就爱读这些书，一次他偷偷地随内侍读佛经，覃吉忽然来了，太子惊呼一声："老伴来了！"忙抄起一本《孝经》，假装诵读起来。覃吉看在眼里，并不点破他，跪问："小爷是在诵佛书吗？"太子声辩："没有，我读《孝经》呢！"覃吉顿首赞道："那很好。佛书虚诞，不可信也。"由此事可见，孝宗做太子时，对覃吉这位师傅是很敬畏的。

覃吉在弘治朝无事迹，可能他早在太子登基前就去世了。然而以"正学辅东宫"的覃吉，与怀恩、覃昌、韦泰等，都被视作成化朝乃至有明一代的名宦。《明史》说，弘治之世，政治醇美，君德清明，其"端本正始"之功，覃吉可当之。

第二章　宦官队里出了个“海瑞”

太监蒋琮，跟弘治时代的众多太监一样，没什么知名度。但蒋琮在弘治初年以好言乐讼著名，卷起了好几场舆论风暴，是一名极富争议性的大太监。

蒋琮个性张扬，他最大的特点是喜谏、善讦，很像内廷的海瑞，这使他在宦官队里显得有些另类。他个性与身份的矛盾，决定了他的命运：他首见于史籍，就是官司缠身，他的政治生命最终也在一场席卷众多官员的讼争中落幕。

成化十五年，蒋琮第一次出现在实录中，他的麻烦来了——他被东厂告了！为了一件看起来不大的事情。

那时蒋琮任上林苑海子提督，按照当时的规定，内官是不许随便回家的，应该住在内府衙署或值房里。可蒋琮经常违反禁令，偷偷溜回私宅小住，连个招呼都不打。

这次他又回去了，“潜留私宅”两日。东厂发现“上林苑领导无缘无故两天没去单位上班”，就向朝廷举报。凡事一过东厂，就不是小事。蒋琮被拿送锦衣卫镇抚司狱（即诏狱）鞫讯——说起来，那时的官员，时不时“进去”一趟，留下一两笔不良记录，也是常事。负责审问的锦衣卫指挥佥事赵璟随便问了两句，就扯过张纸，写了报告。蒋琮也没太在意，以为不打紧，在狱中关两天就出去了。谁知他们都想错了。

因为东厂太监尚铭不干了！

当时东厂正和西厂较着劲，急于立功，抓了一个不守制度的太监，正可以证明东厂行事无私。锦衣卫却不当回事，轻轻松松把人放了，岂不显得东厂尽捡芝麻？尚铭就对赵璟和镇抚李琏提出纠劾，说他二人徇私。朝廷就让赵璟、李琏从实回奏。

赵璟无奈，只好再查，这次他调查细致了一些，专门调取了皇城东安门的“门籍”，发现蒋琮出入的记录还有很多，他们原来的工作确实粗疏了，只好认罪。朝廷以其“伏罪”，也不再追究。

此事的意义在于：凡东厂侦缉、送问的案子，法司很难根据其“情罪”做实事求是的问理，锦衣卫和三法司必须考虑到东厂的态度。东厂办的案子不可能错，法司惧其权势，很难驳问，只好从犯人那里找罪，小罪要按照东厂的心意做大，无罪也要想方设法坐实。蒋琮的事本来都算不得案子，因为是东厂缉办的，法司就得看东厂的脸子，把它做成一件要紧的案子。

明朝祖制规定，宦官不能在外私置家产田宅。祖制如此，可皇帝已经自破其禁，从永乐时起，就赐予宠爱或立功宦官大量的田地房舍，甚至是人口。正统以来，宦官也有钱了，自己买地建房子或捐资建庙盖坟已不鲜见。有些宦官贪图逸乐或别的缘故，不爱待在内府值房里，愿意多走几步，回自家安乐窝躺着。大概蒋琮就属于后面这种情况。他是顺天府大兴县人，当时北京城分为两个京县，左大兴，右宛平，蒋琮就是土生土长的北京人，亲属都在京里，回家住多方便呀。这在当时是普遍现象，大家都睁一眼闭一眼，只怪蒋琮运气不好，被缉事校尉盯上，还被尚铭特别关照一把，只好自认倒霉了。

总之这不是什么大事，虽然被东厂拿来做了一篇文章，终无大碍，蒋琮在锦衣卫大狱里蹲了些日子，仍回上林苑海子复职。

蒋琮犯在东厂手里，不知是因为与尚铭有过节，还是别的什么缘故（东厂缉事，常常是定向执法，成为公器私用的典型）。蒋琮性格剀切，直肠子，好议论，这在官场被认为是“喜事”“不安静”，很容易得罪人。蒋琮“好言事”的特点，在宪宗去世后彰显无遗。

成化朝的佞幸，随着宪宗去世，也只好作猢狲散了。

孝宗即位不久，即从公议，将乱政的太监梁芳、韦兴、陈喜及妖人李孜省、邓常恩、赵玉芝等或闲住或谪戍，京城晦氛，一扫而净。然而仅仅过了两个月，成化二十三年十一月，孝宗忽然改变主意，再次下旨，将这些人全部逮捕，下法司问罪。

本来李孜省等人遣戍陕西边卫，走了没多远，好事追踪而至，朝廷大赦来了！他们的罪都在赦前，这下好了，可以不用去边卫受苦了（大赦一般规定，除了谋反等大罪，其余罪状凡发生在赦诏颁布之日前的，均予宽恕）。李孜省他们高兴死了，可朝臣不干啊！这些家伙祸乱朝纲，诬害忠良这些年，难道就让他们这样轻易逃脱惩罚吗？

朝臣还没来得及进言，先有一个太监说话了。他道，梁芳、李孜省等以邪术害正，又借口修造寺观庙塔，浪费库藏银钱，不可胜纪，罪大罚轻，不当从赦！他的建议得到采纳，孝宗派锦衣卫分头四出，将这些人械系上京，从严追究。最令人痛恨的李孜省下狱没几天，就因“不胜楚掠”，死在狱中，人心大快。

这位进言者，不是别人，正是已任印绶监太监的蒋琮。

以太监之言而逮问前朝内官与佞幸，这在明朝是十分罕见的，蒋琮一时名声大噪。

梁芳、李孜省等昔日权贵，如今垮台，没势力了，但他们在内廷盘踞甚久，关系网复杂，关系人众多，蒋琮正色进言，除恶必尽，虽令举朝振奋，但也大大得罪了同侪，许多内官讨厌他，视之为另类和异己。

蒋琮要是文臣，以其一劾而歼佞臣，仅此一件，就足以记入史册，名垂千古了（《明史》里有不少人，事迹就是进谏，而且只一件）。可惜他是宦官，并未因此得到好的声誉。《明史·宦官传》里虽然有蒋琮的传记，却全然未提此事，他传记的记事，是从他移镇南京开始的，并且多为恶评。

蒋琮在弘治元年出任南京守备司礼监太监。

明朝迁都后，内外官员到南京任职，即使升秩，也不会引以为美事。蒋琮出任南京守备，有遭到排挤之嫌，可能内廷大佬不愿这样一位“大炮”和“名人”架在皇城里，干脆把他调到南京，说是留都重地，需有才者镇守，实际上是撵他走，眼不见为净。

蒋琮坐着船，沿运河南下。这大概是他第一次到南方，沿途见闻颇多，甚感新鲜，加之他现在有“内府名臣”的声誉，志气缭绕，见到时弊，常觉不满，不满则欲鸣之。

比如他说，自京东张家湾到扬州仪真坝，历年增设巡河等官数多，应予裁撤，所遗事务由所在地方带管。吏部不同意，说各官因事增设，似难裁革。奉旨查永乐以来各官名数，随命革去沽头闸主事并南直隶巡河郎中，他们原来管的事，委两淮巡盐御史兼管，余官如旧。

蒋琮又说，户部每年三月选差属官一员，从通州往下巡视，直抵仪真，催督漕舟，但不奉敕书，责任太轻，官员做事也易玩忽职守，请再差官时请敕。朝廷也答应了。

蒋琮还对地方吏治提出意见。当时山东、直隶一带有盗贼出没，想来承平之时，即或有盗，也不会是什么江洋巨盗，可都御史张鼎大张其事，创制所谓御盗“新法”，在真定、河间之间的道路两侧筑墙，墙外再挖沟，绵延十余里，说这样就可以防盗了。蒋琮一路走一路采择舆情，他在经过山东德州时听到这件事，大感惊奇，又听百姓抱怨，说新法根本不起作用，两道墙夹着大路，中间狭隘，如果真遇到强贼，受害的是行路之人，仿佛瓮中捉鳖，逃也没处逃。而且当地都是旷野，地形沙洼，高低不一，刮几场风下几场雨，墙马上坍塌，纯粹是劳民伤财。况且现在还是农忙时节，兴此不急之务，严重妨农。蒋琮把这个情况向朝廷反映了，孝宗马上谕兵部责令张鼎停工。

沿途所见这些弊政，蒋琮一一记下，到南京后，连发四疏，向朝廷提意见。

这些意见涉及诸多部门，如设官太多，关系到吏部；差官巡河，关系到户部；还有工部、漕司以及地方大吏等。

蒋琮一路走来，没有宽裕的时间做调研，普询舆情，而其所议太急太骤，这显示了他为人有较为浮躁的一面。过去从来没有出差内官向朝廷如此进言的。就是外臣，若非言路，也很少“越位”言事，将不是自己职权范围内的事情轻易上奏，见诸公牍。蒋琮这么做，实为骇人之举，被认为是越权、多事，是好揽权的表现。他前数月纠劾梁芳、李孜省，虽不满于内臣，尚在外廷收获赞誉，现在连疏奏事，则在廷臣中引起反感。

言事必然触及别人或别部门的利益，是不讨好的，自古言事之难，便是如此。

蒋琮带着这股舍我其谁的劲头来到南京。南京是他的地头，守备太监职责重大，蒋琮既是南都领导班子的重要成员，也是南京内府的一把手，他那多事的心不变，立刻在南京引发一场大风波。

事件之起因，也由一件弊政。

南京沿长江有大片的芦场，过去属内府三厂。成化初年，江浦县田地多为水侵，沉入江中，但沿江又多出六块较大的沙洲，属无主地。附近百姓请求耕种，以补沉江田额。沙洲与芦场接近，还有附近的瓦屑坝废地和石城门外湖地，原不属三厂，但在太监黄赐做守备时，受奸民投献，妄指为芦场，一起收为公家地。百姓的田地为官所夺，已经失业，但还要承担原来的岁额租课，百姓便联合起来，多次向朝廷上访，孝宗即位后，让南京御史姜绾调查此事。

姜绾来了，直接就参劾现任守备蒋琮滥收洲田，与民争利，且用揭帖抗违诏旨。

蒋琮力辩，一条条反驳。驳就驳呗，就事论事就好，他却把御史刘恺、方岳及南京诸司违法事都牵进来说。南京诸司之间矛盾重重，借江洲田地事爆发了。

战事还在扩大，另一位守备太监陈祖生（原任司礼太监，成化十三年革西厂后，与黄赐同贬南京，后任守备）又奏劾户部主事卢锦、给事中方向私种南京后湖田地。

后湖建立于洪武年间，是朝廷藏天下田土黄册（黄册是全国土地的图籍证书）的地方，由户部主事及给事中各一员共同管理，其他官员不许擅至，如果有事要查理，必须移文内府“请钥”，方许过湖。近些年来，因为在湖边滩岸开垦种田，致使湖面淤塞，人可以随意往来。卢锦和方向一同管库，他们也在库旁洲地垦田，种植蔬菜瓜果，又在湖滩放牧牲畜，伐苇易银，以补公费。反正事闲，种点菜，自种自收，还助公用，也是将后湖当桃花源的意思，不料遭到太监陈祖生的弹劾。

刑部尚书何乔新认为，南京守备官与御史更相讦奏，其中必有欺弊，请行南京三法司逮卢锦等人鞫问；御史所奏守备事，令南京户部勘问。

前面御史刚刚参劾蒋琮与民争利，马上陈祖生又参劾主事、给事中私种湖田，让人觉得南京内外官员都在借题发挥，使性斗气。而朝廷将两个不同的官司混在一起问，也说明朝廷认识到这两件事密切相关，背后都是南京守备与诸司的矛盾在作怪。

文官正和宦官争闲气呢，又有一个不长眼的太监郭镛不合时宜地来凑热闹，挨了一闷棍。

郭镛本是到广西公干的，路经南京。南京好玩的去处甚多，他别处不去，却偏偏找了条船，私自去后湖参观。这太监来得正好，立刻被御史揪住尾巴，狠参他“擅游禁地”。给事中韩重甚至借星变为言，请斥退蒋琮、郭镛，以弭天怒——他是按内官分类，打包参劾。

郭镛莫名其妙被牵扯到这个官司里。他是孝宗驾前红人，这次去两广是帮孝宗办私事的，① 这个亏他不肯吃，回京就对孝宗说，应天府尹杨守随勘问卢锦、方向私种湖田事，故意放水，御史不劾奏，独绳内臣——拿我一个不相干的来参！

这雪球越滚越大，而且越来越向内外官员矛盾的方向发展，朝廷必须主持公道，给个说法。孝宗便派太监何穆、大理寺少卿杨谧组成“中央调查组”，再去勘后湖田土，并审查姜绾、蒋琮互相讦奏之事。

第二年，调查组复奏后湖田土事，卢锦遂被褫职，杨守随、方向等贬官。至于姜、蒋互讦事，则称蒋琮不当受奸民私献土地，私嘱勘问官员，但他所讦南京诸司违法事皆诬。姜绾等劾奏蒋琮，也多有不实之处，并宜逮治。于是姜绾被捕下狱。可是问题来了，既然调查组认为双方都

---

① 郭镛受孝宗委派，去广西寻访母妃纪氏家族，事详见《大明后宫有战事》。

有错，怎么只处理文官，放过内官？科道不干了，联名上疏，说不宜以一内臣而置御史十人于狱。但姜绾还是被降级外调，蒋琮仍宽宥不问。

为何朝廷处置偏心？有人怀疑，是大学士刘吉因为南京御史曾经弹劾过自己，怀恨在心，因借此案兴狱报复。尚书王恕、李敏及科道接续上言，都说蒋琮、姜绾同罪而异罚，有失公平。但朝廷不听，维持原判，此事也就这么过去了。

蒋琮在南京干了六年，他善讦的性格一点都没变。弘治七年初，他又上告南京兵部郎中娄性不法诸事，说他逞威擅权，欺凌军职，侵克在官皂隶银两，私自在宿州大禹庙后创建生祠，为自己塑像等。

朝廷派刑科给事中任伦、刑部郎中盛洪、锦衣卫千户赵良、御史刘玮前来勘问。事情还在调查，蒋琮又急不可耐地奏发娄性偷换案卷、调查组成员阿附掩饰，他还加告了一个人、一件事，说南京兵部员外郎袁嫌侵欺马快船价，此事于娄性也有干系！

蒋琮的攻击性真的很强大。可就在他攻击别人时，他自己也被人告了。

南京广洋卫指挥石文通忽然奏发蒋琮开掘聚宝山，有伤皇陵王气，另有殴死商人、占役军匠、侵夺官地、私造马船诸罪。石文通是宦官家奴出身，“海”里有人，他肯出头来告蒋琮，事情肯定不简单。不知道蒋琮有没有意识到这点，反正他的性格是好强不服输，与人打口水战，愈战愈勇，被人告了，他复告人，把相干、不相干的人都扯进来，屡奏不已，株连蔓引数百人。

为着南京的官司，朝廷先后派了好几拨调查组下来，官司却越打越热闹。看来，南京只要蒋琮还在，就别想安静！

这回刑部又奏差司礼太监赵忠，同大理寺少卿马中锡、锦衣卫都指挥佥事杨荣前来会勘。勘问的结果，娄性坐赃，革职为民，余皆坐罪有差。

蒋琮这回没能平安无事，他开掘聚宝山、伤皇陵王气之事经查属实，为此下南京都察院狱，所掘聚宝山口令南京守备等官填补。朝廷处断结果很快出来了："蒋琮掘断聚宝山脉，打死人命，违法多端，本当处死，姑宥之，发孝陵充净军种菜。"蒋琮充了净军，从此消失于国史中。他年纪不小了，大概受过这次挫折，不久就死在南京了吧。

蒋琮之败，自然不是因为开掘聚宝山，"伤王气"只是一个借口。《明孝宗实录》评论说：

（蒋）琮稍通书史，好延接人士，自以为人莫己若，南京科道等官忤之者多得罪，众忿疾之而莫能去也。

说蒋琮读书有才，喜欢与士人交往，而且很自负，认为别人都不如自己，他在南京做守备太监，谁要忤逆其意，都会遭到他的打击，官员们都很厌恶他，却拿他没办法。

但蒋琮最后失败，不是因为南京官员对他不满，而是他得罪了北京的大佬。

据实录透露，蒋琮在告讦娄性时，怀疑娄性有"二当道者"庇护，便扬言要连这两家一起参，这两家害怕，就私下指使石文通奏劾蒋琮，奏稿是经过他们商议的，原先并没有开掘聚宝山的事，他们考虑一般的违法之事很难扳倒蒋琮，只有拿破坏皇家风水这样的重罪来劾他，才有机会黜免他。这件事是后来加进去的。果然，蒋琮因此事"始得正其罪"。

这"二当道者"为谁，就不可考知了。可以确定的是，他们一定是两位大太监，蒋琮之口太厉害了，他们必须拿掉他。

第三章　忠奸两相宜

孝宗弘治年间的著名太监不多，李广算是其中较知名的一个。

为弄清此人的来历，我查点实录，在天顺四年找到这样的记载：本年，为江西宁藩弋阳王淫乱事，特遣右副使李广、驸马都尉薛桓及锦衣卫指挥逯杲前往审勘。弋阳王一案是天顺年间由锦衣卫督办的大案，李广作为内官前往勘问，说明他在此时已是个角色（尽管官位不高，还只是个副使）。天顺中，李广多次奉旨提拿宗室之王（据实录记载，至少有三次），还曾奉命前往陕西河州会三司官查盘易马，本来兵部请差户部官一员，最后派的是中官李广。

这是李广在天顺年间行事的记录，但在整个成化年间，都没有李广的事迹，不知天顺李广是否就是弘治中声名大著的李广？话说西汉时就有一位李广，大概明代不会同时出现两位李广吧！

以此言之，在英宗复辟的八年间，李广已是一位重要内官。只是在随后的成化朝，他仿佛一颗流星，在天空倏忽一亮，就没了踪影。

李广再次出现，已是弘治四年（1491 年），时任内官监太监。他此时很混得开，是在御前说话一口吐沫一颗钉的人物。

看官还记得威宁伯王越吧？王越战功卓著，但在汪直败后作为汪直之党受到牵连，王越父子都被黜免为民。您说他能服吗？这些年他不断上疏称冤。到了弘治七年，大概是走了李广的门子，他的上访之路忽然出现转机。

这年二月，孝宗命廷臣会议王越诉冤事。

这是朝廷第一次重新审查王越的案子。当年处分王越，的确过重了，但因为王越为人太高调，大家都不怎么喜欢他，所以没人替他鸣不平。这次重新讨论，朝臣的态度仍是不冷不热，议的结果，是既不反对，也不赞同，只是将他的功过一并写下来，奏呈圣裁。

圣裁的结果，就是给王越恢复了左都御史的原官，并以此官致仕。王越为了十余年的民，年已七十，才争取到二品退休官员的待遇。可惜他半生时光和一身才华都浪费了，王越不甘心哪！为了补回失去的韶华，即使再次蒙上阿附宦官的恶名也不顾，他请李广帮忙，积极营求中旨，试图回京重掌都察院。但遭到科道的强烈反对，此事也就无疾而终了。

王越的平反和待遇问题，十几年都得不到解决，一求到李太监，分分钟搞定，足见其能量了。

李广是个“热心人”，经常帮人代办升官事宜，这对他来说，也就是御前递句话的事，经他乞升、传升的官员不少，他开了这个头，前朝“传奉”的风气又有死灰复燃之势。

就连朝廷选婚这样的大事，他也要插一脚。

当时有位公主到了婚龄，该选驸马了，孝宗派太监萧敬、杨穆、韦记等人为公主选婚。选来选去，最后是一个叫袁相的京城“富家子”入选。老袁家与皇室结了亲，欢欢喜喜筹备婚礼，就等着“尚主”了。可忽然之间，满城物议沸腾，大家都在传，说袁相之所以被选中，完全是向李广行贿的结果。这一说“至彻宫禁”，很快在宫里传开了，娘娘、公主都气得不行。

朝臣对李广卖官鬻爵早就不满，没想到他连公主都敢卖，正是“得罪宫闱”，于是趁机交劾其罪，老账新账一起算，对他进行群殴。

孝宗只好将袁相黜回，同时诘责萧敬等“受命选婚，乃以不谨，致有人言”，命重选驸马。但对科道所言李广招权纳赂等事，因“无指陈实迹，已之”——说没有证据，不予追究。孝宗竟是如此袒护李广，连句责备的话都没有。

那么李广是凭什么如此得帝之心呢？

其实，李广的本事和前朝佞幸李孜省差不多，都是丹术符水那些玩意。在这方面，孝宗颇有家学，宪宗喜欢这些，他也喜欢，君臣同好，友谊的小船起航了……在李广的帮助下，在位已有几年、对政事已经有些厌倦的孝宗开始积极“修炼”起来。他们的道场就在紫禁城中轴线最北端的钦安殿，经常一连数日，没日没夜地在此开坛作法设醮炼丹，整天烟囱子冒烟，怪味很重，二人乐此不疲。

李广以此“见宠任，权倾中外”——这就是给皇帝做玩伴的好处。因此李广本质上是一名佞幸。

孝宗沉溺于烧炼修醮，日夜操劳这一摊子，朝政就顾不上，远不及初即位时勤政了。尤其是弘治九年以后，“视朝渐迟”，“或日高数丈”才出来上朝。召对大臣的次数也大大减少，“内殿奏事，旧制每日二次，若有紧急事情不时闻奏，今止一次，遂以为常”。公事奏进去，批答也不及时了，“批答之出，动经累日，各衙门题奏本或稽留数月，或竟不发出，事多壅滞，不得即行”。皇帝的学习课程，如经筵、日讲，也多停废，如弘治九年春夏日讲，只讲过三次，秋冬经筵只举行过一次。

这些，内阁大学士徐溥看在眼里，急在心里，他上疏说：“人君之心必有所系，不系于此，必系于彼，正士既疏，则邪说得以乘间而入。”他说得很好，人的用心，必须维系在某样东西上，系于正则正，系于邪则邪，他指“修炼服食”就是邪说。

“斋醮之事乃异端惑世求利之术”，徐溥坚决反对皇帝做这些事，前车之鉴太多了，如宋徽宗崇信道流，科仪符箓，一时最盛，金兵围城，还不知反省，方士郭京诳称作法，请天兵御敌，结局如何呢？社稷失守，徽、钦父子乘舆播迁，这正是求福未得，反以招祸。

徐溥说，内廷禁地修食烧炼，赏赉无算，虚耗太大，小人乘时而进。且金石之药，性多酷烈，一入肠腑，为祸百端。当年唐宪宗不是吃药给毒死的吗？虽然事后杖杀了奸人柳泌，又于事何补呢？①

徐溥替主上忧急，生怕言有未尽，故从汉武帝、唐宪宗、宋徽宗，一直讲到前不久张天师驻锡地龙虎山失火，那一把火把“圣地”上清宫、神乐观、祖师殿焚毁无遗，他说，假如神真有灵，怎么连自家都保不住呢？

对这些进言，孝宗态度挺好，总是“嘉纳之”，但习气已成，很难改正。几年后，果以三十六岁的盛年遽然崩逝，令人惋叹。

人的兴趣爱好是怎么来的，真是一件很难说清的事。好比熹宗为何痴迷木匠活？没法解释呀，他老朱家祖上可没出过鲁班。孝宗的爱好是医药，他召集了许多名医，在内府组织内局，经常和他们一起讨论百草的药性与古今金方，并且编纂、整理了《本草》等医书。而金丹之术正是中国传统医药学的重要内容，孝宗终其一生都对服食烧炼兴趣浓厚，

---

① 徐溥只拿前代君主举例，其实明朝皇帝从永乐、仁宗、宣宗三代开始，都有“吸毒”（烧炼服食丹药）之癖，详见《大明王朝家里事儿》的相关章节。

他不是一个纵情放荡之人，但生命之光短暂，主要就是被这个爱好给害的！

就在外臣屡谏不听、孝宗我行我素之时，内廷又出了一位敢言的“海瑞”，他与海瑞一样，也是死谏！

这位宦官叫何鼎，一名文鼎，浙江余杭人。何鼎好读书，性简朴，冬夏两季也就几身衣裳，而且性情忠直，有好谏之名——他的这些特质，在内官中都很异类。早在弘治初年，他还是一个小小的长随，竟然上疏请革传奉官，此举既令人惊，又为人忌。

弘治十年三月，因“素著狂直”而具标杆地位的何鼎忽然下了诏狱，而两名声誉很差的太监杨鹏、戴义却携手迈入司礼监。这一进一退两件事触发了舆论，言路纷纷上言，一面为何鼎说好话，一面对杨、戴二人的任命表示反对。朝臣并不知道何鼎为何下狱，但他既然是一个狂直喜谏的人，想来定是因言获罪，对这样的人，假如其言可采，宜赐褒扬，如其狂妄，也应曲赐优容，“以来忠谏”，怎好加罪于他呢？

孝宗在批复中，透露了何鼎下狱的原因：“何鼎妄写无名奏草，轻率具奏，又自荐求用，以是系之。”

然而这样的解释并不能令朝臣满意。

朝廷刚刚因灾下诏求言，在这样一个背景下，就是何鼎上奏轻率，言事无据，也不该降罪。他自荐求用，也只说明他为人迂狂，狂也不是罪呀！

其实外间早传开了，何鼎根本不是“妄写无名奏草”，相反他言之有据，只是因为得罪了张皇后，遭到报复。

孝宗之后张氏有兄弟二人，兄名鹤龄，弟名延龄，这俩兄弟仗着外戚的身份，向来行事放恣无忌。孝宗很重家庭情谊，经常召皇后娘家人入宫宴饮。张氏兄弟在宫里放肆，毫无礼体尊卑。有一次在内廷侍宴时，孝宗出去上厕所，他俩竟把皇帝的帽子拿起来，扣在一旁小宦官头上（一说自戴）。如此大不敬的勾当，他们全不当回事，以之为戏乐，喝醉了还撒酒疯，调戏宫女。

对张氏兄弟的作为，何鼎早看不过眼了，他是把守乾清门的，就抄起一柄铁瓜，在门上守着，说要暴打张大和张二。宫人知道何鼎说得出做得到，赶紧通风报信，张氏兄弟就从旁门溜了。何鼎没打成，忍愤不过，第二天就上本，指斥张氏兄弟“大不敬，无人臣礼”，引祖宗家法极谏，要求严惩二人。

奴才如此狂妄，不给娘娘面子，张皇后极为恼怒，在孝宗前一哭一闹，就把何鼎下狱了。

何鼎这人有意思，他下狱后，理刑官照例追问，主使之人为谁？他竟然说，主使有两位，一位是孔子，一位是孟子！

何鼎下狱没多久，外廷还在援救他，他却先死了，据说是被杖死于海子。何鼎可称宦官中的奇人，他死后，有一位翰林作诗纪念他：

外戚擅权天下有，内臣抗疏古今无。

道合比干惟异世，心于巷伯却同符。

此诗将何鼎与古代著名忠臣比干相提并论，真是很高的评价。

何鼎生前，以太监之官掌乾清门（紫禁城后寝三宫的正门），职任不轻。他与太监鲍忠（此人后来仕至司礼太监）关系契厚，每当议起二张无礼、皇亲恣横这些事，都表示要上疏进谏。何鼎深知，私下吐槽是一回事，如果正经上奏，得罪皇后，又是一回事，下场可能会很惨。因此他在决定上疏后，背着鲍忠拟写奏稿，然后独自进本，并独受其祸。他虽然为人有些迂狂，但还是深明事理的忠义之士。

从本质上来说，何鼎与蒋琮是一类人，他们都以内廷之官而积极进言，发表政见，刻意忽略自己“奴官”的身份，强化士大夫的色彩。然而这种努力，注定了他们的悲剧。

弘治一朝，能出两位宦官异类，已说明那时的政治环境是良好的，“言路大开”不为虚言。弘治时代虽不完美，也有种种弊端，与每个时代一样，总是正邪并进，忠奸相济，但这个时代，正气占据着主流。

史云：弘治时，“中官多守法，奉诏出镇者，福建邓原、浙江麦秀、河南蓝忠、宣府刘清，皆谦洁爱民”，宦官中亦多出忠烈。朝廷也注重对正气的弘扬，当兵部将各地宦官的事迹上奏后，朝廷均赐敕加以旌励。就是何鼎，虽然死得冤，不久后也获得平反，并得到“勒石以祭”的哀荣。

所谓“弘治致治”，是一个澎湃着正能量的时代，与之后的正德朝形成鲜明的对比。

第四章 今日李广，明日李广！

何鼎入狱后，朝臣纷纷上疏论救，可孝宗认为“内外事体俱有旧规”，外臣不应干预内事，将廷臣上言视为“奏扰”，令他们自陈。言官写出检讨后，全部遭到罚俸。

但孝宗的态度并没能阻止朝臣上疏，包括户部尚书周经在内的大小官员，一面继续对何鼎展开救援，一面要求孝宗虚心听纳谏言，不可加罪言者，不管他是内臣还是言官。

孝宗皆以“妄言引救，甚昧大体”为由，加以拒绝。

何鼎死后，朝臣愤怒地调转矛头，对准了李广。

礼科左给事中叶绅陈“修省”八事，称“太监李广荧惑圣心，召集道流，以致黄白修炼之术、丹药符箓之伎杂进并兴，伤风坏教”，直指李广为“异端”和“大奸”。叶绅还列出李广八大罪：

一、诳陛下以烧炼之名而进不经之药——不经之药，即指燥热有毒的丹药。

二、为皇太子立“寄坛”之名而有暖疏之说——这是说李广利用邪术为太子朱厚照（未来的武宗）祈福。用今天的话来讲，就是对储君大搞封建迷信活动。

三、拨置皇亲，希要恩宠——此节不详，据郎瑛《七修类稿》卷十四《国事类·本朝内官忠能》记载，何鼎见皇后兄弟宫中出入不敬，遂手持一瓜，伏于宫门外，欲击之，“赖太监李广传露得脱”。《明史·宦官传》又说何鼎下狱后，张皇后使太监李广杖杀之。李广便是张家打手，“拨置皇亲”一说，所指定非张皇后外家。当时皇亲有几家，关系多不睦，尤以周太后（孝宗祖母）、张皇后两家相争最烈，双方还在京城发生大规模械斗。想来李广介于周、张二氏之间，跟脚一定是有定向的，他因为偏袒张氏，才被人扣上一顶“拨置”的帽子。

四、盗引玉泉，经绕私第——这可不是指责李广“盗窃国家资源”，而是异常严厉的指控。发源于北京西山的玉泉水，自西北流入京城，穿皇城、宫城而出，遂为玉带之水。李广在自家造园林（李宅原址即今北京恭王府，其门前原有李广桥，今已不存。据孝宗本人说，他曾亲自驾临此宅，说不是什么“大第”），引玉泉水前后环绕，本是为了美观，增点灵气，可天河之水他也敢用，这就是僭越，是大不敬！李府莫非是个小紫禁城？凡事就怕发挥，再往下说，就是造反了。过去诬人大罪，多顺着这样的逻辑。

五、首辟幸门，大肆奸贪——这是李广实实在在的大罪。看官想啊，王越不纳贿，李广岂肯施以援手？不为了搬进金山银山，权贵之门何以大开？做官没有学雷锋的。弘治中年，朝臣奔竞之风复炽，大小官员跑得最多最勤的，就是太监李广家。前朝斥退之人，如南京太监梁芳、韦兴、陈喜、汪直等，都通过“夤缘”李广，得以召回。李广大肆纳贿，朝野传言很多，但苦于没有证据，相关赃证要等到查抄李家时，才会曝光。

六、太常卿崔志端、真人王应祷皆称李广为“教主”“主人”，李广为其传升官职，求赐玉带——李广都做“教主”了，不得了！只不过，是个邪教头子。

七、畿甸百姓疲惫已极，李广乃假果户为名，侵夺土地，几至激变良民——勋戚、宦官在畿辅夺占民田，已习为常态，李广不过狼群中一只而已。

八、东南民力困竭，凡有输纳，巧取其利，以致远方之民倾荡家产——这是一件公事，说李广所管内官监在收纳各地运来的物料时，百方克扣勒索，使小民破产。这也是当时内府监局仓库的大弊，四方物资上送到京，在运入内府时，往往遭到盘剥，朝臣屡言之而难改。

叶绅告诉孝宗，李广是何等威风——“近而驸马、贵戚事之如父，外而总兵、镇守呼之为公”，就连勋戚之家都事之如父，这是何等体统！

朝臣强烈要求将李广“置之于法”，可孝宗的回答是“姑置之”——先放着，再说。

然而，就是在这样的舆论压力下，李广的骄恣之态一点都没有收敛。

这年年底，孝宗出城到南郊祭天。旋驾时，参加祭典的礼部祠祭司郎中王云凤骑着马，随在銮舆后回城。缉事校尉就指王云凤在大驾之后乘马，为大不敬。这是很奇怪的指控，王云凤因此下狱。此事是李广在背后嗾摆，因为王云凤曾经疏劾过他，而且用词激切，请求“斩李广”以谢天下。李广恨死他了，时刻想着报复。王云凤落狱后，宦官纷纷为李广之助，在孝宗前进谗，一定要置之重典。多亏大学士徐溥力争，他说：“余闻天子驾后，从千乘万骑，未闻罪乘马者。尔辈欲借此快忿，外廷宁无抗辩者邪？”王云凤才从“末减”（从轻），降为河南陕州知州。

李广将是什么下场，许多人在冷眼旁观。

不料，李广忽然自杀了！

事发太突然，就是内阁也是在司礼监传旨时才知道的。

弘治十一年十月十三日清晨，太监萧敬奉上命，在左顺门召见阁臣，宣旨说：“昨夜清宁宫失火，朕奉侍圣祖母，彻旦不寐，今尚不敢离左右，欲暂免朝参，可乎？”

首辅刘健因为有事出城，不在阁，来的是次辅李东阳和谢迁，他们已经知道昨天夜里宫中起火的事了，但还没来得及具本问安，这时方知起火地点是太皇太后周氏所居的清宁宫。

他们道：“宫闱大变，太后圣心震惊，皇上问安视膳，诚孝方切。事在从宜，即宣鸿胪寺免朝一日可也。”

商定后，萧敬回宫复旨，不久传旨免朝。

李、谢觉得此事蹊跷，近年来，皇上时常免朝，很少提前打招呼的，这回倒奇了，竟派司礼首珰出来与辅臣商量，但他们也没多想。

他们不知道的是，正是昨晚那场大火让孝宗憬悟，对过去几年的行为进行了深刻反思，从此改辙易行，重新做回了一个尽职的好皇帝。

此话暂不提，且说免朝后，昨夜内廷失火及太监李广自杀的消息，瞬时传遍京城。

原来，李广早先劝说孝宗在万岁山（今景山）建了一座毓秀亭，亭子建成没多久，幼公主就夭折了。这件不幸的事刚刚过去，无缘无故地清宁宫又过一场火。孝宗与祖母的关系非常亲，听说老太后宫中失火，连夜跑去照顾，陪了半夜。

周太后惊魂未定，抚着心口道："宫里这是怎么啦？最好找人瞧瞧，看有甚不利的地方，也好早些禳除。"孝宗就让钦天监派人进宫来看。那"日者"来了，端个罗盘，左看右看，最后目光停在建成不久的毓秀亭上，说这间亭子犯了岁忌，宫里这些事都是它召来的。

周太后听了，连道"我说就有事吧"。本来她对孝宗过分宠信李广就有不满，此时更是发怒道："今日李广，明日李广，果然祸来了吧？"她认定李广就是祸首。

这话传开，李广一怕，居然上吊死了。

说他是宠宦权阉吧，死得也忒窝囊。

其实李广应知孝宗舍不得他，仍会遮护他，即使太后恼怒，也不至死。何况老太后一怒，也无甚雷霆之威，哪至于怕得"自挂东南枝"？李广彼时的心态，实难索解。

李广死了没几天，就有司设监太监蔡昭为他请祠额祭葬，孝宗同意了。这不是孝宗爱他宠他之意吗？假如太后真那么可畏，蔡昭岂敢轻易为李广求恤典？

不过，皇帝同意，内阁却不干。大学士刘健疏谏说，内臣祠额祭葬，近年来虽或有之，乃朝廷奖善褒功之意，实非常典。今李广之死，罪恶贯盈，万口称快，皆谓其欺罔之情、赃滥之迹，悉已败露，圣心昭鉴，必正其罪，以为奸邪不臣之戒。如今又赐祭葬，又赐祠额，欺罔赃滥之人与忠谨善良者混而无别，那怎么行？因此拒绝为李广撰写祠额及祭文。孝宗还是让内阁拟进祭文，只把祠额免了。

李广死了，没了这位祷祀的好朋友，孝宗还觉孤单、不习惯呢。他想李广死了，他的笔记本总还在吧，就派宦官去李家找。宦官带回来几本小册子，上面记着某官送黄米若干石，白米若干石。宦官说，这是李广的受贿簿子。孝宗不信："乱说！李家我去过，也不是太宽敞，哪装得下恁多的米？"左右跟他解释，说这是隐语，黄米是金，白米是银，李广是为遮人耳目才这么写的！孝宗恍然大悟，震惊继之以震怒，这才派人查抄李家。

过去人们总说李广大肆奸贪，传言虽盛，就是没有真凭实据。李广刚死，朝臣就主张一定要把这本账搞清楚，李广到底贪了多少银子，有哪些人给他送过钱。如刑科都给事中张朝用、御史丘天祐先后上疏，说李广招权纳贿，其门如市，其人虽死，所余金帛何啻千万（此说就是全凭想象了），皆为赃物，是四方嗜进之徒的进献，请求将李广生前亲信任事之人都拘起来，责令李家交出通贿簿籍，一并交与法司，鞫问明白，从实具奏。

这下好了，李家果然被抄了，据说还搜出了通贿簿籍，朝臣兴奋起来。据说簿籍已经被孝宗掌握，但大家都是传言，谁也没见过，只好凭着胡乱猜测对怀疑对象进行攻击。吏部员外郎张彩上疏说，簿籍应该发出来，让大家看看给李广送礼的都是哪些人，对那些"有所营求、馈遗重多者"，大臣应令其致仕，小臣则通查罢黜（张彩后来为太监刘瑾所欣赏，提携他做到吏部尚书）。张彩的强硬立场立刻得到许多朝官的附和。过去他们劾小人奔竞，孝宗总怪他们不指名，如今好了，不用科道点名，奔竞小人的名字全录在簿籍上，照名处分就好！

可孝宗迟迟不把簿籍发出来。

那些给李广送过礼的心中忐忑，生怕簿籍曝光，这种心理很好理解。

但也有人没有送礼，但众口纷猜，无辜中枪，又觉得很无辜。虽然胸中坦荡荡，但被人冤枉，也不好受呀！有人为了自白，也是为了做给旁人看，就主动上疏，声明我绝对没给李广送过礼，不信可查簿籍，如果上面有我，我死而无憾。户部尚书周经就这么做了。他老先生也是迂，如此为自己辩白，不显得此地无银三百两？结果惹来许多嗤笑。

在李广死后的一段时间里，朝堂扰攘，闹了好一阵子，但孝宗最后还是没有把那几本贿籍发出来，大概是因为送礼的人太多，贿单曝光，于朝廷面子不好看。这是给士大夫存体面！

经过弘治中期的一系列灾异以及李广败亡这些事，孝宗开始扪心反省。大致在弘治十一年以后，一度消极迷失的孝宗又回复到他初即位时的状态，在位的最后六七年，他成为一位勤勉政务的好皇帝。

孝宗勤政，主要表现在三个方面：

一是勤上朝。

明中期以前的皇帝，上朝都还勤，就是宪宗，虽然不出来见大臣，但每天五更开始的早朝，他还是能按时出来坐班（称“坐朝”）。孝宗即位之初，上朝也能准点儿，可到了中年，约在弘治八年以后，“视朝渐晏”，就经常拖后了，还不时免朝，但晚年痛改前非，“无日不视朝”。在皇上的表率作用下，“朝臣无大小，皆乐趋朝，以仰承德意”。大伙议起朝会上的事，谁要是答不上来，就知道此人“懒于朝矣”！据说当时每日早朝钟鼓鸣响后，“则乌鸦以万数集龙楼上”。看官不要以为闹乌鸦不是好事，这种现象在风水堪舆上有个专门词汇，叫“鸦朝”，被视作“弘治致治”的绝妙佳兆。

二是勤召对。

明代政治最大的问题，不是皇帝不上朝，而是皇帝不见大臣。自英宗以降，召见日稀。皇帝不见大臣，一切依靠“章疏一线”，就给宦官蒙蔽弄权造成了空间。孝宗末年召对大臣颇勤，可参见李东阳的《燕对录》。

当然，孝宗“召对之勤”，只是相对于深居九重、端拱不出的宪宗而言。《燕对录》所记寥寥数次召见，与太祖、太宗及仁、宣二帝，甚至是（天顺时期）英宗，都是不能比的。大学士刘健曾多次就此进谏，他说：在祖宗朝，凡有咨访论议，或亲赐临幸，或召见便殿，或奉天门，或左顺门，屏开左右，造膝面谕，以为常制。就说宣宗吧，屡次降临内阁，他坐过的那把椅子，至今还在内阁放着，臣等不敢中坐。英宗复辟后，亦经常召见李贤、陈文、彭时，或差司礼监太监牛玉、怀恩等一二人来阁计议。上有密旨，则用御前之宝封示，下有章疏，则用文渊阁印封进，直至御前开拆。这些，臣等耳闻目见。但因循至今，事体渐异，除了朝参、讲读之外，臣等不得复奉天颜。就是司礼监太监也很少来内阁，朝廷有命令，必传之司礼太监，太监传之管文书官，管文书官方传至臣等。内阁有所陈说，也必告之管文书官，管文书官达之司礼太监，太监乃达至御前。

陆容《菽园杂记》记：天顺中，一日太监曹吉祥至左顺门（门内不远处即内阁值房），请李阁老出来说话，为李贤所拒。李贤道：“圣上宣召，则来，太监请，我不来。”李贤之意，宣召阁臣的，只能是圣谕，岂可任太监招之来呼之去！曹吉祥见李贤不来，就派了两个小宦官，硬把李贤扶来。李贤道：“太监你错啦，内阁乃天子顾问之地，我等乃谨候顾问之官，太监传圣上之命，有事来说，我等自合到此，岂可令人来召耶?”曹吉祥赔笑解释：“不巧我脚病了，所以教人去请，先生恕罪!”当时内阁尚能维持体面如此。但李贤去世后，再有事，司礼监只令散本内官（文书官）来说，太监都不亲自来了。成化中，就是阁老请太监议事，太监也不来。内阁体势之轻，又非以前可比。

看看！内阁大学士是皇帝亲近辅导重臣，与皇帝之间已隔了两层（文书官和司礼太监），君臣互动，必须借助他们的中介，这是成化、弘治以来的常态。

这种状态不变，则内阁积轻之势也不会改变。故刘健登首辅后，多次建议孝宗“若有咨议，仍乞照祖宗故事，或召臣等面谕，或亲赐御批数字封下，或遣太监密传圣意，使臣等有所遵奉，庶情得通达，事无漏泄，实为便益”。得到孝宗采纳，所以后期召见阁部大臣的频率大为提高。

第五章 “批红”是这样的

孝宗勤政的第三个方面，就是勤于批阅本章（“批本”）。

说起批本，必然想到一个明代的热词——批红。说到批红，又必然想到所谓“批红权”和明代宦官专权。

那么，什么是批红？批红是否构成一种权力？

批红又称批答，是将皇帝的旨意用朱笔批于本章之上。

“批”与“答”原本不尽相同，“答”是君主对政事的裁决（答旨），表现为两种形式：

一是廷臣当朝奏事，皇帝玉音亲答，该官承旨后，于奏本后自批所奉旨意，出外施行。这是官员自奏自批，在明初朝会制度还未废弛时，是批答（即批写答旨）的主要形式。

如《明太祖实录》卷一百四十九，洪武十五年十月庚子载：

命诸司奏事，凡大政事，如选官、发兵、赈济、赏赐、免粮、宥罪，奏牍明书所得旨意。其余钱粮刑名诸常行事，所司如律定拟具闻，只书“奏闻讫”，不得辄书“奉旨”；如律所不载，拟有未当，临时奏请者，则备书所奉旨意。

诸司奏事，区分为“大政事”和“常行事”，有利于提高行政效率。大政事，君主当朝裁决，官员将所奉旨意记录下来（即批写）。而常行之事，如律奏闻，只书“奏闻讫”（已奏了）。虽然事体不一，但在奏事官员自批上，是一致的。

万历《明会典》卷七十六“礼部三十四”载洪武十五年事例，写得更明白：“凡五府、六部等衙门所奏事件，各官既已亲奉旨意，奏本明白批写，回本衙门自作施行。”诸司奏事后，即将皇帝答旨批写在奏本上，然后回衙门施行。

对于京外本章，如在外的都司、布政司、按察司等衙门实封军机、钱粮、刑名等事，并登闻鼓受词，及各处差官径奏事件，由通政司奏进，并由通政司官在奉旨后于本上批写，送六科“抄出（旨意）施行”。

为了保证旨意不被篡改，还建立了防止诈伪的配套体系，这就是六科及纪察司（又称典礼纪察司，司礼监的前身）宦官“随朝录旨”，这两个机构将当廷所奉旨意记入“钦录簿”，以便日后稽核查对。

综合以上材料，可知明初各衙门早朝奏事，于“亲奉旨意”后，即在奏牍后批写所得旨意，或只书“奏闻讫”，然后“回本衙门自作施行”（嘉靖中，尚书霍韬引“太祖定制”，称各部堂官的分工是“尚书奏事，侍郎写旨”）。

宣宗以后，朝会理政功能废弛，在新的“（内阁）票拟→（御前）批答”制度下，天下本章奏进，由朱笔（不一定是皇帝本人亲笔）在本章上做出批示（称为御批、朱批），然后发出施行（由六科抄写后发该衙门施行），就不再由奏事官员批写了，这是中枢决策机制变化之一端。

本章在左顺门由接本官收入，送司礼监文书房，文书房簿记并经皇帝过目后，由散本官送内阁拟票。阁臣研读本章，用墨笔在特制的小票上拟出处理建议，附于本内，即为票拟。票拟皆用皇帝的语气，实际上是“代笔”的一种形式。票过本章，由文书官收入后，于御前“誊朱”。这项工作多由司礼太监代劳，他们“遵照内阁票来字样”，用红笔楷书在本章上批写，这就是批红，即为裁决了。

可见，内阁与司礼监“备员禁近，职掌相关”，围绕着章疏而对朝政发挥影响，并相互制约。

顾炎武有一句名言：“内阁之拟票，不得不决于内监之批红，而相权转归之寺人。”从内廷公文处理程序上来讲，内阁拟票只是提出决策参考，批红誊真才是最后的裁断。诚然，太监离皇帝更近，关系更亲密，他们处于决策的“高地”和链条的终端，对旨意的影响力更大一些。如果皇帝不能有效地保持二者的平衡，确有“相权（阁权）转归之寺人（司礼太监）”之弊。事实上，在明朝的大多数时间里，太监都有力地牵制着阁臣，而阁臣对太监的牵制力则较弱。

司礼监掌理御前文书章奏，是皇帝在内的辅导班子。司礼太监所起的作用，一是参谋，一是代笔。

参谋，即司礼太监就近为皇帝提供咨询——所谓“参机务”，即指此而言。

明朝的司礼太监，尤其是参预机务的“秉笔太监”，不仅要精于文辞笔札，更要熟悉历朝典章条例，以备皇帝顾问。如孝宗就曾说过，“朕在内势孤，如（太监）陈宽、李荣，庸劣不足虑，惟萧敬悉故事，朕所须问，然不假以权”。萧敬“悉故事”，就是说他熟悉典章。孝宗说“不假以权”，是对太监有防忌之意，若不知防忌，偏听偏信，就可能像正统王振、正德刘瑾那样，造成宦官专权。

在处理本章时，皇帝会征求司礼太监的意见，并授权他们批写本章。

从明初史实来看，天子大权在“答”（裁决），而不在“批”（奉旨批写）。司礼监批红，并非窃主上之权，它不过是将外臣批写改由内官批写。而这一转移，也并非由于天子厌政或宦官攘夺，而是随着朝会制度的废弛、中枢决策机制的转变必然引起的变化。

自“公朝决政”为“票拟批答”所取代，行政方式由完全公开变得较为隐秘，自此大政之决断，便无能无“威柄下移”之疑。

一个典型的例子是，正统五年，封于广西的靖江王遣千户刘顺赍奏上京，除向朝廷进本外，还携带奏稿二纸及银十四两、黄金六条，送给大学士杨荣，以“方便其事”（希望杨荣在拟旨时提供帮助）。此事被朝廷知道了，敕责靖江王：“王以为朝廷之事皆出臣下乎？”又道，“朝廷一切赏罚予夺皆朕遵依祖宗成法，亲自处决，何尝出于臣下？”

此敕虽以十四岁的英宗的口吻说话，然颇有自白之意，应出太监王振之手。

史言杨荣正统五年回乡省墓，太监王振诬以纳贿，杨荣闻告急归，中瘴死于途，应该就是这件事。其实当时杨荣并不在京，纳贿之诘似不足惧，可惧者在“臣下专权”之责。敕书说：“王今所为如此，意必有在，须从实奏来，不可隐匿。”要靖江王自陈，为什么送金条给杨荣？是不是你以为朝廷之事皇帝自己做不了主，全受制于臣下？

事实是，自英宗冲年即位，朝讲及早朝奏事俱废，间一出朝，“（王振）独立在旁，于是群臣不得召对，或有召对亦不敢详尽”。堂陛万里，上下不交，“凡有章奏，悉出内批”，也不知是英宗亲批，抑或奸臣擅权。所以当英宗亲征时，朝臣都认为是被王振挟制的。

王振虽急于自白，但朝政决策不公开，这是事实，不管他如何自辩，都不可能释天下之疑。有明一代，无论是监还是阁，均承受着“专权”“窃政”的舆论压力。

英宗复辟后，已入中年，在亲尝世道艰难和人情冷暖后，颇勤政事。他的生活非常规律：每天五鼓二点起床，斋洁具服拜天后，就是“省奏章”。剖决讫，换衣服拜谒奉先殿。礼毕即出视朝。在上朝前他已做了许多事。退朝后，至文华殿，召见大臣，商榷咨议政事（天顺时，英宗接见大臣还是较为频密的）。召对罢，复省奏章，然后回宫进膳。这时可以休息一会儿，到午时初刻（11点多钟）复省奏章。处理完政事，如果还有暇，就听听内政，把后宫的事处理一下。

英宗每天都循此定规与定时，从不敢有误，每天都要忙到晚上就寝。

天顺二年，英宗对阁臣李贤说：“朕每得奏章，无不亲阅，易决者即断，有难决者付卿等计议，期必当而后出。”他说每一本奏章，都要亲自批处，事理简明的，即予裁断，如遇疑难，必付内阁商议，务求妥当，不致有失。

李贤道：“臣等所见未必皆当，更望陛下留心审处，务求至当，然后施行，则政无不善者矣。”

英宗道：“然。”

他又说一件事：“左右或以为万机至繁，一一亲览奏章，未免劳神，恐非养生之道。”左右内臣之言，也许真是为英宗好，朝政实在太多了，如果每件事都要亲自处断，的确是很劳心劳形的，时间久了，身体也受不了。

英宗是怎么回答的呢？他对左右说："我以一身系天下安危，岂可自求安逸享乐？如果能以我一人之劳，换得亿兆之民的安逸，我也愿意！"左右就再不敢说那些话了。

据说英宗精明异常。"每览封疏，或有一二字可疑，辄取本映日视之，曰：'是磨改者！'指示左右，莫不惊服。"他不单批处本章勤，谁想在本章里捣鬼，根本骗不了他，就是磨洗涂改一两个字，他也能察觉。可见英宗对左右近臣是怀有猜疑之心的。我想，假如王振复生于天顺朝，他也不可能再像正统年间那样擅权用事了——因为主上已多疑！

据以上材料审之，天顺中英宗颇专断，故此阁权不振，司礼监亦难有所假借。

英宗是经过人生磨难的人，对治理格外用心，但后来之君，生长深宫，安享太平，宫车渐宴，不亲大臣，太监专揽批本，遂为成、弘以后的痼疾。而最大的问题，就是皇帝不见大臣，不与大臣商榷政事。如皇帝频繁召见大臣，则太监无法作弊，对阁权也是一种支持。

弘治十年（1497年）三月，经筵罢，忽传宣阁臣，召对于文华殿，史云："自（孝宗）即位以来宣召顾问，实自此始。"真是很难想象，皇帝即位十一年了，这才忽然想到要召见辅政大臣！

当时的阁臣，是大学士徐溥、刘健、李东阳、谢迁。

四人进至文华殿御榻前，已见司礼监诸太监环跪于御案两侧。孝宗拿出各衙门题奏本章，说道："看文书，我与先生们商量。"于是太监取过本章，交与徐溥与刘健，又分置朱砚朱笔，将几方不大的纸递给李东阳和谢迁，请他们就在御前拟写朱批。

徐溥等看过本章，相互议定批辞，然后写于纸上，逐本进呈。

孝宗看过，即亲笔批于本章的封面，或更定几个字，或删去一两句话，皆应手疾书，略无疑滞，显然对皇帝的日常业务是很熟练的。

其中有一本是山西巡抚奏请提问一副总兵，孝宗问："这一本，当如何处?”徐溥道：“此事不大，副总兵恐不必提，只提都指挥以下三人可也。”但孝宗自有主见，他道：“然边情事重，小官亦不可不提耳。”

又见阁臣于礼部本上拟一“是”字，孝宗道：“天下事亦大，还看本内事情。”就取过来看，道：“是只须一‘是’字足矣。”

又一本，刘健奏：“此本内事多，容臣等下去细看拟奏。”孝宗道：“文书尚多，都要一看，下去也是闲，就此商量岂不好?”又指其余本章道：“这些都是常行事，不过批作‘该衙门知道’就行了。”

待本章处理完，太监赐茶，阁臣退出。

以上是明代史料中非常少见的君臣在内廷一起批处文书的记载。

虽然阁臣在御前只是试批数本，且“时出急召”，连赐茶都是仓促备办。我揣孝宗的用意，可能是因为外廷“凡百章奏皆付内监条旨批答”的讥议太盛，他想让阁臣看看，他是明习政事的，且政出亲裁。所以一召之后，无以继之，下一次召对，已是弘治十三年四月间的事了。

明孝宗拥有“弘治致治”的美誉，中年以后尤勤政，据《玉堂丛语》记载：弘治七年以后，孝宗上完早朝即幸文华殿，司礼监奏进天下本章，御览一过，大事亲批，庶事发内阁调帖，然后送司礼监批行。

从这个记载来看，弘治中批红与天顺中又不同，天子只批“大事”(包括升除、灾异、征伐、紧急钱粮、紧关工程、囚犯等)，内阁调帖、司礼监批行的，皆为“庶事”。皇帝亲批与太监代批的格式不同：圣批在本面正中，调帖批在旁，外廷一目了然。这或许算作君臣的一种分工吧，清清楚楚，可供稽核查对。

弘治十年召见阁臣，令徐溥、刘健等于御前用朱笔调帖，孝宗有所去取而批之，如果换一个角度看，平常诸司礼环侍左右，应该也是这样行代批之事的。

皇帝日理万机，政务繁重，不可能本本都亲批，故须令太监代笔。其实，不单皇帝朱批需要太监代笔，就是内阁票拟，也要请人帮忙，几个人是根本忙不过来的。

弘治十二年，孝宗出于“慎重机务”和“防闲漏泄”的考虑，让太监陈宽去内阁传旨，要求“今后凡有拟票文书，卿等自行书封密进，不许令人代写”。大学士刘健就说：“臣等不习楷书，字画钝拙，恐不能一一自写。除事理重大者自行书写封进，以听圣裁，其余仍乞容令中书代写，臣等亦当申严戒饬，勿致漏泄。”表示根本没法不请人代写。

实际上，是否代批与代写并不重要，关键是天子对本章必须过目，不可完全托付于人。由于孝宗对臣下专权有所注意，故弘治朝无权阉，他又能亲近儒臣，故亦无佞幸之祸。这是弘治一朝朝政较为清明的主要原因。

第六章　监阁共受顾命

孝宗晚年，颇有志于兴利除弊。他特别信任兵部尚书刘大夏，经常召见，“（大夏）造膝奉对，所谋虽辅臣不与闻”。

说到刘大夏，他的一件旧事值得一提。

那要从明初的“下西洋”说起。大明王朝自宣德五年（1430 年）最后一次遣太监下西洋后，已有近三十年没有往海外派遣使者了（唯陆路相连的朝鲜是例外，琉球也偶一行之）。近代以来，出于面向海洋世界的需要，人们把“郑和下西洋”的意义拔得很高，给它添附了许多浮誉之词。其实永、宣中遣使下洋，不过为了宣威海外，快慰帝王君临天下的傲娇之心（打的口号是“怀柔远人，万国来宾”），另外也为了搜求海外奇珍异宝，满足宫廷不断扩大的消费需求。与什么海洋精神、蓝色文化、地理大发现、殖民扩张、控制海上航线及资源等完全是风马牛不相及。说白了，就是劳民伤财的一件事，宣德以后就不干了，一是干不得，二是干不起——太费钱！

后来的皇帝不是没再动过这样的念头，比如英宗复辟仅数月，就派都指挥马云等出使西洋，廷臣无人敢谏，倒是一个叫张昭的忠义前卫小吏上疏反对，英宗才紧急叫停。“不知何许人”的张昭，就此一件事，

《明史》里就给他留了一席位置。

成化中，对金珠宝货的需求呈膨胀性增长，国内却不产这些东西，只能向海外购求。于是有太监向宪宗提议，老祖宗时，曾遣使下西洋诸番搜求异宝，咱也可以干呀！宪宗说好哇，马上差宦官到兵部去查档。

下西洋在那个时代可不是一次说走就走的旅行。“海外”有些什么国家，海路如何，风讯如何，两眼一抹黑，连船都不晓得往哪个方向开，需要借鉴郑和的经验。

这些档案都藏在兵部车驾司。当时车驾司郎中，就是刘大夏。

兵部尚书项忠见是宫中来使，不敢怠慢，就派一个都吏到库里去查。这些档案封存了几十年，没人动过，积了厚厚一层灰。那都吏找了半天，蒙了一头灰，赭着脸出来，却说没找着。项忠大怒，档案都编有字号，就在库里，它又没长腿，自己不会跑，怎么会找不到？分明是不上心！就将都吏打了一顿，责令他再去找。如是三次，始终没有找到那批旧档。项忠也莫名其妙，只好照直复奏。刚好科道听到朝廷又要折腾下西洋，连章极谏，这事也就不了了之了。

事后项忠觉得奇怪，这么多档案不可能找不到呀，其中必有缘故，又把都吏找来问：“库中案卷，怎么能丢失？”这时，车驾司郎中刘大夏在一旁微笑道：“三宝太监下西洋，所费钱粮数十万，军民死者亦以万计，纵得珍宝，于国家何益？此一时弊政，大臣所当切谏者，旧案虽在，亦应毁之，以拔其根，哪里还值得追究其有无？”

刘大夏这一番正言，臊得项忠满面赤红，不好再问。刘大夏之笑是有原因的，原来，当宦官来索下西洋水程时，都吏还未入库，作为本司郎中的他已先行一步，到库中将档案藏起来了。

刘大夏是天顺八年进士，中举后改庶吉士，散馆①后，他放弃有着大

---

① 明代科举考试结束后，从成绩优秀者中挑选一部分人为庶吉士，集中在翰林院学习，学习期满，再分配工作，称为“散馆”。庶吉士一般都有较好的分配，以入翰林者为最优。

好前程的翰林官，自请“试吏”，愿意到六部做一些具体工作，被任命为兵部职方司主事。这在当时是很不为人理解的一件事。以后除了在外任督抚，他大部分时间都在兵部工作，一直做到兵部尚书。

上面讲他藏匿下西洋旧档的事，见嘉靖十五年《灼艾余集》，也是传闻最多的一种（也有说是“取而焚之”）。而《明史·刘大夏传》所记是另一个版本，称“汪直好边功，以安南黎灏败于老挝，欲乘间取之，言于帝，索永乐间讨安南故牍。大夏匿弗予，密告尚书余子俊，曰兵衅一开，西南立糜烂矣。子俊悟，事得寝”。

明代笔记说的是刘大夏阻止下西洋，《明史》说的是阻止征安南，事不同，唯“故牍”相同。刘大夏藏匿或焚毁的到底是什么档案，已经搞不清楚了。这件事在过去广受赞誉，被记入多种笔记，甚至收入正史本传，认为刘大夏行事有魄力，阻止了一项恶政的复活。现代学者则认为刘大夏此举因噎废食，反映了“封建士大夫的僵化保守”。

这些档案如果保存下来，一定极有价值，如万历中《客座赘语》一书的作者顾起元所说，“意（这些档案）所载必多恢诡谲怪，辽绝耳目之表者”，可补《星槎胜览》等书“纪纂寂寥，莫可考验”之缺。历史学家向达先生也说：“历史上像刘大夏这类焚琴煮鹤的道学先生真是不少，实在令我们考史的惋惜不已！”然而他们都是从存史的角度来讨论，如果从具体的环境来考察，则将这批档案焚弃，确是阻止朝廷不当作为的简洁方式。

通过上面这件事，可略知刘大夏的为人。他是一个有见识、敢于担当的人，故此深得孝宗倚信，有些事只同他商量，连内阁都不能与闻。

君臣对话，凡有所问，刘大夏皆对答如流，有一回“语及左右”，刘大夏有所忌讳，稍稍嗫嚅。孝宗笑道：“卿亦畏之乎？朕未尝比昵宦官也。”遂屏退左右，进行了深入的交流。

孝宗问：“朕守祖训，不敢逾分渔民，但为什么各省岁奏，还是说民穷而亡呢？”刘大夏曾任两广总督，他叩头道：“臣在广东久，就拿广东事来说吧。好比市舶司一个太监，他一年所敛，就抵得上阖省的官俸，这些都剥削自小民。”刘大夏因孝宗之问，痛陈冗官之弊，其弊之大者，尤在于宦官。

孝宗听了，叹道：“此弊久为国家之病。”就说了一番心里话，他道：“朕在内势孤，如太监陈宽、李荣，庸劣不足虑。惟萧敬悉故事，朕所须问，然不假以权。”显然，孝宗是不愿意人们认为他倚信宦官的，但对刘大夏所说革除冗官这件事，他感到“卒难大更”，还是以缓图为佳，“但老者死，或以罪罢，不令嗣代可也”，即等那些添设的宦官，老的老，罢的罢，不再派人代任，就慢慢革除了。

据说，他们君臣在密谈时，有一小阉伏于帘后窃听，大夏之言遂流播于内。刘大夏为此深深得罪了宦官，正德初年竟遣戍甘州，祸根即在于此。

弘治十八年五月初六日，孝宗大渐。

《明史·孝宗本纪》记：“五月庚寅，大渐，召大学士刘健、李东阳、谢迁受顾命。”

本纪的记载很简单，也很不全面，因为同时“受顾命”的，还有司礼监诸太监。

“顾命”一词，来自《周书》。书曰，周成王将崩，命召公、毕公率诸侯相康王，因作《顾命》。孔颖达疏：“顾是将去之意，此言临终之命曰顾命，言临将死去，回顾而为语也。”一般来说，天子去世时，嗣君还小，天子遗言托付，令大臣好生辅导，受命者（如召公、毕公），便是“受顾命”。

那么，太监可受顾命吗？

许多人认为不可以，太监为阉奴，岂可受顾命？万历初年，太监冯保以“顾命大臣”自居，神宗大婚时，朝廷赐给他的敕书也承认他承受顾命，然而冯保一倒台，“妄托顾命”立即成为他的一条重罪。

明代人修史，觉得在“先帝临终托付”这幅图画中出现太监，画风太刺眼，都会刻意将其抹去，或回避实质性问题：太监在那儿，到底是侍奉，还是作为“内廷大臣”同受顾命？

事实是，明朝每一位皇帝在驾崩前，都有太监环侍榻前，与辅政大臣共受临终遗言。像永乐皇帝在北征军中去世，由于事发突然，身边仅太监数人，他咽气前说了什么，只有太监知道，然后由太监转告辅臣。再者，从体制上来讲，明代是“监一阁”内外夹辅、共理机务，皇帝在生前倚靠这一对左右手治理天下，他临终时将天下托付于这两只手，亦是理所当然之事。

因此我认为，明代太监是承受顾命的。

明代一共有十三部实录，对皇帝去世都写得非常简略，从“大渐”到“崩”，就是不多的几个字。但《明孝宗实录》是个特例，它对孝宗去世前一天召见内外辅臣的情形记载颇详。我们来看看那天到底是怎样的情景——

五月初六日天刚亮，司礼监太监戴义忽然来到内阁，急召刘健、李东阳、谢迁三位阁臣入见。首辅刘健见戴义神情紧张，似乎还有点手足无措，忙问何事？戴义闷声道：“万岁爷……不行啦！”三位阁老大吃一惊，自月初以来，皇上就没有视朝，端午节那天，例常的节宴也免了，大臣具本问安，只说在调理，已渐痊可，所有公文照常批发，未见异常，怎么一下就不行了呢！

阁臣不及细问，略整了下衣冠，紧跟着戴义，急趋入内见驾。

在乾清宫东暖阁，孝宗穿着日常的便服，坐在龙床御榻上，看起来并没有病危人常有的昏迷之态。阁臣稍微松了口气，忙近榻前，叩头问安。

孝宗点了下头，口里说“热甚，不可耐”，命左右取水来，拿一块软布打湿了，在舌头上擦拭。然后他对阁臣道：“朕嗣祖宗大统一十八年，今年三十六岁，乃得此疾，殆不能起。”刘健等见皇上出语不吉，宽慰道：“皇上御体偶尔违和，何以遽言及此？臣等仰观圣体神气充溢，是万寿无疆之相，请皇上宽心调理无忧。”

阁臣的慰言并没能令孝宗振作，熟读医书的他太了解自己的病情了。

接下来，他开始自述即位始末，娓娓道来，说得很详细，似在回忆自己的生平。

他忽然停住，指示司礼太监记录。扶安和李璋忙捧来纸、砚，戴义执朱笔，跪于榻前，准备记录，陈宽、萧敬、李荣俱跪于床下。

孝宗口授遗嘱道：“朕昔侍太皇太后（周太后）宫闱，及长，蒙先皇厚恩，选配昌国公张峦女为后，于弘治四年九月二十四日诞生皇子厚照，册立为皇太子，正位东宫，年已长成，主器、婚配不可久虚，礼宜择配，可于今年举行。”交代完皇子即位、大婚，又说了几件事，然后从戴义手里接过笔录，对遗嘱内容随手改易，再将定稿交给太监。

他拉住刘健的手，深情地道：“先生们辅导辛苦，朕备知之。”又道：“东宫聪明，但年尚幼，先生们可常常请他出来读书，辅导他做个好人。”语言亲切，宛如对家人父子，刘健等听了，忍不住抽泣出声，对道：“东宫天性睿智，今年尽勤学，望皇上宽心少虑，以膺万福。”

孝宗还和阁老们说了许多话，“语久，玉音渐清”，神思不乱，据阁臣回忆，孝宗“反复告谕，若不忍释。前后数百言，不能悉记，谨识其大者如此”。

第二天上午，孝宗又召见太子朱厚照，当面叮嘱：“朕不豫，皇帝与东宫做，礼仪悉依先帝遗典，祭用素羞，东宫务遵守祖宗成法，孝奉两宫，进学修德，用贤使能，毋怠毋荒，永保贞吉。”这一段文字就没有上节那样生动了，显系太监笔录，是劝勉太子之意。

当天午刻时分，忽有旋风大起，尘埃四塞，三殿为云气笼盖，远远望去，云端似有人骑龙上升，京城里有许多人看见了，正在惊异，宫里就传出孝宗“升遐”的消息。

在孝宗口授遗嘱的现场，司礼监全班太监都在，旁听或笔录遗言，看官觉得司礼太监们算不算承受顾命？我的理解，在如此重要的场合，聆听天子交待遗言，就算是受顾命。再说，等皇太子即位后，还不得司礼监与内阁一起辅导他么？

当时在场太监有陈宽、萧敬、李荣、戴义、扶安、李璋，一共六人。

何乔远《闽书》卷一百三十九《宦寺志·萧敬传》云："孝宗大渐，（敬）与阁臣刘健等同承顾命。"又萧敬墓表为大学士杨一清所作，关于此节，亦记："（弘治十八年）乙丑，承顾命，（孝宗）以东宫为托。公泣对曰：'臣敢不极力！'"这些记载都说萧敬是受顾命的。

孝宗在明代诸帝中声誉甚好，有"中兴"之称，他在位十八年，获得"弘治致治"的美誉。

然而孝宗之死，太过急骤，从实录的记载来看，他在去世的当天和前一天，分别召见了皇太子、阁臣和太监交代后事，看起来神气清朗，说了许多话，没想到忽然就走了。

他在托付皇嗣时的一个动作，令人怀疑。五月份虽然天气已热，但在宫殿里坐着，也不至于喊"热甚，不可耐"，要不停地拿湿毛巾擦舌头——这是内火燥热的症状。

宫中还有传言，说孝宗是被庸医用错药害死的。

在孝宗去世八天后，司设监太监张瑜、掌太医院事右通政施钦、院判刘文泰、御医高廷和等，即孝宗医疗班子的全体负责人，全部"有罪下狱"。

据说，孝宗在祷雨斋戒时受了风寒，命张瑜会同太医院议方药。张瑜以太监的身份领御药局，相当于内廷医护小组组长。张瑜和刘文泰、高廷和等人议了一下，就把药开出来，送给孝宗吃，后来又与施钦、太医院判方叔和、医士徐昊进了几次药，都不对症，孝宗的病势就加重了，最终不治身亡。

这个消息一传开，给大丧期间的朝廷造成一种强烈的冲击，舆论大哗，"中外痛恨"，包括英国公张懋在内的大臣以及科道官员纷纷"交劾其恶"，要求对"凶手"加以重惩。

他们认为，大明律中的"庸医杀人"律，是为普通人设的，而此事关系到"人主"，"失宗庙生灵之望，是为天下大害，罪在不赦"，故应依照"合和御药误不依本方"律，作为十恶不赦的大不敬之罪，加以

"显戮"，以泄神人之怒。

嗣君朱厚照传令旨，将张瑜等人逮送都察院，会三法司鞫问。

这个案子有意思了，在审理过程中，张瑜等极力狡辩，大理寺卿杨守随提出要用刑，却遭到与审同列的反对，只是由于杨守随坚持己意，才用了杖刑。犯人都打不得，令人猜想。

几天后，都察院左都御史戴珊会同英国公张懋、吏部尚书马文升等将审理结果奏报，称张瑜曾奉命修理药料，与刘文泰等假借买药，侵盗官钱，及纂修《本草》，又推荐好友刘文泰及高廷和等同事，并缘为奸。先帝不豫，张瑜欲援引刘文泰等，希图侥幸，辄用其药。施钦及院判方叔和、医士徐昊等相继诊视，俱药不对症。

张瑜等人的罪状明明白白的，不含糊！都察院认为，张瑜、刘文泰、高廷和应比照"诸司官与内官交结作弊而扶同奏启者"律，各处斩。得旨，遂将张、刘、高三人依律论死。

看官看，这案子断得如何？

不知内情的人一瞅，会觉得挺公道，人不都判了死刑吗？罪有应得！

而事实是，这判决里是有玄机的。

张瑜等人的罪状就摆在那里，是死是活，就看靠哪条律文。目前出现三种选择：庸医杀人律，合和御药误不依本方律，诸司官与内官交结作弊而扶同奏启者律。英国公张懋原先强烈建议靠第二条，但会问之后，拟的却是第三条。这两条，哪个处罚更重一些呢？是第二条"合和御药误不依本方律"，如认定张瑜等用错了药、害死了皇帝（"用药非宜，致误先帝"），正如张懋所言，罪在不赦，必须从严立即处死，犯人是无法逃罪的。而"诸司官与内官交结作弊而扶同奏启者律"，虽然也适用死刑，但不必立即执行。同样是死刑，只要不立即执行，留待秋后，就有转圜的机会。两者的差别就在这里。

当时就有明眼人指出，这是有大臣"阴厚"高文泰，故意不用"合和御药大不敬"正条，而比依"交结内官"律，故意替罪人脱罪，"其后（张）瑜等遂以为解脱之地"。

这位“大臣”不知为何人？总归地位不低。否则几天前还那么愤慨的张懋，怎么才转眼态度就变软了呢？

我认为，有如此能量的，绝对不会是大臣，而应该是某位内廷大佬。杨守随就是没有像张懋那样睁一只眼闭一只眼，忤了这位贵人之意，不久后被迫致仕。

果然，当年秋决时，张瑜等人没有被处决。

第二年九月，又是一年秋决时，这几位用药害死了先帝的大罪之人，依然好好地活在大牢，虽不甚快活，好死不如赖活嘛！虽“识者恨之”，也是无可奈何。

一件疑似用药害死了皇帝的案子，要搁在别的朝代，譬如大清，那“犯罪嫌疑人”会是啥下场？能容他偷生？能容内廷大佬替他转圜？朝纲哪里去了？任着臣下弄权，“专制君主”的雷霆威严哪里去了？

这件本该是大案却没什么社会反响的案件，可以说是已经开始的武宗时代的第一宗案，结果竟如此了局。那未来的正德王朝会是啥风貌，恐怕不难预言了吧！

第四卷
“一瑾死，百瑾生”

本卷关键人物：刘瑾、高凤、黄伟、张永、谷大用、马永成、魏彬、丘聚、张忠、张锐、毕真

第一章　名起“八虎”

王世贞《正德宫词》有这样一首诗：

绨案东头有皂囊，不知畴日进封章。

付教河下金珰手，莫遣君王甲夜忙。

说的是明武宗正德皇帝朱厚照，只顾着没日没夜嬉戏，将朝政尽付金珰（珰本为汉代宦官帽子上的装饰，亦借指宦官）之手，这十六年间，造成一个上荒下乱之局。

正德年间“宦官乱政”，可分为两个时期：前期为初年司礼太监刘瑾“擅权”，天下莫不畏惧；刘瑾死后为后期，仿佛打死齐天大圣，落了一地猴毛，化作无数猴儿（群阉），是“一瑾死，百瑾生”的格局，众多宦官争宠恣乱，大坏朝纲。

这一卷，我们就从大太监刘瑾说起——

明朝最著名的大太监有三位：前期是王振，晚期是魏忠贤，夹在中间的是刘瑾。这三位中，王振早在宣德年间就已经做到司礼太监，正统十余年，他利用英宗年少和对他的绝对信任，形成“专权”的地位，为时最久。魏忠贤本为一鄙夫，至熹宗即位，方才恣睢，前后闹腾，不过七年。而刘瑾“用事”，是在正德元年（1506 年）十月入司礼监后，至五年（1510 年）八月事败被杀，专擅之日最短，也就四年时间。

刘瑾之为人所知，首见于“八虎”（或称“八党”）之名。

成书于嘉靖年间的高岱《鸿猷录》卷十二“刘瑾之变”载：“正德初，（刘）瑾与马永成、谷大用、张永、魏彬、罗祥、丘聚、张兴等俱以青宫旧阉用事，与上同卧起，中外目为‘八党’。”

《明史·宦官传一》则记：“武宗即位，（刘瑾）掌钟鼓司，与马永成、高凤、罗祥、魏彬、丘聚、谷大用、张永并以旧恩得幸，人号‘八虎’，而瑾尤狡狠。”

《鸿猷录》与《明史》都是重要史料，其所记“八虎”或“八党”之名略有参差，前者有张兴，后者有高凤，余皆同。

“八虎”之名，见于《明武宗实录》，但没有具体指名。武宗之初，其东宫旧阉“导帝犬马鹰兔、舞唱角觝之好，宴游无度”，朝臣多有点名，如大学士刘健、谢迁、李东阳“以内侍刘瑾、马永成、高凤、罗祥、魏彬、丘聚、谷大用、张永等蛊惑上心，连章请诛之，皆留中不出”。刚好是八个人，且排序与《明史》一致，故《明史·宦官传一》所记“八虎”应据此而来，只是实录并没有说，这八个人就是“八虎”。

据我查考，当时确有“八虎”一说，如李梦阳《空同集》卷三十九“秘录”说：“初，今上（武宗）即位，青宫旧阉等日导上犬马鹰犬，舞唱角觝，渐弃万几罔亲，时号八虎。”李梦阳时任职户部，参与了朝臣对武宗宠阉的驱逐斗争，他是当时人兼当事人，所记应真，但他对“八虎”为谁，没有指名，只说是“青宫（即东宫）旧阉”。

“八虎”之外，还有“七党”一说。

《继世纪闻》的作者陈洪谟也是当时之人，他记道：“逆臣太监刘瑾，并马永成、谷大用、魏彬、丘聚、罗祥、张兴七人，皆东宫旧侍御，时称为‘七党’。”他的名单中，少了高凤、张永，而有张兴。

正德初，遭到朝臣激烈批判的那些宦官都有一个共同特点，即出身东宫，都是“青宫旧阉”。但高凤名列其中，却让人感觉有些突兀。

高凤生于正统四年，景泰七年受学内书馆，天顺二年“领司礼书札”，是司礼监老人，弘治五年，任东宫典玺局丞，侍武宗讲读，十一年进司礼监太监，仍兼典玺局事。他是武宗在东宫时的主要管事内臣，确为“青宫旧阉”。但高凤在弘治十六年“以疾告”，病休在家，直到武宗登极，才重回司礼监视事。高凤是司礼监前辈，正德元年已经六十八岁了，资历远在刘瑾、张永等后进之上。

有意思的是，高凤被有些人视作奸邪，多次被与司礼太监李荣放一起，指责他们“纳贿招权，颠倒国是”；但有时他又与形象较好的黄伟（也是东宫太监，武宗即位后任司礼太监）一起被人数落，说他们作为青宫旧臣，“坐视颠危”，无所论救，颇有期许之意。《明武宗实录》记阁臣指责刘瑾、高凤等人“蛊惑上心”，连章请诛之，可高凤的墓志（《大明故司礼监太监高公墓志铭》）正出自大学士李东阳之手，还对高凤颇多称许，说“一时新政，裨益居多”。这都是矛盾的。

高凤地位很高，他被论劾，性质与刘瑾、马永成等人完全不同。他的主要问题是“恃宠弄权”。

正德元年，高凤推辞本人应得升赏，请朝廷将恩典移赠给他侄子高得林，通过传旨而不是兵部推举的正常途径，让高得林在锦衣卫管事。科道对此表示强烈反对，认为高得林以司礼太监之侄管锦衣卫事，是高凤“在内为心膂”，得林“在外为牙爪”，叔侄俩一个在内掌机务，一个在外控制缉事大权，如此“内外偏重”，非朝廷之体，也非高氏之福（这是以危言动之）。言路还指出，如果宦官弟侄争相效尤，凡违规之事皆“旨从中下”，那朝廷“选法”（选官之法）还不败坏得一塌涂地，为此请求将高凤叔侄一并罢免，“以惩垄断”。高凤遂称病乞休，主动辞去司礼监的工作，使高得林的任命得以保留。此事在正德元年十月，也就是朝臣联合司礼监，严劾“八虎”，双方即将展开对决的前夕。

可见，如果以刘瑾、马永成、谷大用等为代表的东宫嬖幸合称“八虎”，高凤虽亦为“虎”，却似不应在“八虎”之列。

关于“八虎”的记载不一，原因很复杂。

首先，武宗少年即位，因为贪溺游戏，群阉趁机奋起，但其中哪些特别纵恣，哪些稍微安静，多为传言，而传言不一，朝臣在弹劾时，对象也就不能完全一致。

其次，各人的观察角度和评判标准不一样。好比“八虎”的张永，其政治生命贯穿整个正德朝，为明王朝立下了很大的功绩，可称一代名宦。有些作史者便不大愿意将他计入“八虎”，或设法为其开脱——毕竟“八虎”只是一时口号，而评价一个人，则应考察其一生的事功。好比明末太监刘若愚在《酌中志·自序》中说：“刘瑾八党，六贼附焉，吁嗟乎张永！吁嗟乎萧敬！亦曾不幸堕落其间。”指“八党”中有“六贼”，还有两位“不幸堕落”者，张永、萧敬属于不幸湿身者，应与刘瑾等大奸区别对待。①

不管怎样，武宗初年的这七或八只“大老虎”，都具有“东宫旧竖”的身份，他们随着武宗登基，“并以旧恩得幸”，遂乃呼啸一个时代。

以上这些名字中，张兴、罗祥不知为何许人（他们在国史中没有记载），高凤废退较早（正德元年退休，七年卒），而其他六人刘瑾、张永、魏彬、谷大用、马永成、丘聚，都是正德年间风生水起的大太监。

综合考察正德一朝“宦官史”的大势，在正德五年前，大太监之间斗争异常激烈，尤其是刘瑾与张永不和，最后以张永的胜利结束了明代历史上第二次“宦官专权”；在接下来的十年，是群阉乱政的局面，但没有任何一个太监能达到刘瑾那样操纵朝政的程度。王世贞用“一（刘）瑾死，百（刘）瑾生”来概括，是非常形象而精当的，因此借用为本卷之名。

---

① 刘若愚将萧敬当作“八虎”之一，应为误记。据萧敬墓志，他在正德初“告归私第”，直到正德七年才复出。

刘瑾在正德元年前不见于国史，综合各家载记，他在正德以前的经历大致如下：

景泰年间刘瑾入宫，成化中领教坊司见幸，弘治初，摈茂陵（宪宗陵）司香，后以李广之荐，入侍武宗于东宫。李广死后，刘瑾坐奸党充南京净军，夤缘起用后，复因乾清宫灾发配，又召回任内府监局佥书。太子即位，掌钟鼓司。刘瑾过去的经历，亦可谓一波三折！

明宫的钟鼓司与外廷教坊司职责相关，差似“内廷歌舞团”。在成化年间曾以“领教坊司见幸”的刘瑾掌了钟鼓司，可说做回了老本行。

看官不要以为刘瑾做了“歌舞团团长”，就是内廷文化名人了。钟鼓司是内府“二十四衙门”中的“四司”之一，在内廷属于冷局和下下衙门，在此衙门任职者，为人所轻视。时人说：“内职惟钟鼓司最贱，至不齿于内廷，呼曰‘东衙门’。闻入此司者例不得他迁，如外藩王官。”这话十分有理。您看哪，刘瑾早在成化年间就领教坊司，到了武宗初年，还是掌钟鼓司，二十多年始终就没出这个圈子，这就是“入此司者例不得他迁”。

但我们反过来想，任职钟鼓司可能恰恰构成刘瑾得宠的资本。因为刘瑾管的这摊子事，正对武宗胃口，武宗喜欢玩，刘瑾就变着法陪他玩，两人的关系不越玩越亲近了吗？皇帝一高兴，什么官都可以拿来赏的。不得志的刘瑾很快就捞到一件好差。

正德元年正月，太监陈宽传旨，命神机营中军二司内官监太监刘瑾管五千营。这说明刘瑾管钟鼓司的时间不长即调京营把兵，先在神机营中军二司坐营，很快又升任五千营提督。在京师三大营管军，是肥缺，但还不是特别有势力的岗位。刘瑾在这个位置上没待多久，当年六月就改任神机营中军二司提督，并坐练武营（团营下十营之一）。正德初年，原东宫旧阉频繁调动，被称为“八虎”的刘瑾、张永、马永成、谷大用等人不断进入人们的视野。

武宗继位一年多来，种种乱象使朝臣中的不满情绪加速积累，朝堂就像一个超大号的氮气球，内部压力不断增大。尤其是武宗怠政的苗头，令朝臣深感忧虑。真是知子莫如父，大学士刘健不禁想起孝宗临终前谆谆叮嘱，要阁臣多请太子出来读书辅导他做个好人，实非虚发。武宗果然是这样一个人，聪明归聪明，就是心太野，好玩儿，不爱读书！还整日被一群佞臣包围着，“日导上游戏”，由是新政全都废格不行，令天下人失望！

朝廷现在的日子很不好过，国库空虚，入不敷出，财政状况已糟到不忍言的地步。偌大的朝廷，一年的收入包括夏税秋粮、马草盐课折银及云南闸办银、各钞关船料银两，说起来寒碜：通计不过一百五十余万两。而每岁额定正项开支，如宣（府）、大（同）等六镇年例银三十四万两、军官俸粮三十三万余两、官军折俸银五十余万两，光这些加起来已有一百多万。而实际状况比账本上的数字更糟，因为“入每亏于原额，而出乃过于常数”，该收的收不齐，而支用的每每溢出定额，已经是常态。内阁算了一笔账，自弘治十八年五月登基以来，一年的时间，朝廷实用银已达六百二十五万余两，缺口非常巨大。

朝廷早已是“负翁”，许多开支款项筹措无门，只得拖欠，如官军折俸银，每季度支银十万两，妥妥的，可正德元年春天的还欠着，眼见夏秋两季又到，银子从哪儿出，全没着落！

与之相应的，却是内府开支浩大。一年来，大丧、即位、大婚，又是圣诞（皇帝生日）、千秋（后妃皇子生日）和诸王册封，朝廷典礼不断，金银用如泥沙。光大婚一项，六礼、铺宫、赏赐及内官监造妆奁、御用监造宝册、银作局造仪仗，就用金八千五百二十两，银五十三万三千八百四十两。

没钱不行啊！大臣向武宗诉苦，武宗让大臣想办法。大臣们集议，也是开源无策，只是见得内廷开支大，“游戏燕乐鹰犬玩好无益之费及无名之赏”太多，好歹请皇帝委屈一下，尽量省着点花呗！可武宗根本听不进去，对大臣的各种建议与建言，他态度挺好，每次都答以“温诏”，但只要涉及冗官与冗费，就没有结果。

在先帝遗诏和武宗登基赦诏中，查奏裁革冗官是重要内容。朝臣们说，这是先帝欲行而未行之事，应当借新政带来的新风对内外冗员及滥增之官大加裁革。然而一年多来，宦官盘踞已成窟穴，该裁的没裁，内臣数量反而出现新的增长："内臣迁改、增添，纷然杂出。"

朝臣举了几个很典型的例子：东宫旧臣温祥、范亨、徐智、王岳四人"骤进司礼"，这么多人一齐入司礼监，过去是不多见的；南京守备太监一般只用两人，现在还没职位开缺，却一下子增派四人过去；其他仓场、马房、军营，更是职数太滥、更调频繁。而且用人的天平明显失衡：太监邓原在福建素有"安静"之名，在弘治朝曾经得过奖敕，而太监陈逵在山西贪酷成性，经常被挂上弹章，结果安静者取回，贪酷者留用。

对于新政的种种乱象，承受顾命、负辅导之责的大学士刘健尤为愤怒，他见武宗要么见不着面，要么出来时"带刀被甲拥驾后"，随带内官内使太多，连站的地方都没有。而且武宗屡谏不听，他在上疏时，语气就不再和缓，直指武宗不勤政不讲学，亲小人远君子，甚至说，武宗每日只是"恣意于驰射钓猎之乐"，倾耳于太监丘聚、魏彬、马永成之流，却怕和正人君子见面！官员们愤怒极了，对司礼监的无所作为也加以指责，说太监陈宽等受先帝重托，高凤、黄伟尤为青宫旧臣，却坐视颠危，通宜罢斥——钳束内官，正是司礼监的职责。

正德元年的夏天，抗议的声浪渐渐汇集，并借着频繁出现的灾异，声势越来越大。朝臣攻击的火力开始集中在东宫出来的几个嬖臣身上，大家都认为，皇帝就是被这几个奸佞给带坏了，一起给他们加了个标签——"八虎"！

九月，钦天监五官监候杨源的上书将舆论推向高潮，杨源以星变为辞，危言力谏。"帝意颇动"——武宗畏于天变，朝臣千言万语，他终于有心动的意思了。

朝臣要求严惩"八虎"。

户部尚书韩文是"打虎派"的领袖人物（内阁作为辅政大臣，不便直接参与廷臣的抗争，只能在内接应），他常感于新政糜烂，在衙门长吁短叹，甚至神伤落泪。户部郎中李梦阳对他说，哭有什么用，不如约集群臣，上疏严劾，皇上不答应，咱们死活不罢兵，不信“八虎”不除。韩文遂奋然草疏，疏稿由李梦阳润色修改。李梦阳是正德年间的大才子，在诗文界领导复古之风，有“前七子”之称。他说，奏疏是写给皇帝看的，如果太深奥了，难以理解，反而难以发挥作用。经他改过的疏稿，文气雄而词意浅，韩文很满意，立即上奏，又约了一些大臣，闯到宫门，要求见驾陈情。

武宗没出来，派司礼太监李荣到左顺门对大家说：“先生们爱君忧国，说的都对。只是皇上的意思，这些人侍上久了，不忍即置之于法。先生们稍宽，皇上自会处置他们。”又问韩文：“此疏出先生之手，先生怎么说?”

韩文激昂道：“今海内民穷盗起，水旱频仍，天变日增。皇上始践阼，游宴无度，狎昵群小，文等备员卿位，何忍无言!”

李荣道：“皇上不是不晓得，只是希望稍宽之。”

众大臣见武宗既已明确态度，要处置“八虎”，只得暂退，等待结果。这时，吏部侍郎王鏊突前一步，问李荣：“如果皇上不处，怎么办?”

李荣被王鏊一激，慨然道：“我脖子里裹着铁吗？敢坏国事!”

在科道、大臣的连番组合拳打击下，不仅“八虎”慌，武宗也坐不住了，多次派司礼太监陈宽、李荣、王岳到内阁，与阁老们商议处置刘瑾等人的办法，一日之内就往返了三次。

第二章　绝地反击

陈宽向阁臣委婉透露了皇帝的想法，就是将刘瑾等人发南京新房闲住。

但内阁“持议不肯下”。

持议不下的原因，许多史籍都说，是阁臣要求处死“八虎”。

我觉得可能性不大。“八虎”之罪，没有确指，若说他们诱惑皇帝游戏，这样的罪状只可用来抨击，却无法作为定谳的依据。内阁力持劾疏，可能是要求比“闲住”更严一些的处罚，比如贬为净军之类。

若是这样，实在不必要。在这种事上，意气相争并不明智。将刘瑾等人发南京闲住，“小人”驱离势要之地，皇帝身边的环境干净了，就达到目的了，何必一定要硬违武宗本意，将与他“哥俩好”的几个亲信处死呢？尚书许进就曾提醒过刘健，“过激将有变”。但刘健不以为然。

我分析，有两种可能：

一是刘健以为在群臣合力之下，倾“八虎”如反掌，他还欲借此事做个样板，对其他奸邪起到震慑作用，不然“八虎”驱逐了，说不定过几天又会出来“九虎”“十虎”。武宗在位期间，始终为佞幸所惑，如果他开头走好了，后来或不至于如此。

还有一种可能，那就是内臣之意，不过贬谪“八虎”，而内臣中有人欲挟外廷舆论达到剿除“八虎”的目的，故必欲置刘瑾等人于死地。也就是说，真正“持议不肯下”的不是内阁，而是内中宦官大佬。

此人是谁呢？就是新任司礼监太监王岳。

史载：“太监王岳者，亦与（马）永成等共事，素刚厉，颇恶其党。”

王岳也是东宫出身，所以与“八虎”共过事，但王太监性格刚厉，对昔日同侪的作为深恶痛绝。

武宗派他和陈宽、李荣去和阁臣们议，一日三至，陈宽、李荣都只缓言相劝，不敢表露自己的态度（从李荣脖颈裹铁说来看，他对“八虎”也是反感的），唯独王岳公然站在外廷一边。他是代表武宗来做说客的，却不替皇上和“八虎”说话，回宫后更持阁议给武宗施加压力，说“阁臣议是”。

武宗即位后，司礼监除了陈宽、李荣是先朝旧人，高凤以东宫旧臣复入，其他太监黄伟、段聪、温祥、王岳、范亨、徐智都是后进的新人（后面四位同入司礼，还遭到科道的非议）。王岳先任东厂太监，权势本不低，他进司礼监应不为异，不知为何仍被称作“骤进”。所谓“骤进"，应是不满他的人放出的口风。当时内臣之间的斗争非常激烈，只是掩盖在朝臣对"八虎"的抨击之下。

王岳掌东厂，用法严厉。正德元年五月，锦衣卫镇抚司管事指挥王锐、象房管事指挥张铭，"以病嗽注门籍，不赴朝参"，他俩托称咳嗽得厉害，请假不去上朝，却出城游玩，张铭还跑到了一百里外的涿州。此事被东厂侦查到，将二人下刑部狱。这两位都是有后台的，张铭是英国公张懋的儿子，王锐是某内官大佬的家人，平日都恃势纵横，不想这回运气不好，被王岳给办了。有东厂太监亲自盯着，他们还没法弥缝，最后都被革了任。

为了"八虎"的事，君臣展开博弈。十月十二日这一天，司礼太监们来回地跑，三次往返，都因为阁臣态度坚决，太监王岳力挺阁议，谈判陷入僵局。

内外大臣的持续压力，让武宗有些顶不住了，意志即将崩溃。王岳与司礼太监范亨、徐智等密议，"将请于上，有所处"，同时联络廷臣，让他们再加一把火。于是由户部尚书韩文牵头，倡率九卿大臣，决定于次日早朝，忽然发难，"伏阙固诤"，王岳等"从中应之"。那时一定要武宗当面做出决定——内外合力围剿之势已成。

"八虎"危哉！

在许多人眼里，"八虎"已然为死虎。

可是谁也没想到，只是一夜之间，形势就来了个一百八十度的大翻转。

当天夜里，御前接连传旨。先是命刘瑾入司礼监，马永成掌东厂，谷大用掌西厂。然后由刘瑾传旨，在宫门内榜笞司礼太监王岳、范亨、徐智，鞭责完了，将其降为南京净军，即日逐之南下。

这些消息随着第二天宫门大开而迅速传播，人人讶异，不知何故。

早朝开始后，有太监出来传旨，宣布宽宥刘瑾等人。朝臣也就知道刘瑾已擢任司礼太监，原定的伏阙计划自然泡汤了，朝臣心情复杂，勉强上完朝，一哄而散。内阁三位辅政大臣知事不可为，回到内阁，立即写疏乞休。辞职信递上去，内批马上同意，但耐人寻味的是，武宗只批准刘健与谢迁辞职，却不许次辅李东阳辞。

内阁三相本为一体，三位阁臣共事多年，历来和衷共济，时誉有言："李公谋，刘公断，谢公独侃侃。"在这样的大是大非面前，更应共同进退。武宗这么一搞，将三人分别对待，让李东阳窘得不得了，他再次上疏请辞，可武宗就是不准。

众人都明白，所谓圣旨，哪里是武宗的决定？一定出自刘瑾之意。内阁三人，他为何独爱东阳一人呢？不免生出许多猜测。

有人说，当陈宽等赴阁议处"八虎"时，刘、谢都是峻词力争，只有李东阳态度较为和缓，给宦官留下了好印象。

也有人说，在事变的前夜，李东阳偷偷给刘瑾传递了消息，才使大事功败垂成。李东阳是朝廷的罪人！在未来的几年中，李东阳任首辅，与刘瑾采取合作态度，理解的说他是委屈调剂，舍小我而成大我，不理解的就更坚定了他是"叛徒"的想法。

李东阳作为士林领袖和一代文宗，虽然在政治上缺乏担当，于首席辅政大臣之位有愧，但其人格尚不至如此卑污，与公议作对，去做告密、出卖同僚的勾当。

更多的人认为，告密者不是李东阳，而是时任吏部尚书的焦芳——此人在《明史》中被标列"阉党"第一名，有明一代之有阉党，就是从他开始的。

传说廷臣决定伏阙，王岳等将从中接应，对此，"八虎"尚浑然不晓，焦芳乃"驰白（刘）瑾"，向他透露了消息。《明武宗实录》就说："吏部尚书焦芳乃泄其谋于八人。"且当大变之后，焦芳即奉旨入阁，似乎也印证了廷臣的猜测。

"八虎"在得到焦芳的密报后，才了解到事态的严峻性，大为惊恐，遂连夜行动，将局面扳了过来。

临门一脚，球眼看要进了，却被焦芳坏了事！

"八虎"到底采取了什么妖法，让局面一夜大变呢？其实外廷也不是很清楚。

《明武宗实录》只是说："八人者知之，以（刘）瑾尤巧佞狠戾敢于为恶，乃谋使瑾入司礼监与执事枢，以为脱祸固宠计。"这种解释甚为含混。当大难临头时，八人能否"脱祸"尚且不知，哪里还能念及"固宠"？刘瑾为八人推戴入司礼监"执事柄"，应在局面翻转以后。

嘉靖中任尚书的郑晓，撰《今言》一书，对此记载较详，说刘瑾等连夜跑去找武宗，环跪大哭，以头触地道："万岁爷若不降恩，奴才们都要磔死喂狗了！"武宗色动。

刘瑾道："谋害奴才的，不是别人，只是王岳。"

他说此事完全是王岳在背后捣鬼，他有证据："王岳前掌东厂，对言官先生们说，你们有言第言。分明是在挑动言官。阁议时，司礼监又只有他一人赞同外议。"

武宗问："他为何这么做？"

刘瑾道："王岳结阁臣，欲制万岁爷出入，故先去所忌耳。"

武宗听了，默然无语。

刘瑾又道："王岳指我等为奸佞，狗马鹰兔等物，王岳有没有奉献？万岁爷心里最清楚，如今为何独咎奴才们！"说罢，八人大哭起来。

从上述对话，正可看出刘瑾的"巧佞"，他要说动武宗，仿佛用兵一般，有条不紊，分三列而进：

首先，他将矛头对准王岳一人，而将真正的敌手外朝屏蔽不言。因为他知道，欲武宗拒绝朝臣较难，而要收拾王岳，只是抬一根手指的事，王岳一除，朝臣失去助力，内外夹击之势就卸了一股力。

王岳作为东宫旧臣，与众多佞幸一样，也有投上所好、贡献狗马的行为。这是王岳的生存策略，与佞幸们整日诱引皇帝游戏是不同的。但他毕竟也进献过狗马，此时被刘瑾拈出来说，他的"謇直"就显得虚伪。

刘瑾将他们八人与"心嫉八人"的王、范、徐等人的冲突，处理为内臣个人间的矛盾，是东宫旧臣之间的不和，而不是正义与非正义之争，他还对王岳的道德软肋进行了攻击，使得王岳不堪一击。

其次，要说服人、打动人，必须抓住此人的心态。刘瑾很清楚，武宗不愿受人挟制，他性格奔放，喜欢自由，而朝臣的种种进言，不许他这样不许他那样，令他厌苦不已。刘瑾就将王岳对阁议的赞和，刻意解读为王岳欲借外廷的力量来挟制武宗。他这一招很有效，引起了武宗的强烈反感。

天子一怒，臣下立为齑粉，王岳、范亨、徐智三人马上失去了地位。这就是“奴官”（宦官）与廷臣（士大夫）的区别，皇帝要降罪大臣，必须提出具体的指控，下法司论罪，而皇帝要处分宦官，可以不需要任何理由。

完成前两步还不够，颇有野心的刘瑾还望借此上位，把持司礼监。他的伙伴们此时为了自保，齐心来顶他，就是实录说的八人以刘瑾“尤巧佞狠戾敢于为恶，乃谋使瑾入司礼监与执事枢，以为脱祸固宠计”。他们希望刘瑾在司礼监掌权，日后可以得到他的庇护和关照。

于是刘瑾又走了第三步，他道：“狗马鹰兔，何损万几？左班官（上朝时文东武西排班，东即为左，故称文官为左班官）敢哗而无忌者，司礼监无人耳。有则惟上所欲为，谁敢言者!”

刘瑾指出，近来朝议沸腾，文官无礼，都是因为司礼监无人。他进而给懵懂的武宗分析，说在先帝时，外朝内阁、内廷司礼监，分别把持大权，朝廷（指皇帝）反而无权，武宗只要让他进司礼监，他一定帮助皇帝恢复权威。

武宗的情绪已由沮丧变为振奋。他自即位以来就不停地遭到非议，被臣下提意见，种种“无礼”，刘瑾算说到他心坎上去了，他当即决定，令刘瑾入司礼监办事。

大胜之后就是分赃，除了刘瑾升司礼太监，司设监太监马永成取代王岳掌东厂，谷大用掌西厂。西厂自成化十八年再革后，已经停了二十多年，忽然满血复活，想来定是出自谷大用的巧言力请。谷大用是正德朝最为著名的佞幸太监，终武宗一生，对他言听计从，他对皇帝的影响力，还在司礼监之上（后文将通过事例证明）。

刘瑾入司礼监后，暂居陈宽、李荣之后（陈宽不久退休，李荣继之掌监事）。他一掌权，立刻露出“狠戾”的本性，对对手实施毁灭性报复。那个以星变为言的五官监候杨源被杖死。王岳三人降南京净军，亦不能免祸。刘瑾派人追杀他们，王岳、范亨在山东被害，徐智被打断一条胳膊。刘瑾最恨韩文，不久以内库发现假银罗织为韩文之罪，令其降一级致仕。有言官论救，刘瑾马上说言官受了韩文的嘱托，将韩文削职，言官除名。韩文的两个儿子，一个任高唐州知州，一个任刑部主事，都削籍为民。韩文出京时，坐着一辆蓝色的小轿，行李也就一车而已。刘瑾恨之未已，又借口户部遗失文件，将韩文逮下诏狱关了几个月，释放后多次罚米，并责令他亲自送到边关。为此韩家“家业荡然”。

第二年三月又公布“奸党”，头两位就是前大学士刘健和谢迁，第三名是韩文，其他还有大小官员一共五十三人。自正德元年十月刘瑾入司礼监，开始手掌大权，在未来的四年里，他始终以文臣为敌，倾力打击他们、羞辱他们。

刘瑾是“八虎”齐力推进司礼监的。他那些“共患难”的好友们本指着有他在司礼监，可以得到他的关照，没想到刘瑾大权独揽，施政苛虐，反而成为压在他们头顶的巨石，令他们很不满。因此，在刘瑾“用事”期间，一股倒刘的暗潮始终在潜伏奔流，而内外树敌，也给刘瑾未来悲惨的命运埋下了祸根。

第三章　家世、婚姻：刘太监的日常

说了朝堂斗争，贬的贬，逐的逐，是件挺压抑的事，以后这样的事还挺多，因为正德朝的政治气氛，本来就是压抑的。不像现代人编正德皇帝“游龙戏凤”的故事，都本着好玩儿的宗旨。

现在我来讲一件喜事，是刘太监家的喜事。

正德三年（1508 年），农历是戊辰年，属龙，寓上升之势。明朝制度，凡遇“丑辰未戌”之年，都是举行会试的年份。各省举人上春官（礼部）赴试，称为“大比”。这一年戊辰科，又恰值天下官员三年一度的来京朝觐述职（称“大计”）。“大比”与“大计”不期而遇，均事关士人前程，所以早在去年尾梢上，许多捷足的官员和举子，就已登龙门而来，在京师四城之地，投帖拜客，钻窬打洞——京人口毒，谓之为“扫街”。

这时，一个头条新闻不胫而走：“司礼监太监刘公公欲为其女择一佳婿。”据传，刘太监还放话了：“吾女必得名士大夫！”

好事者纷纷议论，都道今日天下才俊名士齐聚场屋，刘太监定是想在今科进士中择一东床。一些机灵的举子马上想到，如果能射中刘太监家的雀屏，那么蟾宫折桂也非难事，虽说女方是太监之家，听起来有些怪怪的，仍忍不住技痒，跃跃欲试。毕竟太监刘府，如今是北京城里最有势力的一户人家。

谈起婚姻事，必先扯扯刘瑾的家世。

刘瑾是陕西兴平人。兴平在明代是西安府的属县，别名槐里，据说著名的陇西李氏即发源于此。兴平知名，与两个人物有关，一位是杨贵妃，另一位便是刘瑾。然而不幸的是，女宠与宦寺，恰恰被认为是误国最深的两类人，合称“妇寺”，皆为不祥之身。尤其巧的是，刘瑾家的老宅距离杨贵妃上吊的马嵬坡，不过百步。

这就让善于联想的文人攥住了话柄，弘治六年（1493 年）进士，做过兵部侍郎的郑岳诗云：

明皇西幸蜀，嵬坡驻銮旗。
六军不肯发，宛转缢蛾眉。
悠悠百世下，抚迹空嗟咨。
妖氛岂未散，阉竖复生兹。

大意云马嵬坡非善地，昔日妖姬魂断于此，至大明遂复生一逆阉。

《明武宗实录》述刘瑾身世：

本姓淡，幼自宫投中官刘姓者得进，因冒其姓。

短短十八个字，就有两处错误：其一，刘瑾非“自宫”入宫。刘瑾死于正德五年（1510 年），得年六十岁，以此推算，当生于 1451 年，即景泰二年。谢蕡《前鉴录 · 刘瑾》所收刑部狱词说刘瑾“自幼净身，景泰年间选入皇城乾清宫答应”，“自幼净身”并不等于自宫，刘瑾入宫时，也就四五岁上下的年龄（景泰朝共七年）。

其二，刘瑾本姓“谈”，非“淡”。明实录说刘瑾投中官刘姓者，因冒其姓。明宫阉童初入宫，都会拜一前辈中官为“本官”，自为“名下”，但改姓与否，并无一定之规。“谈瑾”改名刘瑾，并无可怪，但奇怪的是，刘瑾一家老少都弃了宗姓而改归刘氏，比如刘瑾之父叫刘荣，正德三年三月赠从一品的后军都督府都督同知。——难道是老子随儿子改姓？匪夷所思。《明武宗实录》在记刘荣赠官时有云：“瑾本姓淡（谈），冒刘姓，自称赐姓云。”即使刘为赐姓，也没听说赐姓之后全家改姓的呀！好比郑和、怀恩都是赐姓，可是他们的家属仍然姓马。

刘瑾有一兄，名景祥，也姓刘。他原是个寄籍锦衣卫的舍人，刘瑾入司礼监后，不数月即实授锦衣卫百户，世袭管事，不久又“冒功”升锦衣卫指挥，管南镇抚司事。正德五年六月刘兄病笃，看看不行了，刘瑾赶在他咽气前，替他乞恩，进官为都督同知，并赐本人、妻及上三代诰命（其父刘荣赠官，就是从这来的）。

刘瑾有位妹婿，叫孙聪，其父名逢吉，成化中做到布政使，后以“老懦不为”致仕。孙逢吉一直在陕西做官，也算刘瑾乡梓“父母”，大约以此与刘家联姻。刘、孙缔婚，或在成化年间（以年龄推断），如果刘瑾没点地位，仕宦的孙家未必乐意娶宦官家的女孩吧！

孙聪一说娶了刘瑾堂妹，一说娶了刘瑾同父异母的妹妹。可能孙聪没有功名，所以只做到“礼部司务”这样的小官，当刘瑾得势时，已经致仕。刘瑾与这位连襟的关系，亦存两说，一说“（刘）瑾不学，每批答章奏，皆持归私第，与妹婿礼部司务孙聪、华亭大猾张文冕相参决”，如是则孙聪是刘瑾幕中之人，相当亲昵；另一说则称孙聪甚不为瑾所喜，有朝臣要抬举他，还遭到刘瑾的讥责。

刘瑾还有一从孙（《后鉴录》作“侄男”），名二汉。“二汉”在苏浙口语中是仆隶之意，如《儒林外史》第三回里写道，“胡屠户后面跟着一个烧汤的二汉”，名字这么差，却偏有术士妄言“二汉当大贵”，后来成为刘瑾意图谋反的口实与动机。

以上是刘瑾男性亲属，刘家还有二女，是两个侄女，一说“兄女”，一说“弟之女”（还有一说为“从孙女”，或另有其人）。刘瑾既称“吾女”，当是极为宝爱的，刘府雀屏之选，实为侄婿。

刘府待嫁的，是二女中的姐姐。很快，有两人进入候选名单，一位是福建莆田人戴大宾，一位是陕西解元邵晋夫，都是“弱冠登第”的少年才子，上京来会试的，并且是本科状元的大热门——故“谀（刘瑾）者争以二人姓名进”。

刘瑾先相中的，是戴大宾。

大宾，字寅仲，年方十九，是著名的神童，长于“作对儿”，现在还有不少他做的对子传世。不知是否出于刘太监的关照，他一下就中了本科第三名探花，并进入翰林院做编修（按制度，新科进士是不能直接任编修的，这是刘瑾破坏旧制之一例）。

大宾人才不错，只可惜一件事，使这桩婚事窒碍难行。原来，他在家时，早已聘下一位高氏女子为妻。

刘瑾何时知道这个情况的，不得而知，但有史说他立刻起了恶心，要“夺其（大宾）旧聘，以弟女妻之”。正好有位叫张嵿的官员出知兴化府（莆田县属该府），刘瑾便请他棒打鸳鸯，被张嵿拒绝，以此触怒刘瑾，遂摭拾他的旧事，将其削职为民。

这是《明史纪事本末·刘瑾用事》的记载。张嵿《明史》有传，可他的传记里并没有“抗阉”这件事，其真实性待考。

还有一种说法，称刘瑾看中戴大宾，为其建邸舍，赠其车马仆从，极致殷勤。可是戴大宾却将与刘瑾缔婚视作畏途，但又不敢公然抗拒，就每日纵酒佯狂，并不时鞭笞刘家的奴仆。仆从跑去找刘瑾哭诉，说大宾为人轻薄，不是致远的大器，引起刘瑾不满，渐渐就不再提这件婚事。

正好大宾闻母讣，急忙归乡，卒于途中。

戴大宾纵酒为真，却有另一种评语，说他知道中了刘府的雀选，“意气殊洋洋，纵酒不检”。士人参加科考，需要在试卷中填写姓名、年龄、籍贯、三代等信息，中举后梓行的《同年录》，也要详细登载。戴大宾的《齿录》（即同年录），关于婚姻，竟然开写着：“聘高氏、刘氏。”戴大宾不离高氏，又纳刘氏，并恬然书于同年录中，其势利之心，为人所笑。

戴大宾究是没有做成刘府女婿，除了他为人轻浮，还因有人对刘瑾说：“莆田山川风气不佳，本朝福建中大魁者已有九人，然仅一人至少詹事，一人至祭酒，四品而已，余者止修撰，皆夭，少显贵者。”说戴大宾非寿永之人。刘瑾始有悔意，对人道：“我不可做牛丞相。”

牛丞相的典故出自戏曲《琵琶记》，讲的是秀才入赘相府的故事。刘瑾这么说，含有对这桩婚事不再强求之意。这话传到戴大宾耳朵里，遂请假归乡（一说奔母丧），不幸半路病死，正应了“福建大魁”非夭则不令终的魔咒。

此事不谐，刘瑾转而属意于陕西举人邵晋夫。

邵晋夫，名昇，人称其“才调超逸，能诗”。他是陕西凤翔人，与刘瑾算是大同乡。年仅十六岁就中了丁卯（正德二年）陕西乡试的魁首（解元），但此番会试他却落了第。

戴大宾被排除后，邵晋夫进入刘瑾的视野。刘瑾道：“（晋夫）吾关中人，（吾女）归邵生，其可！”但邵晋夫对与刘氏缔婚，并不引以为荣，反而“踯躅呼天，百计求免”。这不难理解，虽然刘瑾权势熏灼，但毕竟是阉宦，士人对与太监联姻，还是存在心理障碍的。

然而，不管邵晋夫如何抗拒，事终“弗得”，还是做了刘府女婿。但邵晋夫在婚后，并不倚仗刘瑾的势力胡作非为，而是“乃克自树立，略不与一人通，终日闭户，拊膺读书而已”。正所谓“种因得果”，邵晋夫的高蹈行为最终使他保住了一条命。

此为长婿。刘瑾还有一婿，名叫曹谧，娶了二女中的幼者。

曹谧也是陕西人，其父曹雄，任延绥总兵官。《明史·曹雄传》说他

“以瑾同乡，自附于瑾”，而瑾亦“欲广树党，日相亲重”。当时总督三边的兵部尚书才宽御寇被杀，曹雄拥兵不救，事后佯为引罪，乞解兵柄，让他幼子曹谧赍奏赴京。刘瑾因“异谧貌”，乃妻以侄女。曹雄因为和刘太监攀上亲，不仅居职如故，还得到优诏褒奖。

才宽兵败被杀在正德四年十一月，曹、刘结亲当在五年之初。刘瑾以曹谧为婿，数为之坏法。正德五年平定宁夏藩王朱寘鐇之乱后，刘瑾将平贼功尽归其父，进曹雄左都督，并将本为“纳粟监生”的曹谧改为武职千户。明代武人地位低下，刘瑾令侄婿弃文从武，想必是打算找机会让他冒功，在官阶上速进吧。这在刘瑾失败后也成为他的一条罪状。

第四章　朝堂忽现匿名信

刘瑾为侄女择婿，又为之操办婚事，满朝公卿大臣争赴刘家送礼，有人为了赶早，竟然连早朝都不去了。时人韩邦奇道：“公卿百执事嵩呼舞蹈于丹陛者十惟八九，而稽首崩角于（刘）瑾前者则济济罔缺焉。”也就是说，上天子早朝的，有百分之一二十未到，而刘太监家，缺勤率为零。

然而，正当刘瑾势如骄阳时，突然出事了。

正德三年六月的一天早朝，时值酷暑，天气异常炎热。

朝会散后，忽于御道上发现匿名文簿一卷，侍班御史见了，立即奏闻。打开一看，里面全是指责刘瑾专权乱政的话。刘瑾大怒，立命查问，发现匿名信的地方是后班官员站立之处。他立即传旨，将后班官员三百余人通通召回。等官员陆续到齐，已是中午。刘瑾让他们顶着烈日，跪于奉天门下，他立于门左，厉声叱问匿名信是何人所弃。官员们面面相觑，都说不知道。

刘瑾哪里肯信。他原有个外号，叫“利嘴刘”，骂起人来，红口白牙，就像打机关枪。官员们的头全像被子弹打断的穗子，齐刷刷拖在地上，无人敢执一言。

刘瑾骂了阵子，感觉口渴，怒气冲冲进去休息，令官员照旧跪在太阳地里。

见刘瑾进去，太监李荣忙命人搬出一些冰镇西瓜，扔给官员们，让他们吃点瓜，略解一解暑。官员们又热又渴，捧瓜大嚼。不一会，刘瑾又走出来。李荣远远张见，忙冲官员们摆手："刘太监出来了，快别吃了，收起、收起！"刘瑾早已瞧在眼里，他见李荣背着他卖好，勃然大怒，但未发作 只狠狠把李荣一瞪，然后对着官员们又是一顿训斥，劈头盖脸骂完了，稍稍解气，复入内休息。他威胁说，不把写匿名信的主儿揪出来，就一直这样跪着，谁也别想回去！

眼见官员们昏昏沉沉、东倒西歪的狼狈样，司礼太监黄伟忍愤不过，大声道："书中所言皆为国为民，是谁写的，当挺身自承，就是死了，也不失为好男子，奈何枉累他人！"

可官员队里只是一片唉声叹气，无一个人承认。

午后，内中传旨，命将官员们通通送锦衣卫镇抚司究问。当天又有旨，勒令李荣闲住，其掌印之位由刘瑾接任。同时改黄伟为南京守备太监。李荣已年近八旬，遂移居京西所营别墅，不复再出，正德七年卒。黄伟之所以敢说那些话，除了气愤，还因为他是武宗少时的伴读，"从小相狎，唯其言是听"，关系非常好，武宗从来不喊他名字，只亲昵地喊他"伴伴"，饶是如此，他也被驱离司礼监。

第二天，大学士李东阳上疏申救，几百名官员已在牢里住了一宿。刘瑾经过一夜密查，也大概知道那封匿名信是内臣所为，与外官无预，就下令将他们放了。

据说，那一天天气太热了，许多官员被折腾得中了暑，主事何釴、顺天推官周臣与进士陆伸三人竟然因此"暍死"。说句题外话，六月盛暑，气温虽高，李荣的冰瓜也不够官员分食，但在太阳下跪一会儿（据记载，"午漏"时分发现匿名信，"午后"就执官员下狱，官员们跪着晒太阳的时间应不超过两小时），是否就能热死人，未可尽信。清朝的康熙皇帝觉得明朝人修史写书，最喜欢夸大其词了，他就拿这件事来举例。康熙的话是在读了明实录之后，对《明史》纂修官们说的，他道："夏月虽天时炎热，何至人多暴卒？且行间将士，每披坚执锐，戮力于烈日之中，未闻因暑而致死，岂朝堂之上病暍若斯之甚耶？所云‘尽信书，不如无书’，此之谓矣。”

有学者认为，正德三年的匿名书事件是刘瑾为了打击和压制朝臣，提高自己的权势，借一些小事对朝臣群体进行公开辱责以震慑朝官的一个典型事例。对此我有不同看法。匿名信攻击事件，在前朝多次发生，前一部曾讲过，王振当权时，就曾两次遭到匿名信攻击，事后证明始作俑者都是宦官而不是朝臣。刘瑾的情况也一样，内廷宦官因为对他专权不满，又妒又恨，却不敢公然与他叫板，遂采用这种方式从舆论上打击他。这事是什么性质，王振看得最清楚了，所以他毫不留情地用凌迟之刑处死攻击者，以震慑那些蠢蠢欲动的宦官们（而非朝臣）。

我们不知道司礼太监李荣、黄伟与匿名信事件是否有关，但从他们在事件当日的表现来看，其煽风点火、鼓动对抗的态度十分明显，他们并未刻意掩饰对刘瑾的不满，而倒霉的朝臣更赋予他们道义上的力量。

自武宗即位以来，司礼监已换了好几拨人，但谁也没想到，最后把持司礼监的，竟然是一个钟鼓司出身的优俳之人。他虽然笼络住了皇帝，但同侪宦官多不服他。

前文我多次讲过，内官升迁之例一如外官，有着许多成文和不成文的规制，尤其是司礼监这样的机密衙门，出任该监太监，第一条必须是内书堂读书官人，还要在司礼监、内官监、文书房等清贵衙门有过长期历练。可是刘瑾的出身，不仅不“清”，简直“浊”到底了！他入司礼办事，“委以腹心，整理庶务”，是严重违反常规的——“由钟鼓司而入司礼，瑾以前盖无有也”。①

---

① 有记载说，刘瑾仅粗通文字。然据《王阳明全集》卷三十八《世德纪·海日先生行状》，刘瑾微时，尝从阳明之父王华的乡人名方正者“习书史”。又黄景昉《国史唯疑》称刘瑾“能试人诗，评其工拙”。刘瑾的文化水平，恐不止于粗通文字。

当生死存亡之际，刘瑾为了生存而展开绝地反击，不料一下子站到了权力的高峰。这必然使他在内廷有一种高处不胜寒的孤凄感。

那么，像刘瑾这样一个在内廷缺乏深厚基础的宦官，他是如何做到“专权”的呢？

司礼监专权，必须通过批本章，刘瑾也不能外。

前文讲到，司礼监批本，其性质只是代笔，须经圣裁（皇帝亲自过目同意），方可施行，方为合法，否则就是“蒙蔽”。而史书记正德、天启两朝权阉施蒙蔽之术，都有相似的“桥段”：

正德初，刘瑾欲窃大柄，于是给武宗倒腾来许多好玩意，等到武宗玩得正嗨时，就捧着一大堆本章去请他批决。武宗觉得好扫兴，每次都说：“我用你做什么？一件件地拿这些事来烦我，赶快拿开！”如是数次之后，刘瑾就不再复奏请旨，从此事无大小，唯意裁定。数年间，朝廷大事更张，诏旨武宗多不知情，别人都以为是刘瑾在做皇帝呢！

天启中，熹宗性好走马，又喜欢看戏、盖房子，操起斧头锯子做木匠活，又凿又削，乒乒乓乓，就是巧匠都比不上。司礼太监王体乾（司礼监掌印，但势不及魏忠贤，差似魏的马仔，详见下一部）每次都巧，正赶着熹宗在经营这些“鄙事”时跑去奏文书。熹宗心思哪在这上面呀，随便听听，就摆手道：“你们用心做去，我知道了。”以此太阿下移，魏忠贤等操纵如意。

这些记载是真有其事，还是野史小说，实难考证。① 即使是故事，也基于一个浅显的道理，即“左右近幸欲擅权乱政者，以游逸淫乐蛊上，觊遂己私”，而皇帝若不能尽职，耽乐嬉游，荒于政务，失忧惕之心，就等于将最高裁决权弃之于路，遂为佞臣所窃。于是山中无老虎，猴子称

① 如刘瑾“构杂艺”事，既见于《明武宗实录》，又作为一个智慧故事，收入明末小说家冯梦龙编的《智囊全集》。熹宗“经营鄙事”，则皆见于野史，如李逊之《三朝野记》、文秉《先拨志始》、孙之騄《二申野录》、王士祯《池北偶谈》等。

霸王，便来个“宦官专权”。

明朝无宰相，在皇帝近侧参机务者，皆为宦官，故天子所遗，往往为宦官所得。史云刘瑾用赵高之术，导上深居，从正德三年冬开始，每个月上朝不过三四次，府部及通政司奏事，以及臣僚陛见，都在早晨候于左顺门，由刘瑾西向传旨，代皇上酬应这些事，“威福之作，（刘）瑾得专之”。诸司章奏，都必须提前告知刘瑾，在外镇巡官派人进京奏事，也要先送揭帖到刘瑾私宅请示，然后才敢告于朝廷。有些事情，还没见到本章，旨意先已传出来，等到奏本下发，其内容与传闻无一字之异。“由此大权一归于瑾，天下不复知有朝廷矣”，人们都称刘瑾为“立地皇帝”。

刘瑾败后，大学士李东阳为自己辩解，说：

比者刘瑾专权乱政，（臣）备员禁近，事体相关，凡票本拟旨、撰写敕书，或驳下再三，或径自改窜，或带回私宅，假手他人，或递出誊黄，逼令落底，真伪混淆，无从辩白。

这就是“内阁之票拟受制于内监之批红”，司礼太监在内，阁臣在外，遇上像刘瑾这样的擅权者，内阁根本不是对手。关键是武宗只顾自己玩乐，将朝政托付于刘瑾。阁部大臣及诸司衙门奏事，根本见不到皇上，而是直接面对刘瑾，一切都由他定行止，刘瑾开口就是圣旨（“口含天宪”），“真伪混淆，无从辩白”，这和正统时王振的情况如出一辙。

但要指出的是，“权阉”在明代历史上只是很短一段时间。好比刘瑾败亡后，因为有了他的前车之鉴，司礼监得皇帝倚信便大不如前，司礼太监也能以刘瑾为鉴，不敢自专。所以正德中后期“恣为蒙蔽”的，主要是佞幸。如“权奸钱宁（锦衣卫帅）、张锐（太监）、江彬（大将）相继用事，曲为蒙蔽，一切（本章）皆留中不发”。武宗病逝后，司礼监查奏御前留下的在京、在外各衙门题奏并建言及批红等本，自正德九年正月起至十六年三月止，共一千四百零三本，其中已批红而未发行的就有五十六本。同时又于钱宁家搜出题奏本四十余件，江彬沮抑边情本一百三十六件，司礼监隐藏不报本数百件。正是群奸蜂起，恣为欺蔽。世宗嘉靖帝继位后，给事中夏言建议，专任御史、给事中二员，散朝后赴左顺门，会同司礼监官收本章，同时做好登记，以防壅蔽——从这以后，左顺门收本才有了“奏目”（登记造册）。

总的来说，如果皇帝不勤政，不见大臣，偏信太监，任其阻隔，操弄本章，就容易造成太阿倒持、威柄下移的“宦祸”。但宦官压制群臣，凌于百官之上，实际上还是狐假虎威，他们口含天宪，不过移皇帝之威为己所用罢了，一旦皇帝醒悟，诛之并不难。

史称刘瑾“尝慕王振之为人，在孝庙时愤郁不得志，每切齿”。故当他手握重权后，便“欲踵（王）振所为”。他要做当代的王振，就不能甘于平淡，他必须有所作为，在权力的运用中享受巨大的快感。

在刘瑾掌权的四年时间里，他在政治上的作为，可用四个字来概括：纷更，苛察。

明朝立国百余年，就像一台电脑用久了，垃圾文件太多，运行速度变缓变慢，还时不时死机。找到朝政之弊的症结所在，加以革除刷新，是必要的。然而刘瑾之政，有人称之为“变乱旧制”，有人称之为“乱政害人”，公允地讲，称其为“纷更”，或更妥当。

刘瑾变制是毫无章法、随心所欲的，并且渗透着强烈的成见与偏私。比如前文我讲过，自宣德以来，朝廷派朝臣到地方整理军政事务，逐渐形成称为“三堂体制”的新的地方管理体制，新增设的巡抚都御史是不可或缺的省级地方长官。然而，刘瑾以恢复旧制为名竟将内地新设的巡抚全部裁革，而同为增设的镇守内官不仅一员不动，权力还扩大了。巡抚裁了，却又派出大批科道及京朝官到各地盘查盐课、仓库与屯田子粒，而且督责严厉，人不能堪，造成一种纷纷扰扰的混乱局面。

刘瑾经常以“纷更旧制”加罪于人，他自己却随意变更旧制，他死后，各部院提出的请复旧制条款就多达数十条。

刘瑾执政的另一个特点，就是太过苛虐，打击面太大，许多无辜者遭难。

钦差官员到了地方，不敢徇公道，多希刘瑾之意，务从严苛，以

“参官”为能。往往因一件小事，辗转牵连，为了几斗米的损失，就要逮问前后数任官吏。刘瑾让他们赔，还不是照价赔偿，而要加倍追赔。赔也不是赔银两，他新创“罚米”之法，根据官员的过失判罚不同数量的谷米，少则数十上百石，多的达到上千石。他还不许就近于府县仓库交纳，而是令其亲自送米到宣府、大同等边关上纳。一千石的粮食，几千里的路程，光是运输费就足以破家。罚米法在实际运用中，成为刘瑾打击异己的一种经济手段，许多官员因此倾家荡产。

刘瑾为了解决严重的财政危机，下令盘查各省钱粮，清理屯田边饷，这构成他执政的主要内容。由于追征过急、诛求过甚，在全国多处激起兵变，并最终导致他的失败。

刘瑾对官员严苛，不允许任何过错，而他自己却营私舞弊，比如在用人上，唯亲是用，唯乡里是用，他提拔重用的官员，不是亲近者，就是他陕西老乡。

他还贿门大开，大肆卖官鬻爵，贪污受贿。他当初对武宗说：“弘治间，朝权俱为司礼监、内阁所掌，朝廷不过虚名而已。如天下镇守、分守、守备等项内官皆司礼监官举用，大受贿赂。如不信，只将司礼监掌印太监抄了，金银可满三间房屋。若将天下镇守内臣取回，别用一番人，令彼各备银一二万两，进上谢恩，胜赂司礼监。”这便是他心迹的自陈。他从根儿上摆脱不了这一认识，故其改制，虽以“富国为名”，实为巧取横敛，仍是一个“政以贿成”之局。

第五章　刘瑾真是千年富豪?

刘瑾第一次有记录的索贿，是正德元年年底，御史蒋钦揭发说：“昨（刘）瑾要索天下三司官贿，人千金，甚有至五千金者。”这是他进入司礼监后的事。

正德二年正月，升吏部郎中张志淳为太常寺少卿提督四夷馆。史云，

“时刘瑾用事，凡迁官者皆有重赂以谢，内官、武臣动以千百，而文官谢礼之厚则自志淳始”。说刘瑾刚柄政，即大开贿门，宦官、武官和文官要想升官，都要向他行贿，宦官武官给得起重价，动辄数百上千，文臣穷，拿不出那么多银子，到张志淳这儿，忽然出了个高价。

张志淳创造的纪录，马上被刘宇打破。

《明史·阉党传》说：“（刘）瑾初通贿，望不过数百金，（刘）宇首以万金贽。”刘宇一下子拿出一万两！刘瑾大喜道：“刘先生何厚我！”

刘宇时任总制宣（府）大（同）右都御史，正德二年正月内召掌都察院印，与张志淳同月而稍晚。之前，刘宇向朝廷上疏，自陈修边之功，这是摆政绩要官的意思。兵部说，不能由着他本人说，得派人阅实才行。而刘瑾就直接传旨，将刘宇召还了，他那些工程是否属实，辄令巡按御史查奏——官都升了，再让御史“从公阅实”，那就是走形式。刘宇心太急，敕书还未出京，他人已驰至京门口了。显然，他上疏称劳，是与刘瑾约好了的，所以呼吸相应，仿佛唱双簧。刘宇人已经到了北京，还装模作样，具疏请辞，算是有戏德，把戏码做足了。刘宇不仅重贿刘瑾，还让他儿子刘俸拜刘瑾为父。

刘宇这么一搞，就把刘瑾的胃口吊高了。可惜，像他这样大手笔的并不多，多数人为了给刘瑾送钱，甚至不得不“称贷以贿”（借钱送礼）。刘瑾就广撒其网，如天下朝觐官进京，索贿动以千数，谓之“拜见礼”。官员公差回京，也要有所进献。心狠的，到地方就拼命勒索，大刮地皮，心不狠的也要设法找钱，总之不能空手而回。兵科给事中周钥属于心不狠的，他到淮安勘事，回京时，闷闷不乐，走到半路，忽于舟中自刎。等舟子发现时，人已经不行了，连话都说不出来。舟子拿纸给他，他勉强提笔写了几个字，多模糊不清，只认得“赵知府误我”“可怜”等十几个字。原来周钥与淮安知府赵俊约好了，答应贷他千金，结果却食了言，周钥竟因此忧愤自戕。

然而，刘瑾后期又有“反腐”举动。正德四年初，他听从吏部尚书张彩的建议，严厉处置了“循故例”向他纳贿的欧阳云、吴仪等人。这不是一时的矫情和做戏，后来他又公开处分多人，都是向他行贿的，如刑部侍郎张鸾等三人自江西勘事还，馈银二万两，刘瑾将贿金送官，并治三人罪，该案连及江西巡抚以下见任和致仕官员三十一人，每人罚米三百石。

这并不是说，打正德四年起，刘瑾就清廉了，只能说他不那么“急贿”了。

刘瑾贪贿的名气太大，有一家海外媒体，还替他盘点资产，说这位明代的大太监“拥有黄金 1200 万盎司，白银 2.59 亿盎司”，并选他为“世界千年富豪”。刘瑾曾笑称自己是“富太监”，难道他当真如此巨富，竟可以“笑傲千年”？

不如我们来帮他搂搂家底儿。

关于刘瑾的资产，记录并不一致，但数字都很庞大。如王鏊记刘瑾货财籍没之数：

金二十四万锭又五万七千八百两，元宝五百万锭，银八百万又一百五十八万三千六百两，宝石二斗，金甲二，金钩三千，玉带四千一百六十二束，狮蛮带二束，金银汤五百，蟒衣四百七十袭，牙牌二匮，穿宫牌五百，金牌三，衮袍四，八爪金龙盔甲三千，玉琴一，玉瑶印一颗。以上金共一千二百五万七千八百两，银共二万五千九百五十八万三千六百两。

合计为金 1205 万两，银 2.59 亿两。对照那家海外媒体的材料，两组数字完全相同，不同的是计量单位：一为西洋的“盎司”，一为中国传统的“两”。一两约合 1.3 盎司。显然，那家媒体一点都不严谨，抄了一份中国档案，连起码的换算都没有。

王鏊前文刚刚讲过，当韩文率领大臣到左顺门讨说法时，太监李荣出来说，皇上一定会处分“八虎”，只是请稍宽之。王鏊挺身而出，质问李荣：皇上如果不处将如何？他反对“八虎”的态度是很激烈的，毫无遮饰。有意思的是，他随后与焦芳一起入阁。刘瑾为什么会同意这样一个人入阁呢？据说刘瑾欲引焦芳入阁，但在廷议时，朝臣只推举王鏊，刘瑾迫于公论，只好让他们两人都进来。王鏊和刘瑾共事约三年，遇事开诚布公，刘瑾偶然也能听纳他的意见。后因刘瑾“祸流缙绅”，遂于正德四年乞休，回到苏州老家，终身不再复出。

从王鏊的身份来看，他所记应该很权威了吧？事实是否如此，还往下看——

的确，王鏊的记载具有权威性，同样的数字多次出现在明人笔记里，如陈洪谟《继世纪闻》、郎瑛《七修类稿》、田艺蘅《留青日札》、高岱《鸿猷录》等，尤其是考史大家王世贞也引用了这一数据，《宪章录》《皇明通纪》等一些在明晚期影响很大的历史读物，也都加以引用。上述材料从内容到行文基本相似，明显是相互传抄，而王鏊的记载应是源头。略不同者，如“金龙盔甲”一项，王鏊记为“三千”，后来者可能觉得太多，将其改为“三十”。

王鏊笔记作于正德十年，在诸种史料中为最早。可是那逆天的数字真的可靠吗？且不论那些零碎金银，单那五百万个银锭和二十四万个金锭（金银皆为每个五十两的大锭），需要多少间库房才装得下？具体的技术问题常常为人忽视。影视剧里常见这样的镜头：皇上随口一喊“赐银万两”，宦官端个盘儿出来，就算赏下了。可导演知道吗？按旧制，一万两就是六百二十斤！不是提了就能走的。刘瑾要藏那么多金银，他家的银窖非把九泉挖穿不可。这些显明的道理，那么多引用者竟无人思量！

清代考史大家赵翼在《廿二史札记》里也提到刘瑾家产，云“据王鏊笔记，大玉带八十束，黄金二百五十万两，银五千万余两，他珍宝无数”。赵翼自称引自“王鏊笔记”，但他这组数字，比王鏊所记至少少了五分之四。

清末夏燮编《明通鉴》，已对刘家不可思议的资产产生怀疑，并有所“考异”，他列举了汉代王莽、梁孝王、董贤、梁冀等人的财产，“大概俱不能当（刘）瑾二十之一”，以此怀疑刘瑾的巨额家产“恐当时传闻如此，未必真有此数”。他认为：“证之正史，则但云‘累数百万’，此得其实。”

关于刘瑾家产的权威记录只能是当时的籍没清单。我手头有一份明代的刑部题本，由人从刑部档案中抄出而传世。这份文件具有第一手史料的性质，可信度非笔记可比。其中涉及刘瑾财产原文如下：

本年（正德五年）八月十三日，太监张永班师回京，备将（刘）瑾不法事情开条具奏。蒙拿锦衣卫镇抚司监候。随于本家搜出前项假宝，违禁衣甲、牌面、弓弩等件，金银数百余万，宝货不计其数。

同卷又提到：

正德五年八月二十三日奏。奉圣旨：“是。刘瑾恃恩骄横，专权黩货，赃至数百万两。……在京并原籍家产、房屋、田土，尽数抄没入官。”

前记“金银数百余万，宝货不计其数”，后记“赃至数百万两”，都只说几百万两（金银），比王鏊提供的数字少了太多。因为题本不是籍没册子，只是刑部向朝廷报告罪犯的处理情况，故对刘瑾的财产没有开列一个精确的数字，但它提供的大致尺度应该是准确的。

《明史·宦官传》记：“帝亲籍其（刘瑾）家，得伪玺一、穿宫牌五百及衣甲、弓弩、衮衣、玉带诸违禁物。又所常持扇，内藏利匕首二。始大怒曰：‘奴果反。’”没有提到刘瑾惊人的家产。而记籍没王振家产：“得金银六十余库，玉盘百，珊瑚高六七尺者二十余株，他珍玩无算。”倘若刘瑾真那么富有，《明史》岂有抓住小巫放过大巫的道理？

刘瑾真正发迹，是正德元年十月入司礼监后，一直到正德五年八月被杀，一共四十六个月的时间，他“权擅天下，威福任情”“廷臣党附者甚众”，开始积累巨大的财富。我们仅仅拿2.5亿两白银来除一下，他平均每个月受贿的银子将达到540万两！再平均到每天，则是18万！这可能吗？显然不可能，而且是绝对、完全不可能！

明朝的财政状况，到弘治末年已是入不敷出，大臣们除了“为国惜财”“加意撙节”等议论外，别无开源良策，朝廷穷得连官军每个季度的折俸银都要欠着！倘若刘宅忽然现出一座宝山，一定会引发舆论地震的，可朝堂上却反应平静，更无人提出用刘瑾家产填补国家财政亏空。这只能认为在贿赂公行、风气日下的官场环境下，“数百万”的数字离大家的估计并不太远，所以才没有引起特别的惊愕与愤怒。正德初年一个太监李兴因事下狱，为了买命，他一下拿出四十万。刘瑾在当政前曾向武宗说，抄了司礼掌印，可得银数十万。皆类此。另外，“刘瑾跌倒”，一定是“正德吃饱”，如正德十年户部主事戴冠言：“逆瑾既败，所籍财产，不归有司，而贮之豹房，遂创新库。”可是在正德九年初，乾清宫烧毁，为了筹集重建所需区区一百多万两银子，不得不加派天下钱粮五年，拖到正德十六年才完工。老朱家若真有这份家底，何须如此狼狈？

我们还可以拿其他一些“腐败分子”来与刘瑾对比。

《留青日札》《天水冰山录》等书都记载了刘瑾、钱宁、江彬、严嵩、张居正等人的籍没情况。钱、江是正德后期的佞幸，呼风唤雨，生杀予夺，当权时间更长。他们二人资产相埒：金十万，银不过五百万。而弄权长达二十年的严嵩，金银仅二人之半（这别有原因，据说行贿、顿寄之后，“所抄不及十四五”）。可见刘瑾这个高峰，是太难以仰及了。

最后再从经济的角度略加考察。

弘治以后，明代社会经济加速发展，至嘉、万时形成“极盛昌隆之世”，银两全面进入流通领域并成为缴纳国课的主要手段（银两作为支付手段，是从英宗正统年间开始，以前白银作为贵金属，是不允许流通的，合法货币只是宝钞与铜钱），市场对白银的需求量巨增。可是中国却不是产银大国，云南土司“差发银”有限，国内“银坑”（浙、闽、云南等地）所产都不旺。银两之所以用度不乏，主要得益于海外贸易的兴盛和美洲、日本白银的大量流入。而这是明代后期的事。在刘瑾那个时代，社会上的白银总体而言是较为匮乏的，怎么可能有两亿多两被囤积在一人之家？

如果大量白银被人囤积，无法流通，必然造成银荒，出现“银贵物贱”的情形，于民生大有妨碍。刘瑾死后八十年（那时银两的地位已随着“一条鞭法”的施行而加强了），全国白银总量仍然有限：张居正改革时，国库积银才 1200 万两，各地银根即紧缩。假设大量的真金白银被“刘瑾们”囤积起来，社会流通靠什么？我们即使不怀疑刘瑾纳贿的能力，也要怀疑那个时代供养这位（还有其他众多）富豪的能力。

再说刘家的金子。

严嵩与和珅都是巨贪。严嵩抄家，抄出纯金器 3185 件，总重 11033 两 3 钱 1 分，金锭较少，共 454 个，重 4336 两 7 钱，其他条金、饼金、沙金、碎金 8835 两。和珅家金子就更多了：金库抄出赤金 58000 两，又上房存赤金 2500 两，大金元宝 100 个每个重 1000 两，夹墙里匿赤金 26000 两，合重 186500 两，此外还有许多金器。但这两位巨贪若和刘瑾一比，简直弱爆了，刘家藏金是和珅的 64 倍，严嵩的 497 倍！

正德三年，素称“悻直”的尚书许进致仕，临走时，向刘瑾馈送金银，为其所鄙视。刘瑾嘲讽他道：“银或取之俸禄，金则何自得之？”或许对刘家之金，也当发此一问。金主要用以制造金器和储藏，而括尽全国金物，怕也难熔炼出 76 万斤金锭吧，莫说藏于刘氏一家呢。

因此，说刘瑾是“千年富豪”，全然为一噱头。刘瑾确实为巨贪，他的家产应为“金银数百万”，这才是比较可靠的数字，过分夸张，毫无意义。

第六章　张永西征

正德五年（1510 年），一个春天都没有下雨，旱情严重。朝廷下诏，“蠲连坐之法”，希望通过“缓刑”来求得上天降雨。大学士李东阳趁机条陈数事，望朝廷行宽大之政，稍溥和气，以消灾眚，以回天心。那时的人们，对“天变”还是非常畏惧的，刘瑾迫于压力，同意放松对赔纳官员的追逼。但雨泽仍滞。武宗连着十来天亲自斋戒求雨，但他“临朝或至日昃，宫掖之戏喧嚣达旦”的故习仍旧不改。

四月，封于宁夏的安化王朱寘鐇反了。这是宣德元年（1426 年）汉王朱高煦谋反后，八十多年来宗藩的又一次叛乱，而且爆发于西北重镇宁夏，消息传来，令人震惊！如果当时人长了后眼睛，知道仅仅九年之后，江西南昌还将发生一次更大规模的宗藩叛乱，恐怕这一事件在人们心里造成的震撼会大大降低吧！

安化王朱寘鐇是庆藩（又称庆府，即庆王府）所属的藩王，明代的王爵分为两级，上为“亲王”，降天子一等，只有皇子才能封亲王；亲王之子，除世子继承王位，其他王子都封藩王。藩王比亲王又降一等。它们的区别是：亲王一个字，如庆王；藩王两个字，如安化王。

明朝自永乐以来，钳制藩封，王子们都没有实权，还受着地方官的监视。这位安化王，说是王爷，其实跟个财主差不多，也就守着宁夏城里一座宅子，不愁吃穿。本来，安化王可以“关起门来成一统”，幸福地虚度他的王爷生涯，却不幸碰到一位“励志大师”，给他灌了许多“心灵鸡汤”，让他胸中升起寥寥大志，竟想当皇帝了！真是害人。难怪有人说，少些志气，就是福气！虚度人生何尝不是一种福？

是什么人给朱王爷灌鸡汤——不，迷魂汤呢？是王爷结交的一些“奇能异行”之士，也就是些讲烧炼的、喝符水的、举着桃木宝剑斩妖擒魔的，还有相面的、说风水的、观星象的，等等。古代把这类人称为术士、妖人，种种邪门歪道，今天或称江湖骗子，或称“大师”。

这些“术学”朋友为何要给王爷灌迷魂汤？他们也不是存心要害王爷，只是他们就是吃这口饭的，碰到趁银子的大财主，就得想办法忽悠他把钱袋子打开。朱寘鐇在庆藩的诸多郡王中有一点特别突出，就是“状貌魁梧”——长得漂亮！有算命的就对他说，您好贵相，命中大贵！朱寘鐇想，我都王爷了，还不贵？可算命的说了，那还不止，您是天子的骨格、帝王的命造，您这副尊容和天子最配了！起初朱寘鐇还不信，算命的就请来一位妖巫作法，在乩坛上请下一位鹦鹉神，您听神仙怎么说。这位鸟神一张嘴，居然能说人话，而且说的跟相面的一样。朱寘鐇哪晓得这是鹦鹉学舌，心就腾然而动，再看镜中的自己格外神气，便寻思着要做大事。

看官，你不要以为朱寘鐇脑袋进水，想做皇帝想疯了。其实这样的人不少。前面讲的成化年间妖人侯得权（化名李子龙），被人抬举，说他颜值高、面相好，有帝王之造，他不马上拉了班子要造反？那个时代的人，头脑里弥漫着浓厚的迷信思想，好比大明王朝何以开创，为何群雄逐鹿单单朱元璋胜出，对这些问题，他们多只能从天命上解释，说朱元璋天生异相，他生下来就是要坐天下的，似乎大明的兴起，就是一个早已设定好结局的程序。不论是妖人侯得权，还是藩王朱寘鐇，对此都深信不疑，这种痴迷，多少颈血都浇不醒他！

除了这些术士，还有几个卫所武官，如何锦、周昂、丁广等人，还有一个叫孙景文的儒生，经常出入王府。他们经常在一起非议时政，怨气很大。朱寘鐇就对他们说，今日朝政出于刘瑾，援用奸凶，树党中外，哪天再让刘瑾移了我大明之祚，将置我等于何地？你们若推我为主，以诛刘瑾为名，天下响应，必成大事。

朱寘鐇之所以敢蛊惑人造反，甚至认为造反大有希望，除了对自己长相自信，还有一个重要原因，就是朝廷在边镇的许多做法很不得人心。

当时宁夏巡抚是都御史安惟学，此人行事苛刻，驭下极严，经常对军官妻子用刑杖辱，夏镇将士怀怨已久。去年，朝廷派少卿周东来丈量屯地，督责严急，好多措施可称倒行逆施，比如一顷地应为一百亩，周东为了多丈土地，强行规定以五十亩为一顷，每亩地还要另外敛银，用于贿赂刘瑾。光一个周东，宁夏官军就受不了，又来了个参议侯启忠。他是来催征的。田还没丈量清楚呢，催粮草的又来了！宁夏官民在这样的苛虐下，早已是民怨沸腾。不满情绪在积蓄，就像一只火药桶，朱寘鐇认为，只要有人把引子点燃，整个天下都会炸翻。他，就要做那个点燃火线的人。

朱寘鐇等人的密谋是，先杀死本镇军政长官，夺其符印，收编官军，然后传檄四方，静待天下之变。商量已定，就由朱寘鐇出头，以过生日为名，约请宁夏镇巡、钦差官员过府饮酒。到了那天，除了巡抚安惟学和少卿周东、参议侯启忠没来，宁夏镇守太监李增、监枪少监邓广、总兵官姜汉都来了。酒吃到一半，信号一发，何锦等率兵直入，将客人砍翻于席次之间。这位李太监最可怜了，他刚刚到宁夏来镇守，屁股还未坐热，就遭了毒手。叛兵又赶到巡抚公署，杀死安惟学和周东，焚毁案籍，释五卫重囚，并将黄河渡船全部撤到西岸，以禁绝两岸来往。侯启忠闻讯逃匿，被抓获后囚于左卫狱。宁夏镇其他官员，只有副总兵杨英先因边警率兵出屯杨显堡，没有与难，但他率领的军队官兵听说镇城发生叛乱，担心家属安全，顿时崩解，四散而去。杨英本人逃到灵州。

朱寘鐇杀死镇巡官员，随大肆封拜，授何锦为讨贼大将军，周昂为左副将军，丁广为右副将军，凡顺从者皆加以督护、总管等官，又令孙景文写檄文，抄写数百纸，遣人分谕诸镇。檄文说：

近年以来，主幼国危，奸宦用事，舞弄国法，残害忠良，蔽塞言路，无复忌惮，致丧天下之心，几亡神器之重。

朱寘鐇宣称，“阖城官军共诛守臣之虐民害政者，持其首级来献，余不得避，遂乃奖率三军，以诛党恶，以顺人心”。檄文写得比较含糊，说“余不得避”，却不说不避何事。这是出于策略考虑，希望宁夏事变的消息传开后，天下迅速燃起燎原之火，大家都来拥戴他，如果过早自拟名号，怕人不服。但檄文已抖出“天下霸主”的架势，“晓谕官军人等”，要求各行各业营生如故，不必惊慌，欠官府的杂徭全予恩免，并命各镇官军保守疆界，听候调用，且将本镇军马数目及地理图籍等从速送来宁夏，敢抗拒者严惩不贷。

消息很快传到北京，宛如西北伸来一个大巴掌，直接扇在刘瑾脸上。檄文中说“奸宦用事”，就是说他。更让刘瑾生气的是，叛乱就是叛乱，可叛乱一起，群臣纷纷要求朝廷下诏宽恤，都说朱寘鐇以朝廷苛虐为辞，只要下诏宽征缓刑，伸雪冤滞，贼必不足平。这分明又是一记巴掌扇在他脸上。刘瑾恼羞成怒，但迫于形势，不敢像往日那样严厉申饬，并且做了有限的让步，宣布罚米官员赔纳不再加倍，只上纳应纳之数就够了。他还听说有人在京城秘密传播安化王檄文，此事让他倍感压力，他怀疑有人故意散播对他不利的舆论，于是令缉事官校严查收缴，擅自传播者予以重处。正德三年的匿名书案，至今未破，他还耿耿于怀呢。

如今的刘太监，真正是一人之下万人之上，不管是朝中大臣，还是边方阃帅，没有人敢撄其锋，他一发火，谁都得望风披靡，他就是站着的皇帝！可就是有人不服，暗中跟他捣鬼！不得不防。他一想起昔日兄弟张永，就恨得几乎咬碎牙。这两年，他与张永的关系日趋恶化，已经势同水火，就在前几天，他俩为一件事在御前争执，他一气之下，当胸捣了张永一拳，不料张永竟敢还手，当着皇帝的面，二人厮打在一起。武宗笑呵呵地劝解，却一点责怪张永的意思都没有。刘瑾知道，张永仗着跟皇上关系好，没把自己放眼里，而皇上就是喜欢他、相信他，刘瑾一时还拿他没办法！

【宦官小词条】张永，字德延，别号守庵，保定新城人。生于成化元年（1465 年），比刘瑾小十四岁。他十岁上选入内廷，侍乾清宫，历升内官监右监丞。宪宗驾崩后，发茂陵司香（刘瑾也一样）。先帝去世，将其身边近臣发陵寝司香，是对前朝贵幸的一种贬谪。虽然张永在成化中国史无名，但从他司香茂陵这件事来看，他一定不是默默无闻之辈。弘治九年，张永侍武宗于东宫，武宗登极后，进御用监太监，从此登上历史舞台。他先统京营显武营兵马，又提督三千、神机二营，兼十二团营，掌乾清宫及御用监事。可见张永因掌皇帝所居乾清宫而与武宗关系亲密，刘瑾难以间之。他也成为正德初年唯一敢于公然向刘瑾叫板的太监。

安化王造反的消息传来后，朝廷立即准备发大兵征剿，朝臣共推前都御史杨一清担任统帅。杨一清曾任陕西巡抚、三边总制，对西北情况熟悉，且为人才干优长，在边方颇著威望。正德初，杨一清提议大修西北边墙（即西北长城），得到主政者的支持，大发帑金数十万，修筑延绥至宁夏一路的边墙。刘瑾掌权后，边墙仅完成四十里，杨一清就引疾归乡，刘瑾以“冒破边费”为由，将他下狱。虽经大学士李东阳、王鏊力救，没有获罪，但先后罚米六百石。对这样一个受过他打击的人，刘瑾是不想起用的，但公议如此，他也只好暂且同意。于是兵部紧急差人前往镇江递送吏部公文，征召杨一清赴京听用。总兵官用的是刚刚由内批封泾阳伯的神英。

提督军务文臣和总兵大将选定了，还差一个监军太监。

刘瑾灵机一动，忽然想到一个最佳人选——张永。

姓张的不是刘瑾死对头吗？干嘛要提携他，让他去立功？

看官可还记得西厂太监汪直？曾几何时，汪直是多得帝心的一个人哪，结果他少年气盛，喜欢练兵打仗，在北京当了两年特务头子，不过瘾，跑去辽东、大同打鬼子。他在边关常年不回京，距离远了，与皇上的感情也疏淡了，后来被尚铭等对头暗中下药。等他有所警觉请求回京时，就回不来了。后来西厂撤了，人也降南京闲住了，他打的那些胜仗，顶个屁用！所以刘瑾不怕张永立功，怕的是他时刻守在皇帝身边，如今他要拔除这根眼中钉，正好借机将他调开，以后再收拾他，有的是办法。

所以刘瑾向朝廷举荐了张永。

话说杨一清在家赋闲已久，忽然奉命赴京，不知何事，本欲推辞，但怕朝廷执法严厉，辞之恐有奇祸，只得勉强就道，但心里总是作难，不想见到刘瑾。兵部公差偷偷告诉他，宁夏有变，起老先生前往征讨，敕使后脚就到，您老实不必进京的。杨一清才稍稍心安。

果然，刚走到宿州，消息传来，说朝廷祇告天地、宗庙，削朱寘鐇属籍（不仅黜去爵位，还开除宗籍，不承认他是老朱家子孙），下诏正名讨罪，命御用监太监张永总督宁夏等处军务，杨一清提督军务，御马监太监陆訚监枪，泾阳伯神英佩平虏将军印充总兵官，统率京营精壮官兵三万，会同陕西诸镇兵马，分道进剿。张永以太监“总督军务”，这样的名义是史无前例的，兵部不敢反对，推说没有“总督太监”关防，但奉旨专门为他铸了一个。

杨一清随即转道河南，经郑州至河南府，在义昌驿站遇见监枪太监陆訚，得知张永已到卫辉府。杨一清先行一步，经陕州入潼关，在华州得到消息，说本月二十三日，朱寘鐇已经就擒！

这是宁夏游击将军仇钺立下的大功。

事变时，仇钺在城外，他不知底细，被叛兵诓入城中。当时陕西总兵曹雄等率诸道兵已至灵州，仇钺进城后，与叛兵虚与委蛇，外示屈从，却秘密派人与灵州官兵取得联系，约为内应。他故意装病，等周昂来探望时，突其不备，将其捶死，立刻率亲兵在城内起事，斩杀叛兵数十人，并将朱寘鐇父子及何锦、丁广等贼首全部捉拿。一场大变，就这样平定了。此变旋起而旋定，说明叛乱完全是被虐政所逼，多数官军并不愿意参与。

杨一清听说宁夏城里呶呶传言，说朝廷大兵将血洗镇城，他害怕有变，急忙具疏，请将京兵撤回，同时派人拿着提督军务火牌，前往宁夏晓谕军民。

乱平的消息传到北京，朝廷即召回神英及所率京兵，而令张永至宁夏，偕同杨一清抚靖地方，并起解朱寘鐇及其家眷、逆党。张永率麾下数百人兼程而来。他听说宁夏人心不定，预先出纸札榜文，派人先行前往晓谕。在这一点上，他与杨一清想到一起了。

六月初九日，张永至宁夏镇城，杨一清出郊外迎接。杨一清素闻张永之名，此人过去名列“八虎”，是有名的太监，他来之前，很有些担心他恃宠跋扈，又前一日见张永派来的使者，如朱德（武宗义子）、谷大中（谷大用弟）、张富（张永兄）等人，不是佞幸就是太监子弟，皆是权阉积习故态，愈加担心难以与张永相处。

杨一清的担忧不是多余的，张永从郊迎到进城，至官厅宣敕，都不怎么说话，可是进了后堂，两旁无人时，忽然发作，厉声道：“宁夏镇巡官将王府宫眷不待我至，先发过河，是何道理！”张永为此事不快，原也不出杨一清预料。三天前，他还在固原，就听说新任宁夏镇巡官将朱寘鐇眷属并所俘何锦等数十人械送北行，分明是要献俘抢功。杨一清认为此事不妥，因事关宗室，不待朝命，岂可擅自送发？何况各犯有原谋、有胁从，情状不一，不在地方上审清楚，一概解京，犯人若有冤屈，将何以自明？他深知，大乱初平，人心未定，处置稍有不当，就可能别生事端。为此马上派人拿着他的钧帖急往制止，并且交代，如果人马已经过河，则将人犯收系于灵州待命。当时还在平凉的张永听说此事后，也非常恼火，马上派旗牌官前去制止。这些杨一清都是知道的，故此不慌不忙解释道："论法诚不可，但各官别无他意，只因人心惊疑，恐生他变，早发出门一日，省一日干系而已。"他为宁夏镇巡官做解释，不想钦差还没到，先为此事与地方官闹起来。

张永面色和缓了些，但脸还是僵硬的，道："听说此事都是陈侍郎的主张，欲以为功！"

他说的陈侍郎是户部侍郎陈震，此人是刘瑾心腹，派来宁夏整理大军粮草的。张永撇开别人不说，单挑陈震说事，明摆着是对刘瑾有气。

杨一清心中一动，但因不明底细，未敢乱言，只是道："此恐不然。贼平是四月二十三日，后获夜不收申居敬是五月二十一日，陈侍郎六月初二日方到宁夏，岂敢以为己功？何况宁夏镇巡、御史、三司官都在，岂可独咎他一人？"

张永道："陈有倚仗，所以才如此大胆！"

他说的倚仗，自然是刘瑾。杨一清不接话，也不问倚仗者为谁，继续从理上给张永解释，道："乱臣贼子，人人得而诛之。那都是反贼，各官所行，纵有不是，朝廷也不会深责。况传闻之言，未必皆实，到彼再看，如何？"

张永的态度缓了许多，但口气仍厉，道："各官连连奏捷，只是要封侯封伯！"

杨一清笑道："譬如人家，父母心上有事，为子孙者，一闻好消息，便当急报，以宽父母之忧，岂有隐而不报之理？"

张永听了，失笑道："确实是这样。"

两人在谈话中提到的陈震，本是从征整理粮草的。宁夏大乱已平，地方上除了有新任镇巡、三司官弹压，还有杨一清、张永两位钦差抚靖，本不必再派一位大臣过来。刘瑾把陈震派来，主要是想用他替换杨一清。

杨一清是被刘瑾罢过官、罚过米的人，用他是迫于众议，并非本心。宁夏事定后，改任杨一清为总制军务，他揣想杨一清会按惯例请辞，待他疏辞时，正好改用陈震。于是他借口让陈震送总制官的符验、关防及令旗、令牌，也来到宁夏。不料杨一清得命后并未请辞，陈震只好派人把符验、旗牌等物送来。这些事，杨一清和张永都心知肚明。

他们两位都是刘瑾排斥之人，如今聚到一起，先已有了几分默契。张永私底下对杨一清说那些气话，就有试探之意，而后议起宁夏事宜，发现对方所想及诸种措置，皆与己相合，很有知己之感。张永为人颇为谦逊，能听纳意见，有雅士之风，虽说他随行之人很多，权贵子弟就有好几十人，部曲更多达五百多人，但他尚能约束部下，所过秋毫无犯，与将士同甘苦，行不乘舆，暑不张盖。每日需用，也就公廪粮米数升，此外就是一张纸、一根菜都不妄取。他还经常拿出自己的钱奖赏部下，即使是徒隶厮役之辈，也能沾惠。杨一清瞧在眼里，已知此人与刘瑾大不一样，心中暗暗有了主意。

二人在宁夏一力抚恤，革除过去的苛虐之政，张永也很注意听取杨一清的意见，比如他访知仇钺（事后封咸宁伯）、杨英乘乱将安化王府第的金帛并犯家财物取以私用，有数万两，杨英还受贿，将应捕人犯释放。张永怒道："此法不可恕！"但这两位毕竟都是平乱功臣，不好擅处，便向杨一清请教。杨一清照直说："此事我也听说了，但无实据，恐是仇人冤家流言相传。"对此事他态度明确："大功既成，则小节似不必深究。且反逆之徒，皆得以胁从释放，而以暗昧不明之事，追究一二有功将官，非惟体面不宜，又似与反贼报仇。"张永听了，就没再理会此事。之后张永反复思量，觉得杨一清"大功既成，小节不必深究"实为不刊之论，过了很久，每当提及此事，还连连说："是这样，是这样！"他对杨一清的见识非常钦佩。

在宁夏善后，甄别非常重要，张永宣布，凡手刃镇巡重臣者、造伪命伪符者、破人庐室污人子女者皆不可赦，至于其他受贼赏赉、听指使者，悉置不问。由于政策适宜，宁夏城很快恢复了安定，"耕锄不废，市肆如故”，大乱之后，“藩镇威令，渐复其旧矣”。

杨一清与张永相得甚欢，他们在处理军务之余，常常说一些私已的话，谈话渐深，就由朱寘鐇之乱谈到朝廷虐政，又慢慢触及刘瑾播虐天下。杨一清忧心国事，深知时弊的症结就在刘瑾身上，但要除去刘瑾，仅依靠外廷的弹劾是不行的，必须借助宦官之力。张永与刘瑾不和，正是倒刘的最佳人选。

在一次谈话时，杨一清忽然扼腕叹道：“宁夏之难，赖公公之力，反侧已定。然则此难易除，国家内患难消！”张永道：“这话怎么说?”杨一清不言，把身子靠近些，在掌心画一“瑾”字。张永便知其意，但为难地道：“刘家早晚都在皇上身边，枝附根据，耳目众多……”杨一清见他犹豫，知当激一激他，遂慨然道：“公公也是皇上信任的人，讨贼之事，不付他人，而付于公公，圣意可知。今功成奏捷，公公回京，可在与皇上论军事时，趁机发刘瑾之奸。”张永心猛然一动，问：“那我当如何进言呢?”杨一清胸有成竹道：“公公可极陈海内仇怨，以‘惧变起心腹’为言。皇上英武，必听公公之言，诛杀刘瑾。刘瑾诛，公公益柄用，当悉矫前弊，以收天下人心。千载而下，好公公，就是吕强、张承业与公公三人耳！”

此事非同小可，张永心跳加速，但仍不免迟疑：“如事不成，当如何?”杨一清断然道：“此言从公公口中说出，皇上必信。万一皇上不信，公公当伏地不起，顿首请死，剖心以明不妄，皇上必为所动。”他强调：“皇上一旦答应，公公须谨记，一定要立刻行事，不可稍缓，缓则事败矣！”

在杨一清的激励下，张永渐趋坚决，勃然起身道：“嗟乎！老奴何惜余年，不以此身报主之恩哉！”

杨一清与张永密谋此事，便是生死之交。自他们在宁夏订交，就成为终身的好友。张永回京后，即力援杨一清还京，升任户部尚书，又加太子少保，改吏部尚书。嘉靖初年，张永去世后，已任大学士的杨一清亲笔给老友撰写墓志铭，却因此遭到朝臣抨击，黯然去位。此为后话，我们在下部里细讲。

第七章　千刀万剐，再来一碗粥！

刘瑾是这样一种人，敢于与天下人为敌而不惧。我有时候想，如果刘瑾是皇帝，明朝会是一个什么样子？可惜历史无法进行沙盘推演，而事实是，刘瑾只是一名太监，他要做皇帝的事，结局几乎是注定了的。

如果说过去刘瑾还不了解有那么多人反对他、怨恨他，那么当辽东、宁夏先后发生动乱，且指他为元凶后，他应该知道畏惧了吧？人不可能无惧，刘瑾在宁夏叛乱之初，也能稍自敛戢，听从内阁的建议，颁发恩诏，少更其刻核之政。但乱子一平，他马上后悔了，严急峻厉的冲击波又来了——或许，他需要始终对群臣保持一种威权的压迫态势吧，唯其如此，才能有效地维护自己的权威。

正德五年对刘瑾是一个很不祥的年份，先是宁夏之变，然后他的哥哥后军都督刘景祥又在六月十七日去世。满朝公卿接到讣告，都赶来吊丧，唯恐落后，每日车水马龙，把刘瑾在东华门的私第都填满了。

刘瑾定的送葬的日子，是八月十五中秋节那天。

可巧张永押着叛藩逆党回京，奏请入京献俘的日子，也是八月十五日。

刘瑾恼火得很，这讨厌的家伙，选日子也来跟他撞车！他让张永稍缓还京，等他把丧事办完再说。

出乎意料的是，张永不仅没缓，反而加速了，提前于八月十一日回到北京。

武宗很高兴，特地换上戎服，率领文武大臣，亲临东安门迎接。他急切想看到那位“状貌魁梧”、有大贵之相的亲戚朱寘鐇。可只见他形容消瘦，双手反缚，头垂胸前，哪里像龙，不过是一只大号的小龙虾罢了！瞧着他叩头求饶的狼狈样，武宗十分高兴，几乎要拍手大笑起来。按照提前定好的献俘礼仪，司礼监传旨，命将朱寘鐇及其亲属十八人送东安门外诸王馆锁系看押。

随后伪大将军何锦及从逆者数百人都被反绑着，由紫禁城东华门进入大内，在御前献俘。一时间，金鼓之声大作，响彻宫城。这是武宗第一次体验做大将军阅俘的乐趣，一颗奇异的种子已播撒在他的心田……

献俘毕，何锦等被押着，横穿宫城，从西华门出去。

然后武宗亲自设宴，为张永接风，刘瑾、马永成、谷大用等东宫旧臣都来侍宴。众人欢愉，仿佛又回到了昔日东宫的生活——还都是那“八虎”呢！只是众人已多是貌合心不合。

这场酒一直吃到晚上，听着张永喋喋不休讲述军中见闻与西北风情，武宗好奇，问个不休，刘瑾愈加不乐，托个故辞出来。他哪里晓得，张永正等这个机会呢！

待刘瑾一走，张永马上从袖中取出一疏，跪倒在地，口称要奏发刘瑾谋反。

武宗大吃一惊，让他奏来。

张永便照着疏文所写，称刘瑾负恩怙势，窃弄威权，积衅酿患，以致大变，幸赖天地宗庙之灵，悉底平定。

武宗果然不信，道，寘鐇反，未必因为他。

张永又取一纸呈上，正是朱寘鐇伪出的檄文。武宗接过来一看，见上面写着“主幼国危，奸宦用事”云云，脸刷地红了，不是酒激的，而是羞的。

张永道，此檄为边臣缴获奏呈，被刘家私瞒下来，不予奏闻，这便是他欺君的明证！又说，刘瑾包藏祸心，不亟诛戮，无以谢天下。疏文他是背熟了的，此时不紧不慢、一条一条地说出来，一共列了刘瑾十七条大罪。

武宗已经饮了很多酒，此时酒劲发作，腹中燥热，半俯在酒桌上，道：“刘瑾负我！”

张永在说这些话时，内心是极为惊惶的，见武宗意动，方松了口气，马上想起杨一清的叮嘱，忙急切地道：

“此不可缓矣！”

他对武宗说，刘瑾反状已明，不可再缓，恐变起心腹。他一边说，一边拿峻厉的目光迅扫马永成、谷大用等人。他心中甚是焦急恼怒，这些家伙平日发牢骚嘴巴倒挺利索，今日该他们说了，却个个做了闷嘴葫芦。马永成等人因为事发突然，一时还没反应过来，此刻被张永怒目一撩，方醒过来，忙一齐从席间爬出，跪在武宗脚下，纷纷数落刘瑾的不是——这一幕，宛如四年前“八虎”一起倾陷王岳的重演。

想当年，他们几个共推刘瑾入司礼监柄用，本指着他照顾，可是刘瑾一旦当权，马上变脸不认人，老友们的请求多不听从，他们也是积怨久了，此时一起来推刘家这堵危墙。

武宗酒劲冲头，当下把桌案一拍，酒杯乱蹦：“去，把刘瑾给我捉来！”皇帝口一张，便是下旨，当即有四名长随前去抓人。

当他们来到司礼监位于河下的值房时，月已过中天，刘瑾心中有事，睡得不甚安稳，忽听门外喧哗，就从被中撑起身，向外喝问：“什么人！”

长随道：“有旨。”

刘瑾心知有异，忙披了件青蟒衣出来，见到众长随，还未搭话，已被扑倒在地，被一条索子缚了，夜开东华门，送往菜厂关押，同时差出官校，将刘瑾在皇城内外的私第全部封锁。

夜收刘瑾，与正德元年十月驱逐王岳一样，在内廷猝然而发，外间毫不知情。次日早朝，消息才稍稍传开，但人们慑于刘瑾的积威，都不敢过多打听。

散朝后，武宗将张永之奏发内阁，并且降旨说：

朕嗣承大业，务期法祖保民，以安天下。委刘瑾以腹心，整理庶务，瑾乃不体朕心，蒙蔽专擅，变乱成宪，肆行酷虐，使官员军民无不受害，愁叹之声，有干和气，朕深悔焉。

武宗承认用错了人，命将刘瑾降为奉御，发凤阳闲住。

我国之事，多为“人亡政息”，刘瑾人还没死，他的政治生命已告终结，他当权时推行的新政也就失去了依据。于是各处新查屯田文册全部烧毁，照旧额征收，新设巡捕、巡盐、查盘等项官员一并革去，法司问拟囚犯也不许再参照新例。圣旨要求，“凡（刘）瑾所行有亏国体者，法司即会众官一一条具奏革”。虽然设定了前提，即“所行有亏国体者”，但随后各部院请复旧例，还是将刘瑾所行之政全部革除。

矫枉总是“过正”，过正的缘由，就是矫弊者为了突出政治的正确性，官员们那么做，就是为了积极撇清与刘瑾的关系。一个叫李宪的都给事中，本是刘瑾的人，在科道参劾之列。他见大家都在奏刘瑾不法事，也赶紧写了一份揭发材料，“奏瑾不法六事”。大家都明白，他这么做，是为“求自脱”，都特别瞧不起他。刘瑾在狱中听说了，也笑道：“李宪也劾我乎？”

李宪那么做，也是可以理解的。圣旨道：“文武官员顺从缄默，多非得已，今皆贷之。”就是说，除了刘瑾本人，其他与之交结、顺从者，都不再追究。事实却非如此，就在刘瑾被捕的次日，京城里“逻卒飞骑交驰于道，黄纸黑索，惊骇见闻，衣冠失度，府寺闾巷喧嚣如沸，浃日乃定”——连着几天都在抓人，而且一旦抓住某人，立刻按谋反罪的“标准”封闭其门户，弄得人人自危。像李宪那样为求自保、反投一枪、加入参劾刘瑾大军的人不在少数，刘太监专权四年，哪个能不与他“交结”呢？除非不想混了！就看交结的深与浅了。

刘瑾下狱后，听说将发凤阳闲住，呵呵笑道：“我亦不失为富太监。”有书上是这么记的，我对此表示怀疑。

事变后，刘瑾内外私宅都奉旨封闭，封闭就是为了查抄，身陷囹圄的刘瑾凭什么认为他还能保其富贵？朝廷所发旨意中，还有一条：“（刘）瑾所当坐罪名，从重议拟以闻。”刘瑾已降为奉御，但最后给他定什么罪，还要等审问之后决定。刘瑾得罪了那么多人，许多人恨不能生啖其肉，凭什么他认为自己能实现软着陆？人们造那样的谣，就是试图拿这些话去激怒武宗，他们绝不容许刘瑾继续活下去。这就是政治的残酷。

刘瑾的对手们早已在做这样的舆论准备。

张永班师时，刘瑾“缓”其期，当时就有传言，说刘瑾有异谋。“有泄其谋于（张）永者，永遂先期入。瑾愕然。”称张永预知刘瑾逆谋，遂出其不意先期而入，使刘瑾的“预谋”失败。

刘瑾之“谋”也太不秘了！不仅有人泄给张永，京师里巷也是“私语籍籍”，大家都在传，说八月十五刘景祥出殡，满朝臣僚都要到刘府送葬，刘瑾已与二三同恶秘密定计，届时将为变！而且言之凿凿地说，这几日“夜禁甚严，犯者至死，星出后寂然无鸡犬声。有中夜窃听者，闻兵甲声铮然相继”。

刘瑾虽无反意，而他谋反的“声浪”已经很高了。这就是张永攻击刘瑾的一种手段，与当年的匿名信如出一辙。

武宗以酒中一怒将刘瑾下狱，起初并无意杀他，最后使武宗改变主意的，是对刘家的查抄。

武宗亲自参加了对刘家的抄没，见他家里金银数百万，宝货不可胜计，还抄出伪玺一方、穿宫牙牌五百块（牙牌是进宫的凭证）及其他衣甲弓弩等违禁物，尤其是看到刘瑾平日所持扇中藏有两把利刃时，武宗彻底怒了：“刘瑾果然要造反！”于是将刘瑾从皇城发出，送锦衣卫严讯。

这已是刘瑾被捕后的第四日。就在同一天，张永之弟、锦衣卫都指挥佥事张容被任命为锦衣卫掌印，提督官校办事。刘瑾案的侦办负责人，就是张永的亲弟弟。刘瑾之狱，自然在其摆布之下。

也是在这一天，六科给事中、十三道御史联名上疏，劾刘瑾十九大罪，要求对刘瑾“亟赐诛戮”。

这三件事发生在同一日，不是巧合，而是有计划安排的结果。

科道上劾疏后，即传旨令法司、锦衣卫将刘瑾带到午门，会多官鞫讯（廷鞫）。

刘瑾专权多年，如今下狱多日，仍是“倒人不倒架”。主持审问的是刑部尚书刘璟。这位刘尚书做着最高司法长官，却是个老实汉，心肠一点都不硬，多次遭到刘瑾的责骂。但他对刘瑾态度极为恭顺，所以刘瑾骂归骂，尚能容他。此时见到已沦为阶下囚的刘瑾，刘尚书竟然害怕，“至噤不能出一语”。其他公卿大臣也好不到哪里去，都低着头，侧立一旁。他们平时对刘瑾不是屈膝献媚，就是曾受过刘瑾抬举，此时与刘瑾真是难以见面，难以为情，更是难以开口问囚，只好“稍稍退却”。

眼看廷鞫就要冷场，审不下去。这时，英宗女淳安公主的丈夫、驸马都尉蔡震气愤不过，挺身而出，对刘瑾大声叱责——没想到，国家级的审判大会，法官们个个不敢说话，还要靠一个皇亲陪审员来撑场子，说来也是好笑！

刘瑾却不认得此人，抬头问：“你是何人，敢忘我德？”他以为，凡能安然在朝者，皆出自他的德惠。蔡震一听，更气了，厉声道：“我蔡震乃国戚，何赖于汝！”说罢他就上前扇刘瑾的耳光，又急呼官校上前，对刘瑾用刑。犯人就怕打，一打，威风就掉了。事后，大家都说，“是日微震（要是没有蔡震），几不成狱”，若是蔡驸马不出马，几乎就要审不下去了！

其实这样的审理也就是走个过场，很快，刘瑾的案子就审得了，主犯刘瑾以交结内外官员符同奏启、矫托诏令、紊乱祖宗成法、私制兵甲、伪造宝印、刻期为变等不法之罪，判凌迟处死——以“刻期为变”入刑，等于把谣言坐实了！

案子宣判后，张永交代刑部，此案不必复奏（根据制度，死刑案子必须经过驳谳，复奏三次，才准执行，时间比较长），当立即执行。他害怕武宗念着旧情，忽然反悔，所以要赶紧把刘瑾处死。

八月二十五日，刘瑾决于市。

凌迟，又称磔刑，俗称千刀万剐，民间恶语骂人，也说“杀千刀的”，正是此意。刘瑾之死，是历史上最著名的几次凌迟之一，据说他受刑三日（实为两日），挨一千余刀（远无此数），身上片下来的肉被仇家一抢而空，当其面啖食之云云（亦无当面之事）。其实，刘瑾受刑的过程，是留有目击者的记录的。记录者还不是别人，正是前面提到的刑部主事张文麟，他是处死刘瑾的监斩官。此次行刑，按例应轮到刑部陕西司主事胡远，可胡远竟不敢去，他闻命“错愕”，对尚书刘璟道：“我如何当得！”坚决要辞此差。胡远的心情，刘璟自然是懂得的，他便说：“我叫张文麟帮你。”所以张文麟是临时承命，揽了这份令人心情复杂的差事。

当张文麟赶到刑场时，已经开刀了。这人肉要一刀一刀地慢割，到天黑时，刘瑾已变成血葫芦一般，但还活着，暂将他送顺天府宛平县寄监，将绑绳给他解开，没料到，刘瑾竟然要吃粥，而且一吃两大碗！令张文麟目瞪口呆，道：“反贼乃如此！”第二天，仍将刘瑾押到东角头刑场，继续施刑。因为前一日用刑时，刘瑾嘴不停，说了许多内廷秘事，这日预先将一块麻核桃塞入他口中，复用数十刀，方才气绝。此时，太阳才升起来。张文麟和一同监斩的御史具本请奏，奉圣旨，以刘瑾凌迟数足，令锉尸，免枭首（就是将首级用小木笼装了，挂在市集热闹处，如果不传旨取下来，有的人头会挂数年，甚至十几年）。锉尸时，刽子手举巨斧，当胸一大斧，刘瑾胸骨迸出，飞至数丈远。围观的受害之家，争取刘瑾之肉以祭死者。这一幕是极可怖的，张文麟叹道：“逆贼之报，亦惨矣！”事后朝廷将行刑过程画出来，榜示四方（以上据《张文端公自叙年谱》）。

刘瑾是谋反重罪，按律人口家财皆应“抄提”。此时刘瑾的亡兄刘景祥穿着新得的一品冠带，端端正正躺在棺材里，就等着入土为安了。突然抄家者闯入灵堂，将其拖出，毁裂衣裳，弃置于路，旋即“追削其官，焚其尸”。刘氏满门被逮，不单亲属同居之人，就连远在兴平老家的族人，也被械解到京。

其时，因“变起暴猝，人人持意行法”，判决之重，多不当罪。依律法，犯官之家未成丁者（古代以成丁为成年的标志。成丁者就要向国家承担相应的义务了）可免死。刘瑾从孙刘二汉尚幼，治狱者对是否处决他，拿不定主意。有人提议从宽。刑部主事张文麟坚决不同意宽处刘二汉，他质问：“刘瑾为谁反邪？”他的道理是，刘瑾造反，皆为此儿（术士言二汉“当大贵”），此儿为祸机，岂能逃死？二汉竟“坐诛”。

传说二汉临刑前，呼曰："吾死固当，第吾家所为，皆焦芳与张彩所教唆。今张彩与我处极刑，而焦芳宴然无事，岂非冤哉！"这是见于《明史·焦芳传》的记载。可信乎？刘二汉被处死时才十岁，岂能呼出那样的口号？况且按律他本不应死，枉死之人怎会说出"吾死固当"的话呢？此明为野史，不可信。焦芳在刘瑾败亡前三个月已致仕。刘瑾败后，科道劾内外官为刘瑾奸党者二十六人，这份名单里有大学士曹元、前大学士刘宇、吏部尚书张彩、户部尚书刘玑等大臣，皆刘瑾生前亲昵之人，却唯独没有助虐最多的焦芳。张彩下狱瘐死，仍不免戮尸，焦芳却仅仅削官。处罚太轻了！有人愤愤不平，遂借可怜的二汉之口，做了这样一篇小说，不想《明史》作者竟轻信了。

当时被处斩的刘瑾亲属，除了刘二汉，还有刘杰等十五人，另有奸党左堂等发广东、海南卫永远充军，妇女送浣衣局。术士俞伦、余曰明被人揭发曾称刘二汉当大贵，并收系论死，仍籍其家。

刑部主事张文麟虽为二汉之罪人，却又为刘瑾众多族属的恩人。因刘案被逮的，除了近亲，还有"他族属"约三十人，都是"既经别籍"者（即分家立户之亲），包括从兴平老家逮来的疏族，据时人目睹，"皆农人"。这些乡下种田人哪曾讨过刘瑾什么好？但"深祸者穷治"，欲一概坐以重罪，独张文麟"多所裁正"，他说这些人都是"不与于（刘）瑾荣者也"，他们才幸免一死。

刘瑾侄婿邵晋夫夫妇下场如何？有一种"传奇"，说邵晋夫"携妻遁去，后辗转襄汉间（今湖北襄阳一带）为娼"，且有诗为证。正德十二年进士、诗人王廷陈曾作《闻筝诗》，写一"楚馆名娃"，善弹秦筝，繁弦每寓哀怨，"曲终仍自叙，家世本西秦"。据称这首诗咏的正是刘瑾侄女之事（见黄景昉《国史唯疑》卷五）。

这故事虽然催泪，却属野语，邵晋夫并未有入楚受辱之事。朱国桢《涌幢小品》卷十九《济风救难》记："瑾败，有司逮（邵）昇。"他急忙跑到好友刘佐家躲起来，藏了几个月，刘佐又将他转移到另一处地方。有人劝刘佐别冒这样的风险，刘佐说："邵君来投靠我，是因为我能救他一命。邵君过去没有掺和刘瑾的事，这我是知道的。如果不管是非曲直，轻易地背叛朋友，那还是仁者之人吗？”

在朋友的帮助下，邵晋夫没有罹难，但他得以“免诛”，从根儿上来说，还是得益于他“不与瑾事”，没有仗着老丈人的势力造孽。即便如此，仍不免被“斥为民”，失去了功名。

朱国桢的记述得到著名文人康海为邵晋夫撰写的墓志铭的印证。据《有明诗人邵晋夫墓志铭》载，刘瑾诛后，“天子以晋夫无所预事，赦为编民”，嘉靖十三年（1534 年）病死于凤翔家中，得年四十四岁。其墓铭道：“（晋夫被除名后）关中缙绅士夫莫不重以为冤，而晋夫洋洋粹粹，曾无少动于中，险夷不改，宠辱不形，厥觌渊矣！”刘瑾这位侄女婿确乎为一位涵养深厚之士，难怪关中士大夫都替他惋惜，称其早夭为“犯忌才之阨”。

墓铭还提到：“所配谈氏，无子。沈宜人（邵母）为置二妾，亦无子，乃以党氏妹之子延正为后。”这位谈氏，就是刘瑾侄女，晋夫之原配。但文字甚简，只知谈氏已先晋夫卒，余则不可晓矣。

至于刘瑾的另外一位侄婿曹谧，改官千户未数月，他妻翁就事发了。父亲曹雄降官下狱，随以党逆论死籍没。哥哥曹谦在狱中被仇家捶死。曹雄后来得到宽宥，诏“与家属永戍海南，遇赦不原”。曹谧的结局不知，大概携其妻子刘氏（或复姓为谈氏）远戍天方了吧！

第八章　张永想学“刘马侯”封爵

诛刘瑾，成为张永平生第一件大功劳，为此赐金牌银币，累加岁禄至三百石，其兄张富封泰安伯，弟张容为安定伯。这是曹吉祥之后，太监子弟首开封爵之门。

在议宁夏、刘瑾两事之功时，兵部尚书王敞等会英国公张懋、尚书刘机等议，认为大将仇钺“功止一方”，已封咸宁伯世袭，而张永“辑宁中外，两建奇功，又非（仇）钺比”，其兄弟并宜封伯。说张永在宁夏、刘瑾这两件事上都立有大功，每一件都值得封伯。于是张家一下得了一双伯爵，诰券及勋号皆为“推诚宣力武臣，特进、光禄大夫、柱国”，岁禄千石。实录说：“时（张）永既诛（刘）瑾，诸与瑾私者，惧及祸，争媚永以求自安。二伯之封，盖（王）敞辈二三人成之云。”说白了，这俩爵位，不过是官员们为了免祸行贿张永的赂金。

张永家发达了，有人瞧了眼红，谷大用、马永成、魏彬等纷纷表示，宁夏、刘瑾二功，咱们也有份儿啊，怎么成了张家的奇功？武宗高兴，伯爵算什么（他连自己这个皇帝都没当啥，何况区区伯爵），赏！于是谷大用兄谷大宽封高平伯，马永成兄马山封平凉伯，魏彬弟魏英封镇安伯。马山就是个马夫，除了盘马，啥都不会。魏英还不是魏彬的亲弟弟，他是冒的魏姓。还有一个叫朱德的，算是个添头，也一块儿封伯。朱德本是裴太监家的厮养奴才，冒了裴姓，他有一手好厨艺，尤其擅长西域美食（大概是烧烤吧），很得武宗宠爱，赐他朱姓，收为义子，这次给太监家兄弟发红包，顺手塞他一个，封了一个永寿伯。

“爵赏之滥，国朝所无”，朝臣叹息，武宗可没当回事儿。

刘瑾死后，群魔乱舞，但风头最劲的，还是张永。

正德五年上半年，北方一直没怎么下雨。直隶赞皇知县王銮上疏说，今岁五月，赤旱千里，张永奉命西征，经过真定，大雨随之而降，百姓稽首说：“天上雨露，张永带来也。”张永出征，不坐乘，不张盖，不作威福，真是今日之皋陶、夔龙、伊尹和傅说（这四位都是传说中的名臣）！疏文前后几千字，极尽谀媚。武宗就命拟敕表彰，内阁、司礼监跟着捧场，奖敕文字长达数百字，张永之美，简直是“美不胜收”！

众人趋附奉承，歌功颂德，一浪高过一浪，把张永捧到浪尖上，晕晕乎乎的，他竟突发奇想，想自己封侯了！

宁夏、刘瑾二功，已经置换了两个伯爵，没法再用了，得另想他辙。

当时顺天府涿州（一说霸州）有个男子叫王豸，生有异形。说他“异形”，不是说他是天外飞仙或半人半兽的怪物，而是此人生有异相：

他足上涅刺龙形，手上隐隐现出“人王”二字。张永知道后，派人将他抓起来，然后以“妖异”奏闻。锦衣卫一审，就说王豸妖言惑众，欲图谋反。一个乡间小丑，瞬间变成一件谋反大案的主谋。这戏法不是妖人王豸变的，而是张永变的，他变的是帽子戏法，手探入囊中，拿出来的将是一顶官帽。

风声传出来后，人言籍籍，都说张永缉捕妖人，是想封侯。公卿大臣们都觉得不好处理，此事归兵部管，兵部尚书何鉴更觉为难，但他不敢抗拒辨明，便请下廷臣会议，让大臣们一起来议。

这天，一伙儿司礼太监来到内阁，传谕上意，说王豸手文成字，有异相，张永能消变于未形，功劳甚大，宜重加褒赏。张永也一同来了。内阁大学士杨廷和点头道：“确实不可不褒赏。”太监们便问：“应何以褒之？”杨廷和道：“写敕奖励，多加禄米。”太监们都说不够，并称皇上之意，是要给张永加爵。

杨廷和心中暗惊，外间传言果然不误，张永竟有此念！他见众太监抢着说话，唯张永站在后面，一言不发，便也不看他，只对众太监道：“我朝官制，太祖高皇帝所定，载在《祖训》，内府监局官止于四品，未有加封爵位者。”

司礼太监范璟最积极，他笃定地说：“怎么说没有？刘马侯就是前例。”

杨廷和道：“刘马侯是谁？自来未闻此号，只听说过先年太监中有一位刘永诚，公公说的可是他？”

范璟道：“正是此人。”

杨廷和道：“那就不是了。刘永诚历事累朝，七十余年，出入中外，多效劳勚，又久在御马监掌事，京师人称‘刘马太监’。可是他未尝封侯。刘永诚卒于成化初年，墓志是翰林岳正所写，岳公文集《类博稿》可考。刘永诚之侄刘聚，为大将镇守地方，以功封宁晋伯，这是他自己的功劳，非刘永诚自为也。公公若不信，可从宁晋伯刘福家取诰券来看。”

说时，他从阁中取出一本《类博稿》，拿给众司礼看——这是他早准备好的。

太监们一翻，书中所载刘永诚墓志，详细记载了永诚出征乌梁海及亦集乃、瓜沙等处，擒其酋长，斩获数万，功伐显著，但确无封爵一说。

范璟态度蛮横，他道："今虽无，古亦有之。"

杨廷和正色道："汉时一日五侯，非盛世事。宋朝童贯至封王爵，后竟何如？"

他说时，张永面色难看，仍是一言不发。

范璟坚持："可下吏、兵二部，令多官议之。"

杨廷和道："张公公奏诛逆瑾，靖宁夏之乱，功在朝廷，天下皆知之，恐不假此为重。若多官会议，谁敢阿顺上意，变乱成法，自取重罪？必将正言极论，形之奏牍，扬于大廷，传之天下，似非所以为张公宠也。"

经过反复辩难，司礼太监们见没法说服杨廷和，遂快快而去。杨廷和想想，还是不放心，又托一位与张永关系密切的宦官去找张永，说此举在朝廷为异恩，在公宜力辞，希望他明白，非常之恩，必遭非常之嫉，请张公留意。张永似听进去了，上疏请辞恩典。

但传旨仍令兵部会廷臣集议。廷议从来只议朝廷大政，还从未为加恩一名太监而使众大臣一起会议过。

兵部尚书何鉴与吏部尚书杨一清等大臣商议认为，张永劳绩重大，不加恩典无以表其忠荩，不谅所请无以成其谦德。话说得周整，中心意思是一句话：恩当加，但不可过分。其实张永为此事也咨询过杨一清的意见，杨一清的态度与杨廷和一致，都劝说张永乞恩不可过甚，以戒盈满。

最终，武宗命内阁写敕褒谕，加岁禄四十八石（实录记载是"再加禄米百二十石"），赏彩段五十表里。张永坚决辞谢，终是一无所受。

张永辞恩的主要原因，不在惮于"外议"，而是因为遭到"同类者所忌"。

自献策诛灭刘瑾后，张永不仅获得大量赏赐，还被擢入司礼监，他如今又想封侯，在许多人看来，张永将有化身第二个刘瑾的势头。

刘瑾死后，继掌司礼监的是魏彬。马永成等人不服，上奏各表其功，于是武宗下旨，命“凡朝廷大事”，须魏彬与马永成等“同议”。这是过去从未有过的体统，居然令佞幸宦官与司礼监同议大政，这是“后刘瑾时代”朝廷乱象的开始。张永就是在这时入司礼监的，据杨一清所撰墓志说，张永是“掌监事”，成为头号大太监。他很快发现，这个位置很不好坐。

他刚入监，就发生了一件事。

正德六年四月，刑部员外郎宿进疏言六事，说内臣如王岳、范亨，言官如许天锡、周钥，皆因刘瑾死，宜加恤典，又说大臣阿附刘瑾者，如兵部尚书王敞等，皆宜罢，内侍中有刘瑾余党，亦宜令太监张永察之，等等。

不想这一疏，竟惹恼了武宗。

当天下午，张永出来传旨，对大学士李东阳、杨廷和、梁储说，皇上大怒，要亲自审问宿进。他还暗示，皇上喝醉了，此时带酒审问，宿进怕凶多吉少。李东阳会意，忙解劝道：“后生狂妄，且已日暮，非见君之时，但宜奏请宽处之。”张永表示同意，就回宫去了。

过了一会，仍出来传旨，皇上不再坚持亲自鞫问，而是令将宿进抓到午门外，廷杖五十，发为民。宿进因言获罪，挨了打，罢了官，总算没把命搭进去，这也是张永与内阁暗中相救的结果。

奇怪的是，宿进所言并不激进，也未甚触忤，怎么就把武宗激怒了呢？

后来人们才渐渐明白，原来是他疏中“察刘瑾之党”那句话深深得罪了太监们，遂为“群小所中”。

宿进请令张永察刘瑾余党，也使张永很尴尬。他在司礼一年多，本想有所作为，但每欲行事，便觉处事之艰难。杨一清说：“时近倖多怙宠干纪，公（张永）多所匡谏，不复顾忌。群小共媒蘖之，几中奇祸”。群小“媒蘖”何事不可晓，只知张永于正德七年十一月罢司礼，随为太监丘聚所劾（丘聚也是昔日“八虎”之一）。实录此事有记载，说张永罢司礼后，仍理御用监事，托言欲有稽查，令库官吴纪等窃出银七千余两，舁入私宅，造作玩好诸物。御用监太监丘聚发其事，执吴纪等付锦衣卫镇抚司鞫治，具得情实。张永多方营求，仅调御用监闲住，吴纪等降调有差。

张永深有感触地对人道：“今日始知杨先生前日爱我之厚也!”他说的杨先生，就是拒绝了他封侯企图的内阁大学士杨廷和。

事实上，刘瑾之后的司礼监已进入弱势时代，权势大衰，在正德中后期，对朝政产生巨大影响的，不是司礼太监，而是包括太监、武臣在内的佞幸们。

这期间，明朝也进入一个动荡的时期。先是正德六七年间，山东、直隶等处的刘六、刘七之乱，然后是武宗频繁地巡游，接着是正德十四年江西宁王朱宸濠的反叛，武宗借机南巡……皇帝荒德怠政，众佞幸狂舞乱法，朝廷呈现出一种可怕的乱象。

在平定山东、直隶之乱时，御马监太监谷大用营得“总督军务”的职务，太监张忠管神枪，与伏羌伯毛锐率京营官军五千人，同往剿杀。谷大用、张忠以为平贼容易，他们“谋督军以出”，就是希望大胜之后，能像张永宁夏功一样，获得爵赏。

正德后期，太监中有“三张”，即司礼太监张雄、东厂太监张锐和任东官厅提督太监的张忠。在三张中，张忠以预军务，尤得武宗宠爱。

话说正德六年后的“河北大盗”是怎么起来的呢？这要从一个叫张茂的巨魁说起。张茂住在直隶文安县，家有高楼列屋，深墙窖室，召集亡命，后来大闹山东、直隶数省的群盗刘宸、刘宠、齐彦名、杨虎等都是他的手下。张忠外号“北坟张”，也是文安人，他在老家的居所与张茂家很近，二人结拜，以张忠为兄，张茂通过他结交了马永成、谷大用等人。据说他托太监的关系出入禁中，还陪武宗踢过球。正德五年春夏间，河间参将袁彪奉命剿匪，张茂为之所窘，向张忠求救。他这位义兄倒

“义气”，在家置了一席酒，把官与贼都请来，东西对坐。他先举酒对袁参将说：“这位彦实（张茂字），是我的弟弟，你今后当好生相看，无相扼也。”又举酒对张茂说：“袁参将今日与你一面之好，你今后切勿再寇河间府。”他是要双方井水不犯河水。袁彪不敢得罪张忠，只得答应。

后来刘瑾因河北盗炽，派都御史宁杲来剿直隶一带的盗匪，张茂是重点清除对象。宁杲让一名巡捕主簿扮作弹琵琶的优伶，作为内应，混入张家，接到情报后，率领骁勇壮士数十人，乘其不备，突入张宅，将张茂一鼓擒拿。张茂在搏斗中被砍断一条腿。宁杲怕夜长梦多，将他用车装了，直接送往北京。

张茂手下刘宠、刘宸等人急忙上京营救，他们找到张忠、马永成，请他们想办法，把大哥捞出来。张忠答应帮忙，但提出条件：“必献银一万两，乃赦之。”刘宠等一时凑不齐银子，就率手下在四境劫掠，中原之盗就这么发起来了，遂“横行中原，杀人满野，村市为墟，丧乱之惨，乃百十年来所未有者”。朝廷多次出动京军，都打不过，只好调动强悍的边兵到内地来剿贼，“竭天下之力，三载仅能灭之”。

盗是太监养的，也是太监放任坐大的，如今盗起了，太监们又领着京兵来剿贼立功了。只是他们没打仗的本事，几千京兵被农民军打得丢盔弃甲，逃回京去。

但这并不影响他们肆其所欲，乱平后，兵部上各官功次，太监们照样掺和进去受赏，加禄米、恩荫弟侄就不必说了，谷大用弟谷大亮还以内批封永清伯，陆訚侄陆永封镇平伯。谷大用终于撵上了张永，他家也出了俩伯爵。

这样坏法乱政的事，满朝臣工，竟无一人敢谏。史云“逆瑾诛而内权愈炽，群臣畏祸，（故）直谏风靡”。朝中无人敢说真话，这朝廷就只有慢慢腐烂了。

第九章　皇帝竟给自己加俸禄

中国历史上，还没有一个皇帝当皇帝当腻歪了，死活不肯住乾清宫（天子正寝），不上朝，不理政事，甚至不愿居皇帝的名义，自称“太师、镇国公、威武大将军”，还连御讳也换了，对外自称朱寿。这样的皇帝，独此一家，他就是明武宗朱厚照。

现代人很欣赏武宗的个性，他是古代帝王中最有故事的一个，以他为主角的传奇、戏剧、小说有数百出之多，他那“游龙戏凤”的传说尤为人津津乐道。但喜欢归喜欢，如果不幸生活在这位荒唐天子的统治下，那可没一点喜感。嘉靖初年所修的《明武宗实录》里，经常暗示这位先帝是一个“酒麻木”，常因酒误事，大约有一半时间都是迷迷糊糊的，下人要忽悠他时，就先给他灌酒，等他喝得天昏地暗，就像木偶一样任人牵线耍弄了。当然，《明武宗实录》有故意“黑”武宗的嫌疑，这些记载不知有几分可信。但有一点是无疑义的，武宗绝不是一个称职的皇帝，在他在位的十六年间，就发生了一次太监专权、一次大规模的动乱（河北之盗）和两次宗藩叛乱，他还没有子嗣，孝宗一系的皇位至此弦绝。如果要列一个明代帝王排行榜，他名列倒数三甲，应该不冤枉吧！

早在刘瑾时，武宗就不大爱住乾清宫。乾清宫是历代皇帝生前的居所，也是他们去世的地方。死在乾清宫，也是一个好皇帝的标准！好比武宗后面的嘉靖帝，常年住在西苑，二十多年不回乾清宫住，可他在西苑快咽气时，臣下连忙将他移回乾清宫，就是为了让他在这里咽下最后一口气——这才“寿终正寝”了！想一想，武宗睡的龙床，也是他的祖先睡过、死过的地方，那感觉似乎很黑暗吧？没人爱住这种地方，这倒是可以理解。

武宗不住乾清宫，他在皇城内建了一处叫豹房的地方，那里便是他日常的居所。只有他亲近的人，才能出入豹房，称之为豹房近侍。除了这些近侍，外人（包括司礼监）一般都很难见到他，更甭提跟皇上搭话了！

我举一个例子，武宗住豹房，豹房里还真有豹（主要是西北所产的土豹）。武宗没事喜欢跟豹一起耍，一次不小心，为豹所伤。豹也不识人类衣冠，哪晓得这位是人间之王啊，他凑得太近，豹心中一烦，也不知是挠了他一爪，还是咬了他一口，总之武宗受伤了。

武宗连日不上朝，他为豹所伤的消息就传出来。朝臣不知道皇上伤势如何，都很着急，就去问阁臣。阁臣也不晓得，就请文书官去问司礼太监。这时的司礼监掌印是萧敬，他也不知道，因为豹房也不是他随意能去的地方。他想来想去，只有向一人打听了，就去找太监谷大用。谷大用是武宗最亲近的内臣之一，常在豹房出入。谷大用受了司礼监掌印之托，去找武宗，说萧掌印想来瞅瞅您，您见一下他吧。经谷大用一说，武宗同意了，于是萧敬由谷大用引着，走到武宗房外，在窗口跪下问安。听窗内武宗道："我没事，稍加调养即可，你们好生办事。"萧敬听武宗声音清朗，说了几句话，方才退出。出来后命文书官给内阁报信，说皇帝身体还好，请外臣勿忧。

通过这件事，可知武宗被包围在一个佞幸的小圈子里，莫说一般臣僚，就是司礼监掌印和内阁首辅都轻易不得见。

武宗的佞幸圈子，先是一些太监，也有个别外官，其中最有名的就是后来以左都督提督锦衣卫的钱宁，太监主要就是"八虎"。后来豹房里的人越来越多，尤其是边军镇压河北之乱后，江彬、许泰等勇猛的边将纷纷进入豹房，成为武宗的新宠。众多的边将后来都被赐朱姓，成为武宗的"义子"——尽管他们的年龄都比武宗要大许多。

武宗好弄兵，他在禁中设立东、西官厅，分别由太监张忠和边将许泰（后封安边伯）领之，后来又加进神周（神英之子，神英的伯爵在刘瑾死后被废）和刘晖，共为四镇兵马，号为"外四家"，四家兵马由江彬（后封平虏伯）兼统。武宗则自领阉人善骑射者为一营，称为中军。

在正德九年之前，武宗还被限制在皇城内——虽然他的心早已奔驰在广阔的天地中。正德九年正月灯节，忽然起了一把大火，将乾清、坤宁两宫焚毁。武宗竟大为高兴，还赞了一句："好大一棚烟火！"从此他开始频繁地微行与巡游，而且越行越远，乃至以边镇宣府为安乐窝，流连忘返，乐不思蜀，称之为"家里"。武宗还怕大臣出关来请他返驾，命谷大用坐镇居庸关，禁止放任何一名官员过关。

武宗屡屡到边关巡游，诸司题奏本章都由文书官送边镇候旨，司礼监文书房选了八名文书官，轮番赍奏送行在，但朝政的处理往往停滞，有的本章长达半年都没有回音。

武宗在边到底做什么呢？他在大同、宣府、太原、喜峰口、偏头关等地四处巡游，说巡游他还打仗，说打仗他多半时间在寻欢作乐，纵横千里，冲冒风雨，不知疲倦。正德十二年应州之役，他亲临前敌指挥，与北虏小王子连战五日，也算踏踏实实亲征了一回。据闻此役极凶险，幸得车驾无事，敌人退去，也不知功次如何。不久巡抚都御史胡瓒报捷，竟以"应州御虏功"，议升赏太监、总兵、副参将领、侍郎、都御史、郎中、主事及官旗军舍 56449 人。是怎样的大捷，竟要升赏这么多人？显然多系冒功之人。兵部尚书王琼经过甄别，最后议定的当升当赏人数，仍达到 9555 人。尽管如此，兵部仍遭到武宗"拟奏失体"的指责，武宗说："朕统六师，亲临战阵，率少击多，解应州敌，大展雄威，振扬士气，全捷而归，比于分命差委者不同。"武宗说，这仗是朕亲自打的，与分派将领不同，你们兵部连这点政治意识都没有吗？他要求仍照原册拟赏。

武宗这话明明逻辑不通！兵部不是说不能升赏，而是应升应赏之人太多，许多无功之人也羼入赏册，不该清汰吗？这一仗，就是皇帝亲自打的，也不能当过节一样，把国家赏功之典当做节庆的赏钱，人人都有份儿呀！

六科、十三道纷纷进言，指出应州之役，所获不偿所失，且名册中多有未出国门而冒名者，不可胜数，请皇帝处以至公，不可滥予升赏。可武宗充耳不闻。王琼无奈，只好依报功册子，按照剿杀流贼例，拟定升荫条例。

兵部拟了数万人的升赏，却单单忘了一人！

这人有意见了，很快通过敕谕向兵部提出来。

敕谕说："总督军务威武大将军朱寿亲统六师，剿除虏寇，汛扫腥膻，安民保众，雄威远播，边境肃清，神功圣武，宜加显爵以报其劳。今特加威武大将军、公爵俸禄，仍谕吏、户二部知之。"

看到这份可称天下奇葩的敕谕，内阁及吏、户、兵部大臣面面相觑，简直不敢相信自己的眼睛。自古以来，哪有皇帝下敕，给自己加俸禄的呀！而且加的还是不知是何名义的"镇国公"岁禄五千石！教人哭笑不得。皇帝的做法，简直就是小孩子过家家或现代游戏里的角色扮演。

可能武宗觉得不能光给自己争禄米，他不在京，京里苦等他的大臣也挺可怜，也当升赏！故此，又传一敕，说应州之役，军前内外有功官员人等已经升赏，还有那守关"勤劳夙夜"的太监谷大用（可笑谷大用守居庸关，却是防内不防外），"慎重安详"的司礼太监萧敬等，"防察周密"的提督厂卫张锐、钱宁，"运筹建议"的兵部尚书王琼等，"操练士马，克副委任"的官厅将领许泰等，以及"运筹定议，协力成功"的大学士杨廷和等，都有功劳，各加岁米、赏银及恩荫，所荫子侄多至锦衣卫世袭正千户——"凡荫序未有如是之滥者"！

正德十四年二月初六日，车驾要从宣府还京了。自去年七月后武宗一直不在北京。皇上总算回来了，文武群臣像往年接驾一样，具彩帐银币羊酒出迎于德胜门外。但武宗不打算直接回宫，而是驻跸外教场，说要举行阅兵典礼。

内阁三位辅臣也要出城迎驾，他们收拾了东西，正待出发，忽有文书官一员匆匆赶来，递过一本奏章，请内阁拟旨。杨廷和翻看，是兵部侍郎冯清的奏捷本，该本将去年宣府的边功归于"总督军务威武大将军总兵官朱寿"。杨廷和指弹本面，无奈地问："此本当如何拟？"文书官笑道："请阁老拟旨奖励大将军。"

杨廷和正色道：“皇上亲统六师，指授将士，在各边斩获贼级数多，理宜称贺，随征将士亦宜行赏，但不可奏捷。”

文书官愕然道：“如何不可奏捷？”

杨廷和道：“今冯清本内俱开有‘总督军务、威武大将军、总兵官、镇国公朱’字样，于事体有碍，无以传示天下，垂法后世，我辈岂肯轻易拟旨？”即将原本交还。

杨廷和说得在理，冯清本推功威武大将军，可大将军即是皇帝，皇帝即是大将军，岂有奖谕皇帝的敕书？这叫内阁怎么拟？如此荒唐的敕书，如何传示后世？

文书官苦笑道：“先生们既不拟旨，那我只有回去请示圣意了。”

杨廷和知此事不会完，他对阁僚梁储说：“留蒋先生（蒋冕）守阁，咱俩接驾去！”

果然，刚刚出城，远远就见一骑飞驰至行幕落马，来人是东厂太监张锐。

他手执一本，笑吟吟递给杨廷和，还是冯清奏捷本。

杨廷和道：“此本适在阁中已见之矣。”

张锐态度诚恳地道：“朝廷（此处朝廷指皇上）亲征大功，合当奖励！”

杨廷和道：“功在朝廷，则臣下不敢奖励。若谓功在冯清，则今日之事是朝廷亲征，其功非冯清所敢擅，冯清亦不当奖励。况本内所称威武大将军者，何人当之？何人敢下笔奖励耶？”仍将本章交还张锐。

张锐面露难色，转而将本章递给梁储，并且强调：“朝廷说了，旨写好了，再入城！”

杨廷和却将本章从梁储手里拿过来，仍交给张锐。

张锐不快：“每日文书房散本官送本，内阁尚收之，我亲自来送本，反不收耶？”

杨廷和淡然一笑，道：“公为朝廷贵臣，非散本之官，此处亦非接本之处。公公可以此言回奏，请圣驾即刻入城，免误事也。”

张锐见说不通，遂忿然驰去。

过了一会，他又来了，还是先前那一番话，一定要内阁拟旨。

杨廷和已有定见，他道：“必欲拟旨，则须冯清另外具奏，称近日奉命整理兵马粮草，见得某镇斩获若干，奖励该镇守臣乃可。不然，决不敢拟旨。”他认定一点，不管皇帝自称什么，臣子绝不可拟旨奖励皇上。

张锐反复劝说无效，气得打马而去。

过了会儿，他竟又来了，这回他是偕着钱宁，“厂卫”一起来的。他一改常态，学起刘备，还未开口，先哭起来，道：“朝廷疑我说得不分明，先生们不肯信，所以又差掌印来，务要实时拟票。”

杨廷和直是不为所动，道：“公公是朝廷心腹，我辈素知，岂敢不信？但事体未稳当，恐传笑天下，将来未免为冯清之累，须如前说易奏乃可。”

钱宁在一旁劝：“皇上现驻跸教场，坐待此旨，先生不要再多说了。”

杨廷和道：“此事关系重大，今日不言，何时言耶？二公可直以廷和此言复奏，不必回护，决不敢他议也！”

张锐与钱宁见杨廷和态度坚决，绝不可动，失望地去了。

不久，御前派人来传旨，命阁臣回内阁拟旨，不必在此接驾。

杨廷和知道，他们君臣现在是戗住了，皇上不愿见他们，见面也难说话，不如暂避，于是和梁储一起回城。

武宗骑着高头大马，在众太监及将领的簇拥下，亲自检阅了所获首级及器仗。仪式结束，已到申刻（下午三点多钟）。在内阁的抵制下，最终只拟旨奖励了冯清，而一字没提“威武大将军”。

武宗的心是野惯了的，回北京后，当月出郊外祭天地，完事脱去礼服，顺道在南海子打了回猎。可不巧，在祭天的当日，北京发生了地震。天子祭天，上天应答，未有如此之速者，地震被群臣视作天地对皇帝的警告：不许再胡来啦！

武宗才不怕警告呢，即使警告来自天地。他好像故意跟老天开玩笑，仅过一天，就对礼部说：“我，总督军务威武大将军总兵官太师镇国公朱寿，将巡视南北两畿与山东，我还要去泰山祀神祈福!”言下之意，老天爷不是对我有意见吗？来，咱们聊聊!

过去武宗巡视边关，说是整理军务，如今又要借祀神的名义，到内地骚扰。群臣不干了，决心予以坚决的抵制，一百多个中低级官员约好了，一起伏阙力谏，请皇帝不要再巡游了。他们跪在宫门口，哭声震天。这阵势武宗从未见过，先惊后怒，暴怒之下，将领头的兵部郎中黄巩等六人下诏狱，翰林院修撰舒芬等一百零七人于午门罚跪五日。

谁说武臣不知礼义？一个叫张英的金吾卫都指挥佥事，见京城连日风霾昼晦，禁苑南海子水涌四尺，桥下七根铁柱齐齐折断，他认为这是“变征”（大变的征兆），驾出必不利。文臣们都在哭，他是武官，决心采取符合武臣身份的手段来进谏。这天，他提了一袋子土洒在御道上，然后脱去上衣，一手持剑横在胸前，一手持谏疏，大声跪哭，当众人惊异来围观时，他忽然将剑倒持，望胸便刺，顿时血流满地。原来他要尸谏。在大内自尽，这还了得！众卫士将他的剑抢下，便绑了送诏狱。有人问他，你弄这袋土来干什么？张英道：“恐污了帝廷，洒土掩血耳!”

张英想出这谏法，也算脑洞大开，给人留下极为震撼的印象，可他做得越离奇，对武宗的面子伤害越大。武宗大怒，下令杖之八十，竟将他活活打死。同时下狱的，还有寺正周叙、行人司副余廷瓒、主事林大辂三十三人。舒芬等一百多个人罚跪期满，仍予廷杖。想想，百余名官员，在午门之外，被人扒了裤子打屁股，那喝打、哀号之声，是为何等情景？

四月，黄巩等三十九人仍杖于廷，死者十一人。

士大夫的股血浸湿了廷石，武宗也只好暂时放弃出巡的打算。但他的沮丧是暂时的，很快老天爷给他送来一个机会，让他能够名正言顺地出巡。

这个机会，对于大将军朱寿是个好消息，而对于皇帝朱厚照，却是一个响亮的耳光！

可是，朱厚照早已把自己当作朱寿，他听到消息，欢喜不已，立即捣鼓着要南行了。

这回他理直气壮：我不是巡游，我是亲征！

第十章　宁王朱宸濠反了

据说当年武宗的祖先燕王朱棣起兵反抗朝廷时，为了拉拢十七弟宁王朱权，曾向他许诺，说等我成功了，与你平分天下。朱权不是傻子，没把这话当真，朱棣登基后，也没拿张地图找过去，要求四哥兑现承诺，与我划江而治，他只提出一个要求：把我的封地换换。

这个要求很合理，因为宁王的原封在东北关外，朱棣起兵后，挟持宁、辽等王入关，将大宁故地全部放弃，他已经没了封地。朱权想到南方生活，自己选了两个地方，一个苏州，一个杭州。他想，一半天下不敢当，只求封个好地方给我。朱棣却不答应，只准他从建宁、重庆、荆州、东昌中选一个。而这四个地方朱权又看不上。朱棣干脆直接把江西南昌封给他，并让他立即就藩，王府也不用建了，把布政司衙门改改，就是现成的府邸。那时朱权的心情，用一句最近的流行语来形容极为贴切：宝宝心里苦啊！他带着一肚皮牢骚去了南昌，刚刚坐稳，就有人告发他“巫蛊诽谤”。他明白，这是四哥在敲打他呢！为了避祸，他只得收起怨怼，在郊外构精舍一区，从此藏纳韬晦，鼓琴读书，只求平安是福了。

可能是由于先祖之间发生了这样的矛盾，历代宁王对朝廷都有心结，几乎每一代宁王都跟南昌地方守臣不合，经常发生矛盾。到了第五代宁王宸濠，居然动了念想，要替祖宗复仇，要把朱棣欠下的半拉天下连本带利收回来！

宁王还在刘瑾当权时，就通过行贿恢复了被革去的护卫。刘瑾败后，宁府护卫再次被革。然而武宗不好好做皇帝，一心巡游玩乐，进一步刺激了宁王的野心，他不断扩大自己的势力，以待时局之变。宁王的办法很简单，就是向朝中嬖幸行贿，所求之事都通过“营旨”得到——看，是不是“坏人”总能准确抓住时弊的病灶所在，而当事人却经常糊里糊涂？

宁王知教坊司乐官臧贤为武宗所宠，臧贤与钱宁的关系也很好，宁王就派本府乐工秦荣入京，重贿臧贤，结为心腹。凡王府派到北京的“侦事人”，都住在臧贤家，有所奏请也通过臧贤送给钱宁。钱宁掌锦衣卫，与掌东厂的太监张锐是合伙人，张锐通过钱宁也与宁王相交。他们的关系相当亲密，宁王与这几家私信来往，称钱宁、张锐为“厂、卫”，称臧贤为“臧家”，或直接称他的字“良之”。

宁王的贿攻战术非常有效，在兵部尚书陆完（陆完曾任江西按察使，乃与宁王结交）及钱宁、臧贤等人帮助下，朝廷再次恢复了宁府护卫（明代实行卫所制度，王府之卫称护卫，其规模相当于今天的军分区）。

宁府之赂，“遍于中外”，多者数万，少亦不下千，花费是很大的。他有一个“顾问”，是一名退休官员，名叫李士实，曾任都察院右都御史。李士实对此表示质疑，说钱花得太多了。宁王笑道：“此为我寄之库耳。”他说现在花的这些钱，好比寄于库中，等天下到手，不等于存在自家库中？此等见识，便不庸凡！宁王朱宸濠远非安化王朱寘鐇所能及，他是一个精明能干并具有个性魅力的人，否则不可能把那么多内外官员牵在手心里为他卖命。

宁王通过长期的经营，形成盘根错节的强大关系网，并以此压迫江西守臣及省内的其他藩封（如淮王，畏宁王如虎）。

在江西镇巡官员中，以镇守江西御马监太监毕真与宁王关系最好。

毕真于正德十三年由镇守山东任上移镇江西，倾慕于宁王风采，与之订交，成为他忠实的信徒。

毕真与宁王交好，一个重要原因是在他与江西御史范辂的争斗中，宁王给予了他有力的支持。

范辂前在南京任御史，就有敢谏之名。他奉“清军”（清理军伍）之差来到江西，与镇守太监毕真职责相关，因见其不法之事太多，遂上疏参劾他。疏文揭了毕真的老底，说毕真本为刘瑾之党，先年在天津打鲜（打捕海鲜），就籍借刘瑾声势，吞噬无厌，往来徐、扬间，科敛民财，数以万计，百姓恨之入骨髓。刘瑾败后，他安然无事，先后营求到广东市舶司和山东镇守之缺，今乃复起镇守江西，到任之初，即擅作威福，人人自危，若不及早处置，将来地方之变，有不忍言者。范辂没有点明毕真与宁王的关系，但他关于“地方之变”的危言，或有讽指宁王之意，令宁王大为不悦。

范辂一共列了毕真贪酷不法十五事，请求将毕真取回闲住，不能让他继续在江西任职。

范辂这一疏上去，宛如泥牛入海，悄无声息，朝廷报都不报（称“不报”），而范辂已深深得罪了毕真，遂遭到毕真与宁王的共同倾陷。

有一次范辂乘轿到镇守府拜访毕真，二人言语不和，毕真竟然砸毁了范御史的轿子，然后上奏对他进行诬告。事先他和宁王已在京城打好招呼，毕真的劾疏一上来，上头马上传旨，将范辂逮下锦衣卫狱，遂以“不谙宪体”将他谪为龙川宣抚司经历。

这就是此时的朝廷，已毫无公义可言，一切皆以贿定。

范辂被谪后，南京十三道御史上疏，为范辂鸣不平，说范辂与毕真讦奏，朝廷械系范辂而毕真晏然在位、声势益张，是“朝廷之法独加于耳目之官（科道），不及于近幸之臣也”。他们还借范辂之事指出，近年以来，凡巡按御史一触镇守太监之怒，“祸若响应”，如刘谟、刘天和、王相、董相等，相继谪遣。如此欺玩国法，以奉权臣，败坏纲纪，以辱朝廷，非国家之福。

朝廷依旧“不报”——任你千言万语，我只报以不理。

毕真在江西，就像当时各边省的镇守内官一样，极力扩张权力，事事都想干预。除了刑名政务，他最想插一脚的，就是南赣用兵。

江西的地形仿佛一只鞋子，在它北部近湖一块地方较为平坦，仿佛鞋面，往下地势渐高，皆为山地，宛如鞋跟，总的地势是中间低、四周高，便是鞋帮。赣南地区山林密布，介于多省交界之处，山贼出入，是有名的“盗薮”。朝廷多次派兵剿匪，都不得力，后来差都御史王守仁来此，专讨南康、赣州之贼。

这位王先生，名守仁，号阳明，他就是著名的心学大师王阳明。

王阳明长于谋略，他到赣南后，灵活采用剿抚策略，连战皆捷，剿匪工作取得前所未有的成绩。王阳明以都御史的身份，提督南（康）、赣（州）、汀（州）、漳（州）军务，过去镇守江西太监是不干预的。可毕真到任后，立即要求赣南讨贼事宜，均须与之会议，方可施行。兵部尚书王琼认为镇守太监这样揽权不合适，谓南赣设立巡抚，以其为四省之交，各省镇巡官不能遥制，故专任责成。若会同镇守太监，彼此牵制，坐失事机，非设官初意。此事虽遭兵部抵制，但传旨仍命南、赣二府贼情须报江西镇巡官，只是不必凡事都要与镇守官“会同”。

王阳明在赣粤边剿匪立功，与兵部尚书王琼的支持密不可分，没人掣肘，他方能自如地运用自己的策略。故正德十三年，横水、桶冈连捷，七月间，江西㭗贼、广东浰头诸贼悉平。

正德十四年二月，毕真在宁王的资助下，通过贿赂调任浙江，新任江西镇守是南京御马监太监王宏。

此时，宁王谋变的步伐加快了。

他的计划是这样的：武宗在位十五年了，至今没有皇子。他通过贿赂钱宁等人，希望能够立宁王世子为皇储，这样武宗一旦不讳，宁王一系就能顺利接掌大位。然而密图“夺嫡”不如别的事情那样容易，武宗还年轻，他对钱宁提出这样的提议非常反感，而钱宁本人因为与江彬等武将不合，在他们的挑拨攻击下，和武宗的关系也不像以前那样亲密了，亟望借助宁王的力量巩固地位。钱宁为了显示自己在武宗驾前说话有分量，耍了滑头，他派人告诉宁王，立储的事大有希望，并且自掏腰包，送了一些礼物过来，说是皇帝的赏赐。

宁王大喜，更加紧锣密鼓准备起来——此时他是打算“和平演变”，如和平不成，再来动武。武的方面，他手握护卫，又密结江西盗贼，已经有了相当的兵力可供动员。

他唯一的担心是，天下藩封众多，而宁府与朝廷的血缘关系已非常疏远——宁府的先祖朱权与当今朝廷的先祖朱棣是兄弟，这两支早已出五服了，只是都姓朱而已——武宗的皇叔那么多，怎么也轮不到他宁王这一系呀！如果武宗真的想立宁王世子为嗣，天下宗室都要问一句：凭什么？

宁王知道血缘拼不过人家，他就拼“令名”，拼贤德之誉。为此他大造舆论，极力树立宁府好学知礼且仁德的形象，他在接到钱宁的假情报后，强迫南昌府、县学的师生及本城耆老列出他本人的孝行事迹，上奏于朝。为了增加分量，他强求江西巡抚都御史孙燧、巡按御史林潮一起来给他捧场背书。孙燧被迫同意，与林潮还有已经离开江西的毕真分别具疏，请求朝廷褒奖宁王。

然而宁王此举适得其反，首先遭到礼科的参驳，说：“根据《会典》，从无保举亲王贤孝的事例。何况宁王在藩，听信左右，多为弗靖，致军民怨咨。该省镇巡官不能按实举奏，以申国宪，乃互为谄谀，以惑圣听，其悖谬甚矣。”礼部尚书毛澄在复奏时也极言不可，并请治孙燧、毕真等阿附之罪。

武宗对宁府之事已有一些耳闻。此时武宗最宠信的人是大将江彬，他与提督锦衣卫的钱宁不合，凡钱宁主“立”的，他必主“倒”。江彬知钱宁与宁王来往密切，便时时将二“宁”交通的情况密奏武宗，并讽喻说，一般大臣奏举贤德，朝廷可以升赏，若是亲王，朝廷是否就该让位了呢？武宗听了，心中大惊。他还记得前一段时间钱宁建议预立皇储的事，已触了他的大忌，前怒还未消呢，现在江西镇巡官及耆老又联名褒举宁王贤孝，他将两件事联系起来，不由得勃然大怒，道：“宗藩行事，朝廷自知，毕真、孙燧、林潮何为辄奏请褒奖？其各首实以闻。”令各官交代，他们这么做，到底是何动机。

同时武宗听说宁府派了大量内使及校卒潜住京师、随时刺探朝中信息、联络朝中大臣，愈加气恼，令太监韦霦传旨责问：“各王府奏事及庆贺进贡人员留京邸者，多不过月余。近乃不循旧规，或留数月，或半年、一年，亦有久留不去者，其意安在?”下令自今以后，各王府差人，事完即刻离京，如有久留京邸者，缉事衙门指实参奏，降罪无赦。旨意没有点名，但谁都知道这是冲着宁王发的。

就在朝臣纷纷猜测之际，忽有御史萧淮上疏，严参宁王不遵祖训，凌轹官府，虐害忠贞，招纳亡命，掠杀无辜者数百人，没富民资产万数，西山牧马几万匹，南康私船亦有千艘，说宁王“酷虐遍于江西，而流毒及于他省”。

萧淮劾疏还说，“宁府所遣旗校及内使接踵京师，或潜住终年，不知所营何事”，显然是对前旨的呼应。萧淮还指名道姓地点出宁王麾下“群奸为之党者”数十人，说他们昼夜密谋，若不早制之，恐将来之患有不可胜言者，乞敕锦衣卫逮其党至京诛之，并将宁府潜住京师者缉捕重治。

明眼人一看，就知道这一本大有来头，不然萧淮怎么对宁府之事了如指掌？他背后一定有高人指点。

此事的背景果然不简单：有一个叫熊兰的御史，是南昌府人，因与宁王不和，其家屡遭宁王毒虐。他密查宁王不法之事，一笔账一笔账地记在小本子上，多次想发疏“上变”，告发宁王谋叛的企图。但他知道宁王在朝势力盘根错节，他这一疏上去，搞不好会给他乃至南昌的家族带来灭顶之灾。他是有前车之鉴的，正德九年，江西按察使胡世宁因为奏发宁王之罪，被宁王穷追猛打，最后竟落得谪戍的下场。熊兰为此苦恼不已。

后来他结识了同乡人谢仪，此人“奸黠善逢迎”，常在太监张锐门下行走。熊兰知张锐与宁王也有交往，就把宁王的种种逆谋告诉谢仪，让他劝告张锐不要再和宁王来往。

谢仪回去对张锐讲了，张锐问其缘故，谢仪就对他讲，宁王可能将为不轨，如果不赶快跟他撇清关系，将来事发，祸不可测！张锐便有所警觉，刚好他与钱宁发生了矛盾，二“宁”关系铁，他觉得这是一个打击钱宁的机会，就答应找机会向皇上揭发。恰在这时，钱宁约张锐一起到武宗那里去为宁王求褒旨，张锐托言不去，却先把宁王与钱宁“交通”

的情况告诉了武宗。所以当钱宁再去找武宗称誉宁王贤孝时，愈发引起武宗怀疑，其言已不能入。

而谢仪与熊兰下来拟了一份劾疏，详细开列了宁王的不法之事及奸党姓名。因为熊兰是本乡人，需要回避，便找到御史萧淮，将疏稿交给他，告之事情的前因后果，还对他说，这是一桩大富贵，就看你敢不敢取了。萧淮遂奋然上疏，他可算是冒了奇险，是“以身当之”。

疏上后，萧淮就坐在家里，惴惴不安地等消息。熊兰果然没骗他，朝廷并没有降罪。他听说，钱宁将本章拿回家好几天，多次在皇上面前诋毁他，说他妄言离间，武宗却只道：“虚实久当见之，果为诬词，萧淮又逃不走。”听了这话，萧淮彻底放心了。

紧跟着，六科、十三道都有人上疏，弹劾宁府，形势愈加明朗。钱宁也被迫转向，派手下将宁府在京公差卢孔章等逮捕下狱。他这么做，也是为了把自己的手洗干净。钱宁与张锐虽有矛盾，但眼见朝中舆论很大，而他们与宁王交结有据，害怕有后患，为了自保，二人又联合起来，试图归罪于臧贤。臧贤在宁王起兵后，被遣戍广西驯象卫，刚走到京东张家湾，就被钱宁派校尉伪装成盗贼，乘夜杀害。卢孔章等人也在狱中毙命。他们都被钱宁、张锐灭了口。

武宗将萧淮的劾疏发给内阁，让大学士杨廷和等议处。

杨廷和建议效仿宣宗时处赵府故事（即宣宗三叔赵王朱高燧，详见《大明王朝家里事儿》），派宦官、勋戚及大臣各一员，持敕书前往江西，宣谕皇上保全宗室至意，令宁王改过自新，以观后效。

武宗又让司礼监召皇亲、驸马、文武大臣，让他们集议此事，众人的看法与内阁一致，于是派司礼太监赖义、驸马都尉崔元、都御史颜颐寿三人前往江西，宣谕宁王。

而宁王根本不可能听朝廷宣谕，他的消息比朝廷使臣来得快，他一接到消息，立刻反了。

宁王动手迅速，正德十四年六月十三日是他生日，他在王府大排筵宴，江西镇巡、三司官员都来贺寿，第二天，官员们再次入府谢宴，宁王借机将江西守臣一网打尽——当初安化王也是这么干的。显然朝廷的决议还没有传到南昌，不然众官躲还来不及呢！谁也不差一口饭吃，是不是？

江西巡抚孙燧因为参与歌颂宁王孝行，遭到朝廷责备，其实他并非附逆之人。他刚到江西，就听满城风传宁王“旦暮将为天子”，又见宁王所行不轨，便知此行为蹈险地，叹道：“是当死生以之矣！”他做好以身殉职的准备，便将妻儿送回老家，只带了两名仆人在任。

孙燧在江西，陷入宁王的包围之中，左右都是宁王的耳目，官员们也多阿附宁王，唯一能与议大事的，只副使许逵一人。孙燧多次向宁王陈说大义，希望宁王有所醒悟，但毫无效果，反而引起宁王的恶感。孙燧曾经七次上密疏，言宁王必反，都被宁王派人拦截下来。宁王还在朝中运动，试图将孙燧调离，他同时希望孙燧能识趣自己离开，送了四样礼物给他，分别是“枣、梨、姜、芥”，希望他“早、离、江、界”。宁王为了除掉孙燧，甚至在宴会上下毒。为此孙燧在赣，日日忧惧，不遑宁日。

不料孙燧“死生以之”的预言不幸成真了，在宁府的谢宴上，大家正在吃酒，宁王忽然道：“孝宗为太监李广所误，抱民间子为嗣，我祖宗不血食者十四年，今太后有诏，令我起兵讨贼！”众人大惊，相顾愕然，他们都晓得，宁王所说的“贼”，便是当今万岁。① 孙燧当即起身驳道：“安得此言！请把诏书拿出来。”宁王哪有诏书，他挥手道：“不必多说，我今往南京，你当扈驾，一起前往。”孙燧知宁王之反便在今日，怒叱道：“这是你自己找死，天无二日，我岂肯从你为逆！”说时，试图突出，但宴厅已为伏兵所围，插翅也难飞了！

宁王走入内殿，不一会儿再出来，已换上戎装，麾兵将孙燧绑了。

---

① 宁王所言孝宗抱民间子为嗣事，详见《大明后宫有战事》关于“郑旺妖言案”的记述。

他知孙燧必不肯从他，已决定拿巡抚的头来祭旗了。副使许逵见巡抚被缚，拍案而起，厉声道："你们敢辱天子大臣吗！"因他突身而起，挡在孙燧前，叛兵便连他一起绑了。二人虽受缚，骂声不绝。宁王下令，将两位大臣拖出斩首。二人反抗，孙燧的左臂被叛兵砍断，骈首遇害于王府惠民门外。

见巡抚、副使被杀，其他官员，包括巡按御史王金、镇守太监王宏、布政使梁宸等，都吓得抖如筛糠，一齐跪倒，山呼万岁。宁王命将他们送到王府仪卫司狱关押起来，除了户部公差主事马思聪、参议黄宏在狱中绝食自杀，其他官员全都归降了宁王。

七月初一日，朱宸濠亲统大兵八九万，联舟千艘，从南昌出发，向下游南京进击。

此时，钦差宣谕使臣赖义等刚刚走到浙江严州，听到宁王起兵的消息，直接逃回北京去了。

第十一章　张永成了王阳明的保护伞

宁王的计划是，集中兵力，急趋南京，在朝廷反应过来之前拿下南都，如此天下可坐分其半。

可是叛兵还没出南昌，就听到都御史王阳明在南赣起兵的消息，王阳明的兵力可能不多，但居上游，直拊其背，叛兵若倾巢出城，南昌根本必失。宁王料定阳明之兵一时难以大集，决定抓紧时间东进，于是分兵一部交给李士实、刘养正（王阳明弟子）等人留守，自己亲率主力顺流而下，江西投降官员全部随行。

七月十三日，南京守备、参赞等官飞报宁王宸濠起兵的急奏送到北京。

承平之际，内地突然爆发宗王之变，人们最大的担忧还不在宁王能否威胁南京，而是宁王多年布局，将有多少人响应他？好比镇守河南太监刘璟、南京守备太监刘瑯、浙江太监毕真，都被普遍认为是宁王的内应。

刘璟原镇浙江，“贪利无厌”，通过贿赂钱宁改两广总镇（“总镇两广太监”），撤回后，再赂钱宁，得改河南镇守。他在过江西时，接受宁王馈赠，遂与之相通。

刘瑯守备南京，“虐焰张甚”，且经常“自托于宁王”，命他的弟弟刘璋往来南京、江西间，充当他们的联系人。当宁王举逆并统兵东下的消息传来，南京城内流言四起，都说刘瑯集家丁百余，以棺木贮火药、军器出城，欲为内应。刘瑯听到这些传言，非常害怕，他决心用暴力压制舆论，派人缉捕传播流言之人，并治以军法。本来人心就不安，刘瑯此举令人惊惧，反而更让人相信他有异谋了。

三监之中，通逆嫌疑最大的，是镇守浙江太监毕真。

据说，毕真由江西改镇浙江，就是宁王为他出资，是宁王在江南财赋重区布下的一枚棋子。毕真一到杭州，即厚赏诸卫官军，费银数万，这笔笼络人心的钱，也出自宁王的资助。宁王反后，密遣人驰报毕真，毕真即公然宣扬，说宁王世子来取浙江了，令浙中大震。

七月十五日，因为要进圣节表（为皇帝生日进表），浙江三司及府卫众官当于四更入揖于镇守府。当日，毕真忽有非常举动，他下令浙江都司调发官军，全副武装，于三更天入镇守府，而且前一天他已将杭州城各门钥匙收掌在手。顿时城中流言如潮，都说毕真要反了，“军民惊惧奔走，哭声动地”，官员们不敢再赴镇守府，三司各自拥兵自卫。

宁王事变后，科道官员对三人通逆及虐民之罪予以严参，奉旨刘璟、刘瑯闲住，毕真回京，他们即使是宁王的内应，事实上也没对宁王起到任何帮助作用。

就在南京飞报到京的当日，朝廷就做出征讨的安排，命负责京城捕盗的太监张忠提督军务，安边伯朱泰挂威武副将军印，朱晖挂平贼将军印，俱充总兵官。

明朝制度，凡出征，命一大将挂将军印充总兵官，从未有过一次用兵而用两名总兵的。一个身子，两个头，不晓得这仗怎么打。

朝臣担心的事还是来了，武宗虽然没有说要亲征，但传旨时已命平虏伯江彬、左都督神周随驾南征——这是皇上提前释放的一个信号，下面就要颁发亲征之诏了。

八月初一日，武宗忽命江彬提督东厂、锦衣卫官校行事。此事十分诡异。

众所周知，东厂太监张锐和锦衣卫都督钱宁都是武宗的宠儿，且都与江彬不和。武宗忽命江彬兼领厂、卫，凌驾于二人之上，不知是何缘故。原来的命令是允许钱宁量带官校随征的，但武宗刚刚出京，又改变主意，将钱宁留在北京，这是钱宁失宠的明确信号。而江彬“提督赞画机密军务，仍于军门提督官校办事”，等于集军权与缉访大权于一身——“自是，中外大权皆归于彬矣”！

武宗还任命太监张永率团营及宣府北路官军各五百人，提督赞画机密重务兼核勘宸濠反逆事情。

接下来，武宗让兵部会文武大臣及科道官议京师居守及防边御寇等事宜，此时，车驾亲征已成定局，武宗决定仍托“总督军务威武大将军总兵官镇国公”的名号，率京、边精兵数万南下平叛。

武宗丝毫不担心宁王反叛的事，他兴高采烈地“亲统六师，奉天征讨”，八月二十六日才到涿州，住在太监张忠的家里。在这里，他接到了王阳明平定宁王之乱的奏报。

原来，宁王起兵后，率舟师东下，直趋南京，可是在安庆遭到守军的顽强狙击，屯兵坚城之下，而南昌又被王阳明率各路义军从后剿袭，偌大的会城一下子就被攻破了。宁王见巢穴已失，进退失据，张皇失措，便回师南昌，在鄱阳湖上与阳明会战，结果大败，束手就擒。

听到这个大好消息，武宗却一点也高兴不起来，他亲征的对象忽然消失了，好比电脑游戏玩得正开心，忽然死机了，他能不扫兴吗？江彬等人也不愿回京，他们都指望着平叛立功呢！于是他们一起给武宗出主意，将王阳明的奏捷本章留中不发，大军继续向南进发。

先锋京军数千人，由副将军安边伯许泰、提督军务太监张忠和都督刘晖率着，溯江而上，奔南昌而来。他们借“穷索奸党”为名，沿途骚扰。因为王阳明在上宁王反书时，疏文中有一句“觊觎者非特一宁王，请黜奸谀以回天下豪杰心”，遭到他们的忌恨，在路上就造舆论，称王都御史与宁王先有通谋，只因虑事不成，才被迫起兵。他们抓了一些王阳明的部下，试图将诬词坐实。

他们所诬之事也是“心学圣人”王阳明生平的一段疑案。

宁王在起兵前办寿宴时，也邀请了王阳明。宁王妃娄氏的父亲曾是阳明的老师，阳明的弟子刘养正又是宁王的主要谋士，王阳明来督南赣军务后，他们过从较密。宁王过生日，请阳明来赴宴，也在情理之中。当时王阳明奉旨前往福建勘定福州兵变，却不往东，而往北行，很可能就是绕道南昌给宁王贺寿，但不知为何行动迟缓，过了宁王生日还没到，在宁王杀本省巡抚起事的当日才至南昌郊外驿站。宁王早已派兵在此等候。王阳明倒也机灵，闻变后转身即逃。后边追兵疾追，硬是没撵上。如果他不幸被捉到，从此世间便无王阳明！

说王阳明与宁王有交往是真，但若说他“通谋”，则纯属污蔑。

许、张还没到南昌，王阳明已感到巨大的压力，这两个幸臣倒真能替武宗着想，居然让王阳明给宁王一条船，将他放归鄱阳湖，等皇帝亲自来擒拿他。王阳明听到这些消息，心中甚为不安，便在京兵到来之前，押着宁王离开南昌。许泰、张忠知道了，马上以威武大将军檄文在广信府拦截王阳明，让他交出宁王。王阳明却间道从玉山赴浙江，上疏请献俘。

可是武宗拒绝了王阳明献捷的请求，令他回江西候旨。

王阳明一时不知所措，进退两难，深感大祸临头。正在计不知所出时，他忽然想到一人，如今唯有此人可解他的危难！

他想到的这个人，就是正在杭州的太监张永。

张永的地位在许泰、张忠之上，他又与尚书杨一清相善，除刘瑾有功，在宦官中有较好的名声。王阳明想，此人素有贤声，如今只有将宁王托付于他了。于是他乘夜请见张永，简单介绍了擒获宁王的经过，并说江西丧乱之余，困敝已极，难以再受天子六师骚扰，请公公念百姓之苦，谏阻皇上驾临江西。张永深以为然，道："我此来，为调护圣躬，非为邀功。王先生大勋，我知之，但此事不可直情。"王阳明见张永答应谏阻皇上西进，就将俘囚全部交给张永，自己轻装北行，打算朝见武宗。在京口，他得到江西巡抚的任命，就不再赴行在，转身回到南昌。

等他到南昌时，许泰、张忠率军已至，他们扑了个空，包括宁王在内的重要俘虏都不在了，心中大恨，又听说宁府富甲天下，可打开府库，却不见什么积蓄，便责问王阳明。阳明不卑不亢地道："宸濠过去尽以钱财输京师要人，约为内应，不信，可查府中簿籍。"许、张二人过去都曾受过宁王的贿，就怕宁王记账，阳明却偏偏拿宁府簿籍来应答，让他们又恨又怕。追问簿籍在哪时，王阳明却又说簿籍连及者众，早已毁之。可瞧他的意思，又似乎毁之未尽，还留着几本。他们恨不得一口吞了王阳明，却是抓耳挠腮，无从下手。

他们痛恨王阳明，故意指使手下官兵当众羞辱他，回到南京，更是极力丑诋他。幸亏张永在侧，时时左右之。张忠对武宗说："王某必反，若谓不信，可以试着召他来，他必不来。"在此之前，许、张多次矫旨召阳明赴行在，阳明都因为得到张永密信，不予理会。张忠以为这回召他，他还是不会来，就跟武宗打赌。张永又把此情秘密通知了王阳明，告诉他，此次召见出自上意，必速来。所以这回王阳明闻命即来。许、张二人气沮，别无他法，只好阻挠他，不让他见驾。阳明干脆遁入九华山，每日坐在僧寺里念经。武宗知道后，说："王守仁是学道之人，闻召即至，怎么说他要反？"于是让他仍回江西巡抚。

张永在阳明临行前，密授机宜，让他回江西后重新奏捷，一定不要像以前那样写，须写明"奉威武大将军方略讨平叛乱"字样，并应将武宗身边佞臣尽入捷书。阳明遵计而行，方逃过诸佞幸的毒害。后世论阳明平定之功，称"当是时，谗邪构煽，祸变叵测，微守仁，东南事几殆”，然不知阳明之后更有张永保全之功。史云：“（张）忠屡谮守仁，祸且不测，赖（张）永为营救得免。”——若无张永，阳明几殆哉！

第十二章 “拿了江彬，朝廷安稳”

武宗说是亲征，可是刚出北京，亲征对象已入牢笼，没得“蒸”呢，亲征临时变为出巡。

武宗在徐州改乘龙舟，沿运河南下，一路行动迟缓，十一月才到淮安清江浦。淮安是漕路上的重要粮仓，武宗到了这里，就住在监仓太监张阳家里。

要说起来，明朝的皇帝真不如清朝皇帝会享受，堂堂皇帝下江南，居然连间行宫都没建，还要在宫奴家里打尖（在涿州住张忠家，在淮安住张阳家），哪像清代的康、乾，下江南成了体现大清鼎盛的标志性工程！您说明朝皇帝冤不冤？就一个太监家，武宗还感觉住得挺舒服，一待就是半个多月，冬至节那天就是在张阳家过的，北京文武群臣在奉天门行遥贺礼，武宗则在张阳家接受扈从之臣及本地抚按等官员的祝贺。

十二月初一日，武宗到了扬州。

随扈太监吴经已先一步赶到扬州，临时在城里找了间看起来还气派的房子，改为总督府，这就是接驾的行宫了。吴经这太监很坏，他以接驾为名，假传旨意，“刷处女寡妇”，要从民间未出阁的女孩和寡妇中挑选貌美女子，送给武宗享受。消息传出，民间汹汹，有女之家一夜间都把女儿嫁了，或乘夜逃出城中，不然就要被皇帝糟蹋。知府蒋瑶找到吴经，希望他不要这么做，吴经大怒：“你官小，胆子不小，还要头不要？”蒋瑶不为所惧，徐徐道：“小官拂逆皇上之意，想来必死，只是百姓是朝廷的百姓，倘若激生他变，恐将来责有所归。”他本意是想拿“激变”来震慑一下吴经。可小小知府哪镇得住太监！吴经早派人把城中寡妇及娼妇之家调查清楚，忽于一日夜半，派骑卒数人大开城门，传呼“圣驾到”，令通衢燃灯点炬如白昼，然后按图索骥，突入诸妇之家，将其捽出，有藏起来的，就是把屋子拆了也要抓到人，最后无一幸免。吴经将所获妇女分送尼姑庵中寄住，当晚就有二人羞愤而死。蒋瑶所能做的，只是为她们备棺安葬。吴经此举并非为了慰劳皇帝下半身的孤寂，他是为了自己发财，所以只要妇女家属拿出银子，就能把人赎回去，只有那些家贫的，才送进总督府。

这件骇人听闻的事件，不是记在哪本野史里，它就记在明朝国史实录里。我初读之下简直不敢相信，朗朗乾坤，还有王法吗？这些事难道都是瞒着武宗的？想必他是知情的，因为实录还记载，武宗在仪真新闸钓鱼，随后“幸民黄昌本家，阅太监张雄及守备马炅所选妓，以其半送舟中”。大概他以为这些妇女都是选来的官妓吧——如是者，还不是昏君吗？

武宗人还没到南京，就开始准备在南京过年了。他讨厌北京的大臣一个劲地促他回銮，干脆提前打招呼，说正德十五年正月，他要在南京祭天地。武宗的目的被阁臣一眼识破，他就是为了“缓班师之期”，在阁议时，大臣们极力反对，武宗只好作罢，但又要求推迟郊祀之期。他就像个孩子，总以拖一天是一天的态度来和群臣们磨。

就这样武宗在南京停留了近一年时间，直到正德十五年闰七月才出发回京。九月复至清江浦，他仍住太监张阳家，在这里过了他三十岁的生日。

一日他独自驾驶小船，在湖中泛舟钓鱼，忽然舟覆落水。左右随从大惊，争相扑入水中救助，将皇帝从水中扶出。农历九月，天气已经很凉了，武宗身子本来就虚，被冷水一激，再补一惊，从此身体就不好了。

十月，武宗车驾回到通州。

通州离北京也就一步之遥，今天坐地铁，半小时就到，可不知为何，武宗到了家门口，突然又顿住了，在通州留驻四十余日。

北京城里人心不安，担心“枭雄在内”，会发生什么“不测”之事。这位“枭雄”，不是已在囚笼的宁王，而是手握边镇重兵的平虏伯江彬。

甚至有人猜测，武宗不回京，可能已被江彬挟持，失去了自由。

在此期间，朝廷继续“治交通（宁王）宸濠者罪”，捕拿宁王之党的诏旨不断发出，包括吏部尚书陆完在内的众多内外官员被执送行在，毕真、刘瑯等太监皆被捕下狱。就在这人心惶惶之际，太监魏彬传旨，令京城五府六部、都察院、通政司、大理寺、鸿胪寺、锦衣卫、六科、十三道，所有衙门只留佐贰官一员在京，其余堂上官并内阁、皇亲、公侯、驸马伯俱赴行在。这一下人们更紧张了，都说江彬欲为变，所以才尽召大臣赴通州。

江彬并没有反，但人们坚持认为他是有反的动机的，只是由于种种之故，才没有反成。如杨一清给张永写的墓志说，“（武宗）更命召文武百官胥来会集。贼濠（宁王宸濠）尚在，人心惶惑，莫知所为。（江）彬卒有所避，而不敢萌异志者，公（张永）之力也”。说江彬不敢反，皆因有张永在——这应为过誉之词。事实是，江彬从头到尾都没想过造反，只是朝臣为了消灭他，才硬栽给他一个谋反的罪名。

武宗在通州一直待到朱宸濠伏诛（他被赐死后焚尸扬灰，妃妾送凤阳高墙安置），才于十二月八日班师回京，告捷于郊庙社稷。三天后，大祀天地于南郊。去年祭天，武宗已经缺席一次，对不起上天了，这回扶病再祭，执礼恭敬，可是在行“初献”礼时，武宗突然发病，倒在祭坛之上，祭天大典竟然没能完成！

朝臣具本问安，魏彬出来传旨说：“朕体未平，暂免朝参，各衙门俱安心办事。”可是从这天起，大小臣工就再也没见过武宗。

正德十六年三月初一，发生了日食。

日，象征天子，忽然发生日食这样异常的天象，意味着什么？人们不敢猜测。武宗已经很久没有上朝了，深居豹房不出，御体到底是何状况，除了他身边的佞臣，外廷一概不知。但病中的武宗，折腾之心似乎永远不会休止。他在三月初七日还下令改西官厅为威武团营，科道及兵部极力反对，亦是不听。然而，十三日，武宗就大渐了，当时身边仅有近侍太监陈敬、苏进二人。十四日凌晨，武宗崩于豹房，时年未满三十一岁。陈敬、苏进奔告皇太后，才将武宗遗体移入大内。

而外廷对此毫不知情，当天，大学士杨廷和还在内阁出本年会试廷试的策问卷子。卷子出好，交给文书官陈严（可见司礼监也不知情）。陈严走了没多久，忽地跑回来，脸色苍白，道："万岁爷驾崩啦！"

阁臣闻言大惊，事情太突然了！杨廷和第一个反应过来，他对众人说，此是朝廷危急之时，天下事须我辈担当，惊慌何用？大家想想，该怎么办？

当下最大的问题是"国本"空虚，皇帝骤然驾崩，生前没有立太子，皇位该由谁继承？

在武宗生病期间，杨廷和与几位阁僚有过密议，都认为武宗没有兄弟，只有从血缘最近的一支亲王中选一位来京继位，而且他心目中已有了人选。此时事急，杨廷和顾不得许多，将属意者说出，对陈严道："请众太监启太后，即取兴王长子来京，继承大统。"

其实皇位继承这么大的事，不仅内阁，就是在内诸太监，谁没私下盘算过！所以杨廷和一提兴王长子，陈严马上知道是谁，当即应了，转身就走。杨廷和忙拉住他叮嘱："记住，是兴王长子，莫说错了话！"

这位兴王长子是哪个？看官应还记得，前文说到成化中太监梁芳撺掇万贵妃劝宪宗废易太子，他们要立的，就是兴王。那位兴王名叫朱祐杬，是孝宗最大的一个弟弟，他的封地在今天的湖北安陆（显陵即其葬地）。兴王去世后，应由他唯一的儿子朱厚熜继承王位，朱厚熜就是兴王长子，他在父亲死后，守孝三年（实为二十七个月），期还未满，已由朝廷特批，许他袭爵。由于朱厚熜是孝宗一系最近的亲戚，所以被选中来京承袭大位，兴王他是不必做了！

话说陈严入内不一会儿，司礼监掌印太监魏彬等八人以及太监谷大用、张永、张锐等一起来到阁中。魏彬将一张纸递给杨廷和，道是大行皇帝遗命。听是遗命，杨廷和便问传与何人。魏彬道，大行皇帝升天时，身边只陈敬、苏进二人，是传给他俩的。

杨廷和不置可否，捧读遗命道："说与陈敬、苏进：我这病则怕好不得，你每（们）与张锐叫司礼监来，看我有些好歹，奏娘娘与阁下计较。天下重事要紧，不关恁众人事，都是我误了天下事了。”

杨廷和见先帝遗命中将“误天下”的责任尽归于己，称与众人无关，怀疑是太监们自己商量着写的，意在归过于主上，以解脱他们的责任。但仓促之际，无暇计较和追究“诖误先朝”的责任，还须嗣君上京即位后再说。

杨廷和便率同阁僚梁储、蒋冕、毛纪举哀叩头，然后对众人道：“且不必哭。”遂取出《皇明祖训》一本，对诸司礼道：“大行皇帝无后，当遵祖训‘兄终弟及’之文，奉迎兴王长子来京即皇帝位。”有司礼太监提出，“兄终弟及”没有先例。杨廷和道：“虽皇位相承没有先例，但兵部选官，世官承袭，无子者正是依此伦序。可启请皇太后降懿旨，大行皇帝降敕旨，遣司礼监、皇亲、文武大臣各一员，前去奉迎。即日启行，途中不可延迟。”

他随说道：“内阁就派蒋先生去。”

魏彬便对谷大用道：“谷哥，你去。”

对太监的人选，杨廷和本心是不愿谷大用去的，但当此危疑之际，若拂了谷大用之意，恐生事端，便没作声。

魏彬又对太监韦霦道：“韦家，你也去。”

奉迎嗣君，是件美差，谷大用、韦霦忙不迭应了。

皇亲决定派驸马崔元。

杨廷和道：“见任大臣中，武臣须皇亲定国公徐光祚，文臣须吏部尚书毛澄。”诸人皆无异议。

其实大学士梁储很想到南边走一趟，可杨廷和荐了蒋冕，他不好面驳，但下来老大不乐意，对杨廷和颇有怨言。二人关系本就不太和睦。杨廷和想，若留梁储在此，事多龃龉，不如让他去，于是就去对魏彬说了，改派梁储代表内阁前往。魏彬没有意见，道：“随先生。”

内阁与司礼监议定后，拟写太后懿旨与大行皇帝敕旨，经张太后过目，即于左顺门向朝臣宣读。此时门前已聚集了大批朝臣，虽然武宗驾崩的消息没有正式宣布，但“外面满街俱传言取白衣”（白衣即哀服），大家也能七七八八猜出来发生了什么，所以都自发地聚集在左顺门探听消息。吏部尚书王琼、兵部尚书王宪要求到内阁一起参与拟定先帝后事，司礼监在征询内阁意见后加以拒绝，并且命守门者不许放一名朝臣进来。所以武宗去世后包括嗣君人选在内的政事安排，全由司礼监与内阁密商决定，朝臣都是在传宣诏敕后才晓得底细。

奉迎嗣君之事商定后，杨廷和遂拟旨解散豹房官军，罢威武团练营，令各边镇守太监各回本镇管事，原调各边官军各回本镇操守，为安抚人心，官兵每人赏银三两。同时命太监张永、武定侯郭勋、安边伯许泰、兵部尚书王宪，拣选团营官军，分布皇城四门及京城九门防守。豹房里什么乱七八糟的人都有，除了教坊司乐人、四方所献妇女，还有西域番僧和少林寺武僧，一概遣散。三月十六日，颁遗诏于天下。在皇位虚置期间，所有善后事宜都在内阁、司礼监的主持下，有条不紊地进行。

武宗去世后，他身边的佞臣都想方设法到湖广去迎驾，好趁机结交嗣君身边近臣，为将来免祸伏下人脉。杨廷和尽力加以制止，令其各守本职，以待嗣君。他想，这些人得罪先朝，嗣君到京后，再慢慢与他们清算不迟，天下这么大，也飞不去他们！真正令他忧心的，唯有一人。

此人就是手握军权的平虏伯江彬。

武宗病重期间江彬日夜守在身边，皇帝的病情内阁还要向他打听。晏驾之后，江彬即归私第，只十六日宣读遗诏时出来一次，以后仍深居不出。武宗所行荒唐之事一切革罢，他作为先朝最为宠幸的近习，此时的心态一定极为复杂。杨廷和很担心他做出什么异常举动，而且京师人言籍籍，都说江彬必反。蒋冕多次提及此事，说要预做准备，并且提醒他：“疑者，事之贼也！”迟疑必误大事。杨廷和回说，发之有机，万一不中，反坏了大事。他在等待时机。他记得十七日从武宗几筵（即祭祀先帝的灵位）前出来，魏彬之弟魏英找个空子凑过来，对他说：“亲家烦扶持。”魏英的亲家就是江彬。他显然是受江彬所托来说话的，愈见江彬内心之不安。当天回到家里，杨廷和的两位公子杨慎与杨恒将外间传言说给父亲听，并且问："父亲何不早擒之？"杨廷和担心后生口风不密，不敢深言，只漫应道："江彬逆节未露，将以何辞擒之？你们看好自己的脑袋，休得浪言，取灭族之祸！"

十八日早上入朝，杨廷和与蒋冕步行入内，走到端门，把昨晚的话告诉了蒋冕。蒋冕道："连日来，我也为此介怀，不知当如何处？"杨廷和道："江彬手握重兵，发之须中机会，今日可与文书房议之。"蒋冕表示同意。兹事体大，必须取得司礼监的支持，否则万难实行。但杨廷和担心的是，司礼监不会答应，而消息一旦泄露，恐召来灭族之祸。为此，这几天他一直在等待合适的机会。

当天，命寿宁侯张鹤龄等赍武宗遗诏前往安陆迎接嗣君，所带诰谕需要用宝（用印），司礼监令陈严、王钦二位文书官来内阁，请阁臣同看。①

内阁四人中，梁储南行迎嗣君，毛纪痰疾发作，在朝房卧病，只有杨廷和与蒋冕在值班。他二人一起来到左顺门，司礼太监们都在。在准备用宝时，杨廷和悄悄对陈、王二位文书官说："外议皆谓江彬不擒恐不静，烦告众太监，启太后早为之处。"平日阁臣与司礼监接触不太多，司礼太监非奉旨也不轻至内阁，监、阁之间的联系主要靠文书房官，所以杨廷和与陈严等人非常熟悉，也很信任他们，否则不敢拿这样的话轻易对他们讲。

陈严道："用宝后老先生自言之，若我辈言，稍有不合，不敢复言矣。"他觉得这件事太大了，最好由杨廷和亲自与众司礼讲。杨廷和颔首："确应如此。"

用完宝，司礼太监们与阁臣作揖，请阁臣回阁，陈严便对魏彬道：

---

① 杨廷和劝司礼监擒江彬，据杨廷和《杨文忠公三录》说是在监、阁于左顺门会同用宝时，而《明武宗实录》则说是在"会司礼监官与内阁集文华殿为上写铭旌"时，未知孰是。

“两位先生有话说。”魏彬道：“请讲。”可两位阁老只左右看，并不说话，魏彬知其意，挥手道：“尔等都去、都去。”将两旁随从呵了出去。

杨、蒋二人才上前，与众司礼作揖道：“前日之议，大功已成（指决定扶立兴王长子为嗣君），宗社之庆也。但有大患未除，若大患不除，大功未得全美。”

魏彬道：“何为大患？”

杨廷和说的大患，是魏彬的姻亲，不可直接说出来，他便举古人的例子譬喻道：“大义灭亲，古人所重，管叔、蔡叔都是周公弟兄，二人作乱，周公诛之。东晋宰相王导有兄王敦谋反，王导亲诛之，至今声名垂于史册。”

魏彬知道杨阁老说的是江彬，这也是他的一件重大心事，既然阁臣揭开了盖子，他很想听听杨廷和怎么说，便道：“先生可是说江彬？直言不妨。”杨廷和点头，接着道：“魏公虽与江彬为亲，但这是奉大行皇帝之命，出于不得已，实非本意。今外议纷纷，若不请于太后，及早擒之，恐彼亦不能自安，将贻嗣君以忧，未免为大功之累。”

魏彬正在沉吟，张锐忽然疾言道：“江彬有何罪？”杨廷和道：“江彬挟着皇帝，到处巡游，安得无罪？”魏彬道：“巡游出大行皇帝圣意，何人敢挟？”张锐道：“前年去南京，我送至涿州，某事如何处，某事如何处，一一出自上意，法度又严，谁人挟得？”

杨廷和暗想，这话说错了！武宗巡游时，司礼太监多在扈从，如以巡游为言，恐激太监之怒，忙主动认错：“‘挟’这个字，是我说错了，再不复出口！江彬罪恶万千，如擅引边军入禁内，擅立威武团练营，擅改团营教场为西官厅教场，擅立镇国府名目之类，擢毛不能尽其罪，只举一二件也够他死了。”魏彬乃缓缓道：“他委的恶贯满了，罪不能逃。”

众司礼都不说话，只有张锐极力为江彬辩护。杨廷和愤然道：“张公莫要回护他。”张锐道：“我如何回护？”杨廷和道：“这等说话，岂不是回护？我辈言出祸随，身家已不顾了，公公亦须自顾身家。公公虽无子孙，亦有祖宗坟墓，亦有兄弟，都是祖宗子孙，不可不念。见今嗣君未至，万一有变，途中闻之，安得不惊?”他望众司礼道：“各位公公同听今日之言，他日有变，张公当之不得辞也!”他让太监们一齐做见证，看看今日张锐是何态度。

陈严见事不谐，偷偷拉太监温祥的衣服，附在他耳边说了句什么。温祥便对魏彬道：“且收得在。”杨廷和与蒋冕马上道：“正是，且收得在，又不问他罪。待嗣君到了，或宽宥他，也未可知。”张锐见自己孤立，欲缓其事，就说要到思善门哭临，此事容后再议。蒋冕马上反对：“等把这件事了了，再去哭临!”

张锐道：“如何这等急?”

杨廷和道：“此等事情，间不容发，安得不急？张公便去准备拿人。”

杨廷和见张锐在众太监中独持异议，故意说让他准备抓江彬，试图减少他的不安，又或撩拨他立功赎罪的心。张锐却赌气道：“我如何拿人?”杨廷和道：“拿人是锦衣卫事，江彬之罪该籍没缘坐，一拿后封闭门户，防范人口，照管财产，岂不是行事衙门的事?”他说时，脸色忽一沉，质问道：“公何故抵死拦截也?”

温祥见张锐又要争吵，便对两位阁老道：“老先生们先去阁中调旨，文书房马上来取。”杨、蒋极口称谢道：“诸公扶持社稷，竭尽忠诚，同干好事，太祖、太宗、孝宗在天之灵亦知诸公之心，千万就奏太后行之，擒江彬后方可哭临。”又道：“与江彬同恶相济者止李琮、神周二人，他无与也。”

他知道，张锐等对擒江彬抵触，并非真心回护江彬，而是怕自己受牵连，故须如此强调。众太监马上表示同意，都说正是如此。

杨廷和回到内阁，即刻拟旨，然后付陈严进呈。

可陈严走后，久久没有消息，杨廷和与蒋冕闷坐阁中，相互对视，内心都感到很沉重。在与司礼监议时，就没把事说定，还不知太监们入内将如何商议。此事若有变，将大祸临头。一念之间，他们甚至想到逃走，可马上想到孩子们都在京，心复为之一痛，乃相互慰藉，说遭逢至此，也是命数，死得其所，亦复何憾!

忽有人来报，说神周被宣到右顺门，在门上等候已久。听到这个消息，杨廷和与蒋冕又觉局面或不至于太糟糕，稍复振作。这时陈严来了，他神情轻松，笑着对阁老道：“江彬已擒矣，嗨！几乎让他逃走。”杨、蒋二人悬着的心才放回原处，不及细问，先拜谢陈严和诸太监。陈严笑着回拜道：“老先生大功、大忠啊！”杨廷和请他坐下：“快讲讲，到底是怎么回事？”

此事经过是这样的：

魏彬等听了阁臣的话，要拿江彬、神周、李琮三人。温祥提醒道，此事须请懿旨。于是众太监一起去向张太后请示，经太后同意，才动的手。刚好这天重修坤宁宫要安兽吻，江彬与工部尚书李鐩奉命到工地祭祀。

据杨廷和回忆，在工地上，忽有一个宦官附耳跟江彬说了几句（杨廷和认为，这是张锐向江彬透露消息），江彬的脸色就变了，转身就往西安门跑。问他何事，他称赴西官厅取文书。众太监赶紧派人去追，路上听说，江彬根本没到西安门，他半路折往北安门去了，也说往西官厅取文书。

但还有一种说法，说江彬为了祭安吻，换吉服入内，所带家众都不得随从。祭毕，江彬欲出宫，太监张永留他和李鐩一起在宫外吃饭，这是顿鸿门宴，张永也想趁机擒拿他。过了一会儿，太后有旨收江彬等人，来抓他的人还没到，江彬已有察觉，遂疾趋北安门，试图逃出。

在北安门，守门官已将大门关闭，道：“有旨，请提督大人留步。”江彬怒叱道：“皇帝何在？旨从何来？”伸手就打门官。门上已伏下官兵，见江彬动手，一扑而上，将江彬抱住。江彬是武将出身，久历战阵，他之为武宗赏识，主要就是因为他作战勇猛。当年平河北之乱时，在阵中被一箭射中面颊，他毫无畏惧，拔箭再战，伤愈后在左眼下留下很大一个疤，猛一看就似三只眼。此刻他心急，怒吼一声，“三眼立睁”，门上人多，一时也奈他不得。这时，来追江彬的人也到了，众人一起使力，才将江彬拿下，结结实实捆起来。

江彬为人暴戾跋扈，得罪了很多人，他现在是众人心目中的反贼，大家都说武宗就是被江彬所误，此刻见他就擒，一时欢声雷动，人人争击之。在江彬从东安门送锦衣卫的路上，宦官数百人随而殴之，拔其须鬓殆尽——江彬头上的毛被拔光了，成了个血秃子。

听了江彬落网的经过，杨廷和提醒陈严："一时扑杀之，诚快人意，但须留待嗣君来，鞫问其罪明白，肆诸市朝，以正其罪。"陈严马上进去转告魏彬，魏彬才派人将江彬护送出端门，不然还没出宫门，就要被众人殴死了。

当时天旱已久，不料自拿了江彬，忽降了一阵雨，顿时满城欢庆，都说："拿了江彬，朝廷安稳！"

江彬拥兵侍豹房，屡次挟武宗巡游，早已成为众矢之的。他为了专宠，极尽蒙蔽之能事。他被捕后，从他府上，还有钱宁家里搜出大量本章，都是被他们私藏截留的。武宗晏驾后，内阁拟旨，遣散京师边兵，各自归镇，江彬府中家众虽多，但欲"为变"的话，资本显然不足。然而中外汹汹，都指江彬要反。对此李琮看得很明白，多次劝他，要么反了，要么逃走，就是不要束手就擒。可江彬在锦绣窝里待久了，舍不得爵位富贵，又自恃与魏彬有亲，就存了一个侥幸心理，总望能够平安落地。他毕竟是武夫，哪里晓得，武宗失德，百官怨声载道，正要借他的人头血肉来出气呢，岂肯放过他！不久后，世宗来京即位，江彬、钱宁这两个对头都作为先朝罪人被处以凌迟的极刑。

在捕拿江彬的事件中，杨廷和是主要发起者，为此担负了巨大的风险，司礼太监们是执行者，魏彬与江彬是亲，他深知江彬将不容于新朝，为了不受牵累，遂同意了内阁的意见。魏彬有过，也算将功折过了。但江彬落狱后，御史王钧首论魏彬与江彬联姻，称其近居肘腋，宜早捕治。杨廷和投桃报李，从中调剂，以"王道大义灭亲"称述魏彬之功，仍令他在司礼监管事。逮捕江彬，是司礼监与内阁协商合谋，张永并没有参与，但他听到消息，主动介入，亏他那一顿饭，使江彬未能及时逸出。杨一清撰张永墓志，对此亦多称许，说："宫车晏驾，公以计擒（江）

彬。督视京城九门，防奸制变，中外倚之而安。”应该说，在武宗暴崩、世宗北来继位之前的这段大位空置期，张永是有功绩的。

四月中旬，嗣君朱厚熜到北京继位，清算前朝权臣的时机也到了。世宗朱厚熜是个有主见的人，他登基没几天，就借科道之劾，处分了众多蛊惑先帝的“朋奸党恶”，且多是宦官，其中谷大用、丘聚降奉御，南京孝陵司香；张锐、张雄、张忠、于经、刘祥、孙和、刘养、佛保、赵林、马英由锦衣卫拿送都察院问罪。在外地者，由各地巡按御史提解来京。魏彬、张永处分稍轻，命外私宅闲住。武宗众多的义子们也都拿送都察院打问。魏彬、张永、谷大用兄弟子侄所滥受的爵位也一并革除。

谷大用虽然抢到了往安陆迎驾的好差，但新帝即位伊始他就被贬到南京。他后来多次图谋起复，都遭到朝臣的弹劾，杨廷和甚至专门上疏请加逮治。嘉靖十年谷大用去世后，其家产遭到籍没。

张永闲住未久，再为御史萧淮所劾，命往南京孝陵司香（杨一清说是“其时权臣有忌嫉之者，嗾言官一二人，劾之南去”）。张永在南都留滞五年，才在杨一清的帮助下召还，将再次柄用，可惜到京未久就病逝了，他的家族随后几遭覆巢之灾。此事详情如何，且待第三部再讲了——

（第二部完）